「中国故事」原创长篇丛书

炮兵连

爱情往事

胥得意 / 著

漓江出版社

目 录

文学据点的短炮长枪

徐贵祥[*]

　　认识胥得意是两年前的事。入学之前，一个老朋友特意找到我讲，有一个叫胥得意的上校想要报考我的研究生。他的作品我在报刊上看到过一些，但是没有见过面。我回复正常报名就行，没有给出明确答复。后来，他顺利地通过了面试，面试那天是我第一次见到他，他长得有些老成，后来才知道他在别人劝说下为了显得年轻还平生第一次染了发。待新学员刚开学后，面临选择导师。由于我身为文学系主任，精力有限，也由于那届学员只有四人，就考虑不再带研究生，一来更多地锻炼年轻教员，二来自己也腾出时间和精力多抓抓教学，也可写点东西。我把自己的想法同主持此项工作的教学参谋讲了，但不知中间哪个环节出了差池，选择结果出来时，才发现三个学员选了我。我跟教学参谋交代，再发几张表，讲清楚，让学员们重新选一下就是了。哪知，不多时得到反馈，说有个叫胥得意的学员在选择导师时心有不爽，表示想要退学。我问何故，教学参谋说，他本人想找您聊聊。于是有了我同得意之间第一次比较正式的交流。我说，我当导师真不一定有时间带你，还不如其他导师尽心尽力，言外之意便是请他另做选择。得意说了自己的理由，主要意思是，他有着二十几年扎实

---

[*]　徐贵祥，解放军艺术学院文学系主任，中国作家协会副主席，军事文学创作委员会主任。

的基层生活体验，也有着一些文学创作成果，研究生的文凭对他来讲并不重要，好不容易争取了上学机会就是要取点"真经"，受到点化，多写点东西。我说，好几个研究生选我，我总不能都收吧，一个也不收反倒好办。他倔劲上来了，不软不硬地说，我考研就是冲着你来的，我选你也是填的第一志愿，其他人你收不收我不管，您要不收我这个学生，我坚决退学。我逗他，退学，刚交的学费可没了。他说，交了就没打算要。嘀，有个性！又想想，人家打上门来拜师，不收也太难为情了，便松口说，选导师的事儿不忙，先上课。得意从我办公室走后，我就决定要收下这个学生。不为别的，就为这股劲儿，这股说不上来的倔劲儿、拗劲儿。

在职研究生在校学习时间为一年，四季轮回，匆匆而过。此间，我对教学的直接参与主要是搞专题讲座。和得意隔三岔五的接触也主要是闲聊、漫步、小酌，无主题的交流，谈不上系统，但我们在一起谈方法、谈文学观、谈对各自喜爱的作品的体会，这种师傅面对面带徒、手把手教方法的方式，效果是显而易见的。由于在学员中先后组织了《好一朵茉莉花》《弹道有痕》《背锅人》三部书的写作，修改、编校多是依托教研室主任和得意等四名研究生，说是锻炼，一来二去也占据了他们不少学习和写作时间。即便是这样的一年，我发现得意的变化也是显而易见的。最重要的是，他从过去的小小说思维中抽出身来，尝试短篇小说、中篇小说的创作。第二学期，我们组织学员根据我的短篇小说《弹道无痕》进行改写、续写、补写，以期节外生枝。在众多"作业"中，得意创作的《弹道有痕》开掘的背景是现代的炮兵连，不仅在故事情节的演绎上有出人意料之处，而且在人物精神气质上又与原作遥相呼应。选编作品集时，大家一致建议将这篇小说放在头题，后来在《民族文学》上发表。作品发表后，我才注意到得意身上有着与众不同的气质，原来他是一个蒙古族人，朴实、善良、热情、包容、好客，很多优点在他身上都能找到。读书期间，得意连续在《中国作家》《解放军文艺》《民族文学》发了几个中短篇，从这些作品中不难感到，他已经能够熟稔地编织相对宏大复杂的故事，并且保持了以往小小说那种良好的语言质感。

毋庸置疑，十多年前得意已是小小说家庭的重要一员，在全军乃至全国小小说作家队伍中也很有影响。入学前，他在《解放军报》《小小说选刊》《百花园》《北方文学》等刊物发表过很多优秀的小小说，出版过《无言的军旅》《不逝的兵群》《得意小小说精选》《城市里的农村兵》等小小说集，应当说在军队小小说作家中早已占有一席之地，在军内外也拥有众多粉丝。我也读过他的《高手》等作品，实事求是地说，他对基层生活是非常了解的，他对官兵关系的把握和呈现是比较准确的，小说语言可谓军旅味杂糅"东北风"，不仅好读，而且耐人寻味。但是，在有些人看来，小小说毕竟太"小"了，只是社会的吉光片羽，只是生活的斑斑点点，只是临门一脚的快感，只是三分钟的阅读，无法承载大主题，无法反映大事件，无法呈现大气象。我本人似乎一度也有过类似的偏见，总希望学员们不要在千八百字的东西上练手的时间太长，盼他们早点儿拿出有分量的作品。对于得意，更是这样。因为他熟悉部队，熟悉基层，熟悉青年官兵；因为他心中有无以计数的好故事、好段子、好笑话、好创意；因为他已经建起了自己的文学据点，完全可能长枪短炮一起上，跑马圈地，开疆拓土。当初的一点隐忧便是思维方式的转换和复杂故事的架构能力。如果说看到他的中短篇时我还不太确信自己感觉的话，那么及至他这部长篇小说，可以确凿地说，得意已经顺利度过了文学的"变声期"，实现了"战略转换"，十八般兵刃在手，堪可寄予厚望。

《炮兵连爱情往事》是一部关注青年官兵婚姻爱情的长篇小说。作品以炮兵连为叙事半径，以六对形态各异的婚姻爱情故事为线索，徐徐展开当代军人的情感生活图卷。得意凭借深厚的基层生活底蕴，将基层官兵的战备训练、工作、生活和学习、娱乐，统摄于情感的起伏与悲欢之中。在婚姻爱情的缤纷世界里，既有军旅生活特有的阳刚之美，也有成长成才、建功立业的理想之美。得意发扬亦庄亦谐的语言风格，注重日常小事和生活细节的撷取开掘，注重那些具有军营特色的爱情故事的呈现，注重刻画泪光中的力量和矛盾中的会心一笑。尤其难能可贵的是，作品借助军人婚姻爱情的特殊性、局限性和复杂性，成功塑造了一批军营"小人物"和与之相关的平凡而不失奇伟的青年女性。应当说，作品中的诸多人物，既有心系家国的情怀、改变命运的理想，也有被泥土包裹、被硝烟缭绕的温柔与浪漫。

连队，不仅是个重要的作战单元，更是许多军人内心深处散发着激情、绽放着温馨的永恒家园。就在翻阅胥得意这部书稿时，我的老连队，也是一个炮兵连，曾在 20 世纪 70 年代末参加过边境战争的"英雄炮兵连"，建立了一个微信群。手捧得意新作，三十多年前的往事纷至沓来，边看边想，倍感亲切，时不时还会掩卷远眺，思绪飞进遥远的时空……铁打的营盘流水的兵，一次次改革，一次次重组，官兵离开了军营，甚至连老营盘也可能拆迁了，可是，我们的老连队不会消失，它存在于我们每个人的心中，随时集合，列队于我们的精神世界里。《炮兵连爱情往事》正是这样的一次精神会操。

"文学的力量有多大？我认为无穷大，而且地久天长。一部高质量的文学作品，其精髓可以进入我们的血管，融入我们的血液，坚强我们的骨骼，甚至优化我们的基因。"当年我在长篇小说《八月桂花遍地开》的《后记》中写了这段话时，还特意加上"对此我深信不疑"。多年过去了，对于这段话我仍是深信不疑。虽然在时间的坐标上，还不能说得意这部长篇一定能够称得上大作或杰作——这毕竟是他的长篇处女作，还存在着语言不够节制、思想开掘不深等问题和不足，但可以肯定的是，它必将拥有大量的读者，并通过读者或多或少地影响军营内外。因为这部作品写的是精神家园和不老的传说，因为它撩拨了许多人的梦，因为它触及了许多人曾经的心事儿。

　　喧嚣之中，总有那些宁静而悠远的心灵属于文学；宁静和悠远之中，也需要文学来激起人们的创造，鼓壮军人的行思。我用这段话与得意共勉，并热切期盼着得意和他的青年同行们在自己的据点投射出新的火力，拿出得意之作！

2017 年 3 月 22 日

第一章

1

黎术从刚搭成的帐篷里钻出来时,心头涌上了一阵惬意。现在,他是营部的车辆助理员了,带着营部的几个兵把营部指挥帐篷、炊事班帐篷和营部班搭好就完事了。不像当连长时,驻训时要带着战士左一顶帐篷右一顶帐篷地搭,一干就是小半天。现在在营部工作了,整个大洼谷的地盘先济着营部选,然后才能分到连队,搭三顶帐篷差不多是放个屁的工夫就完成了。这种优越感一下就体现出来了。

炮营的帐篷在三道梁下的平地上架起来了。三道梁下的平地不太多,全营的六十来顶帐篷就势搭在了河沟的西侧。营部的帐篷和往年一样搭在了全营的中间。

从年初开始,黎术的身份就已经变了,不再是炮一连连长,而是营部的助理员,最为关键的是他调到了副营职。这个职务在整个军队里多如牛毛,可是在团里却只有十几个。到了副营职也就意味着家属可以随军了。无论家属以前是老家的还是驻地的,只要丈夫跨进了副营的门槛,家属只要没有工作每月都可以领上几百元的生活补助。钱虽不多,但仅从这一点上看,只要到了副营职,待遇就已经和过去大大不同了。在某种意义上说,老婆已经成了部队的人。

黎术要到各连队的营地去转一转,一是在出发前教导员已经给了他这样的分工，二是虚荣心作祟吧。到各个连队，不用他动一下手，或者不用他说太多的话，只是转转，有意无意地看看，那些连长、指导员和排长都会向他汇报连队驻扎的进展，然后再由他向营首长转告各连安营扎寨的情况。

早上，黎术穿戴好迷彩服和妻子仇小丫告辞。仇小丫表示出了不悦。仇小丫说："你是助理员，又不是副营长，管好营里的车辆别出问题就行。管理上的事还是少掺和的好。教导员不是说等全营一起拉到野外，你再随车队一起走吗？你今天非要提前到驻训点干什么？"

黎术站在门口琢磨仇小丫的话，她说的不无道理，自打和仇小丫结婚以来，他确实没在家里好好陪她几天。尤其野外驻训马上开始了，一连四五个月吃住都要在野外度过，而且还不知道今年的训练计划，真要是以演习打靶的方式结束驻训，训练一定很紧张，回家的机会真的不会太多。

那个念头在黎术脑袋里只是闪了闪，最后他还是去了驻训点。团里的驻训点和往年一样，还是在离营区四十多公里的大洼谷。营里的驻训地是三道梁区域。

黎术想到炮一连看看。那是他的老连队，去年这个时候他还带着战士们伴着隆隆炮车早出晚归。虽然现在身份变了，可闭上眼睛他还能清晰地触摸到曾经的一切。

转过前面的苜蓿地，就是炮一连的帐篷了。一簇簇绿油油的苜蓿草已经从沉睡中醒来了，闻着泥土的淡淡清香，黎术的心情有些轻松。他抬头向人声嘈杂的一连驻地望去，一群战士正忙着架设帐篷。动作快一些的班级，战士们已经在往帐篷里搬床铺了；架设慢的班级，战士们还在钉地钉、固定拉绳。

只需看一眼，黎术便知道搭设的进展。他打算折回来到炮三连去看一看。可是就在他目光收回的一瞬间，他看见五步远的地面上躺着一个黑乎乎的东西，走近一看，竟是一个钱夹。

黎术在看见那个钱夹的瞬间，心脏剧烈地跳动起来，在这刚有人惊扰的山谷里，谁会把钱夹丢在这里呢？

黎术走过去，没有急着拾起钱夹，只是先用脚踢了一下。小时候，有的小伙伴恶作剧，用糖纸把石子包成糖块的样子故意扔在路上，然后躲在没人发现的地方等待别人来拾。爱占小便宜的人不知有诈，刚一拾起，便引得暗中等待的人一阵坏笑。这样的把戏他做过也经历过。当确定周围没人看到他时，他把钱夹拾了起来。

让黎术万万没想到的是，他捡来的不单是一个钱夹，更是麻烦，是烦恼，或是被他认为的耻辱，从此让他想挥挥不掉，想忘忘不掉，一片阴影罩在了他的心头。

2

钱夹打开了，让黎术万万没有想到的是，首先进入他眼帘的竟是一张照片。那张照片上，妻子仇小丫穿着婚纱和炮一连排长付一笛站在一起。仇小丫脸上露着少有的笑容，那笑容里还隐隐带着说不出的甜蜜和幸福；而付一笛的表情中，似乎带着一份不屑和挑衅。

黎术想起来了，这张照片他是看过的。不仅是看过，而且是他和他们俩一起照的。那天，付一笛来参加他和仇小丫的婚礼。付一笛的出现有些出乎他的意料，而仇小丫却有些兴奋地拉住了付一笛。"我结婚你当然很高兴了，来，和天底下最漂亮的新娘子合张影。"话是这样讲，但是黎术还是听出来仇小丫语气中的醋酸味。

付一笛看着站在一旁的黎术，说："和新郎新娘一起照！"

黎术心中有些不悦，但作为新郎，他也不好拉下脸，只好靠过来，和付一笛一边一个站在了仇小丫两边。

其实，付一笛也不想合这张影。可是仇小丫话已经说出了，他也没有退路，只好留下了这么一张会在后来带来很多麻烦的合影。

黎术对这张照片实在是太熟悉了。他家的那一张就夹在影集的最后一页。往影集里夹照片时，他本来不想放这张照片的，仇小丫说他小心眼。他没说什么，只是皮笑肉不笑地哼了一声，然后把这张照片放在了最后。

现在摆在他面前的这张照片上，男主角已经不知道跑到哪儿去了，只剩下仇小丫和付一笛两个人。此时，他能认出来仇小丫肩上搭着的那只手是他的，那只手轻轻地扶在仇小丫的肩上。当初和仇小丫把结婚证领到手，他确认战胜了付一笛这个对手，他就是用这只手在空中挥成了胜利的符号。可是现在，它却像是一件丑陋的饰物，放在仇小丫的肩上。仇小丫轻轻动一下，那只手似乎就会啪叽一下掉下来。

一股妒火腾地从黎术的心里蹿了起来，把他烧得有些透不过气。

黎术控制了一下情绪，这件事情发生得让他意想不到。他没想到，从情场上败下阵的排长付一笛竟然如此龌龊。从这张裁剪过的照片来看，付一笛是把穿着婚纱的仇小丫当成了自己的新娘。

黎术不容许有人这样对待他和他的仇小丫。仇小丫是他的！付一笛根本就没有权利这样做。黎术的眼睛有些花，他似乎看见付一笛正抱着仇小丫在大洼谷空旷的野地上飞奔。

远处集合的番号声让黎术平静下来了。他忽然有了主意。

教导员的床已经在帐篷里架好了。几抹阳光穿过帐篷上的窗户，均匀地撒在床上，帐篷里散发着淡淡的泥土的味道。

营长被师里列为优秀后备干部，年初选调入学了，要等到年底才能学成归营。今年驻训，由教导员带队，而教导员去团里受领训练计划还没回来，黎术知道自己的想法就要付诸行动了。他以最快的速度把照片塞到了教导员的被下。

黎术从帐篷退出来后，装得像是什么事也没发生一样，坐在离帐篷不远的草地上吹起了口哨。可是，哼着哼着，他的目光却停住了。他看到付一笛正和三班长还有一个兵在炮一连帐篷外的路上急火火地寻找着什么。

黎术心中开始升腾起各种各样的幻想。他似乎看到教导员回到了帐篷，先是认真地检查了一下室内的摆设，然后像往常一样捧起《邓小平文选》躺在床上翻看一会儿，就在他有了困意掀开被子的瞬间，他看见了那张照片。

流氓！在又一次想到付一笛时，黎术从心里恨恨地骂了一句。

不一会儿，教导员在团里受领完任务回来了。教导员刚一露头，黎术便笑呵呵地迎了上去。"教导员，营部帐篷已经架好了。"

"没事儿，忙你的吧。刚上山，事太多，你把精力放在车辆上，安全上千万别出事。"

和教导员搭完话，黎术便向营部炊事班帐篷走去。此时，他想避开教导员越远越好。

走进帐篷，教导员把室内仔仔细细地打量了一番。闻着春天泥土的芳香，看着立在一侧的枪柜，再看看挂在衣帽架上的军帽，突然他的眼圈有点发热。又是一年真正的军旅生活开始了，可这一年也是他军旅生涯的最后一年了。他已经到了服役的最后年限，再提一职的希望渺茫得在梦里都不曾出现。

营长外出学习，他肩上的担子比往年要重许多。现在，他能够做的，就是平平安安地抓好营里的工作，哪怕没出多少成绩，但也绝不能给团里抹黑，这是他这个老兵的基本觉悟。而且他还告诫自己，人过留名，最后一年只有比往年更敬业，才对得起组织的厚爱。

教导员蹲下来格外珍重地整理着被子。忽然，在他刚刚挪过的被子下面，闪出一道光亮。定睛一看，是一张照片。

照片里，付一笛和仇小丫一齐注视着他。

教导员被这张照片弄蒙了。他发挥了所有的想象，也没想出仇小丫怎么会和付一笛照了一张婚纱照，两人还都那么自然，比黎术和仇小丫在一起还让人觉得舒服。尤其奇怪的是仇小丫肩膀上还多了一只手，看起来让人触目惊心。

仇小丫和黎术的事是他撮合成的，当成这个红媒让他兴奋了很久。他认为他俩是天作的一对，般配极了。每当想起这件事，他都觉得自己做了一件功德无量的事。现在看来，这张照片不是一件简单的小事。

是的，黎术和仇小丫之间自从出现了一点关于结合的可能，说白了，自从教导员有了把他们撮合在一起的想法后，他就投入了极大的兴趣和精力在里头，一直到他们俩走上婚礼的红地毯，他才像是大功告成一样长长地舒了一口气。

不管这张照片是从哪里来的，他都要尽快找付一笛问一问到底是怎么回事，哪怕付一笛正带着战士们在安营扎寨。他急切地想要从付一笛那儿得到答案。

黎术在营部的另一个帐篷后面听到教导员大声喊通信员的声音，他也听出了教导员说把付排长找来时语气中带着的怒气。

在付一笛来营部的路上，黎术等在那儿了。黎术看着一脸着急的付一笛，有些幸灾乐祸。"付排长，急三火四的样子，咋像是丢什么了呢。"

"黎助理，刚才付排长和我说钱夹丢了。"通信员安小龙替付一笛回答。

"你再去一趟二连，让驾驶班班长到我这儿来一下。"黎术把安小龙支走了。

"你看这个是不是你的钱夹。"黎术脸上没有一点表情，用纯交际的语言向付一笛报告着。黎术还想问一句付一笛想怎样重谢他，但他看见付一笛的脸色在瞬间变得晴转多云。

黎术递过钱夹，没说什么，走了。

付一笛一把打开钱夹，里面的照片没有了。

付一笛最怕的事情还是发生了。他怕的就是照片被别人发现，他不想让别人窥知到心中的秘密。保留这张照片的时候，他还没有想到会给仇小丫带来怎样的影响，只是钱夹一丢，他才有些担忧起仇小丫来。自己单身一人，谁爱说什么说什么，他是怕风言风语袭向仇小丫。况且仇小丫不会想到，他的钱夹里会有这样一张被剪切过的合影照。

怒火猛地在付一笛额头烧了起来。黎助理你凭什么在我钱夹里往外拿东西，捡到东西要还是天经地义，就算那里有你妻子的照片又怎样，那是我的东西，是我个人的隐私。你没有权利窥视别人隐私。

付一笛向黎术追了过去，对着刚要进帐篷的黎术喊："黎助理，你等一下！"

这时，教导员从帐篷里探出了头。"付排长，正找你呢。"

3

教导员在木椅上坐着，端着黑乎乎的茶杯品着茶。他在想怎样和付一笛开始他的谈话。事情发生得太突然，来不及让他多思考一下该怎么办。这事又不像工作上的事，开个会，和各个指导员商量一下怎么办。

此时，他有些怨起黎术来。遇到这样的事你让我处理干什么。既然我知道了这事，又哪有不管之理。一是他得管，谁让他是婚姻介绍人呢；二是事闹大了也会给营里带来负面影响。

教导员用下巴示意付一笛坐在椅子上。付一笛没坐，刚进帐篷他对黎术的火还没消，又看见了教导员手里捏着那张照片，一句话也不说，就在那儿一遍遍地看。

付一笛知道教导员找他来做什么了，他对黎术的火猛地转到了教导员的身上。

"营部的帐篷少，教导员已经坐下来和下属谈话了。我们连的帐篷还差三顶没搭完呢——"付一笛把音拖得很长，并且明显把声调往上挑了一下。

教导员还是在那儿看照片，由于没有想好和付一笛谈什么，眼睛就一直在照片上转，像是在欣赏。

付一笛压不住火了。"教导员，你找我是要说照片的事吗？"

教导员终于把头从照片上抬了起来。"你还知道呀？"

"聪明人也有犯傻的时候嘛。"

"反省得挺快嘛。我看这事你做得不太妥。"

"我说的'犯傻'是怎么没把照片放好，让自讨没趣的人拿了去，而不是说我在这事上做得有哪些不对。如果我没估计错的话，这照片不会是教导员亲自捡到的吧。"

教导员把照片放在桌子上，说："付排长，你知道吗，你这样做对黎助理家属不负责任，对黎助理也不公平。人家都成家立业了，你哪能这样对待人家呢？"

"教导员，"付一笛咽了一口唾沫，坐在了椅子上，拉开了要长谈的架势，"你是我的领导，你可以给我讲你的理论，也可以讲军人核心价值观，我做小排长的没有不听的道理。可是如果就这事你要和我讲为人与处世，与其说是没有时间听，倒不如说我不想听。我们的战士今晚要住进帐篷，我当排长的不可能不领着他们去干那些应该干的正事。"

"付排长，你要明白，作为教导员，我应该过问这件事，这不是爱情范畴之内的事，这涉及了别人的家庭。"

"家庭？我没破坏任何人的家庭，这只是我自己的事。我的事我知道怎样处理。我又不是刚入伍的新兵，连爱情是什么还没弄懂就去谈爱情。我今年二十八岁了！"此时，付一笛已完全从丢失钱夹的慌乱中走了出来，变得像是一个斗士。

"付一笛，你用这种态度和我说话不妥。"教导员在椅子上坐不住了，把杯子重重地蹾在了桌上，溅出来的茶水汇成水流，顺着桌子往地上淌着。

付一笛感到了自己态度上的失敬，缓和了口气。"作为下属，"他顿了一下，"作为下属，我不应该对领导这样讲话，刚才是我太冲动。但我还是要说，这是我个人的隐私，绝对的隐私！你们和我们年龄不一样，对于爱情的看法和我们也不一样。我有爱的权利，但我没有指责任何人的权利。"

付一笛一边说一边向外走，走到帐篷门口时，他停住了，向教导员伸出了手。"把照片还给我。"

教导员苦笑着摇头。"付排长，你这么固执？照片先放这儿。"

"好吧。"付一笛无奈地冲教导员一笑。付一笛在这一笑的时候，心里生出了很多的感慨。他想笑教导员的多事，又想笑黎术的愚蠢。

走出营部，付一笛大脑一片空白。他的目光毫无目的地向远处张望着，忽然他看到了半山腰的那片红松林。在那一刻，他想起了仇小丫。

第二章

1

黎术在来炮一连当连长之前在团政治处当群联干事，工作上和仇小丫家里来往很多。而仇小丫的母亲林慧芬能够当选省拥军模范，可以说，黎术功不可没。

当黎术觉得应该努力地把林慧芬这个市拥军模范向省里推一推时，他想到了一个人，那个人是付一笛。他了解炮一连排长付一笛的笔杆子，很硬的。虽说付一笛一直不愿意到团里报道组工作，但团里硬压给他写的几篇新闻稿，大大小小都获过奖。尤其是他毕业时驻地发生的那场特大洪水，让付一笛的特长淋漓尽致地得到了发挥。他临时被抽调到报道组帮助工作，仅一个月的时间，被他发现并被宣扬的典型就有一个立了一等功，两个立了二等功。因此，小排长付一笛一下子声名远扬。从那以后，报纸向他约稿频频，但付一笛就是坚持在连队当排长，死活不愿到机关当报道干事。

黎术决定带付一笛到林慧芬家去转一转，让他来熟悉一下这个并不多见的拥军模范。就他个人判断，林慧芬的所作所为，是能够在一定范围内产生影响的。如果这样，给他个人带来的益处也是不言而喻的。他现在能够在政治处站住脚，和多年来宣扬林慧芬是分不开的。

黎术还清醒地知道，凭他个人，或者加上政治处，要想让林慧芬的知名度再扩大是很难的，尽管她做的已足够多。他要依靠付一笛的力量，但他又不能对任何人讲出他的想法。最后，他和付一笛的教导员讲，林慧芬对我们部队很有感情，尤其炮营还是她的联系点。营里和政治处一起宣传一下才对得住人家。

黎术的一番话，让教导员频频点头。

于是，教导员在全营干部点名时，特意安排炮一连排长付一笛有时间去看看林慧芬这个拥军模范。当然，要让政治处群联干事黎术带路。

2

很早之前，付一笛就听说过林慧芬了，只是没见过。他一直想以她为原型写一个电影剧本，只是没找到适合的时机和角度。付一笛对她另外的好感来自她对拥军热情对宣传低调，拥了十几年军的她直到三年前才站出来面对媒体，以前一直都是默默无闻地做着。

付一笛和黎术定好星期天去林慧芬家，可当付一笛打电话找黎术时，黎术说他已经先走了。付一笛心里有些不悦，毕竟自己是为政治处出公差，而且还是第一次去。

林慧芬的家在板石镇的公路边上，十分好找。

付一笛站在林家的院外没急着进去，而是慢慢打量起来。四间起脊瓦房，红砖院墙，新盖成的大门楼里外都镶了瓷砖，从里到外透着朴素和整洁。

付一笛站在林家院外正一边端详一边琢磨的时候，就听见黎术在院子里爽朗地笑着，接着就听到扫院子的哗哗声。

"快点扫，一会我们的付大记者就要到了。"付一笛和黎术没有来往过，只是通过两回电话，他不知道他为什么要把自己说成是记者，他也不知道黎术对林家人是怎样讲述自己的。

"来就来呗，又不是来看我。"一个女的声音。

"哎，付排长，站在外面干什么？快进来！"黎术已经扫到了门外，一抬头看见了付一笛。付一笛穿了一身休闲装，戴了一顶鸭舌帽。可能黎术没有想到付一笛会如此装束，表情有些愕然。

付一笛说刚下车，便随着黎术往院里走。院子已经被扫得干干净净，空气中还弥漫着淡淡的尘土味。

付一笛心里突然涌上了一种说不出的滋味。黎干事你赶着早来，原来是扫院子迎接我。都是一个团的，怎么就把我当成外人呢？好像你倒是主人。你和林家认识得早一些，可也不能做得这么明显呀。

"林阿姨，"黎术的声音从一进门就在院子里飘，"我们付记者看你来了。"

不一会儿，一个扎着人造革长襟围裙的中年妇女从房东侧快步过来了，手里拎着一个胶皮桶，桶沿上沾着结成了疙瘩状的糠食。

"快屋里坐。"中年妇女冲付一笛一笑，"付记者，我洗一洗手就来。"

不用猜，此人就是林慧芬了。

"这十几头猪张着嘴叫了一早上了，正是上膘的时候。"林慧芬自言自语着，向偏房走去。

"你好，付排长，付一笛同志。"

让付一笛万万没有想到的是，他随着黎术的脚步刚迈到门槛，屋里就又传出来一个女人的声音。付一笛抬头一看，愣住了。

屋里的女孩是仇小丫，卫生队的女兵班长。

"你怎么在这儿？你啥时来的？"

付一笛跨在门槛上不动了，眉头拧成了一个大疙瘩。

"昨天，怎么样，比你早吧？"仇小丫一副主人的样子，很快地摆上茶水和水果。

黎术的脸上掠过几丝惊讶。"你们认识？"

"何止是认识，我们还……"仇小丫的话还没说完，林慧芬已进了屋。

"付记者，你好，坐吧。"林慧芬左手迅速地拢着头发，右手上的皮套三转两转挽了上去。

"噢，阿姨，我是炮一连排长付一笛，不是记者。"

林慧芬脸微红了一下，有点嗔怨地看了黎术一眼。

付一笛趁机打量了林慧芬几眼。付一笛曾看过她的事迹，从出生年月推算，她该是四十八岁。而眼前这个女人看上去却足有五十岁以上，比实际年龄大了许多。眼角旁的鱼尾纹如同菊花细密的花瓣，向额角均匀地扩散过去。头发拢起时，耳边的白发清晰可见。手更是粗糙，红红的，有点肿，有些不像是女人的手。

"我说付排长呀，只要是部队上来人，我都特欢迎。我就愿意看你们穿军装的样子。"林慧芬笑呵呵地站在了付一笛的面前。

听此，付一笛有些不自在，小声解释了一句："怕坐车不方便，才穿了便装。"

听付一笛这样解释，仇小丫倒是觉得很有意思，在一边哧哧笑了起来。

付一笛不知为什么黎术显得有些不太自然。他顺着黎术的目光看去，看到黎术正偷偷地盯着林慧芬穿在脚上的军用胶鞋，那双鞋上溅了一些泔水。这样一来，付一笛倒觉得她挺可亲的。不像是以前遇到的一些典型，假惺惺的，在记者面前装得无比伟大，装又装不像，虚伪的嘴脸一目了然。

付一笛对林慧芬说："林阿姨，听说您很久了，今天头一次来，感觉像是到了自己家。您真亲切。"

林慧芬不自然地笑了。"别这样夸我。我一个农村老婆子，人老了，又拖沓，有什么可亲切的。看，连件干净的衣服都没换。你别笑话就行了。"

"别把我当外人。虽然我不像仇班长、黎干事他们一样总来，但以后会有时间的。"仇小丫在一边摇头晃脑地动着，付一笛不知找出什么样的话。

"小丫，"林慧芬回头看了一眼仇小丫，"快，给付排长倒点茶。"

听着林慧芬如此亲切地叫着仇小丫，付一笛心里忽生了一种感动。"仇班长和您家处得真不错，以后我们部队来人都像她那样就好了。"

"是呀，黎干事也这样说。他说过好多次了，要给我家做儿子呢。这可折煞我这农村老婆子了。"林慧芬笑眯眯地看着黎术。

仇小丫在一边嘿嘿地笑出了声，林慧芬和付一笛都停住了说话。

林慧芬嗔怪地看了仇小丫一眼。"你傻笑什么呢？"

仇小丫此时已笑得直不起腰了。半晌，才停住笑，用手指着付一笛。"我笑……笑付排长……付排长你们俩呢。他还不知道……不知道咱俩是一家……一家的呢。"

林慧芬眼睛瞪得大大地看付一笛，满眼疑惑。"你不知道她是我闺女？"

付一笛彻底被她俩弄蒙了，张着嘴，点头。"不知道，你们怎么会是一家的？"

林慧芬和仇小丫笑成了一团。"哎呀妈呀，真难为情。误会了，误会了。"

黎术也笑了，怪怪的。

"仇班长，这事做得不对了，进屋这么长时间了，也不自我介绍一下，你也是主人呢。我还以为你也是来看望拥军老大妈的呢。"付一笛对着仇小丫故意板起了面孔。

3

付一笛和仇小丫是认识的。他们的认识要推到一年以前。

那年，团里在青年节组织了一场文艺演出。参谋长要演唱《春天的故事》，团长开参谋长的玩笑，说上几个伴舞的。参谋长说："要伴舞那咋也得是女的。"

团长倒不含糊。"别管啥体形，卫生队不还是有几个女兵吗？让她们上，男兵女兵同台演，首长战士一起乐。"结果演出那天，卫生队女兵班长仇小丫率领着八个女兵风风火火地到了俱乐部。

刚一进礼堂，也有演出任务的付一笛就看见了那一伙女兵。在军校上学时看惯了女兵的付一笛此时差一点乐出声来。在他眼前出现的舞蹈演员们，除了一个长得像是丁香花一样的小女兵还能用苗条这个词来形容，其余的女兵让付一笛实在不敢恭维。仇小丫看上去倒不胖，可付一笛怎么也没看出她身上的舞蹈天赋来。组织晚会的文化干事脸变得有些不是颜色，他无论如何也想象不出卫生队竟会派出这样一个扭秧歌还差不多的舞蹈队来。

文化干事转身调整了半天脸色，才回过身像是下达战斗任务一样对女兵们一挥手："换衣服。"

领回衣服之后，仇小丫站在队列前给女兵训话："今天是我们第一次代表卫生队参加团里演出。以前这样的机会是没有的，这回团长给了我们这次机会，尤其是要给5号首长伴舞。我们要为荣誉而跳，因为我们是团里仅有的女兵。记住了没有？"

"记住了！"一群脆生生的声音。

"换!"仇小丫干脆利索地下达了口令,女兵们一齐喊了声耶。

当时付一笛差一点笑出声来。没看出来,这个女兵班长说话蛮有力度嘛。她站在队列前讲话时,下面的女兵站得整整齐齐,一动不动,手指都在裤线上紧紧地扣着,回答她的话也很响亮。

付一笛不由得对这个女兵班长刮目相看了。

仇小丫开始给女兵们发服装。女兵们突然意识到了自己的体形和从专业演出队借来的连衣裙根本不匹配,都在尽力地挑选肥大一些的。最后,仇小丫手里只剩下了一件又瘦又小的白纱裙。

女兵们换衣服去了。不一会儿,仇小丫苦着脸走了出来。她苦着脸对文化干事说:"不行呀,衣服太瘦了,好不容易穿上了,可脖子后面的拉锁拉不上去,内衣都露出来了。"

文化干事也犯了愁。

最后,还是仇小丫拿出了主意。"这样吧,你和参谋长商量一下,我们的节目做压轴的上。我现在到服务社买纱巾还来得及。"

说完,仇小丫风一样地刮出了俱乐部。

等仇小丫再赶到俱乐部时,整台节目已经演到一半了。

仇小丫当机立断,女兵们站成一排,发纱巾、别针,一个给一个别在后肩上,仇小丫回头对候场的付一笛说:"帮个忙,节省点时间,给我别上。"

那口气简直就是命令,付一笛只能接过仇小丫手里的纱巾,站在她身后给她往肩上别。付一笛第一次离女兵这样近,连衣裙的后领开口被仇小丫的后背撑得合不上去,形成了一个大大的三角地带。仇小丫来来回回跑得急,汗水几乎把衬衣浸湿了,她的背上散发着一阵阵女人特有的气息。

付一笛用力地捉起紧箍在仇小丫后背上的裙领时,心跳猛地加快了。付一笛清晰地看见仇小丫乳白色的文胸后带露在那儿,那条带子被她两侧的胛骨拉得中间悬空着，仇小丫的脊梁骨在文胸带的衬托下，竟显出一点骨感美来。付一笛的心跳嗵嗵地加起速来，心有些慌慌的。

那天，慌乱的付一笛上台后不知是怎么演唱完自己的歌曲的。在他走下舞台时，他看见仇小丫拿着十分惊奇的眼神看着他。"你刚才唱的歌是不是贴的专业的音？太棒了！"

付一笛正不知怎么回答仇小丫，仇小丫却又冲他天真地笑了。"一会儿我们就上台装白衣小天使了。"

说完，仇小丫带着女兵们踏着《春天的故事》的旋律飘上了舞台，开始了她们在团里舞台上的第一次演出。

事后，付一笛听到了许多关于仇小丫她们演出的故事。据说那天团长很高兴，说："以前没看出来，卫生队的这几个小女兵一穿上裙子蛮苗条的嘛。以后，请她们多上几次台。"

参谋长说："女兵挺有创意呀，在裙子后面别上了纱巾，一跑就像要飞一样，好像是翅膀。"

只有副政委看出来了门道。"咱们这几个女兵真挺大方，露着膀子跳得挺欢。"别人就笑副政委戴了近视镜看得就是清。

付一笛和仇小丫通过演出相识了。

有一天，付一笛闲了没事给仇小丫打电话，拨通之后，仇小丫问："什么事呀，付排长？"

听到仇小丫的声音，付一笛哼了好一会才说："啊，我这里有你的演出照。"

"你们干部真能寒碜人。文化干事让人前台丢丑，结果连队排长给人拍照留念，恐怕我们女兵忘了你们。不过，那天咱女兵没掉链子吧？"仇小丫在电话那头美了起来。

付一笛和仇小丫开起了玩笑："那天挺成功。今天军区报纸头版头条刊登了，题目是《女兵班长带头跳 全团官兵都叫好》，同时配发你们演出的巨幅照片，看到没有？听说香港凤凰卫视要和你们卫生队签约演出呢。你们干脆搞一个小天使组合参加《星光大道》得了。"

"带翅膀的不一定是天使，也有鸟人。"

"仇小丫同志，请别转着弯骂人。"付一笛听出仇小丫在揶揄他。

"哎，不开玩笑了，你今天请我吃饭算了。"

"想吃什么？"

"涮你！"

仇小丫的电话挂断了。挂断之前，付一笛听到了一串女兵打了胜仗才会有的笑声。

一次到卫生队看病，付一笛有意无意地问到了仇小丫。一提到仇小丫，卫生队长脸上出现了医生们少有的喜色。"我们这个班长，厉害得很呢。在这里，不论有什么背景、多么难管的女兵，只要她一说话，准服。再有——"

付一笛没等队长把话讲完就岔开了。他想了解仇小丫的情况，又不想，包括他自己也弄不懂自己为什么会这样。仇小丫留给他的是一种形容不出的感觉，有些甜滋滋的味道。

4

世界太小了，付一笛离开仇小丫家里时心里一直在这样想。

付一笛没有留在她家吃午饭。自从知道仇小丫是林慧芬的女儿后，付一笛就开始后悔和黎术到了林家。事情怎能是这样呢？仇小丫怎么是拥军模范的女儿呢？

这次去，付一笛没有问林慧芬关于拥军的任何事。看得出，她也不太愿意谈这些。反之，对部队上的一些事她倒挺愿意聊。付一笛的心思全乱了，两个小时后，他起身告辞了。在他提出要走时，黎术问："付排长，林阿姨的事你啥时写？"

付一笛尴尬地站在那儿，一愣。

仇小丫在一旁说："付排长，你可千万别急着写我妈，写完了你也许就不会再来了。先不写，多来两回。"

"对，对，多来两回。再来穿着军装，那样精神儿。"林慧芬意味深长地说。

付一笛告辞出来时，仇小丫有些急。"说走你真走啊？要是再等一个小时，我和你一起走。"

黎术偷偷地拉了付一笛一下，讪讪地笑着说："我在这儿还有些事，不然，你自己先回吧。"

付一笛又是觉得一阵好笑，他觉得政治处这个黎干事有些鬼鬼祟祟的。

付一笛和林慧芬告别之后，在路边拦了一辆返城小客。坐在车上，付一笛心里乱乱的，靠在车窗上盯着路边奔跑的树木，迷迷糊糊地闭上了眼睛。

其实付一笛根本就没睡着，仇小丫在他的眼前跑来跑去。一会儿是穿着白纱裙的仇小丫，一会儿是穿着军装的仇小丫，就连在卫生队走廊里看到的穿着白大褂的仇小丫的背影此时也过来凑热闹。

5

付一笛想自己是不是喜欢上了仇小丫。这个念头在脑子里刚一闪，他忽地一下清醒过来了，身上也惊出了一身冷汗。不可能！这怎么可能！在部队，干部和战士谈恋爱是绝对不允许的，这是高压线！当了这么多年的兵，付一笛深知这一点。尤其不可能的是仇小丫和他都是团里的公众人物。一个是唯一的女兵班长，一个是名声在外的排长。

小客车嚓的一声停住了。

"想死啊！"司机拉开车门喝道。

付一笛睁开眼，看到一辆出租车停在了客车的侧前方。

仇小丫从出租车里钻了出来。"师傅，别骂呀，我想搭你的车回市里。"

仇小丫上车后，扫视了一圈后，从人缝中挤了过来，冲付一笛小声说："终于追上你了，我的大哥呀。一路上追错了好几辆车，挨了好几个司机骂了。"

"是嫦娥奔月，还是狗撵鸭子？"付一笛坏笑道。

"管他呢，反正是追上了。"仇小丫挤到了付一笛身边。

"你不是下午回来吗，怎么又现在走了？"付一笛的声音变得小了，因为仇小丫上车喳喳一叫，车上的人都向他们这边看。仇小丫刚上车时在擦汗，没觉察到别人在看她，付一笛却发现了那些目光。

"那个黎干事没走，真烦人，还说要等我一起归队。"仇小丫神秘兮兮地说。

"所以……"

"所以我就提前归队了，就这么简单。"仇小丫接过话反问，"不行吗？"

"小点声，别人看你呢。"

"看呗，我又没穿军装。"这句话仇小丫说得声音很小，嘴几乎就附到了付一笛的耳朵上。

"让点地方，都站在你身边半天了。"仇小丫冲付一笛眨了眨眼睛。

"放着黎干事的车不坐，上这儿和我挤小客，太丢身份。"

仇小丫没理会付一笛，用手推了推他，欠着身子和付一笛挤在了一起。

"这人，真多。"仇小丫有些恨恨地说。

"是挺多。往里坐一点，别让人踩着脚。"

付一笛话音刚落，他就觉得仇小丫半个身子的重量向他挤了过来。

付一笛向仇小丫偷偷地看了一眼，仇小丫的脖子上爬着几条细密的汗迹，两缕齐耳的短发湿漉漉地沾在鬓角。付一笛又想起了仇小丫背后的胸带，脸倏地红了。

仇小丫没有看付一笛，但付一笛发现不知为什么，她的脸也腾地红了。付一笛听到仇小丫柔柔的声音："跑这么几步就热了。"

第三章

1

　　教导员是正营职干部，夸张点说，如果到北京转一圈，在公交车上一脚都能踩到三个。可是在团里，五个营加在一起正营职干部也就两巴掌的数。教导员如果愿意管事，可能有管不完的事，哪个连队教育抓得实不实，哪个干部外出请没请假，都要管。再闲一点，例如哪个战士父母闹离婚了，哪个战士朋友在外企工作，也要过问。

　　二十年前教导员从山东老家走出来时，做梦也没想到会熬成正营职干部，尤其是能扛上中校军衔。部队上开玩笑总讲，"正营扛中校，再干也完蛋操"，意思是如果正营职干部已经是中校了，那意味着提职太慢，基本上不会再有什么干头。可是在老百姓眼里，他们不管什么职务不职务，只看肩膀头上是几杠几星，用这个来衡量官大官小。教导员提干的那一年，他母亲去世了。去世时，她很欣慰地对教导员说，咱家祖坟上冒青烟了。

　　教导员对能成为正营职干部是相当满意的。这不仅是他自己没敢想的事情，就是连他媳妇也没想到。教导员任职的那天，对在场的团政委和全营干部激动地表决心：十八年前，我是一个农村的娃，能够走到今天，每一步都少不了组织的关怀，我要把所有的力量和智慧贡献给我们的团队。

　　教导员到营里第三周的时候，关于他的一些故事便传开了。先是教导员在传达上级文件时，有这样一句话：每个干部都要爱护士兵。没想到偏偏"兵"字排在了下一页。教导员随口念成了"每个干部都要爱护士"，大家一下子听愣了。教导员翻过了那页纸，急急地补了一句"还有一个'兵'"。等营里干部听明白是怎么回事时，想笑又不敢，有的咬着嘴唇使劲憋着，有的用力咬着牙，有的干脆不喘气了，把腹肌紧紧地贴到肠子上。

教导员能当上教导员真的很不容易。入伍之前，他是订了婚的。未婚妻是一个叫杨秀枝的民办教师。杨老师把他送到村口，对他说："去吧，争取早点把我接出去，要是回来……"杨秀枝的话说到这儿就停下了。直到当上教导员，他也没想清杨秀枝留下的那半句话到底是什么。要是回来的话，她是和他结婚呢，还是和他吹灯呢？

教导员从入伍开始，就为了改变命运拼足了劲，像是上足了劲的发条，嘚嘚嘚地跑了起来。按他的能力，当军官是一件想都不敢想的事。可是在他完成英勇救人的壮举之后，天上掉下来的馅饼一个接一个全砸在了他的头上。先是救人立功，然后是团里分了两个提干指标，只有他达到了是党员且又立过三等功的条件，提干又变得顺理成章了。提干之后，他就开始更加拼命加革命，可即便这样，也没得到领导太多的赏识。原因是能力素质就在那儿摆着呢。

杨秀枝做了二十几年的民办教师，一次又一次转正的机会就在眼前招手，可每一次又都是擦肩而过。有时，她也想实在不行随军到部队得了，两地分居的日子实在是太苦了。可转念一想，如果那样做，熬了这么多年要到手的工作就泡汤了。

教导员也对杨秀枝半真半假地说过："要不你那工作就不要了，随军做个官太太。"杨秀枝不同意："工作不要了，去给你当专职夫人，我才不干呢。这年头，如果你一脚把我踢了，我连个哭的地方都找不到，说什么我也得转正之后再和你随军。”

教导员也只好听之任之，一年一年盼过来，一年一年等过来，一直到他当上教导员，她才转为正式教师。据说是教委考虑到她是军属，给了些照顾才成的。想来想去他们夫妻两个也是挺苦的。

2

看着付一笛不屑地离开帐篷，教导员心里很不是滋味，胸口闷闷地透不过气，于是从帐篷里钻了出来。他看见付一笛把迷彩帽脱了下来，用一只手拎着在空中挥舞成一个又一个圈，正飞快地向山坡上跑去。

这时，一连指导员俞正出现了。

“俞正！俞正！”教导员兴奋地喊。

俞正站住了，他不知道教导员怎么这么激动地叫他。“咋了？”

“你们连安顿好没有？”俞正听得出教导员的声音有些急。

“就差一个帐篷了。听说你把付排长叫来了，有什么事吗？”

“没，没事。”

看着走过来的俞正，教导员的身上顿时有了一种无法言说的委屈。付一笛这个排长在指导员俞正面前倒是俯首帖耳，而对自己却从眼里流露着一种抵抗。虽然他不能直接指出来，但他都真切感觉到了。

看着俞正一脸诧异地看自己，教导员有些难为情起来。他还没有从付一笛拂袖而去的尴尬中解脱出来，现在又能对俞正讲什么呢？何况，他对俞正的为人也是了解的。

教导员想到了去年年底发生的事。俞正曾以支部书记的身份向营党委建议让黎术离开炮一连，原因是炮一连是集团军的标兵连，这个连队的连长不仅要胜任岗位，同时还要胸襟开阔。

俞正找过教导员不久，教导员就找黎术谈了话。谈话归谈话，教导员对黎术是心存感激的。

3

那年，杨秀枝从山东老家来队。事也凑巧，就在杨秀枝到部队的当天，部队接到了抗洪的通知。教导员和当时的营长随着大部队风风火火出发了，一去就是二十多天。当时黎术是炮一连的老排长，按理说作为排长也应该随着连队出征的，可他在两天前的一次训练中，左眼磕到了炮管，缝了三针，一只眼睛贴着纱布什么也看不见。黎术积极要求参加抗洪，营长不同意，营长说现在不是你表现的时候，总之营里是要有人留守的。正好你伤了，就你留守吧，各连留守的兵全归你管。

其实黎术也知道自己上去了也没多大用处，弄不好还要成为累赘，他也不好再争辩。

临出发前，教导员对杨秀枝说："你刚到这儿，我又陪不上，就不要这儿那儿乱跑了。"

杨秀枝听话地点点头，默默地看着丈夫装背囊，自己也插不上手，只能站在旁边，不知该干点啥。

部队开进后，黎术带着两个兵到各连贴封条。在营部，他遇见了杨秀枝。他已经听说教导员的家属来队了，只是还没时间去看。现在在营部遇见了这个女人，应该就是几年也没来队的嫂子了。

黎术热情地叫了声嫂子。杨秀枝脸唰地红了，然后说："叫我杨老师吧。"

声音很小，说到一半时就缩了回去，黎术还是听到了。黎术没叫杨老师，他觉得不习惯，还是叫了嫂子。贴过封条，黎术把留守的五个兵集合到一起，加上杨秀枝办起了一个伙食点。等到吃饭的时候，杨秀枝已经和他们六个都认识了。

第二天，黎术看见杨秀枝一个人在营区内待得实在无聊，便租了车带着她和一个兵去了附近的青山湖。

这些年来，没事时黎术就愿意鼓捣照相，水平也还说得过去。那天去湖上，他特地带了照相机。在湖上，黎术围着杨秀枝拍了近百张照片。当他提出让杨秀枝到船上再拍几张时，杨秀枝不同意。"照那么多干啥？人都这么老了。"

"嫂子竟说谦虚话，你一点也不老呢。从镜头里看，我还以为是刘晓庆站在对面呢。"黎术和杨秀枝说起了笑话。

杨秀枝脸上飞起了两朵红云。"别寻嫂子开心了，你们教导员都说我老成一朵菊花了。"这个刚刚转成正式教师的军嫂话腔里带着明显的酸味。

黎术为她鸣不平。"才不是呢。嫂子明天就收拾收拾，等我们教导员回来，非给他一个震惊不可。"杨秀枝被黎术的话拨拉得有些不知所以然，果然就觉得自己年轻漂亮得很，一边接着摆造型一边说："让你们教导员好好看看，我倒哪一点配不上他。"

等到教导员抗洪回来时，杨秀枝简直像是换了一个人，原来垂在脑后几十年的大刷子骄傲地盘在了头上，淡黄色的发罩整个扣在发髻上，零星散布的亮片发着五光十色的光，一件宽松的低开胸粉色半袖套在上身。杨秀枝楚楚动人地站在了教导员面前。

一身疲惫的教导员看着焕然一新的杨秀枝，眼睛瞪得像是两个红透的李子，一下把杨秀枝揽在了怀里。杨秀枝刚羞答答地叫了一声，教导员的两只手就急急地寻找着主题，杨秀枝顺从地把脸扭到一边，微闭着。

教导员俯在杨秀枝的身上，闭着眼，不想睁开，他闻到了杨秀枝身上有着一股从未有过的，但营长家属每次走过时都会带着的香水味。半晌，杨秀枝推了推教导员："没出息样，快起来。"

"再待一会。"教导员竟有点死皮赖脸，"我还以为这回回不来了呢，太危险了。"

杨秀枝没心思听丈夫讲他的历险记，迅速地坐了起来，兴奋地拿出一本影集给教导员看。教导员在影集里看到了杨秀枝从未有过的风姿。杨秀枝在照片里笑眯眯地望着他，每张照片的旁边还配有浪漫的诗句。

已经缓过神的教导员没有心思再往下翻，像是看陌生人一样直勾勾地盯着杨秀枝，慢慢地在他的眼里烧起了一团火，一下又把杨秀枝掀翻在身子下面，带着可以怀疑为暴力的动作完成了他们夫妻间应该完成但迟了好多天的事情。

杨秀枝被他带着一次又一次在浪尖上颠簸着，如同战斗般一次又一次冲锋着。在那个过程中，杨秀枝心里一遍遍地念着黎术的好，几乎要喊出他的名字。事过之后，教导员知道了杨秀枝的改头换面缘自黎术。杨秀枝说："黎术这个人真热情，到部队来了几次还真没人这样瞧得起俺呢。"

教导员嗯嗯地点头。

杨秀枝又说："这几天他花了有四百多元呢，给他，说啥也不要。要是有机会了，可得帮帮他。"

"知道了。"教导员嗯了声，又急急地叮嘱，"这事以后别和别人说。"

杨秀枝疑惑地点头。

教导员彻底想通让杨秀枝随军就是这次来队。他发现杨秀枝自从转成了正式教师之后，似乎不再像以前那样土里土气了，说话也好像变得含蓄，甚至有点小资。

黎术是聪明的，他看得出来，教导员自从抗洪回来后，对他的态度有了巨大转变。那天晚上，他去看教导员，刚一进门，他就对笑容可掬的教导员说："教导员辛苦了。"教导员则说："我没在家，让你受累了。"又破天荒地为黎术倒了一杯水，尽管那动作很生疏，很别扭，可终归还是倒了。

　　黎术意识到虽然自己没有去抗洪，但收获要比抗洪大得多。组织上没给他立功的机会，但他在教导员心里却立了头功。

　　不久，杨秀枝要回老家了，黎术自然要留一留。杨秀枝说："不了，儿子在姥爷家补了一假期的课，快要上学了。"

　　黎术忽然想起来了什么。"没带他来，回去怎么也得带点礼物给他。"

　　"当时我跟他说，给他带个望远镜。"

　　"那带了没？"黎术赶忙问。

　　"对小孩子哪能那么认真。"

　　黎术没说什么离开了。第二天，当杨秀枝和教导员在火车站等车时，黎术一头汗水地赶来了，他把一个精致的望远镜塞在了杨秀枝鼓鼓囊囊的提包里，边塞边说："这是我一个朋友昨天连夜从边境口岸带回来的，纯俄罗斯货，差一点误了你的事。嫂子，对不起了。"

　　人家为咱办事，还说对不起。杨秀枝听黎术这样一说，反倒心生了许多愧疚。于是，在她上车的时候，一再叮嘱教导员，不能亏待了黎术。

　　从那以后，教导员就和黎术亲近了许多，有事就想和他商量商量。他觉得黎术比其他的干部善解人意。

　　不久，他向政治处主任推荐黎术当上了群联干事，两年之后又把他要回连队当了连长。这样一折腾，黎术的职务也赶了上来，只是他还在教导员的岗位上原地踏步。尤其是当炮一连党支部反映与黎术合不到一起时，他又趁机把黎术调整到了营部，解决了副营职问题。本以为又帮他促成了和仇小丫的婚事，欠他的人情还得差不多了，没想到，现在竟又闹出了照片风波。

第四章

1

俞正到营部来并没有什么事，只是他已经习惯了每天向营里汇报工作。这并不是他想讨领导的喜欢，而是他认为工作应该这样。现在，看见教导员急不可待有话要说，他知道教导员一定遇到了什么问题。付一笛刚刚被通信员找了过来，凭他的直觉应该和付一笛有关。

俞正有些后悔这个时候出现。一直以来，他都不喜欢教导员的工作作风，更不佩服他的领导能力。尤其在他提出让黎术离开连队的事后，俞正越发觉得教导员这个人实在不聪明，和黎术对比起来更显得愚笨，他分辨不出黎术的为人。

看着教导员无助的样子，俞正的眼前出现了一个画面：一只水桶被辘轳骨碌碌地放到了井里，水桶在离水面还有一段距离时井绳却放到了头。水桶左晃右晃，就是够不着水。打水的人渴得嗓子冒火，还是喝不到。俞正能够深切地体会到教导员绠短汲深的感受。

站在教导员面前，俞正一时却不知说点什么。最后，他说："明天上午全连正式开进，下午按计划训练。"

教导员说："要注意安全，再有，把教育计划带来。"

俞正敬了个礼，从帐篷里退了出来。刚转到大道上，俞正一屁股坐在了开着婆婆丁的草地上，掏出手机给付一笛打电话。

付一笛正在生闷气，接到俞正的电话后没好气地问："啥事？"

俞正没说啥事，只是在电话里哈哈地笑个没完。

付一笛火了。"有屎就拉，有屁就放，别和我扯犊子。"

俞正一看付一笛说粗话了，就知道他和教导员一定是闹僵了。"别拿我撒气好不好，我可是你的指导员，付一笛这么文明的人讲粗话可让人笑话了。"

"这年头谁还怕谁笑话是咋的？我就是光屁股撵狼——胆大不害臊了。"

"我找你去，行不行？要不别明天有人告诉我，我连一个排长自残了。"

一听俞正要来找他，付一笛有些高兴，一肚子火正是没地方撒呢，过来诉一诉苦也好。但付一笛又不想表现出多么热切来，淡淡地说："想来就来吧，只是怕这荒郊野外的你找不到我。"

俞正说："又在装，赶快告诉我你在哪个地方看风景呢。"

"你不就是左手拿迷彩帽，右手在打手机吗？反正我是看到你了。"

俞正向四处望去，忽然他看见一个模糊的身影正在半山腰的树林边走动着。他知道那就是他的一排长付一笛。

2

没过多长时间，俞正气喘吁吁地出现在了付一笛面前。

付一笛坐在草地上，眼前摆着的作训鞋呈立正的脚形，像是一双手捧着迷彩帽。他手里攥着一把小石子，正单眼调线往帽子里投掷。

"被人搂了？挺爽？"

"老导，别落井下石好不好？"

"这叫关心，一般人我还不问呢。"

"别提了，纯是屁股沟长瘊子——点背。今天牵引车过沟时陷住了，我从车上跳下来指挥，可能太用力，钱夹丢掉了。钱倒没多少，钱夹里有……"付一笛急不可待地讲起了自己的遭遇，讲到这儿停住了，抬头看着俞正。

"讲呀，听着呢。"俞正装作漫不经心的样子。

付一笛脸一红："那里有一张照片。"

"照片有啥，还能比钱重要？丢就丢了，看你大惊小怪的。"

"是我和仇小丫的照片！"付一笛大声地喊。

"仇小丫？"俞正不屑地说，"仇小丫不就是黎大助理的媳妇吗？她照片咋的，你们是战友嘛，谁说有她照片就不行？"

付一笛无论如何也没想到自从发生了这件事以后，还会遇到这样一个和自己站在一条战线上的人。

"可是你知道吗，那张照片是我和仇小丫的婚纱照？"

俞正装成大吃一惊的样子，把身子往付一笛身边靠了靠，伸出手在他头上摸了摸，又在自己头上摸了摸。"你没病吧？你啥时和仇小丫拍过婚纱照？"

此时付一笛脸臊得很，就是在平时说话最放得开的领导加朋友面前也窘成了一块红绸子。

"是仇小丫结婚时我和她照的。还有黎，不过我把他给剪下去了。"付一笛还是对俞正说了实话，一边说还一边做了一个很过瘾的剪切动作。

到现在为止，俞正已经从刚刚遇到的事件中捋出了一个大概。他不再寻付一笛开心，只是说了一句："真不可思议！"

付一笛万万没有想到俞正听了他的事之后，最后会做出这样的评价。教导员和黎术那样说他倒也认了，一个是仇小丫的老公，一个是介绍人，而你指导员也这样说。

"你别来给我下什么定义。这是我和仇小丫之间的事，你要是明白的话，就不要介入进来，这里已经够复杂的了。何况连队需要你管的事多了去呢。"付一笛拉起了脸。

"现在要明白的是你付一笛，而不是我指导员。我对女人是什么比你了解得多。你别以为你喜欢仇小丫，人家仇小丫就喜欢你。"

"谁说喜欢她了，喜欢不喜欢我自己知道。"

"好吧，就算她喜欢你。那么，我问你，她喜欢你什么？喜欢你有才？喜欢你幽默？喜欢你诙谐？喜欢你清高还是喜欢你桀骜？就算这些都喜欢，爱屋及乌连你的缺点她都喜欢？我问你，她嫁给你了吗？她答应给你生孩子了吗？你要知道，她的老公是谁，她现在是谁的老婆。"俞正一口气说下来，觉得心里还不解渴，到了最后竟变了腔调，"这些都没想清，还冲动什么？"

付一笛抓起一只鞋一下子掷出去老远，抬起头眼睛直直地看着站在眼前的指导员。"我想一个人静一会儿，付一笛的隐私到目前为止还犯不着让组织知道，让支部书记来管。"

"你让我走行，可你以为你付一笛是谁？我还有话没说完呢。"俞正俯下身，捡起付一笛的另一只鞋朝另一个方向使劲扔了出去，姿势像立姿投弹一样潇洒。然后，俞正把手插到裤兜里在付一笛面前晃了起来。

"走走走！我心烦！"付一笛往草地上直挺挺地一躺，抓过迷彩帽扣在了头上。

树林边一下子静了下来，沉默得让人透不过气。

付一笛不动，也不说话。许久，坐在他身边的俞正猛地揭开蒙在付一笛头上的帽子，目不转睛地看着他。

"一排长，知道吗？我知道你心里现在有多难受。生活就是这样，你想逃也逃不开。"

"指导员——"付一笛动情叫了一声，眼圈红了。

"事情出了也好，这样你的心情可能会好一些，不用整天压着这一码事了。要不人活着太累了。工作上苦点累点都无所谓，怕就怕心累。可是，你不能太任性，一个排的兵都看着你呢，再有，我们刚刚到驻训点，一切都刚刚开始。"

付一笛一翻身坐了起来。"那你说，我现在该怎么办？"

"怎么办？"俞正问。

"不，我说的不是我。我的排我一定管理好，不会出一点问题，我是说仇小丫。"

"没事，我想仇小丫会想得开的。她不会怪罪你，反而会因为你的心里装着她这么一个朋友而高兴呢。谁对谁都有爱的权利，何况你们曾经……"

"我从来没对她说过什么。"

俞正笑了。"现在这事不就说明了吗？"

"那也不是喜欢她，就是朋友。"

俞正向付一笛伸出了一个大拇指。

"一排长，话讲到了这儿，我当老大哥的还要多说几句，以后离仇小丫远一点好，毕竟人家已经结婚了，尤其你和老连长还低头不见抬头见的。黎术的家属需要安静和幸福，或者说还有忘却。你不应去搅乱她的生活。这才是最聪明的做法，何况将来你还要结婚。"

付一笛诚恳地点着头。

天渐渐黑了，俞正站起来，长长地出了一口气。"一会儿要开饭了，一大摊子事呢。我得回连队看看去了，你自己待一会就回去吧。"

付一笛听到俞正的脚步声向山下远去。俞正走出将近三十米时，付一笛看到俞正俯身在地上捡起了什么，然后就看见黑乎乎的一个东西向自己飞来，啪的一声落在旁边。定睛一看，是一只迷彩鞋。接着，他听到俞正猛地唱了起来："咱当兵的人……"付一笛吓了一跳。

星星已经出现在了夜幕上。此时，付一笛也长长地出了口气。现在他的心里敞亮多了，他知道这难熬的一下午终于要过去了。望着黑黝黝的天幕，时间也静止了。后来，他慢慢地闭上了眼睛。眼睛刚闭上，泪水就流了出来。这泪水不是痛苦，而是出于对俞正的感激。

3

付一笛和俞正的结交是从连队开始的。两年前，俞正是从军里另一个师的直属警侦连调到连队任职的。俞正报到那天，付一笛坐在会议室的角落里仔细地端详着这个新来的领导。

眼前的这个人脸白净得没有一点杂质，只是有些浮胖，倒因这一点而让人觉得他有些与世无争。他的鼻子上冒着几颗微小的汗珠，在灯光照射下闪闪发亮。付一笛觉得这个人很有意思，给人感觉不张扬，很舒服，只是身材稍稍胖了一点。

和连队干部见过面，俞正又专门到班里见了付一笛。那时战士们都不在，俞正讲话很客气："我刚到这个团，没什么熟人至朋，也没有同学老乡，啊，老乡可能会有，只是我还不知道。我对团里营里连里很多情况都不了解，你们熟悉情况，以后要多帮带我。"

付一笛不知道新来的指导员说这些是什么意思，但他隐约感觉这个人很坦诚。

听到这儿，付一笛说："我这个人也挺实在的，只是你刚来，还没接触。一些话以后可以慢慢唠。只要是连队需要我做的，而且是正确的事，您尽管吩咐。只是时间长了，你就会知道我这个人很隔路，很不得领导待见。"

俞正憨厚地一笑："一个人有个性不一定非要用隔路来评价。"俞正的这句话让付一笛听起来很受用。

没过几天，俞正找到付一笛征询意见。团里来了一个士兵提干指标，出现了三个候选人。其中两个男兵都是炮一连的，一个是计算班长杜华伟，一个是测地班长柴东阳。政治处让连队先开会，然后排序上报。俞正刚到连队还不到一个星期，遇到了这事，他得听听群众意见。

付一笛心里一惊，他万万没想到俞正会来和他探讨这件事。因为他是连队最老的排长，对这两个人都非常熟悉，按理说他有发言权，可是经见的事多了，此时付一笛也不知该怎样告诉俞正他的看法。

付一笛半晌没说话。俞正有些急了："你咋不说话？"

付一笛没办法，只好开口："到目前为止，有没有主要首长在这两个人当中提到谁，或是流露过对谁有好感？"

"没有。"

"你打听没打听过他们两个和现任或师以上哪个领导有关系？"

俞正还是一脸茫然："没有。"

"你想让我怎么说？"

"我听说他们两个你都带过，没有人比你更了解他俩。"

俞正这点看法是对的。付一笛自己都承认，在连里，除了他之外，没有人对这两个人选更了解了。

"我和你谈的东西是生活上的，不是工作上的。是我对他们个人的看法，并不是让你做参考的。"付一笛先这样开场。他之所以这样委婉，是因为他不了解俞正。

"我相信你，付排长。你也应相信我。"俞正的话让付一笛只好接着讲。

付一笛真是太了解这两个兵了。杜华伟的教学能力在集团军都大名远扬，他在炮兵计算专业上的成绩是有绝对领先优势的，没有人能比。代理排长两年了，道德品质更是人人夸好。柴东阳参加过两次军区的测地专业比武，都取得过成绩，虽说不是第一，可也是给团里争了不少光。

付一笛不知怎样讲这两个人才不失公正。杜华伟从入伍那一天就迷恋上了部队生活。说心里话，他是喜欢杜华伟的，他每次做事表现得都是坦坦荡荡，一点追名逐利的感觉都没有。在付一笛的心里，他倾向于杜华伟，可柴东阳的情况他更了解。柴东阳比杜华伟早一年兵，虽说他在连队的群众基础和杜华伟比起来似乎要差一些，但整体上没有什么大毛病。尤其是他今年如果不能提干，面临的就是年底复员，因为他已经满二期士官服役年限了。柴东阳是一个孤儿，他回了家连个房子也没有。但让付一笛对柴东阳印象不好的地方是他有些势利，团里的两个领导他走得都比较近，逢年过节总要主动上门。虽说是悄悄地去，但世上没有不透风的墙。领导对连队的"全面了解"应该和他有关。

最后，付一笛给出了这样的意见："一句半句讲不清他们俩，最好的办法就是群众测评，结果连同选票一同上交。"

第五章

1

天刚放亮，遍野还轻覆着一层薄薄的冷霜，初春的早晨让人觉得几丝寒意。起床号在大洼谷传荡着，一个个帐篷里清一色的迷彩们正伴着号声鱼跃而出，每张面孔上都向外缭绕着一团轻雾。

付一笛已经等在了操场上，一觉过后，他看上去已经变得相当轻松。俞正站在队列最前头看着连值班员付一笛集合队伍。

昨晚刚开始躺在床上，听着四野的寂静，付一笛有些睡不着，觉得突然发生的这件事有些对不住仇小丫。后来想着想着就睡着了。奇怪的是仇小丫在梦里并没有责怪他，而是笑呵呵地对他说："付一笛，你光是拿照片做文章有什么用？你有话就说呀。"

付一笛说："仇小丫，你别整死人不偿命，你快挖一个坑让我跳进去吧。"说完两人就哈哈地笑。

笑着笑着仇小丫停住了，问付一笛："你怎么能做出这样的事来？"付一笛用惊异的眼神看着仇小丫，不知她什么时候变得这样成熟了。仇小丫又笑了。"别那么沉重好不好？结婚的人和没结婚的人不一样呢。大姑娘和小媳妇差别可大着呢。"

"我知道该怎么办了。"

"怎么办？"

付一笛没再吱声。俞正已经说了，最好的办法就是忘却，把仇小丫变成记忆中的一张底片，放在心灵最深处。

付一笛早早地醒来了。夜里的梦很长，也很累。他在梦里和仇小丫说了很多的话，醒来后只记得了一个大概，那就是忘却。

付一笛穿戴好训练服，悄悄地端了一盆水到洗漱台边去洗脸。凉冰冰的水在脸上浸过之后，说不出的清爽。付一笛把脸浸在盆子里，睁大眼看着金黄色的盆底，想着黎术昨天使用的小伎俩，一边想："要是我，该怎么办呢？"

还没等他想出结果，起床号响了。付一笛匆匆地向集合场赶去。这是野外驻训的第一天，他要对他热爱的生活有一个正确的态度。他像是一棵白杨，挺立在那里。

看着一列列队伍拥向集合场，付一笛一下变得充实起来，也一下来了决心，忘记一个人。那个人不是仇小丫，他把仇小丫埋在了心里。要忘记的是黎术。

2

黎术在付一笛决定把他忘记的时候，再一次出现在了付一笛的身边。

黎术从捡到那个钱夹起，内心一直没有平静过。他几次拿起手机想和仇小丫讲这件事，又把握不准仇小丫会有什么样的反应。

以前他只知道仇小丫和付一笛来往很多，但他们之间到底发展到了什么地步他不知道，也不能问。一直到结婚，他的心里都没有底，他感到自己像是一个勇士，随时做好了和付一笛角斗的准备。付一笛要是因仇小丫敢向他宣战，那他会毫不客气地还击。但让他万万没想到的是，付一笛从始至终表现得很有风度和分寸，该和仇小丫来往就来往，如同对待其他同事家属一样，没有一点点别别扭扭的。他不得不偷笑自己有些神经质。

虽然他注意观察了仇小丫很多次，也话里话外地暗示了几回，仇小丫就是不上他的套，没有讲出一点她和付一笛的事，连"付一笛"这三个字都不提。

让黎术对仇小丫放心的事发生在他和仇小丫结婚的那天晚上。同完房，他说要上洗手间，打亮了台灯。仇小丫含情脉脉地躺在印着大红喜字的被子里，如同一朵睡莲。看了仇小丫一眼，他装作无意地向床头溜了一眼，这一眼他看见了仇小丫放在枕边的白毛巾。那条部队配发的雪白的军用毛巾上在黑暗中悄悄开上了两朵红艳艳的花。一大一小，肩挨着肩绽放在洁白的雪地上。

黎术心里的石头落地了。他似乎听见那石头嗵的一声砸在自己的心坎上。黎术向洗手间快步走去。

仇小丫看见了黎术的眼神和表情的变化，心里猜到了什么。不好问，也不好炫耀，一侧身，把脸背向了灯光。仇小丫躺在被窝里，好半天没听到黎术如厕的声音。

黎术站在坐便器前，仰脸等了好久，也没有一点尿意，不觉有些难为情起来。正在不知如何是好时，黎术听到仇小丫娇嗔地喊："烦人，灯怎么还不闭！"黎术噔噔地跑回床上，把一团冷气直裹进被窝。

仇小丫说："我冷。"黎术会心地一笑："我也冷。"说完这话，心却一下热起来。那是一种势不可挡的热浪。黎术觉得自己像一个热气球一样膨胀，升腾，他要抓住一个重物，免得使身体飘忽起来。在忙乱中，他一下搂住了仇小丫靠拢过来的身体。仇小丫感到自己也飘飞起来了。两个人似乎都屏住了呼吸，世界在那个夜晚不存在了。

3

午饭后，黎术在路上徘徊了两个来回之后，找到了付一笛。战士们一看是老连长进了帐篷，都知趣地躲了出去。而付一笛面对着帐篷躺在床上，知道来了人，他嘟囔了一句："大中午的不知道本人要睡觉吗？"

黎术没有回声。付一笛觉得好奇怪。要是在平时，无论是谁都会和他没大没小地开起玩笑来，老一点的兵甚至会坐到他的床上把他拽起来打牌。可今天不同，来人只闷声在地中央站着，连半个屁都没有。

付一笛大喊一声："谁？"然后身子向后一挺，忽地坐了起来。付一笛看清了，眼前站着的人是他下定决心想要忘记的黎术。

付一笛肚子里本已要熄灭的火像是见了氧气，欻地着了起来。付一笛不无讥讽地问黎术："哟，连座呀，找我？吗事？"

黎术也是带着火来找付一笛的，没想到付一笛这么鬼腔怪调对待他。"你付一笛这么聪明的人，难道还不知道我是干什么来了？咱们出去聊一下。"黎术压着嗓子说。

付一笛愤愤地问："我想不会是干仗吧？"

"值得吗？"

"为自己心爱的女人，又怎么不值得？"到此为止，付一笛已经冷静下来了。他攒着满腹的心思想要气一气黎术，说话也就带起了刺。不过付一笛也不想让战士们知道这样的事，还是披上迷彩服出了帐篷。付一笛径直向连队车炮场走去。站定后，付一笛倚在了雷达车上。"说吧，所有的话你今天都说完。"

"付排长，今天我来是想告诉你一个事实。"

"事实不用你告诉我也知道，仇小丫是你老婆，对不对？"付一笛抢白道。黎术的脸一白，张大了的嘴一时说不出话来。

"黎助理，其实你是一个绝顶聪明的人。从你能把仇小丫娶到家，就已说明了这个问题。可是，有时聪明人却会犯极其低级的错误。"付一笛把头转向了电台车。黎术不知说什么好。

"那么，既然你到我这里来是想听我给你上一堂课，那你就听着好了。"黎术听到付一笛这样说，傻了一样没吭出声来。

"你看，你看，我说你就没那个诚心听嘛。"付一笛哈哈大笑起来。

黎术再也忍无可忍，一掌拍到付一笛倚着的雷达车门上。"付一笛，你别给我装腔作势好不好。别以为你的口才有多好，别来给我上课！"

"看看，老连长，态度又不好了吧，又不认真了吧。以前你不总是教育我们听人说话要认真吗？"付一笛漫不经心地说。

"在我们营，有的人看起来冠冕堂皇像是有修养，有文化，也一直被别人看得很高。其实这样的人心理肮脏得很，黑暗得很，在背地里做一些见不得人的事。而当有一天，这种事被别人发觉了，"黎术使劲地咽了一口唾沫，"他的心又慌得很，又不想让别人觉察出来，装得很深沉，内心却在背着一个很沉很重的十字架前行，觉得既对不起以前的朋友，又对不起周围关心过他的人和他的领导。"

付一笛没插话，笑吟吟地看着黎术。等黎术说完，付一笛开口了："真是的，生活当中竟然还有这样的人，真是太有意思了。黎助理，我怎么没早发现这个人呢？"

黎术气得圆睁双目对付一笛大喊："我说的是你！"

"是我呀？"付一笛一脸无知，"哎呀，我怎么没发现我是这样的人呢？"

“付一笛，我以前也没发现你竟是这样的人！”黎术用有些绝望的声音说，“你怎么能这样呢？！”

“我怎么了？我没有破坏你的家庭吧？我没有抢占你的妻子吧？我没有对仇班长说‘我爱你’吧？我没有向所有的人宣告我和仇小丫之间有什么事吧？黎助理，别自讨没趣好不好？是你硬要让别人知道我和仇小丫之间怎么怎么的了，是你自己在破坏自己的家庭。知道吧，我没有介入你们家庭中，我也没有对你的妻子说过什么出格的话。而是你在凭着一张照片和一段历史自己与自己过不去，在诋毁仇小丫声誉的同时反过来还要举起一面护妻大旗，显得自己有多么爱她，有多么看重她。知道不知道，到现在为止，我没有伤害仇小丫一点点，一点点，你懂吗？反而是你！是你！是你在不断地猜疑她，然后愚蠢地把事情弄得教导员知道，我们指导员知道。看着吧，用不了几天，全营人人都会知道。炮一连老连长和排长因为一个女人发生了战争。”

付一笛一口气说了这么多还是觉得没过瘾，干脆把压在肚子里的话全都倒了出来。“别人知道了又怎么样？能给我处分，还是给我降职？我有我爱的权利。只要我付一笛没结婚，我对哪个我喜欢的女人都有权利说爱。这些感觉有时是在我心里的，并没有说出去。我只是小心地护着它。而你呢，唯恐别人不知我付一笛和仇小丫的事，唯恐别人不知你是仇小丫的丈夫。这个时候你勇敢地站出来了，那么当她面对你给她带来的更大困难时，你还能站出来吗？”

“付排长，请你不要给我讲大道理。”黎术生硬地打断了付一笛的话。

付一笛摊开两只手。“看，又不够风度了吧。”

“请你以后不要对仇小丫有任何想法。她现在已经结婚了，是我的妻子。”

"这事不用你告诉，我知道。我参加了她的婚礼，还和她合了影，这事我还不清楚吗？以后你就别总和我讲仇小丫是你的什么你的什么。她听了会不高兴，你又不是不知道，她非常有个性和主见，怎么一结婚就成了你的私有财产？难道你自己不知道，从你纯粹的心理讲，现在你是她的，还是她是你的？你和她结合的目的就算她看不清，难道就等于周围的人都看不出吗？"

黎术的气势被付一笛压了下去，静了一会儿，黎术看着付一笛，有些带着哭腔地请求说："我已经得到仇小丫，付排长，现在你还想怎样？"

付一笛笑一笑："从我和仇小丫相识起，我就没想过和她怎么样。我们就是战友！纯粹的朋友！"

黎术吃惊地看着付一笛。他没有想到付一笛会说出他对仇小丫从来没动过心思。他说他没对仇小丫动过心思，可那照片说明的又是什么？

黎术陷入了想象的困境之中。他觉得空气变得特别黏稠，每吸进一口都黏在嗓子上，痒痒的。

直到这时，黎术才开始真真实实地后悔找到他一直有些惧怕的这个排长来理论。他应该离开付一笛的阵地了。可他又不想像是在争夺配偶归属的决斗中败下阵的非洲雄狮般满身伤痕地离开。他愤愤地对付一笛说："不然我们去找教导员。"

黎术在说出找教导员时，忽然像是抓住了一根救命稻草。他一时竟有些后悔为什么在付一笛滔滔不绝地给他讲大道理的时候，竟忘了教导员这个人。

黎术又错了。他万万没想到，在这件事上，付一笛对教导员的态度或许能用仇恨来形容。付一笛一步跨到黎术的前面，用身体挡住了黎术。他轻蔑地看着黎术，缓缓地说："黎术，你知道吗？当初你对仇小丫表露出你的想法时，不管你是真心的，还是势利的，我都很佩服你的勇气，至少我做不到。我想如果你不是真的喜欢她，也不至于说出口。可是我瞧不起你的地方就是你把爱情世俗化了，你通过领导的介入来达到你的目的。你现在难道还没看清，你和仇小丫的结合中有组织的力量吗？爱情是什么，你现在清楚吗？！"

"别给我来这一套，把路让开。"黎术生硬地去推付一笛。

"走？今天是你找的我，还是我找的你？不能不把话讲完说走就走吧。我现在的主要精力要放在训练上，而不是这些让人讨厌的儿女情长上。今天没有了断，是不是闲了没事还要来找碴儿？"付一笛伸着两只胳膊挡住了路。

"你想把谁做人质不成？"

"不敢。我只是告诉你，以后，别老拿大的吓唬人。我付一笛活到三十来岁不是谁吓大的。"

"这话你敢对教导员讲？"黎术又搬出了教导员。

"教导员可以用他的权力剥夺我的工作，他却没有权力阻挡我的爱情。我这人敢爱敢恨。我还没听说哪个女人结了婚就连婚前的战友都不敢认了的。"

付一笛说完，又补充了一句："除非仇小丫不认我这个战友了。看在你当过老连长的面上，情愿不情愿我还叫她一声嫂子，可是以后她就是仇小丫、仇班长！"

付一笛让出了道，很绅士地做了一个手势。"请，我们教导员的大红人。"

黎术从付一笛身上碰了一鼻子灰，他没想到付一笛竟是这样理直气壮地和他说话，而他说的又让他那样无可反驳，只有站在那儿听的份。他震惊的是付一笛当着他的面毫不隐瞒地讲他对仇小丫的感情，一点也没有回避。这比他预想的要糟得多。他原以为他一出面，付一笛会在他面前软下来，求他高抬贵手放过他。事情非但不是这样，付一笛连教导员也不放在眼里。

回到帐篷，黎术重重地一头砸在了床上。他感到五脏六腑都存着一股恶气，想撒撒不出。他想找教导员诉苦，想了想又没敢。昨天付一笛和教导员吵的时候他在帐篷后听得一清二楚。他在那里藏着，他感到仿佛是他在教导员的帐篷里点燃了炸药的引信，然后作为肇事者迅速离开了现场，在角落里远远地望着，等待听到引爆的声音，可又怕引爆时伤及自身。在那个过程中，他感受着又惊又怕的滋味。昨天，当教导员叫来付一笛的时候，他心中有着一种无比胜利的感觉，是他导演了一场力量悬殊的战斗，他似乎看见付一笛战战兢兢的样子。可让他万万没有想到的是，从教导员帐篷里传出的声音却不是他想象的那样，不是教导员吹胡子瞪眼睛地喊，付一笛连声地说是，而是付一笛比教导员还要凶猛和可怕。现在自己也领教了昨天付一笛对待教导员的感觉。黎术望着帐篷顶，两手狠狠地揪着头发。

黎术知道教导员也帮不了他，付一笛已赤裸裸地表达了他的态度。黎术好像看见仇小丫正从他的身边走去，向付一笛张开双臂欢呼着。他想不明白，仇小丫把一切都已给了他，而他为什么对仇小丫还有着这样的不信任，好像她就是自己身边停栖的一只候鸟，只等春天来临就会飞向遥远的地方。

黎术先前是感激教导员的，达到了顶礼膜拜感恩戴德的程度。当仇小丫答应嫁给他时，他竟然想在教导员身边哭上一场。当得知仇小丫的态度，他没有对仇小丫表示出过分的激动，大脑当中却闪电般划过了教导员的影子。现在这种感觉没有了。黎术对付一笛没有发出的恼火莫名地转到了教导员身上。

　　教导员的热心在黎术和仇小丫的婚事上体现得无比鲜明和具体。当教导员忽生了这个念头，就再也没有阻止住。于是，他对林慧芬的拥军表示出了空前的热心。就连林慧芬也弄不明白，以前一直机关干事出面的事到了现在，怎么轮到一个基层教导员亲自过问了。她反倒不安起来。十几年来，她已习惯了和群联干事接触。其间团里群联干事虽然换过了五茬，但最让她喜欢的还是黎干事。黎干事自从和她家接触以来，处处表现得都是那么热情，真正地体现了军民一家亲。黎干事到家里来嘴也比其他干事甜，林阿姨长林阿姨短的，知冷知热，赶上什么吃什么，有时还自己下厨房。

　　直到有一天林慧芬到营里慰问，教导员两杯酒下肚，半开玩笑半认真地说："林大姐呀，你家小丫年纪也不小了，是不是该早点相个人了？"这时，她才豁然开朗，原来教导员有心事了。

　　林慧芬的心咯噔一下，她生怕教导员提出一个让她为难而她又不好拒绝的人。没想到教导员冲在场的黎术一笑，借着酒劲说："黎干事呀，以后多往你林姨家跑一跑，看看有什么为难的事。去，做小辈的给你林姨敬杯酒。"

　　黎术红着脸站了起来，心里简直要感激死教导员了，教导员怎么这么知道他心里在想什么呢？

　　林慧芬本来对黎术印象不错，心里明白了教导员的意思。而且通过两年的接触，她发现黎术对她家的小丫还是很喜欢的。

　　黎术一直想问教导员，为什么想到了他和仇小丫，几次话到嘴边都咽了下去。现在，他最想做的事就是问一问教导员，他是怎样看出他和仇小丫今生是应该结为夫妻的。

第六章

1

付一笛的骨子里就有傲气。

这是一次老乡聚会时，炮一连连长全大志在酒桌上的评价。付一笛没听出来他这是对自己的表扬还是挖苦。他只当是没听见，继续和其他老乡说着话。

付一笛最怕别人和他来温柔的。尤其是嘎嘎纯的老乡全大志当了他顶头上司之后，他猛地意识到再也不能和全大志像以前一样没大没小地开玩笑了。老乡聚会，付一笛尽量找理由不参加，全大志也是，两人显得很是默契。如果一旦理由不充分都去了，也不往一桌上凑。有的老乡拿全大志开玩笑，看你把付一笛整的，都不敢和连长一桌吃饭了。

全大志就讪讪地笑笑："哪有，哪有，不信你们问付哥。"付一笛低着头该吃就吃，该喝就喝，不接话。

付一笛怕别人说出这样的话来。事不怕说，就怕说多了说久了会走样。而这事又不是他能够辩解的。所以时间长了，他就不爱参加老乡聚会。全大志感觉这样不好，有两次他对付一笛说："付哥，你要是老不去，他们就会感觉咱俩之间好像有啥事似的。"没办法，付一笛只好去。付一笛去了就是吃一顿，喝一杯。后来，付一笛对老乡聚会产生了抵触，一提聚会他就有些怕，俨然忘了入伍之初由他带头搞起这个聚会的初衷和热情。

全大志当上连长以后就陷入了一个很怪的圈子，他不停地告诫自己要把感情和工作分开来对待，可一遇到付一笛他心中的付大哥时又体现出一种极度的不自然来。

在这个团里，除了他挑不出第二个适合当炮一连连长的人来。如果有，也就是付一笛，而正是付一笛明确地向首长表示干不了，当上也是干不好或是没热情时，领导才抱着对付一笛的失望和些许的恼怒找全大志谈的话。

全大志不能说不同意。本来他就是一个合适的人选，如果不是付一笛和他的感情在里面，他也许早就开始主动争取了。他总是觉得背着付一笛做这事真的就如同别人所讲，老乡老乡，背后一枪。再有，妻子在驻地像是游击队员的日子由来已久，如果调了正连，那么他也可以申请住房，让跟自己奔波了多年的妻子楚艳艳有个安定的住所了。

于是，炮二连排长全大志到炮一连任职了。在全团，谁都知道当上了炮一连连长意味的是什么，那就是将来营长的不二人选。这样的位置只有付一笛那样的傻瓜能够坐失，换成任何一个人都不会做出如此让人无法理解的事来。然而当搬到炮一连第一天召开会议时，全大志却感到了极大的失落。

他主持的第一次会议，第一个到场的是平时最反对有事没事总开会并且认为开会就是领导过讲话瘾的付一笛。以前在全营干部会上，付一笛曾对教导员没完没了无关痛痒的会议当面提出过质疑，这是全营干部都知道且大快人心的。

付一笛除了对带兵、训练和写剧本感兴趣外，对连队的其他工作都无热情。尤其是和领导处关系以及迎来送往深恶痛绝。可是现在，和他同期入伍而且比他小几个月的老乡全大志和他处在了同一个连，两人只能在一个屋檐下筑巢了。

2

全大志到付一笛的帐篷来让付一笛感到有些惊奇。

付一笛给全大志踢过来一个凳子，自己坐在了床沿上。他知道这个当上连长还没过百天的老乡无事不来。全大志坐下后不知和付一笛说什么。付一笛没有开口，也是在那儿坐着。他没弄明白全大志今天是被哪一阵风吹着了。如果付一笛没记错的话，这是全大志当上连长以来第二次到排里。上一次是因为付一笛好长时间没往家打电话，他母亲把电话打到了全大志的手机上，全大志来找他接电话。

全大志不怎么到付一笛排里的原因其实很简单，他相信这个全营最老也最优秀的排长能够带好一个排，如果他来得过多容易让付一笛觉得不信任，还会让其他排长觉得他们走得太近。

可这次，全大志是接受教导员的任务而来的。在教导员没找全大志的时候，全大志隐约听到了付一笛同黎术和教导员吵架的事，具体原因他没搞清。听到这个消息后，他就想找付一笛问问是怎么回事。倒不是作为连长的怕排长惹出事端影响连队工作，他觉得这是和付一笛拉近感情的机会。正在全大志要找付一笛问问情况时，教导员把他叫到了营部。

教导员问了全大志近段时间的工作进展之后，便问："你和付一笛的关系理顺得怎么样？"

"他是个老排长了。"全大志不想渲染他和付一笛之间的关系。在部队里，老乡关系是很重要，但一旦形成小团体走得很近领导还是反感的。在这点上，全大志的回答是聪明的。这就让教导员觉得他还是付一笛的领导，他们之间还是分出了距离的。

教导员不想再转弯了，对全大志说："你以老乡的身份抽空找付排长谈一谈，最近他和黎术的家属弄出了一些事情，影响不太好。"

"真事？"

全大志从教导员嘴里听到这个消息后，心中一惊。付一笛和仇小丫的事情他多少还是知道一些的。付一笛向他评价过仇小丫这个人。全大志曾想，仇小丫和他不现实，一个是干部，一个是兵。本以为女的结了婚，那股劲也过去了。全大志还是没有想到会出现这样的事情。

"到底发生了什么事？"

"别问那么多了，你就和他谈要与家属保持点距离就行了。"教导员显得有些不耐烦。

"我不知道事情发展到什么程度，"全大志一边小声说一边观察教导员的表情，看看教导员没有什么反应，"那我怎么和他谈呢？教导员你还是把经过讲一下吧。"

教导员就把照片的事对全大志说了一遍。全大志听完之后，在心里骂："净他妈虚张声势，多大点事，不就是一张照片吗？有的人老婆和别人上床了都管不了，现在竟从一张照片上来做文章了。训练工作正千头万绪呢，政治工作倒是活跃起来了。"

全大志心里虽这么说，可一想这事确实好说不好听，而且也会影响到付一笛的声誉，教导员又特地找他说此事，不和付一笛谈一谈还是不妥，毕竟是自己连队发生的事。

全大志是忐忑不安地来找付一笛的。他不知道这个平时个性十足的老乡会怎样和他对话。

3

付一笛和全大志是一个火车皮拉来的，两家相隔不到两里路。入伍以后，离家在外，老乡之间走动自然会多一些。尤其是付一笛，才华横溢，在老乡中号召力也大，全大志内心里崇拜这个大哥，事事都言听计从。只是世事造化不同，十来年过去后，他阴差阳错地成了付一笛的直接领导。他在为自己多年奋斗成功高兴的同时，又为付一笛和他在一起工作感到别扭。尤其是每当付一笛担当连队值班员，向他敬礼报告时，他浑身上下说不出的不自在。平时，他对手下的另两个排长可以批上几句，可付一笛一出现或在场，他再有气也不好撒。

全大志找话题，他问："哎，家里最近来电话了吗？"

"没有，没事他们不打。"

"那你给他们打呗。"

"烦。一打电话他们不问别的，就问啥时处对象。"

"那不挺好的，有人关心有人疼。"全大志正愁不知怎么往这个话茬上引呢，没想到付一笛一下就钻了进来。

"真的，我也替你想呢。你看我比你小，我都结婚了。你也得抽空给我找个嫂子了，我等着抱侄子呢。"

"现在连地都没有呢，就想着丰收了。别开涮了。谢谢连首长关心。"

"别膄我行不行，我可不是什么连首长，我是你老弟。"全大志又像是回到了和付一笛一起当兵当排长时的状态，距离感消失了，"那你一个人也不是长法，难免别人说三道四的。"

付一笛表情一愣："看来你是听到什么了？"

"没有，没有。听到什么？"全大志赶忙否认了。

两人沉默了一会，付一笛先打破了沉闷。"听说分房子了，多少平的？"

"六十。不大，可也行。反正就两人，将就着住呗。这些年了，不就是想着有个窝吗？不过，谢谢你！"

"谢我啥？你自己奋斗的事。老婆有了，房子有了，孩子也快有了。"付一笛长长地感叹，"幸福呀。"

"哪像你，一个人无牵无挂的，想干什么干什么，不愁吃不愁喝的。你知道有多少人羡慕你呢。"全大志觉得很久没有和付一笛这样唠嗑了，像是一个世纪没有见面的样子。以前，尤其是刚到一个营的时候，两人一谈就谈到后半夜，高兴了一包花生米一人也能喝上一瓶啤酒。

"羡慕我啥呀？背后不知有多少人说我呢。"付一笛没想到全大志能来和他说这些。在全大志刚进帐篷时，他还以为全大志也是因为照片的事来的呢。

"付哥，跟你说个事。"全大志低头用脚踢着地上长出来的一小蓬草，小声说。

付一笛狐疑地看了他一眼。"啥事？"

"你弟妹怀孕了。"

付一笛差点笑起来。心里说你媳妇楚艳艳怀不怀孕和我有啥关系，表面上装得还是很热心的样子问："几个月了？"

"好像五个月了吧。"全大志用手掐着算了算，纠正道，"六个月了。"

"双喜临门，不，三喜临门。"

全大志自嘲似的笑了一下："啥喜不喜的，命就是这样吧。"

付一笛看着全大志没有喜色的脸，想到了全大志的妻子楚艳艳。

付一笛刚认识全大志时，就听说了楚艳艳这个名字。认识楚艳艳的老乡都拿全大志开玩笑，说全大志找了一个校花，人是如何如何漂亮。

一次，老乡们在一起喝酒，仝大志禁不住和老乡们吹嘘："不光是漂亮，对哥们那是铁了心。临入伍前，哥们就——"

仝大志自知说错了话，立马停住了。老乡们却不依了，非要听仝大志往下说，七八个人起着哄让仝大志讲下去。

仝大志不讲。付一笛抓过酒瓶倒了满满一杯白酒，放在仝大志面前。"你个小嘎子，敢骗你哥，不往下说就干下去。"

其余的老乡就跟着叫："讲！讲！你和楚艳艳怎么了？"

"喝了！大志，不讲你喝它。"

仝大志只好如实招来。说哥们临走的那天晚上把她给亲了。正亲着呢，她妹妹满大街喊她的名字。仝大志讲到这儿，还骂了他小姨子一句粗话。大伙就起着哄放过了他。从那以后，只要老乡一聚会，就有人拿仝大志开玩笑，让他讲和楚艳艳还有没有其他的事。

付一笛尽管和仝大志两家住得近，但他对楚艳艳一点印象也没有。只是后来军校毕业又回到团里，和仝大志在一个营一起当排长，才看到楚艳艳的照片。

论起来，楚艳艳长得虽然不像所谓的校花，但不难看。要是说哪里长得出众，一时还说不出，只是脸上的各个零部件组合得比较合理，让人看起来很顺眼。平日，和仝大志闲扯时，付一笛听得出他对楚艳艳不像酒桌上讲的那样满意。

一次，付一笛终于忍不住说："那就算了吧。既然不真心喜欢，将来还要两地分居，想不到的麻烦事多着呢，长痛不如短痛。"

仝大志不吱声了。

不久，仝大志又和付一笛说起了楚艳艳。付一笛有些烦仝大志的态度。"你还是不是个男人？犹犹豫豫的，要成就成，不成拉倒。这事问别人干什么？"

"我怕我跟了她会……"全大志有些支吾，最后他终于把憋了很长时间的话说了出来，"其实，我不是很喜欢她。"

"不喜欢就拉倒，跟她说出来能咋的？"付一笛当时正是困的时候，他不愿再听全大志那些没滋没味的事。

"我说过黄。可不行，一是我家把彩礼钱都给了她家；二是楚艳艳说了，如果黄，她就去死。"全大志的声音里明显底气不足。

"死心眼。钱不是人挣的吗，赔就赔了呗，人家也和你处了这些年了，就算青春损失费也不多。她说自杀那是吓唬你。现在的人，恋爱不成的多了去了。"

"可……可……"全大志说不下去。

"可什么？不能是你把人家——"

"就一次。真的，付哥，我就一次，还是喝了酒。"全大志语无伦次起来。

"停！全大志，我早就看出你小子不是一个好东西。你不想娶人家，你干吗占有人家？"付一笛没想到全大志和楚艳艳已经走到了那一步。

"我没说一定不要她呀。"

"想都不应该想。我告诉你全大志，不想完全拥有一个女人，就不要一时占有那个女人。如果你敢再和楚艳艳说一个'黄'字，小心哥们找几个老乡捏碎你卵子。"付一笛说完倒头就睡，再也没理全大志。

当年，全大志趁探亲休假把婚事办了，在部队也没怎么声张。教导员在会议上表扬了全大志，在婚事办得越来越隆重、越来越铺张的今天，全大志在我们营带了一个好头，没有把"红色罚款单"送得遍地都是。那年团里表彰共青团干部，全大志被营里推荐上台发了言，反响非常好，年底被团里评上了排长标兵。

仝大志结婚之后，在驻地给楚艳艳租了房子住了下来。部队上虽有未随军家属不能到驻地打工的要求，可对仝大志这样的情况向来是睁一只眼闭一只眼。

　　只是付一笛感到仝大志和楚艳艳的感情和别的夫妻不一样。他们恋爱时间可谓不短，但质量不高，尤其是仝大志在欲离欲合中感情也呈现着模糊状态。在这事上，付一笛对他充满了同情和理解。一个人年轻的时候目光短浅，受农村早婚早恋的观念影响，早早订婚也不足为奇。当他接受了外面的新事物，对以前的生活重新审视时，难免会发现自己的幼稚，从而想要改变现实，拥有新的天地。当理想和现实产生了距离时，让他品尝痛苦而不能言。仝大志和楚艳艳的结合就是这样。付一笛认为，他们确实不是一条路上的人。经历的不一样，导致了志向不一样，语言不一样，生活的方式也不一样。但他又不能鼓励仝大志放弃楚艳艳，那样不仅仝大志回到家乡无脸见人，就是他的父母也无法在那个地方再待下去，农村人的唾沫能把仝大志一家淹死。

　　楚艳艳从不到部队来，也很少把电话打到连队。相反的是仝大志到了星期天也在连队值班，在领导的眼中是一个事业心非常强的排长。付一笛能看到仝大志心里的苦，而他又回避和仝大志谈这个话题。因为他们对彼此太了解了。只是仝大志当了连长之后，他们之间虽然没有矛盾发生，但距离还是变远了。他发现仝大志尽可能地在工作上回避着他。他很少到仝大志的办公室去。有一次因为汇报工作，到了他的门外，听到他在给楚艳艳打电话。电话的内容他没听全，大概可以猜出是楚艳艳说都住进家属院了，我还没看过你在什么地方上班呢，想到连队看看。仝大志不同意。仝大志说你不能到连队来，这儿的兵多得是，遇见了不好。楚艳艳说那我晚上去，陪你值班，天亮就回还不行吗？

付一笛听到这儿就想笑，可他又一点也笑不出来。每一次看到楚艳艳，他都有这样的感觉。

楚艳艳可能一点都没感觉到仝大志对她的态度。她一直认为仝大志是非常喜爱她的。老乡聚会，仝大志几乎没带楚艳艳参加过。别人问起，仝大志推托说是忙。后来，有个老乡发现楚艳艳没上班，在家待着，就明白了。众多老乡的家属都是城里的，几乎都在事业单位上班，只有楚艳艳是从老家来的，仝大志是怕聚会时丢份才不带她参加。

付一笛也想过仝大志不带楚艳艳可能是对的。他也不想让这个老家来的小妹妹在这些城里家属面前因为拘束而显得无助。

楚艳艳刚到这个城市来的时候，老乡们带着家属给她接过一次风。那时，楚艳艳带着一身农村人的质朴坐在了饭桌的上座。她声音很大地和仝大志说话："这个桌子挺有意思，能转，省得人站起来夹菜了。"

当时挨着楚艳艳坐的付一笛就觉得放在桌下的腿挨了一脚。他正猜疑着，却发现仝大志看楚艳艳的脸色如同茄子的颜色。

楚艳艳全然不晓仝大志的不快，从酒杯里抽出餐巾纸，接着说："付哥，你看，这纸叠得真好看。"她一边拿着一张餐巾纸叠的装饰花往衣服上戴，一边看着周围家属们异样的目光。

见付一笛没有说话，她就问身边坐着的炮五连副指导员的女朋友好看不好看。那个女孩是民政局副局长的女儿。

五连副指导员的女朋友掩着笑说："仝嫂真幽默。"

后来，可能是楚艳艳来驻地一年半的时候，楚艳艳又参加了一次全体老乡聚会。显然，那次仝大志不带楚艳艳是说不过去的。一则是同一车皮拉来的老乡家属全来了，二是大家怕楚艳艳有事参加不了，特地让仝大志选了个楚艳艳能来的日子。

那次，到场的楚艳艳已没了刚来时的天真。她变得不再多说话，坐在旁边听着别人谈笑风生。偶尔笑一下，像是一个淑女。

付一笛觉着楚艳艳的笑好像是在家里演练过的，笑得不坦诚，也不开心。他在心里有些觉得楚艳艳太可怜。

尽管楚艳艳经过了认真打扮，可在那些家属面前，还是显得十分土气。付一笛怎么也想不到，平时对他侃侃而谈女人如何着装才更具魅力的全大志，会让楚艳艳在一件大红的长衫下面配上一条藏蓝色的裤子。楚艳艳往那儿一站，付一笛怎么看怎么觉得像是一支硕大的红蓝铅笔。

全大志对于楚艳艳的打扮似乎很满意。他的目光在家属们身上扫过一圈后落在了楚艳艳身上。付一笛发现楚艳艳的衣服上有着明显的两道褶皱，看来这身衣服是刚刚买来或是还没有沾过身的。付一笛的心里涌上了一股酸楚。

现在，楚艳艳怀孕了。这对楚艳艳来说是好事呢还是更大的悲哀呢，付一笛不知道。

付一笛不知道全大志为什么忽然跑来告诉他这个消息。

全大志站起来，向帐篷门口走去。到门口时，回过头，看着付一笛，意味深长地说："有一些事，把握好一个度，别让自己活得太苦太累了。"

付一笛什么也没说。他恍然知晓了全大志此行的目的。

第七章

1

吃过晚饭，付一笛到山顶上望天，太阳正一点点变成一个红球向天边坠去。

在营区时，付一笛偶尔到老乡或朋友那儿坐一坐，可自从他们一个接一个结婚成家后，他不想去找他们了。说不清什么原因，总之，一看见人家老公老婆嗲声嗲气地叫个不停时，他心里很别扭，恨不得立即逃出来。可偏偏人家就没有注意到他的感受，总要把剧情愈演愈烈。这样的时候多了，付一笛能不去则不去了。

不参加聚会的付一笛一个人总是要在星期天的时候在营区里转一转。他觉得好多事情都很新鲜，从新兵的眼神到老兵的言语，他总能捕捉到他写剧本需要的东西。因此，他常常是换了便装，像是看风景一样地转来转去。他觉得这样的日子很有意思，也很生动。

例如两年前的一个星期天早上。他起得很早，在营区溜的时候，看见三个新兵满脸困意地在扫着院子。他走过去故意装作不知情地问，你们平时总是这个时间起床吗？一个新兵看了他一眼说："不，不这样，谁知道今天来了什么犊子首长，弄得我们这么早就要起来打扫卫生。"

付一笛心中一阵好笑。他觉得新兵总会在不经意间说实话。

2

照片风波发生的第三天晚饭后，付一笛在反坦克营的炮场边跑步时，听到了一个老兵与新兵的对话。而且，那对话是直接对着他的。

"班长，刚才过去的那个人是不是炮营的排长？"

"哪个？啊，就那个，是呀，怎么了？"

"我听说——"新兵的话停住了。

"他咋的了？"

"我听说，他挺大岁数了，到现在还没处对象。"

"和尚不管结婚的事，你操啥心。他那个东西和骡子一样，除了撒尿，就闲着了。"

付一笛把这一段对话听得清清楚楚，他当时差点冲过去狠狠地抽那个老兵几个耳光。可他一想，嘴长在人家身上，人家愿咋说就咋说呗。

付一笛心里的伤痛在不经意间被人捅了一下。不过，他觉得自己抗击打能力在逐步提高，别人说什么对他来说也是无所谓了。他把内心的伤痛埋得深深的，轻易不会让别人觉察到。只有一个人躺在床上时，他才会偶尔想起一个人来。

付一笛能够想起来的那个人是家乡的一个姑娘。那个姑娘已经过了二十六七还没有出嫁，可能连男朋友也没有。她没对任何人说过不找对象的原因，但付一笛能猜得到。有时，付一笛想打电话给她，或写上一封信，把压在肚子里的话一股脑地倒出来。每有这样的想法，理智都会控制住情感。

她叫寒冷，是付一笛上中学时校长的女儿，她家离付一笛家不到四百米的距离。因为年龄比付一笛小一些，从小就哥呀哥呀地叫过来了。到了初一，寒冷忽然不再叫付一笛哥了，而是直呼其名。开始的时候，付一笛挺生气，寒冷怎么大了却不懂事了。直到有一天，寒冷一见到他脸就红，目光就不自然地往一边躲，付一笛才觉得寒冷对他的变化太大了。付一笛一个人苦苦想了很久，也没想明白到底是怎么回事。

付一笛和寒冷在不远不近的状态中过了一年。这一年，两人谁对谁都没有了往日的亲近。付一笛对寒冷的感觉是说不出来的。有时非常想见到她，可一见到她，却发现她对自己爱理不理的。索性不理她吧，却又会猛地发现她在偷偷地看自己。付一笛被寒冷的举动弄蒙了。

付一笛生命的青春在一天夜里正式开始了。付一笛对于寒冷的喜欢也从那一天开始出发了。

初二暑假的第一天，付一笛到寒冷的家里去取复习教材。他和往常一样径直走进了院子。寒冷没在屋里，门却敞着。付一笛在院子里转了一圈，听到菜园子里有哗哗的水声。付一笛猜想寒冷是在浇菜吧，便走了过去。当他穿过两畦豆角架要再往前走时，他一下惊住了。寒冷正在桃树下面洗澡。

一条花床单像是要把她的腰身勒断一样，在寒冷的腰上紧紧地裹着。寒冷的上身俯在大大的洗衣盆上，手中的毛巾在脖子上轻轻地搓着。因为怕水流到身上，寒冷弓着腰，臀部向上高高翘着，床单把周身勾出一条丰满的弧线。付一笛瞪大眼睛站在那儿，一时竟不知该怎么办。当他的目光落在寒冷的身上时，他惊异地发现，寒冷的胸鼓鼓地向前挺立着，两座雪白雪白的小丘刺中了他的眼睛。就那一眼，付一笛看见了他从未见过的景色。他的目光被寒冷富有弹性的胸部弹了回来。付一笛定定地愣在了那儿，身体内部像发生了一场地震，浑身竟不由自主地抽搐起来。付一笛感到血轰地一下涌了上来，晕乎乎地有些站不稳，心要从胸膛里跳出来了。他掉头从菜园里往外跑。

　　寒冷听到声音时，付一笛已跑到了院子里。寒冷从桃树上一把扯下上衣，披在身上跑到墙边，趴在墙头上向外看。她看见付一笛疯了一样穿过她家的大门，向大路上跑去。寒冷心里觉着一阵好笑。她笑付一笛像是幽灵一样来了，又像冒失鬼一样跑了。她压根没想到付一笛已经看到了对于他一生来说都是挥之不去的壮观一景。

　　付一笛跑到家，把门死死地关了起来。不知为什么，他怕寒冷随之追杀过来，在他面前大打大闹，骂他是臭流氓。稍稍平静之后，付一笛又想到了寒冷令他惊魂动魄的胸部。付一笛再一次感觉到呼吸不够用了，下身像要胀裂。一股热流在腹部窜来窜去，最后全部集中到了某个部位。付一笛的手在无意识中但又非常明确地伸向了那里，就在手刚刚碰到他平时天天接触又从未仔细注意的地带时，他感到那股热流从体内喷涌而出，周身上下忍不住地一阵痉挛。

　　付一笛直挺挺地站住了，眼睛紧紧地闭着，呼吸在那一刻停住了。那是一种让他一生难忘又很快淡忘的感觉，又是他一生难忘又很快淡忘的记忆。他说不出，也无法形容。付一笛把手抽出来时，他发现手指手心上沾着一小摊黏稠的液体。他莫名其妙地把手端到鼻子前，然后像是被电击一样迅速甩掉了。

　　付一笛的生命出现了阳光的色彩，但又让他痛苦不堪。他比以往都更强烈地想见到寒冷。寒冷的一笑一嗔一怒一恼都让他着迷。只要一到晚上，他就会想起寒冷，睡不着。一次，在梦里他见到了寒冷，他在一次销魂的冲动中醒来时，懊恼地发现又出现了第一次看见寒冷洗澡时出现的情况。付一笛陷入了深深的愧疚和自责中，愈发不敢见寒冷。偶然遇到了，寒冷还没怎么的，他的脸倒先红了。

付一笛去寒冷家的次数明显多了。每一次他都是怀着一种极其复杂的心情。他怕寒冷觉察出他的心思，不想去。可越是这样，他越想见到她。寒冷很快发现了付一笛看她眼神的怪异。付一笛却发现寒冷对他比先前温柔了许多。

　　暑假很快过去了。付一笛和寒冷之间开始有了微妙的感觉。谁也没说，但又好像谁都懂了对方。每一次放学，两人不远不近地相跟着。付一笛故意大声地和男同学讲话。寒冷听得很清，心里更是明白，有些话付一笛是讲给她听的。

　　校长就是校长。校长在长期的教育过程中总结出了相当丰富的经验。他从付一笛和寒冷的接触中，发现了他作为教育工作者所不能容许的事情。于是，在付一笛面前他的脸色变得越来越难看。付一笛也发现先前还算和蔼的校长脸上笑容不再，而是变得同猪肝一样难看。后来，付一笛在寒冷家的屋外，听到了校长对寒冷的大声训斥。

　　"小冷，这是我第二次警告你，以后离他远一些。我看他不会有什么出息，他这辈子从垄沟里找豆包还差不多，还想攀到我们家？"校长在屋里大声地喊，还有瓷器落地的声音。

　　付一笛站在院子里，他听到寒冷大喊了一声后委屈的抽泣声。

　　付一笛的心被深深地刺痛了。从那天起，他再也没去过寒冷家，一想到寒校长的脸色和那些话，他的心就会不由自主地抽搐。因此，付一笛中考时，特地报了一个他认为寒冷将来不会报考的学校。但没想到第二年，寒冷也考到了这里。

　　尽管寒冷知道付一笛对她父亲有意见，但在这所高中只有他们两个是同乡，星期六回乡下时，两人便也同回同往，但都不让家长知道。结果有一次，两人到达汽车站时，最后一辆班车已经走了。站在车站门口，看着天越来越黑，寒冷有些害怕。

"一笛哥，咱咋办呀？"

付一笛心里像是吃了一大口蜜，寒冷可是有几年没再管他叫哥了。今天，咋就又叫出口了？这个称呼太熟悉又太陌生了。付一笛在心里咂摸了两下之后，觉得这个称呼里有着很多不可意会的内容。

付一笛当上哥后，感到肩上的担子一下重了。他拍拍胸对寒冷说："往家走。"语气不容置疑。

寒冷站着没动。付一笛语气又软了下来："咋了？走不动？"

寒冷还是没吱声，低头用脚搓着地。付一笛低头一看，原来寒冷穿着一双皮鞋。要走四十里路回家，穿皮鞋非得把脚磨破不可。

付一笛转身向商店跑去，不一会儿满脸通红地回来了，问："你还有钱吗？"寒冷从衣袋里掏出仅有的三元，递给了付一笛。付一笛拿过两元转身跑掉了。当付一笛再次满头大汗回到寒冷身边时，手里拎了一双布鞋。付一笛蹲在地上给寒冷换鞋，寒冷的两只手扶在付一笛的肩上。一边换，寒冷一边咯咯咯地笑。付一笛看见寒冷的大脚指头从袜子里露了出来，用指头弹了一下，然后把袜子往前拽一下，盖住脚指头，把鞋给她穿在了脚上。付一笛把寒冷的两只皮鞋带一拴，大大咧咧地往肩上一挂，满脸豪气地冲寒冷说："走！"寒冷就颠颠地跟在付一笛的身后走。走到城边时，月亮就从东边升起来了。

寒冷在后面说："一笛，出月亮了，咱慢点走吧。"付一笛不作声，却放慢了脚步。他知道寒冷从来没有受过这么大的苦。走出十五里时，晚风很凉了。两人也走得汗水直流。在一个山冈上，两人坐下来休息。付一笛躺在草地上问："害怕吗？"

"不怕。"

"这山上有狼呢。"

寒冷嗖地一下挪到了付一笛身边，用手捂他的嘴："别瞎说！真来了咋办？"

付一笛不说话了。寒冷的手却迟迟没有从他嘴上移开。许久，付一笛听寒冷说："一笛，咱使劲学，争取考出去，再也不回这破山沟了。"寒冷说完站起来就走。付一笛还在回味着寒冷手上的余温，想着她的话，半晌却听不见人说话了。睁眼一看，寒冷已走出了二十多米。

付一笛和寒冷走到家里时，村子里只剩下他们两家的灯还亮着。付一笛把寒冷送到离家门口还有一百米的地方停住了。一路上，他都在想，寒冷怎么管他叫上一笛了呢。

寒冷蹲在地上把皮鞋换上，站起身时，顺手把布鞋挂在了自己的脖子上。在寒冷挂鞋的一瞬间，付一笛看见了寒冷的脖颈。她的脖颈是雪一样的颜色。付一笛激动地往前迈了一步，颤颤地叫了一声："冷。"

寒冷装作不知，问："都走热了，你咋还冷？"

付一笛什么也说不出了。寒冷没走开，反而是往前迈了一步，把头埋在了付一笛散发着汗味的胸脯上。付一笛第一次和寒冷离得这样近，他闻到她湿漉漉的头发上夹杂着一股从未闻过的奇异的芳香。

付一笛的手扶在寒冷的肩上，他想用力地搂住，又不敢。他一动也不动地站着，极力地克制着自己。那时他感到体内有一种从未有过的压抑。整个身子就像是一个薄薄的玻璃花瓶，一碰就会哗的一声碎掉了。付一笛的后腰被寒冷掐着，越来越紧，有点痛。过了很久，寒冷松开了手，抬起头，看了他一眼，转身向家走去。付一笛到那时才发现，自己身下已是黏湿一片。一阵懊恼爬上了心头，付一笛紧紧揪着头发蹲在了地上，像是做了一件天大的错事。

第二天一早,寒校长在路上遇到了付一笛。寒校长的脸上闪出一丝惊讶。付一笛装作没有看见,继续走路。

回学校时,寒冷没有和他一起走。寒冷的一个同学过来问付一笛,寒冷回家一趟怎么脸青了?付一笛意识到寒冷家里又发生了什么。不久,寒冷转学了。走时,她来找付一笛。两人在宿舍里沉闷地坐了很久。

临走,寒冷从方便袋里掏出一包东西。那东西用报纸裹着,鼓鼓囊囊的。寒冷走后,付一笛打开看,发现是那次和寒冷回家时买的那双布鞋。一个月后,付一笛以高二学生的身份迅速参了军。离开家的那天,他站在山坡上的树丛后冲着寒冷家望了足足有一个小时。后来,母亲找来了,她挽着儿子的胳膊一同站在那儿。付一笛听到母亲叹息了一声:"笛呀,走了就啥也别想了,心里别苦着自己。"

付一笛没说什么,心里暗暗发狠,一定要让别人瞧得起他。

果不其然,付一笛在入伍的第三年考上了军校。他把这个消息告诉了寒冷。那年寒冷高中毕业了。由于没考上大学,去省城打工去了。

寒冷自从付一笛入伍以后,总是悄悄在别人那里打听付一笛的消息。付一笛没再给寒冷惹麻烦,但通过其他渠道也知道寒冷的境况。两人通过两封信,不咸不淡地找些话,谁心里都知道字里行间透着无奈。

付一笛把上军校这件事告诉寒冷时,没有把兴奋写到纸上。他怕寒冷觉得他太浅薄了。寒冷回信说,你挺挣面子的。

上军校后,付一笛给她写信的频率明显多了,有些压了许久的话也露在了笔端,但寒冷还是没有回信。

付一笛当上干部探亲时,每次都希望能看到寒冷,可没一次能够如愿。一回,寒冷家的一个远房亲戚见了他,不明就里地开玩笑说:"把寒冷介绍给你行不行?"

付一笛用一种很吃惊的眼神看对方，弄得对方一头雾水。

平时，付一笛往家打电话，母亲有事没事会讲到寒冷。母亲总叹息："老寒家的姑娘也不知咋了，那么大了，什么样的对象也不看，她爸妈上火死了。"

每次听到这样的话付一笛都装作没听到，很快地岔开，可内心却想听到关于寒冷更多的事。时间久长之后，母亲和他之间竟有了一种默契。

付一笛把寒冷放在了心里最底层，对谁也不讲。他和寒冷之间没有刻骨铭心的怨，也没有海誓山盟的爱。付一笛想过他和寒冷的关系，他们之间没有说过爱的字眼，一次都没有。只是默默地交流，或是更多地想在一起。他把那种感觉叫作初恋。

付一笛和寒校长一直在赌气。寒冷的不急嫁让校长急白了头。寒冷没有对她的父亲说过一句埋怨的话，每次父母问起，只是慢悠悠地告诉校长，我不急，或是说没有合适的呢。

寒校长心里明白，女儿因为和付一笛回家被他打了一耳光之后，就和他赌上了气。现在，付一笛成了军官，而寒冷没有考上大学，就在城里一家幼儿园上班。

付一笛知道寒冷的现状，想帮忙也帮不上。一是寒冷和他根本就不来往，二是寒冷也知道家里以前对待付一笛的态度确实有些过头。如果寒冷说想嫁给他，他什么也不会说，会同意的。可寒冷偏偏不和付一笛联系，还一直不肯去和别人谈恋爱，只能让他的心也跟着痛。一个农村姑娘如果到了这个岁数还没出嫁，就要成为人们闲谈时的话题了。

几年来，付一笛想过找寒冷谈谈，又觉着不妥，如果那样，寒冷会觉得他是在可怜她。十来年了，每个人都有变化，也都经历得太多了。每想起这些，付一笛还会想起寒校长以前看到他时紫茄子一样的脸和那些让他心里流血的话，心顿时就冷了下来。

3

付一笛刚听到那个老兵的话时，还很生气，可没走几步，气就消了。星期天对他来说太是难得了，为什么要被别人的话搅得不高兴呢，趁着不训练，还不如好好构思一会儿剧本呢。

付一笛又习惯性地遛到了山顶，一个前扑趴在了草地上。不知咋的，他突然有一种裸奔的欲望，并且想起了裸奔的快感和产生的轰动。

其实，关于裸奔的故事在这个营区发生过。说是20世纪90年代初，有两个参谋夏天夜里十点多喝完酒，闲着没事打赌。军务参谋对作训参谋说，你要是光着屁股在营区里跑一圈，我这个月工资就给你了，说完把一整月的工资摔在了桌上。作训参谋没被吓着，本来天就热，正想脱，何况又已是夜深人静，三下五除二脱下背心和裤头围着机关楼就跑了一圈。作训参谋回到办公室一边炫耀地穿衣服，一边把军务参谋的工资往手里拿。军务参谋一看作训参谋动了真格的，也急了，说不行，你拿了这个月工资我回家和你嫂子交不上账，不然我也奔一圈，咱俩扯平。作训参谋想想也没吃亏，说行。谁知军务参谋脱光了刚冲到机关楼门口，就让团长给碰上了。团长一巴掌拍在军务参谋屁股蛋上，骂，他妈的，我刚才就看一个人光着腚跑，算他跑得快，没抓着呢。你说喝点破酒，嘚瑟一圈得了呗，你咋又出来了？

这事可能是个别人茶余饭后的笑谈，但在营区里却传了很久。付一笛想起刚才自己突然跳出来的念头，不觉内心一阵狂笑，看来自己也要跟上裸奔潮了。他在心里骂了自己一句变态。

付一笛哪能去裸奔呢，只是无聊地想一下恶作剧就是了。接下来他要做的是给仇小丫打电话。这个念头一蹦出来，就如同见了风的火再也控制不住了。

仇小丫接电话了，声音亲切而清脆。"付排长，啥事让你想起给我打电话来了？"

"咋？没事还不能给你打电话？嫁鸡随鸡，现在嫁——"付一笛的话停住了，他差一点说出嫁狗随狗。

"说呀？怎不说了？我就是嫁狗了，怎的？你还有啥想法？"仇小丫又和以前一样，抓住话茬开始咄咄逼人了。

付一笛不敢再说，只好拿着电话听。仇小丫一看付一笛败下阵了，语气变得很庄重："到底有什么事？"

"没有，就是想和你说几句话。"付一笛心里漫上了一层酸楚。

"说吧，我听着呢。"

付一笛犹豫了一下："咱们以后还是不要来往了吧。"

"怎么了？怎么突然说起这话？"

"没怎么。"

"我们就是战友，我不在乎别人说什么。付排长，我一结婚怎么咱们连战友都不是了？这是谁规定的？"仇小丫说。

"不不，我是怕对你影响不好。"

"别整这个。是不是怕对你影响不好？我现在连兵都不是了，我怕啥影响？"

"可你是军属。"

"付一笛，你遇到了啥事？说给我听听，帮你分析分析。我不介意你说的对不对。"

付一笛知道仇小丫的为人，想她迟早也会知道照片的事，便一五一十地对她说起了近日发生的事情。

一天前，仇小丫就发现了黎术脸色不好看，不知道出了什么事。现在听付一笛讲，一下全明白过来了。仇小丫哈哈哈地在电话里大笑起来。付一笛反倒不自在了。"我说不说不说吧，你又说帮我分析分析。说了吧，你又笑话了。"

仇小丫停了笑。"付排长，这事你放心，我不会想你这人怎么怎么的。我们之间以前都没戏儿，那照一张相还不行。这才说明我有魅力呢。原来你付大排长心里还有我呢。"

"别，别这样说。"

"怕啥？我们之间没偷又没抢，你怕别人说啥。光明磊落点好不好，不做亏心事，别怕鬼叫门。"仇小丫说完又哈哈笑起来。

"付一笛，我是不是吓死你了。"继而，仇小丫放慢了口气，"说实话，以前我确实有些忘不了你，可现在结婚了，我试图把一些东西忘掉。其实谁都有七情六欲，善恶美丑，只不过是这些东西露出没露出来的问题。有的男人，对女人总是想入非非，但却做得鬼鬼祟祟，让人瞧不起。可你不是这样。"

"不讲了，不讲了。我手机进电话了，指导员找我。"付一笛怕仇小丫再说出什么，找个理由匆匆挂掉了电话。

放下电话之后，付一笛感到压在心上的一大块石头终于落地了。照片这事，是他对仇小丫说的，而不是仇小丫听别人讲到的。他认为应该由他告诉她。

第八章

1

齐全生已经很久没有找付一笛踢球了。看到付一笛每天在炮场和战士们踢得热火朝天，他心里有些痒。

炮一连副连长的位置齐全生瞄上很久了，在瞄上这个位置的时候，他是炮三连的排长，他认为全营只有付一笛是他最大的竞争对手，可是经过一段时间观察，他发现炮一连的老排长付一笛根本就没把提职当成一回事，尤其是听说让他当连长都不情愿时，齐全生感到自己把付一笛看轻了。到了同一个连队后，看到付一笛整天乐呵呵地该玩就玩，该带兵训练带兵训练，工作一点不含糊，标准一点没降，就自相惭愧起来。他不知道付一笛为什么这样单纯，像个长不大的大孩子。可他又觉得有时付一笛会深邃得可怕。他总一针见血地指到别人的要害。

这天，齐全生凑到了付一笛身边，迎着笑脸问："今天和谁踢？"

"到球场再说，遇到谁算谁。野外能有多大的场，找几个人凑合着玩一会就行了。"付一笛停了下来，对齐全生说。

"那——加我一个，我换球鞋去。"

付一笛笑了："怎么又重返足坛了？"

齐全生顾不上回答，急忙忙跑回了帐篷。

齐全生是高校毕业直接入伍的大学生。年龄比付一笛小了三岁。刚开始当排长时，对部队上的事懂得不多，没少弄出笑话来。但人很精明，又很认学，不出一年就上了路。

齐全生真正在团里挂上号，是因为当年写的《关于当前战士消费水平的几点思考》调查报告被师里转发。不久，机关就传出要调齐全生到宣传股的消息。可这只是私下的消息，一直到他到炮一连任职，也没等到机关的通知。

付一笛对人心里不留底，一起当排长时，他没少教齐全生如何带兵和为人处世。齐全生心里很感激。

齐全生是个多才多艺的人，平时在营里表现得很活跃。因为接触得多了，付一笛就把他当成了侃大山的对手，两人你来我往让人煞是羡慕。齐全生虽然岁数小，但结婚相对来说要早一些。入伍当年就把婚结了，个中理由只有他自己清楚。

2

齐全生的妻子张晓鸥是他大学同班同学，长得很漂亮。入学不久，齐全生发现了张晓鸥，开始了猛烈的爱情攻势。张晓鸥在拒绝了齐全生的第五次邀请之后，终于开始和他约会，只是事先说明做一般的朋友。齐全生点头说行，心里却打起了算盘。

齐全生的吉他弹得很棒。每天上完课，他就抱着吉他钻到张晓鸥的宿舍，不管有多少女生，敲门进去，拉把椅子坐在张晓鸥面前开弹，而且专弹爱情曲子。两个月后的一天晚上，张晓鸥破天荒地主动打电话给齐全生，问他能不能过来给她弹一支曲子。

这个消息让齐全生看到了爱情之火的燃烧，他几乎是跑着到张晓鸥宿舍的。一进张晓鸥宿舍，他看到一个打扮得很酷的男生也坐在宿舍里。齐全生微笑着向那个男同学点了一下头，问张晓鸥："想听哪支曲子？"

张晓鸥甜蜜地一笑："你愿意给我弹哪个就弹哪个，我都愿意听。"齐全生高兴地坐在椅子上开始了他的个人吉他弹奏。两支曲子刚过，那个男同学站了起来，把门重重摔上走了。

齐全生停下来，对张晓鸥说："你们哪个女生找了这样一个男朋友，真没素质。"

"我的。"张晓鸥说。

"你有男朋友？那你为啥没说过？"

"你也没问过呀。"

事情发生得太突然，齐全生一点心理准备都没有。

"不过，现在他不是了。"张晓鸥夸张地向齐全生摊开了手。

从那以后，齐全生成了张晓鸥正式的男朋友。齐全生也知道了那个男子是谁。那人从高中就开始追求张晓鸥，当他发现张晓鸥家里不是像他想象的富有之后，就找了个理由向张晓鸥提出分手。张晓鸥早已对齐全生有了好感，正愁找不到理由和他分手，他却提了出来。但为了表现出自己不缺男朋友，张晓鸥报复性地把齐全生召到了他的面前。

张晓鸥和齐全生相处了四年，没有闹过不愉快，只是在毕业去向上两人出现了分歧。为了能留在张晓鸥居住的这个城市，齐全生选择了毕业入伍，因为他在本地实在是找不到一个比部队更好的单位。张晓鸥不同意，她认为部队管得太严，不能想聚就聚，谈情说爱的时间太少了。张晓鸥不同意归不同意，齐全生还是入伍了。说到底，齐全生还是对部队比较喜欢的，他认为自己能在部队干出一番成绩。

齐全生入伍后，张晓鸥留在了大学任教，地位一下优越起来。齐全生从她不断的抱怨中得到了一些不祥的信息。齐全生摸透了张晓鸥喜欢浪漫的脾气，在入伍后张晓鸥第一次过生日那天，他请了假直接闯到了张晓鸥的课堂上。

那时，张晓鸥正在给学生们上课。齐全生抱着满满一大抱玫瑰站在了教室门口，一声无比响亮的报告之后，闯进了教室，径直奔到讲台上，把玫瑰往张晓鸥的面前一递，然后敬了一个军礼。

课堂上像是扔进了一个炸弹，轰的一声乱了套。学生们高声尖叫着。张晓鸥的脸比那一大抱玫瑰还红。不到一个月，张晓鸥和齐全生在部队举行了婚礼。当军乐队一遍遍地为他们吹奏起《嫂子颂》时，张晓鸥陶醉了。

每一桩婚姻当中都会有小的插曲，齐全生也不例外。他认为自己做了一件聪明的事——结婚，这样等同于把生米做成了熟饭，他和张晓鸥的婚姻也就上了保险。但他对于将要遇到的困难没有做出充分的考虑。当他因留营留宿一而再地回不了家，让张晓鸥独守空房时，张晓鸥向他发出了严厉的警告："原本想你在部队是每周都可以回来几次的，谁知你这个小破排长事总那么多。这日子到底能不能过了？"

齐全生的心上长了草，工作中总是失误频频，有时越是怕，失误越是找上门。后来，教导员找他谈过话，心理压力下来了，干得也好多了。不承想到了年底，还立了三等功。齐全生的干劲就足了，感觉入伍并没选错路，真的干出一番成绩来了。天真的他一点都没想到是团里在照顾他。

齐全生和张晓鸥之间的危机被连长指导员觉察到了，为了缓和家庭矛盾，连队双休日的值班都安排给了未婚干部，这样齐全生双休日就可以尽可能去陪张晓鸥了。齐全生拼命工作的原因是想提升得快一些。升得快了，在张晓鸥身边有面子不说，待遇上也会稍微好些，两人在一起的时间也会随之多一些。尤其是部队一旦分了房，再也不用在岳父家挤房子了。那样，张晓鸥也会认为他出息了。

当炮一连副连长位置空出来之后，最开始，齐全生同大多数人一样认为付一笛是最好的人选。因为那时付一笛正排职已经三年多，全营没有比他任职更长的排长。何况付一笛的能力和人品是有目共睹的，尤其他还是解放军艺术学院毕业的本科生，接任那个位置是顺理成章的。

可是，齐全生在与教导员一次闲谈时，感到付一笛并非是炮一连副连长的不二人选。他忽然就想起自己努努力也是有希望的。于是，他向教导员表达了自己的想法。教导员读懂了他的意思，但没有直接表态。

齐全生在大脑里迸出这个想法之后，他就开始注意起付一笛来。他觉得偷偷摸摸地琢磨朋友不太地道，可还是忍不住地要观察付一笛的一言一行。他对付一笛表现出了空前的热情。他越是对付一笛关注，越是觉得付一笛背着他做了一些什么事。那些日子，齐全生过得有些提心吊胆，他对张晓鸥早就吹了牛皮："我们领导对我非常欣赏，只要有位置就会想到我的。"

齐全生的心直到团干部大会宣布由他任炮一连副连长时才放了下来，随之而来是莫大的喜悦，毕竟他是他们同一批入伍的大学生中第一个任副连职的。

过去的日子很让齐全生怀念。回过身再看付一笛时，他发现付一笛做的所有事情并没有什么样的反常，也没有对他当上副连长怀有多大的妒意。于是，他又开始找机会和付一笛接触。

齐全生首先想到的是找付一笛吃饭，一想又不妥，万一让付一笛认为他这是当了副连长之后的显摆，事情适得其反了。现在，看到付一笛拿球要往球场去时，他终于找到了机会。齐全生换了球鞋从帐篷里出来时，看见付一笛没走，还在等他，心里很舒服。

付一笛和齐全生一边往球场走一边说笑着。一个星期以来，付一笛和黎术的故事在营里已传得沸沸扬扬。当然，齐全生也听到了这些，何况早先时候，他也和付一笛一同与仇小丫接触过。平时开玩笑，他还拿付一笛和仇小丫的事开涮过。

齐全生把话题引了过来："一笛，行呀，现在又整新闻呢。"

"不整新闻整啥？整副连长？整不了呀。"付一笛现在最烦的就是谁和他提仇小丫这事，说话也就有些不客气。

齐全生没想到付一笛冷硬地把他顶了一下，心想，付一笛没当上副连长原来意见还是挺大呀。直后悔今天这个话题选得不好。

"咋不说话了？"就在齐全生想要再找一个话茬时，付一笛说话了。

"啊，有个事要和你说，看，刚到嘴边，一下又忘了，看这个破脑袋。"齐全生用球解嘲似的在头上轻砸了一下。

"齐排长，"付一笛话一出口，才发觉自己叫错了，立马改了过来，"齐副连长，你对这件事咋看？这两天我正合计找你出出主意呢。"

齐全生装糊涂："啥事？"

"我现在往你脑袋上套个安全套，你都能装成——"付一笛没有把粗话说出口，话锋一转讥笑道，"装啥装，现在谁不关心我的绯闻。"

"听说了，可我不那么认为。"

说着话工夫就到了球场。正好有几个兵在传球，两人脱了迷彩上衣就加到了场上，没再谈那个话题了。

3

以前，齐全生和付一笛在一起玩乒乓球的时候很多。现在到野外驻训，没有乒乓球台，玩球只能是野外足球。分伙踢了上半场后，付一笛领着的一伙进了四个。若是平时，付一笛会不住嘴地埋汰齐全生。可是今天他看出齐全生有些故意让球，这让一贯较真儿的付一笛心里有些生厌。

中场休息时，付一笛和齐全生坐在场边上喝水。"当副连长了，球玩得少了。"

"没时间玩。"

"可不，干工作要紧。当副连长和做排长可是两回事儿。当排长带好兵就行了，不用想其他的。当副连长的不仅要想到全连的后勤、卫生，还要想到下属的面子。即使是输了球，也要具备艺术性，一点面子都不丢，反而显得风格更高。"

"一笛，别这样说话好不好，我听着心里不舒服。"

"没什么舒服不舒服的。可能做排长的，只有我敢对副连长这样说话。倒不是我资历老，敢讲。我没什么资历，我只是觉得做人就要这样坦荡荡的，对朋友有什么说什么。"

下半场球，齐全生领着的一伙又输了一个。齐全生直叹气："这不常玩真是不行了。"

"啥呀？火力都用在家了，这场上哪还有什么劲呀。"付一笛对齐全生说话历来有点刻薄。

踢完球，简单地洗过之后，到了开晚饭的时间。那天恰好是周五，齐全生可以串休回家，他向全大志给付一笛请了假后，两人来到了邻村的一个小餐馆。

不一会儿，服务员把花生米和一盘鸡心拌鸭嘴端了上来，另外还有两杯生啤。

"唉，一笛，咱俩可有日子没在一起了。"

"今天你不是亲民来了吗？"

"啥呀，今天你请客。我当上副连长这么大的事你还没送礼呢，真不会来事。"

"真得学着点了。要不这辈子也当不上副连长了。"

"来，你先敬老弟，然后我趁酒劲教你。"

付一笛端起了杯子。"全生，你当副连长了，我们在同一个连队工作了，说心里话，我早应该祝贺你了。来，喝一口。"

付一笛一改往日的说笑，话说得有些一本正经，接着正经八百地喝了一大口。要不是齐全生拦着，差不多要干下去了。在这个时候，好像酒喝得越多越显得真诚。

"当上副连长之后，我也想找你唠唠嗑，心里挺累的。"齐全生说完，眼圈竟红了。

"当官嘛，都这样。你也不容易，多干多得。何况你适合干这个，不像我整天想着把工作应对过去，多干点自己愿意干的事。"

两人边吃边谈，好像中间什么故事也没发生过一样。其实也真的没发生过什么。

"没当上副连长之前，不知咋的，特别怕你和我争呢。别人都说你最适合这个位置，我也这样认为。"

"我没那个兴趣。我合计过，全营顶数你最适合，不会有人和你争的。"

"你真没想过？"

"我给你讲个故事吧。说前几天咱驻训点门口来了一头驴，纠察的怎么赶也赶不走，教导员走过去对那驴说：'给你点草吃，你让一条路行不？'驴没动。教导员又说：'那我把你征入伍，让你当军驴行不？'驴还是没动。教导员实在没招了，说：'你再不让路，那我就让你去炮一连当副连长！'

你猜咋的？那驴一听这话，嗖地一下跑了。"

"一笛，你编故事骂我。"齐全生直到听完结尾，才听出付一笛在骂他，一把搂住了付一笛的脖子，"罚一杯！"

"全生，你好好干吧，你比那驴能干。干出一份成绩来，给你媳妇看看。你们这些地方入伍的大学生潜力大着呢。"付一笛把酒干掉了。

齐全生使劲地点着头，眼泪真的就流了出来。

付一笛丢一块餐巾纸在他面前。"别那样没出息。你不是大学生了，一到了咱们部队，你是个老爷们！就是再孬的种，到这里练上三年两年也是一块好料！咋动不动一激动就哭呢。"

"不，一笛，我以为你再也不理我了呢。"

"我是那种人吗？"

"所以我才和你交朋友。你和黎助理的事，我就看不惯，可我能说什么。"

"我自己的事。不提他。"

"但你要防着他一点，有时真诚和坦率会让人吃亏。"

付一笛说："我和仇小丫一点都不关他的事。他和她是夫妻，但丈夫也没有限制妻子选择朋友的权利。"

"我真羡慕你，不结婚真好。我有时觉得我在张晓鸥面前活得特别窝囊。"

付一笛用酒瓶堵住了齐全生的嘴。"你是男人，其次才是军人。"

齐全生最后也不知和付一笛喝了多少，酒不醉人人自醉了。结果那天齐全生也没有回家，两人相搀着回到了大洼谷。

第九章

1

炮一连新兵安小龙到营部报到第一天，天真地给家里写信，告诉家里他现在当上营部通信员了，教导员的军衔是两杠两豆，是我们营最大的官呢。营长的肩上才是两杠一星。我每天就是给他们办公室和宿舍打扫卫生，打饭，打水，还取报纸，很轻松。

安小龙说的只是他最初的感觉，他看到的只是他最初的生存状态。

安小龙在当新兵的时候对付一笛说，他最大的想法就是转士官。付一笛对不谙世事的安小龙说："只要你努力就可以了。"然而让付一笛没有想到的是，教导员竟然会选安小龙去当营部的通信员。于是，文化水平不高，来自农村的安小龙什么专业也没学上，就当上了整天跑跑颠颠的通信员。不过付一笛想，冲着安小龙的勤快劲儿，到时候营部给他转个士官该不会有太大问题。可是到安小龙当第二年兵的时候，一切都变了。原因是黎术当上了安小龙的直接领导。

管理营部兵通常是副营长的事。可是野外驻训副营长作为后留干部留守营区，这样一来，营部兵的管理就落在了黎术身上。安小龙的请假、休息、生活等等，都在黎术管理范围之内。

黎术首先发现了安小龙身上的不足。在一次营里干部点名结束后，黎术对来给教导员端水杯的安小龙说："你怎么那么木呢？教导员的杯子都空了多长时间了！"

安小龙呆愣愣地看着黎术，不知道自己错在了哪里。

所有的干部在最快的时间退出了营部帐篷。因为大家都知道，余下的时间应该属于黎术。或许，人们一走，黎术也就没有那么大的火了。不久，营里传出了关于安小龙的一些事情。诸如，安小龙切的西瓜有多么厚，安小龙装订的文件有多么不齐等。许多人都困惑安小龙到底怎么了。

安小龙能够到营部当通信员，此事和教导员有直接联系。新兵刚下连，教导员到炮一连检查教育，安小龙站起来傻乎乎地回答了一个问题。他是按着所有新兵都会有的口气来回答的，在教导员的心里留下了一个极为深刻的印象。没隔两天，教导员对炮一连连长黎术说："你们连的安小龙挺实在，放在哪儿都让人放心，调到营部来当通信员吧。"

每年团里、营部挑兵几乎都是在炮一连选，一连的干部也习惯了。可听说排里的新兵安小龙要到营部当通信员时，付一笛却在心里不同意。

2

安小龙是付一笛带的新兵。这个文化不高的战士带着与生俱来的朴实，对训练也格外有热情。但是营里却偏偏要让他去做不适合他的工作，付一笛也不好说什么。

付一笛对安小龙是了解的，安小龙是不应该到营部当通信员的。不信，可以提三个问题给他：1.如果教导员在，办公室电话响了，他不想接，这时通信员应该怎么办？ 2.如果教导员应该在办公室而他恰恰又不在时，来电话找教导员，通信员接了应该怎么说？ 3.如果教导员在和哪个家属说事，杨秀枝来电话问他干什么呢，通信员应该怎么说？

安小龙会乐呵呵地列出这样的答案: 1.教导员他正忙。2.教导员他不在。3.教导员和嫂子说事呢。真的, 安小龙能干出这样的事来。他纯净的思维世界里纯净得有些发傻。没有人告诉他怎么去圆滑, 或许不忍心告诉。

付一笛每听到安小龙闹出的事时, 心里就会涌上一种悲哀。他只能对安小龙干着急。还有一次, 是付一笛看见的。大中午, 也就是别人午休时间, 安小龙一头大汗从村里抱着三个西瓜回来了。经过炮一连时, 用下巴顶着手中西瓜的他遇见了付一笛, 他笑呵呵地说: "我给黎助理买西瓜去了。"

付一笛想问他咋不睡午觉。想一想, 不应该那样问。黎助理安排他工作也是正常嘛。结果, 下午他就听营部炊事班班长讲笑话似的说: "安小龙真有意思, 切西瓜简直就是用刀跺, 都不成块了, 让人无法吃, 还弄得一身都是。"

付一笛一听火气立即来了: "什么干部带什么兵。你们要是觉得这个兵还没出炉, 送回一连来, 我接着带。"大家看这个老排长说话带了火, 也就都不作声了。

其实, 安小龙虽然是二年兵, 可年纪不是特别小, 二十一周岁了。越是年龄大, 做出和年龄不相符的事来, 越是让付一笛觉得他可怜。安小龙觉察不到这一点。他对谁都是笑呵呵的, 看不出他有一点点的忧愁。他的目光总是那样清澈见底。

驻训的日子在紧张的训练中一天天过着。照片事件就在人们几乎要忘掉时, 安小龙在给教导员收拾抽屉时, 看见了仇小丫和付一笛的合影。由于仇小丫化的妆过于浓, 他竟没看出她是见过面的仇小丫来。他的眼睛里迸出了无比的惊喜。啊, 原来付排长是有对象了的。偷偷摸摸地让教导员来把关, 却不让大家知道。

安小龙想到这儿, 忽地对付一笛有些琢磨不透了。他为什么不把嫂子领来让大家认识认识呢。于是,在一天全营干部集中学习,人还没到全之前,安小龙把自己的疑问像是上了一道菜一样摆了出来。

安小龙神神秘秘地问付一笛:"排长,我在教导员那儿看到你和嫂子的照片了。嫂子和黎助理家嫂子还长得有些像呢。"安小龙像是道出了自己首先发现的天大秘密一样,仰着脸看付一笛的表情。

在场的人全都呆住了,他们万万没想到这个安小龙搞出了这样大一个笑话。俞正迅速扫了一眼站在一旁的黎术。近段时间以来,付一笛和黎术都尽量避开见面,可今天是全体干部会,实在避不开才又遇在了一起。

付一笛看了看安小龙。安小龙瞪着无知的大眼睛傻乎乎地冲着他笑。付一笛在心里一阵苦笑,问:"长得咋样?"

安小龙脸一下红了,不吱声了。黎术转身就走。安小龙不晓世事地叫了一声:"黎助理,要开会。"

黎术站在帐篷门口,指了指安小龙的脑袋。"不说话没人把你当哑巴。"安小龙又傻愣在那儿了。付一笛拍了拍安小龙。"要开会了,你先出去吧。"

开完会,俞正和付一笛从帐篷里走了出来。还没走几步,齐全生跟了出来。"哎,等一下。"

"哈哈哈。"忽然,付一笛停下来笑得前仰后合的。

安小龙又在营里创造了一个笑话。在他弄清事情之后,不安了好几个晚上。他见了黎术就像是见了猫的耗子,老远地就跑开了。对付一笛,安小龙倒没怕,见到付一笛他就讪讪地笑:"见笑了,见笑了。"

3

安小龙一直也感觉不到黎术的自私,若是一天见不到黎术,反过来倒是安小龙有些不安。有空了，他总要拿着一种天真的目光看黎术，然后嘿嘿地小声叫黎助理。有时，安小龙问黎术："我今年怎么总让教导员批呢？"黎术轻描淡写地告诉安小龙："教导员那人不会生气，他对你多好。"安小龙想想也是。

日子这样过了不久，营里又传出了安小龙的笑话。是黎术总结后推广的安小龙"四大不会来事"，内容大体是这样的：教导员讲话他唠嗑，教导员夹菜他转桌，教导员电脑他敢摸，教导员那点事他乱说。别人听了一笑了之，可这话不知怎么却传到了教导员的耳朵里。前三句他都当成笑话来听的，可是最后一句，也就是黎术在和炮二连连长讲安小龙时，为了编成四句而硬凑上的那一句，却让教导员觉得安小龙是让他走眼了。当教导员听到安小龙的"四大不会来事"以后，以最快的速度让安小龙回到了炮一连。

这样的结果，付一笛早就料到了。只是早一天晚一天的事，或许就是教导员在等待一个时机。

又是一个星期天，教导员找到了俞正。教导员笑容可掬地对俞正，也是对安小龙说："小龙呀，在营部工作得很辛苦，这段时间工作也不是太紧，就先回连队锻炼锻炼。回去后，有什么实际困难就和我说一声。"教导员说完，又语重心长地用手在安小龙肩上拍了拍。这一拍，让安小龙觉得无比温暖。到营里这么久了，第一次听到教导员这样和他说话。安小龙的眼泪唰地涌了出来。

教导员一看这架势，心里有些不托底，连忙说："你要是不愿回去就在这儿干下去也行。"

"不，教导员，我愿意回去。"

看着安小龙的坚决样，俞正心里有些难过。"安小龙，回到连队好好干，你愿意到哪个班你就说。"安小龙又笑了："指导员，让我回到付排长排里就行，哪个班都行。"

安小龙最后一次收拾好教导员所有物品，抱着自己的被褥走出了营部帐篷。走出帐篷十几步，安小龙站住了，回头看了很久。夕阳金灿灿的光芒洒在他无数遍扫过的甬道上，帐篷后临时用的自来水哗哗地响着水声。安小龙把被褥放在草地上，快步跑过去关上了水龙头。然后回连队去了。

付一笛是从俞正那儿知道安小龙回连消息的。付一笛对俞正没有说什么，对全大志却有些火。"我们炮一连的兵也是人，不能谁说要立即就要走，说不要又一个理由也没有就不要了。"全大志知道付一笛是真生气了。"要不我去和教导员说，让他把安小龙留下。"

付一笛知道全大志说的不是真话，忙阻止住了全大志。"我看回来是好事，我带的兵在那儿跟小媳妇似的天天受气，我看着还来气呢。我只是说，当初他们脑袋进水了，非要选安小龙。征求过连队意见吗？征求过排里意见吗？现在退回来了，我丢不起那人，不就是明显说我付一笛带的兵不行吗？"

俞正帮着付一笛消火："回来就回来了，人多力量大。"

"我是说，兵好不好不是一个人说了算的，而是岗位说了算。快一年半过去了，安小龙现在重新学专业根本就赶不上来了。年底还要转士官，可能吗？教导员——"付一笛狠狠地做了一个踢球的动作，然后回帐篷了。

晚点名时，俞正和全大志听到付一笛的帐篷里响起了雷鸣般的掌声，全排的兵在一齐高喊："欢迎欢迎！安小龙！安小龙！安小龙！我们欢迎！"炮一连三排战士的呼喊声，隔着十几个帐篷营部也能听得清清楚楚。

第十章

1

星期天下午，俞正给付一笛打电话时，他正带着安小龙和另外一个老兵在山坡上挖野菜。他半开玩笑地问："好事？坏事？"

"我啥时候告诉过你坏事？当然是好事了。"

"好事？不会是给我介绍对象吧？"

"你回来再告诉你吧。"说完，俞正挂了电话。不一会儿，付一笛出现在了俞正的帐篷里。一看俞正的状态，付一笛感到他心情不错，但不知他到底什么事。

"尊敬的俞指导员，您的付老排长向您报到。"

"听着，今天一个退休老首长打电话安排我一件事。"

"什么事？是不是有女待嫁，想找个钻石王老五？"

"真神呀！正确，加十分！他侄女大学毕业了，想找一个军官，让我给物色一个。我看你最合适不过了。人家也十分同意。"俞正一本正经地讲着。

"真是给我介绍对象呀。好事，好事。"付一笛装得满脸喜色。

"咋样？今晚见见面。我立即找教导员给你批假。"

付一笛看俞正说得没有半点含糊，招架不住了。"你说真事呢？"

"你啥意思？谁家党的支部书记没事和委员开这种玩笑？"

付一笛一听是真事立马摊牌了："我不去，愿去你去吧。"

"为啥？"

"啥也不为，我就是不想看。"

"我看你是有毛病。"

"你别拿这话刺激我，有没有毛病我自己知道。你要是不信，哪天我——"正说着，付一笛坏笑起来。

"你别恶心人了。和你说正事呢。你都多大了，自己的事也不想一想，整天干靠着，我看你啥时候到头。"

看俞正的态度，付一笛觉得很有必要向他讲明自己的观点。自从经历了和寒冷的曲折后，付一笛对爱情算是看淡了。哪怕是遇到了仇小丫的进攻，付一笛内心渐渐熄去的火种也没有再次旺盛地燃烧起来。很多时候，他觉得心在一点点地冷却，对爱情更是抱着可有可无的态度。他认为，结婚与否是自己的事情，和任何人不相关联。因此，他和父母争辩过很多次。在谁也说服不了谁的情况下，他和父母都开始回避这件事。弄得每一次给家里打电话或者探家，他都要提心吊胆，生怕谁提到这件事。本来够闹心了，偏偏黎术那儿又出了是非。心情刚刚调整好，不成想俞正又来搅和。

俞正看付一笛对这事不感兴趣，觉得挺扫兴。"真没劲，热脸贴了一个冷屁股。"

"又不是我求你的。你还不是拿我做红包往外送，我才不上那个套呢。我是走一步说一步，可遇而不可求。一个人多好，没人管，也不管别人。想干什么干什么，自由、幸福。其实结婚于有些人来说不就是解决了一个性的问题吗？这样的人真俗气。你当指导员的连这点体会都没总结出来？你和你老婆一年也见不上一次面不也挺过来了吗？我激情燃烧的岁月也过去了。"

付一笛冲着俞正一顿感慨。他在说这些话的时候，俞正的脸色一点点变得难堪。付一笛也没多想，还是把自己想说的话全都说了出来。付一笛万万没有想到，他的话碰到了俞正心里最疼的地方。有时生活可能就是这样，一个人心里越是有伤，亲近的人越是在不经意间就揭到伤疤上。

俞正脸上呈现出了痛苦，他无力地摇摇头，冲付一笛挥了挥手。

付一笛一头雾水地站在帐篷当中，他搞不明白俞正为什么会这样。

2

俞正被付一笛的话击中了，付一笛离开帐篷之后，他一个人悄悄地走进了夜色，漫无目的地朝三道梁方向走去。

其实，他一直想和付一笛讲出他心里隐藏了很久的秘密，不然太累了。他不敢对别人讲，他怕别人嘲笑他，瞧不起他，而通过和付一笛的不断接触，他认为付一笛是让他信赖的。付一笛伤到了他，是因为付一笛不知道，所以他没有怪付一笛言语的莽撞。他只是怪自己没早一点向付一笛讲出埋在心里的秘密。

晚风吹荡着，暖暖的风里裹着不知名的花香，走在布满星光的夜空下，俞正想起了那个曾无数次试图忘记可是忘不掉的女人。就在俞正想得入神时，他的身后忽然有人喊他。不用回头，俞正听得出那是付一笛的声音。

蛐蛐已经从地下钻出来唱歌了，给青蛙的叫声中加入了和声。此时的三道梁显得有些深邃。望着树梢上挂着的半个月亮，俞正向付一笛讲到了一个女人。

那是一个叫于静宵的女人。他曾经的妻子。

于静宵和俞正结合应该说是幸福的。虽说俞正家里不太富裕，但人品很好。于静宵对这一桩婚姻表示出了认同。当时俞正还在连队当排长，每周能回家一次，两人恩恩爱爱从不吵架。他们之间也不是没有争吵的事情，而是俞正处处让着她。于静宵自恃比俞正小了三岁，撒娇、耍闹时候多一些，俞正不怎么计较。下班一回家，洗衣做饭事事都做。他知道住在岳父家里，应该勤快一些才对。开始，于静宵还帮他干一些，后来就习惯了，俞正一个人屋里屋外地忙，于静宵该上网上网，该绣十字绣绣十字绣。

俞正和于静宵结婚一年后，于静宵的肚子还是风平浪静。这对盼子心切的俞正来说心里就没了谱。不知道他们中间到底出了什么差错，是土地的问题，还是种子的问题，还是没抓准墒情。时间一长，俞正对辛勤劳作而没有收获便觉得有些沮丧，在那方面表现得有些不太主动。于静宵倒是埋怨俞正空长了那副身子骨，中看不中用。

俞正想和于静宵辩论几句，想一想隔壁住着岳父母，还是忍住了。有一次，岳母试探着对俞正说要他去查一查身体。俞正听了心里很是恼火，但又不能发作出来。男人最怕让人怀疑生理有问题了。你怎么就知道问题没出在你女儿身上呢。俞正心里这样想，可是没敢说出来。

俞正这样想是有道理的。结婚半年后，他就发现和自己脚前脚后结婚的，女的身上都显山露水了，而他和于静宵没采取任何防范措施怎么还一点惊喜也没有。俞正首先想到的是自己，他偷着去医院查了一圈，结果很正常。医生知道他是军人，安慰他说："等一等吧，你们在部队时间多，日子赶得不一定准，这不是急的事。"对自己有了底数，俞正就想问题是不是出在于静宵那儿。于静宵却显得有些不屑一顾："你别不中用就往我这儿想。"这个话题在两人中间出现后，感情就陷入了一种难以言说的危机当中，彼此对对方都显得有些不冷不热。俞正一直认为，夫妻之间哪有那么多谈情说爱，实实在在过日子就行。而于静宵则不同，她认为夫妻之间就是要浪漫一些。

一次，吃过晚饭两人到街上转，于静宵偏偏要俞正挽着她走，俞正不习惯这样。俞正说："走得近一点就行了，大热的天，老夫老妻的还挎啥。"结果于静宵转身回了家。没办法，俞正又追上去把她挽了下来。于静宵一下子变得美滋滋的了。可是她一点也不知道，穿着军装的俞正心里有多别扭，俞正挎着她的姿势打远看就像是推着一辆自行车。

于静宵和俞正的感情好转是带有悲剧色彩的。他们结婚第二年，于静宵的父母因为煤气中毒一同去世了。俞正请了一个月的假陪在她身边。那一个月，俞正怕她经不住打击，形影不离地守护着。她也好像一下长大了不少。

在经历悲痛之后，于静宵变得沉默了。为了能让于静宵在身边，俞正向部队提出了借用家属房的申请。领导考虑到他的实际情况，同意了。于是，于静宵在和俞正结婚后第二年，住进了部队大院。那时，他刚刚升任指导员不久。

从痛苦中解脱出来的于静宵到部队半年后，又变得如同先前一样无忧无虑。俞正很多次下班回到家以后，看见的并不是丰盛的晚餐，而是在家属院里和别人有说有笑的于静宵。俞正不好发作，进屋自己张罗饭菜。这样没多久，连队通信员崔笑岭发现了指导员家里的不快。机灵的小崔每一次估计俞正要回家时，总是先他之前提着菜赶到家里，帮着于静宵把饭菜做好。崔笑岭觉得指导员这个人太苦了。在连队忙得脚打后脑勺，回到家里还要照顾妻子，他想暗暗地替俞正分担一些。

有一次回家，俞正发现崔笑岭又在帮着于静宵做饭，便很严肃地对于静宵说："小崔是连队的兵，不是家里的勤务员，以后不要再麻烦他。"然后对崔笑岭说："你也不能往我家拿连队的东西。"

于静宵哈哈地笑了："俞指导员，你别装正经了好不好。你看哪一家不是从连队拿吃的用的，小崔拿点破菜也犯不着你这样清高，这样讲政治。"

崔笑岭也在一边插话："咱连那么多人，还在乎嫂子吃这一口吗？你对大家那么好，没人会有意见。"

当着通信员的面，俞正不好发作。等通信员走了，他有史以来第一次和于静宵吵了起来。"你以为拿点菜拿点米没事，可时间长了就是事。就是兵不说，我心里还不得劲呢。咱又不是买不起，到街上去买值多少钱？"

"就是没有多少钱，小崔拿来我才留下的。他一下子拿来万八千块钱的话我还不敢收呢。"

"占小便宜不好。"

"什么叫占小便宜？你这话是冲谁来的？"

"我在和你说事。咱能不能不吵？我只是告诉你，你们做家属的，没有权利使用兵。"

"现在我发现你越来越窝囊。你看看哪家没有兵出出进进的，不就是帮着干点活吗？你要是这样想，干脆让我出家属院算了。"

于静宵说话的声音越来越大，俞正怕邻居听到，不再吱声。此后，崔笑岭再到家里来，他怕于静宵再吵，也不再作声。他不知道为什么于静宵会在婚前婚后变化这么大。俞正后悔结婚太匆忙了。

可是不久，俞正发现于静宵爱打扮了，对自己忽然关心起来了。电话打得更是勤，什么时间回家呀，想吃什么呀，去开会啥时回来呀，关心面大扩，而且是面面俱到。俞正闹不清于静宵吃了什么药，脱胎换骨变了个人。直到有一次，俞正回家发现于静宵和崔笑岭在厨房里有说有笑地忙活，他一出现，两人顿时没有了声音，而且脸不由得都红了，俞正才猛地意识到有些异常。

第二天连队点名的时候，俞正在队列前郑重其事地宣布："以后，任何人不准不请假离开连队，到营区其他地方也不行，包括连部的兵！"这样一来，崔笑岭在俞正家里出现的时候少了，有时两个星期去不上一次。于静宵倒是显得很平静，不藏不掩地问俞正："小崔好些日子没来了，忙什么呢？"

俞正不吱声。

又过了不久，在一天上床后，于静宵问俞正："听说你不让小崔到咱家来了？啥意思？"俞正酝酿了好几天的激情顿时没了，火气直顶脑门。"我不是和你说过不要管连队的事吗？女人老参什么政？不让他来你还管得到，想他了是怎么的？"

于静宵多日来的火一下被点燃了："我就想他怎么的？我就看他顺眼怎么的？哪像你似的，腰里空别了一杆长枪，连子弹都没配。"

俞正觉得于静宵不应该这样来揭短，而且她一直认为他在这一点上是无能的。尽管向她解释过，但她就是不信。那一晚，两人谁也没有和谁说一句话。俞正拿着毛巾被倒在了沙发上。他感到于静宵变得十分可怕，更是后悔当初让她住进了部队家属院。俞正睡到半夜的时候，忽然就觉得沙发上坐了一个人。借着月光一看，原来于静宵正坐在身边抽泣着。

俞正装作没醒，翻了一下身，把毛巾被踢到了地上。于静宵轻轻地拾起毛巾被盖在了俞正身上。然后手再也没有离开俞正身上。她的手像是蛇一样轻轻地穿梭在俞正的腰际。俞正体内的所有血管呼地鼓胀了起来。结婚两年多了，两人虽然没能怀上一孩半崽，但在房事上磨合得还是很默契。谁的一个手势，一个动作，一个语言，对方都是心知肚明。

于静宵对俞正所有的满意，也正是在此。在这件事上，俞正常常是抱着补偿心理进行的。而于静宵却像是吃着一道丰盛的晚餐，进行得有滋有味。于静宵像是一个伟大的雕塑师，在一个个黑夜里，把俞正雕塑成了她心中理想的作品。

俞正从沙发上腾地坐了起来，一把把于静宵揽在了怀里，于静宵像是受到了惊吓一样，尖叫了一声直挺挺倒在了俞正怀里。俞正近似于疯狂地把嘴唇伸向了于静宵，他听见于静宵在幸福地呻吟着。

俞正听见于静宵的声音时，也闻到了从她嘴里散发出的酒气。俞正心里倏地升起了一丝怜悯，他体味到了一个被欲望折磨着的女人的痛苦。于静宵像是燃烧在俞正怀里的一堆火，把他也点燃了。就在俞正有些忘我的投入时，于静宵死命地搂着他的腰喃喃地叫出了两个字："笑岭——"俞正像是当头挨了一闷棍，简直要晕倒在地上。

俞正感到窗外的月光没有了，夜变得漆黑一片。于静宵像是在天际飞舞的妖魔，笑看着他在人间的表演。俞正紧咬着嘴唇，用手使劲地掰于静宵搂在腰上的两只胳膊。他没掰动。于静宵的头在他的腰间摩挲着。俞正不知从哪里来的一股劲和出于什么目的，以一种带有暴力性质的动作向于静宵进攻着。于静宵带着哭腔求他："不要了，求求你，不要了。"

俞正把自己折腾得精疲力竭后，四仰八叉地躺回到床上。他的心在那个黑夜一点点地死去了。从此，一直到那件事发生，他再也没有上过于静宵的床。

3

那件事是在两个月后发生的。崔笑岭复员的当天，于静宵失踪了。俞正猜得到发生了什么，虽然以前他没往这方面想过，但发生后他并没觉得有多么突然，反倒是觉得事情就应该这样。俞正在书桌上看到了于静宵留下的信。

俞正：

　　现在，我和崔笑岭在一起，我觉得我找到了我想象的爱情。对于你来讲，我可能是不可饶恕的背叛；可对于我来讲，这种背叛是多么艰难呀。现在，我可以让自己的心情和激情一同放纵了。以前，也许你体会不到，活在没有爱的婚姻里，我是多么痛苦。

　　我是一个浪漫的人，而你恰恰活得又太现实了。我们在一起的时候，我想过离婚，可是我怕我的父母受不了这个打击，因为他们太认可你。现在好了，我的世界里只剩下了我，不，还有笑岭。你不要恨他，他在爱情这方面做得比你优秀，他敢恨敢爱，敢做敢当。我们在一起不知将来会是什么结果，是穷是苦我都不知道，但至少我现在是真正的快乐。

　　不过，有一个问题你倒是应该反思一下，就是平时你们总在给你们的战士做思想工作，那时你们都是高高在上的，你们是干部与兵的关系。那么，当你们面对战士的内心时，你们想过没有，你们的教育到底达到了哪一个目的。在爱情上，你的战士给你上了一堂最为生动的课——

看到这儿，俞正再也看不下去了。他像是一头暴怒的雄狮在笼子里转着，他把信撕得粉碎。

俞正错了，他应该把信看完，那样也许他会对于静宵重新有一个认识。也正是他撕掉了那封信，另一件事情他才知道得很晚。

于静宵在信的结尾处告诉他，她怀孕了，已经三个月的时间。也正是因为这件事，她才做出了和崔笑岭出走的决定。因为，她没有想到她和崔笑岭的一次越界，竟然会怀孕。结婚两年多，她也没怀孕，在外人和她看来，问题是出在了俞正身上，而现在，也就是在俞正发现了她和崔笑岭的关系后，她竟怀孕了。这又怎么向俞正解释呢？

于静宵知道自己怀孕后，一直处在惴惴不安当中，她怕孩子名不正言不顺，俞正将来对孩子不好。打掉吧，她又实在是舍不得，也许这是她唯一的机会。最后，她豁出去了。从她的内心里，她能感受得到崔笑岭对她的喜欢。

俞正妻子出走的事在团里很快传得四处皆知。走到哪，他都觉得有人在用一种怪异的眼神看着他，看得他抬不起头来。

这样没过多久，俞正在一天晚上敲开了政委的家门。政委对俞正的事早就知道了，但在这方面领导又不好过问，事也就一直撂下来了。政委看到俞正垂头丧气地来了，猜得到一定有事。

政委爽快地答应了俞正关于调走的请求。虽然他在内心里惋惜失去了一个工作尽心尽力的部属，但还是感到轻松了很多。俞正一调走，他就不用再为他操心了，近一段时间里，他总是在悄悄地观察俞正，生怕他做出一些过激的举动。现在，能通过自己的关系，把他调到另外一个部队去，也算是替俞正办了一件事，至少让他能从一个让他伤心的环境里解脱出来。于是，俞正到了另外一个城市，到了炮一连这个崭新的连队。

俞正调到炮一连后，把所有的热情都投入了工作中，每天把自己累得连上床的力气都没有。这样他反倒觉得很轻松很幸福，内心的伤口也一点点愈合了。在这个团里，没有人知道他曾经历过这样一段让他不堪回首的婚姻。可是有时他怕天黑下来，他害怕在黑夜里想起于静宵来。

付一笛听完俞正讲述的故事后，呆傻住了。他万万没想到平时看起来

什么事都没有的俞正会有这样的痛苦往事。付一笛冲动地扶着俞正的肩膀:
"俞正,我能帮你做些什么?"

　　俞正惨然一笑: "不要以为兵的心里都是故事,我们的故事有时不比
兵少。有时,我们的故事是死在肚子里的秘密。你能听一听我的故事我就
很感激了。"

第十一章

1

七月中旬，林慧芬打电话给教导员商量八一慰问的事。

教导员从电话里听出是林慧芬后，十分惊喜。多年来，他和仇家的感情处得不错。尤其是他把林慧芬的宝贝女儿撮合成军属之后，他觉得和林慧芬的关系又往前走了一大步。就如同在黎术的婚礼上他对林慧芬说的一样：我们部队和你家已成亲戚了。

林慧芬对教导员是心存感激的，毕竟是他帮着自己了了一桩心愿，要不她这个当娘的，不知要为姑娘操多少心。每次和年轻军官接触，她心里都是暗自合计，将来仇小丫要是嫁给军官多好呀，一旦嫁，嫁哪一个更靠得住呢。

这是她心里的秘密，她之所以没有把秘密表露出来是有道理的。如果当母亲的给姑娘做了媒，容易让男方觉得姑娘家掉了价，另外，如果人家回绝了这事，传出去后对仇小丫脸面上也过不去。其实，最主要的一点是，如果她提出来给仇小丫找一个军官，可能会让人怀疑她这些年拥军的动机。

说心里话，搞了这么多年拥军，她早就看透了军人的婚姻状态。在一起谈恋爱的时候少，结了婚在一起的时间更少，很多家庭都是做了一锅夹生饭，两口子就是那样不咸不淡地过日子。但她相信仇小丫不会的，因为仇小丫当过兵，了解部队，能够理解军人。再有，仇小丫从小是看着她拥军长大的，对军人有着与生俱来的喜爱，到时吃多大的苦也不会闹出太大的矛盾。

每年的八一和春节都是拥军模范林慧芬家最忙的时候。那段时间里，仇小丫每天都看见母亲从早忙到天黑。母亲忙着找人杀猪，做豆腐，蒸豆包，然后领着仇小丫和她表哥欢天喜地地到部队去。

最开始的时候，仇小丫记得就是母亲带着他们哥俩去，过了两年，就有地方的领导和记者一同陪他们去。领导走在母亲的前面，亲切地和部队官兵握手，打招呼，母亲则是不知所措，脸上原本坦率的笑容也不知跑到哪儿去了。母亲还要对着镜头拘束地讲话。这样几次下来，再一提到部队去，母亲就有些怕了。她开始带着仇小丫不在节日到部队去。她把家里杀好的猪放到团部门口就走。可是，仇小丫却喜欢上了部队，总闹着要到部队去玩。

林慧芬的这些做法被记者们宣扬出去了。林慧芬从一个平常的农村妇女变成了一个在省内都叫得响的拥军模范。部队的官兵们认为她是一个非常让人尊敬的拥军妈妈。

林慧芬对于媒体的宣传从始至终表现出了抵触。她认为拥军是自己的事情，是发自内心的，只是在寻求心灵上的安宁。更没想到省里会让她屡屡参加各种各样的表彰会，一次次到台上去做报告。每一次走上发言席，面对台下黑压压的一片人头，这个朴实的农村妇女心里都会涌出说不出的恐慌。每一次会后，她都告诉自己这是最后一次了。

林慧芬这个不懂政治的女人想得太天真了。当民政局好不容易发现了一个拥军典型后，别提有多兴奋。市里几年来都在力争全国双拥模范城，而每一次都在评比中落选。如今出现了这样一个部队认可、群众认可的林慧芬，这对市里竞选模范城是一个多么重要的砝码呀。

先是民政局局长出面了，后来副市长也出面了。副市长把一些事说得更直截了当，他对林慧芬说："不能让你拥军赔了钱。以后市里买了猪放在你的圈里养几天就行，然后你拉到部队上去。"

林慧芬显然不懂市领导到底是什么意思，她对副市长说："不用了，年初的时候我就买好了五个猪仔。"

局长又笑容可掬地说："市长的意思是你养猪太辛苦了。我们拿猪，你去送。"

"那可不行。每年我送的猪都是我一瓢糠一瓢水喂出来的，看着那猪一点点长大的。买来的猪怎么能和养的猪比呢？"林慧芬否定了他们的主意。

副市长大度地笑了："给部队送什么样的猪还不是一回事？关键在于我们送去了，把对子弟兵的深情厚谊通过送温暖表达出来了，把鱼水情深体现出来了。不过，你要是能把这些话对着镜头讲出来就更好了。"

林慧芬被副市长的一番理论弄得找不到方向了。她不知道自己的事情为什么要让领导操这么多的心。她变得沉默了。

林慧芬说什么也不再到省里开会的事在市领导那里引起了轩然大波。省里已经定下了由她大会发言，市里还专门组成一个写作组为她写好了讲话稿。讲话稿的题目叫《把真爱无私献给国防事业，争做新时期拥军模范》，是副市长亲自定的题。据说，省里开完会，可能还要把她往全国推。

民政局局长找到了林慧芬的家。这个在官场闯荡了多年的人物很快找到了可以让林慧芬再次出山的途径。他对林慧芬讲："你家的姑娘今年快高中毕业了。你就忍心让她在农村这样待一辈子吗？你当上了典型，借这个机会可以让她去当兵呀。到时候你看看，人家会说，你是真正的拥军模范，不仅仅自己拥了很多年军，还把女儿送到了艰苦的部队去接受锻炼，拥军情结代代传呀。想想你家能出一个万里挑一的女兵，你不高兴？"

林慧芬做梦也没想过会有这样的好事，她半信半疑地问民政局局长："真的？"

"以后开会多替市里说些话，这事就包在我身上了。"民政局局长当着林慧芬的面拍了胸脯。

拥了十几年军的林慧芬也是第一次听到，拥军也会为女儿拥出一片前途来。她不是没想过让女儿当兵的事，每到军营，看见穿着军装的战士，她的眼前就会幻化出女儿也穿上军装的样子。女儿在很多方面太像她了，只要提出来带她到部队，她比什么都高兴。以前她也想过，到自己老了走不动的那一天，女儿会不会接过她的班呢。

现在好了，民政局局长答应了一件让她想都不敢想的事。那么人家局长和咱非亲非友的都主动来帮女儿的忙，你林慧芬还有什么不可以登台讲话的呢。尽管不愿意做，可为了回报领导，硬着头皮也要去的。

林慧芬对于市里的工作变得理解和配合，变得很顺从。只要让她出席什么会议，她都提前到达，而且不停地问需要她做些什么，她能够做一些什么。

民政局的领导说话也算数，在林慧芬被省里报往全国双拥先进个人的当年，仇小丫在市领导出面的情况下，顺利地入伍了。

仇小丫入伍是特批的。因为她家离部队仅仅八十公里，按规定是不可以在本地入伍的。可考虑到林慧芬十多年来为部队做出的贡献和目前的身份，部队的领导也尽力把这事给办了。

从此，林慧芬表现出了比以往更大的拥军热情。她从女儿那里获得了更多的信息，知道了战士更需要什么样的拥军。她不再像往年一样过年送猪，过节送肉，而是注入了许多新的内容。例如仇小丫给家里打电话讲到部队非常缺少电脑，林慧芬在那年收了秋，就给部队买了两台电脑；仇小丫无意中讲到有的连队饭菜做得不是太好，林慧芬找到后勤处长，非要让开饭店的表弟到部队免费开办厨师培训班。

时间一长，仇小丫看到了母亲的不容易，后来就不再对她讲部队的事。入伍后，她对地方的拥军有了新的认识。她认为，母亲拥军其实最主要的是要体现在亲情上，给战士们更多的温暖和爱，而不是要从自己家里拿出多少东西给部队。可能辛辛苦苦攒点东西送到部队，部队还并不需要。虽说家里这两年因为得到了一些政策上的宽许，办起了一个木材加工厂，收益还可以，但那也是劳动付出。

仇小丫给母亲出主意，说干脆联系一些人给部队干部做红娘得了。部队干部好多人找的媳妇不知根不知底，结了婚很多人不太幸福。你这样做不是很好吗，也不用花那么多的钱，同样也是拥军，实实在在的拥军呀。

林慧芬没听取仇小丫的意见，她说自己嘴太笨，还是做点实实在在的事心里舒服。仇小丫也不再劝，任母亲想怎么做就怎么做。因为母亲不止一次和她说，和部队的情这辈子是解不开了。

2

教导员放下林慧芬的电话后，一个电话把付一笛召到了办公室，他放下手里的《邓小平文选》对付一笛讲："'八一'要到了，拥军模范林慧芬要到营里来慰问，你看看能不能拍几张照片在军报上发一发。你明天到林慧芬家里去看一看有什么线索。"末了，他又加了一句："这可是政治任务。"

付一笛没说什么，站在门边望着教导员，看他再没有什么指示了，便退了出来。刚一出屋，他在心里嘟囔了一句，缺心眼！

教导员做事一贯就是这样，凭着自己心情安排工作。工作就是工作，什么感情不感情的，他从不考虑。一段时间以来，黎术和付一笛之间闹出的不愉快，在他那里好像一点印象也没有了。要不然，他怎么能安排付一笛去林慧芬家拍片呢。

付一笛不能推辞，本来这段时间和教导员之间就有隔阂，如果工作任务都不接受就说不过了。再有，他一直想把林慧芬的事写成电影剧本，去一趟仇家也可以积累点素材。

考虑再三，付一笛还是给林慧芬打了电话，他没和她说要去拍片的事。通过交往他发现林慧芬是个低调的人，对宣传报道有着一种本能的排斥。只是她对自己的印象还好一些，没有表现出反感来。付一笛在这一点上，把握得也很好。几年来，他只给林慧芬做过一次宣传，其他时间都是在把她当成一个敬重的人来看待。

付一笛在电话里问："林阿姨，这几天我没事，想到你家去坐一坐。"

林慧芬在电话里笑："要来只管来，阿姨给你杀鸡吃。正好有一只不下蛋呢。"

"仇班长他们明天不回家吧？"

"不回来，这段时间黎术他俩都忙，就我自己在家。"

听到这儿，付一笛放心了。他实在不愿在那里碰到黎术。在单位怎么吵都可以，到了人家两人吵是不能吵了，但一句话不说太尴尬。

第二天上午，付一笛见到了林慧芬。让他万万没有想到的是林慧芬病了，人很憔悴。头发有些乱，脸色也很苍白。付一笛放下礼物，拉住了林慧芬的手。"林阿姨，我带你到医院去看一看吧。你的气色实在是太差了。"

林慧芬无力地笑了一下："没事，这是老毛病了，每年都来那么一次两次，不要紧。"

"那怎么行，身体不注意可不行，要是加重了就不好办了。现在仇班长他们又都不在家，你可要照管好自己。"

林慧芬岔开这个话题，唠起了木材加工厂的事。说着说着，话又谈到了仇小丫身上。林慧芬从没觉察到仇小丫和付一笛之间的事，现在发生的事她更是不知道了。一谈到仇小丫和黎术，她的脸上带着无比的充实和幸福。

不知不觉到了十一点多，林慧芬抬头看了一眼墙上的挂钟，对付一笛说："小付，不好意思，我该煎药了。你自个儿坐一会吧。"

"我去煎吧。"付一笛从炕沿前站了起来。

"你找不到家伙放在哪儿，还是我来吧。"

"那我和你一起煎。"

林慧芬看付一笛执意想去，也不再推辞了。

两人在墙角临时搭的灶前一边聊一边煎起了药。林慧芬拿着筷子在锅里搅了搅停下来了，笑眯眯地看着付一笛，说："小付呀，有时林阿姨真后悔一些事。"

"啥事能让您后悔？"

"姑娘生少了呗，就那么一个。要是阿姨再有一个姑娘的话，让你也做女婿。"

付一笛脸腾地红了，他没想到林慧芬会说出这样的话。而林慧芬却没看出付一笛的不好意思来，继续煎她的药，接着说："你和黎术呀，都是那么勤快。他一回来也是什么都干，嘴也甜。唉，阿姨是没和你成一家人那个福分了。"

"林阿姨，您快别这么说了，您对我们这么好，不和自家人一样吗？我们部队里的小战士好多背地里都管你叫林妈妈呢。"付一笛挑了一句让林慧芬高兴的话说。

林慧芬声音一下提高了很多，问付一笛："真的？"

付一笛看着她点点头。林慧芬的脸上掠过一片喜色。

付一笛想把话题引得远一些，但一时又找不到话题。他的心里一直在扑腾，他猜不准林慧芬怎么会突然说出那样一句话来。她对自己很喜欢，这种感觉能感觉出来，可她怎么会想过让自己也做她家的女婿呢？是不是当初她把他和黎术放在一起衡量过？

付一笛终于找到了一个话题，也是他一直想知道的谜，那就是林慧芬最真实的拥军想法。

"林阿姨，我问您一个问题可以吗？"

林慧芬一愣："问吧。别神神秘秘的，让阿姨心里不托底。"

"你对地方政府的拥军怎么看？"

林慧芬没有想到付一笛问了这个，略一思忖，说："其实，我一直也不想让谁来宣扬我的事。我认为这是我自己的家事，和政府贴不上边。我也没有想过我是在拥军，这个词我也是后来才听说的。我只是想做一件自己真心想做的事情。"

付一笛侧着头听林慧芬讲话，他弄不清眼前这个亲切又很熟悉的女人了。她比早几年老了很多，鬓角出现了几缕白发。

"说实话，现在的一些事我是看不惯的，但又不能乱说，别人总是在说咱是典型。可是一些事我也弄不清，是我想的错了，还是社会就变成这样了。"林慧芬不看付一笛，自己一个人说开了。

"去年，我到部队去，看见一些地方领导开着车，带着录像的、照相的。倒是拉了不少西瓜、矿泉水什么的，小付你说，部队缺的是这些东西吗？其中一个领导还对着录像机讲了话，当天晚上电视台就播出来了。他们是拥军去了，还是宣扬自己去了。那天，你们领导安排我和他们坐在一桌吃的饭。我真的是连一句话也插不上，也是我不想说，他们坐在饭桌上，那个吵呀，说话的声音也大。你们政委让他们帮忙把部队门前的路修一修，你猜怎么着，那个胖子非让你们政委干一杯。那杯子有这么大呀。"林慧芬刚要比画，话停下来了，她侧过脸看付一笛。

付一笛正听得入了神，没想到她把话打住了。

"你在想什么？"

"没……没想什么。"

"可能我说的话有些反动了，人老了，跟不上形势了，可这些事我看不惯。在肚子里憋了好多年了，也不想和别人讲。"林慧芬叹了一口气，"阿姨倒是一直想和你唠唠这方面的事，因为我看你和别人不一样。"

"以后你就别到部队去了，领导都换了好几任了。再说你岁数也大了。"

"嘿，嘿——"林慧芬想笑，但没笑出来。

"林阿姨，这么多年了，你为什么要到我们部队去送这送那呢？早些年你的日子不是很好呀。"付一笛终于忍不住问出了这些年一直想问的话。

林慧芬端起煎好的药进屋去了。付一笛随着她进了屋。付一笛给她倒上了一杯开水放在身边。"林阿姨，等凉了漱漱口。"

林慧芬把药汤倒在一个碗里，轻轻地端到了鼻子前。刚嗅了一下，鼻子上面就拧出了一串褶皱。

林慧芬把碗放下了。"时间过得真快啊。"

她以这句话开头，开始讲述一段尘封往事。

3

那时候，我还是大姑娘，对什么事都还不太懂。后来，别人给我介绍了你仇叔叔。那时，他还在部队当兵，军装一穿，威武得不得了。当年，军人的地位特别高，我看了一眼之后就同意了。谁知，还没等结婚，他就退伍回来了。

我心里不高兴，可也不能说出来。在家里，我总是让他穿着军装。我觉得那个样子怎么看怎么顺眼。看我，快成老太太了，和你说起这些陈芝麻烂谷子了。还是说点主要的吧。

我生小丫那天正好下大雪，由于事先没想到医院去生，结果难产了。那天夜太黑了，也不像现在交通这么好，没有车，你叔找了几个人连夜背着我往县城医院赶。后来，他们都走不动了，看着我晕死过去的样子，他们对大人孩子都不抱什么希望了。

就在那时，正好部队团长坐车经过那里。他打听清情况后，立即把大衣脱下来给我盖在了身上，也不怕担责任，然后命令司机加大油门把我拉到了部队医院。军医对当时都傻了的你叔说，再晚来一会儿，大人孩子就都没命了。

林慧芬讲到这儿时，眼角潮湿了。她用手悄悄地拭了一下，接着讲，那时我家里穷，连锅都揭不开，医药费也没给部队付，团长还动员干部为我们家捐了款。小丫出了满月，我就抱着她到部队去感谢领导。我说："这辈子我只要还有一口气，我也要还部队的情。"

付一笛正动情地听着，林慧芬的话停了下来。付一笛看着她，两个人都不言语了。

难道她对部队这么多年的一往情深就是因为当年的一个诺言？付一笛惊诧地望着她。

林慧芬的脸上写满了平静，呈现着一种超凡脱俗的色彩。

第十二章

1

付一笛到林慧芬家里去的时候，离楚艳艳生下孩子还有三天的时间。

全大志没有想到的是当父亲竟会那样沉重。做母亲虽然让楚艳艳经历了生死考验，或者说是到天堂走了一圈又回到了人间，可她却是轻松和愉快的。她感觉全大志在她有了孩子以后，对她的态度像是有了质的飞跃。

那天，全大志正在厨房里给楚艳艳做饭。楚艳艳却在屋子里哭了起来。她的哭声让全大志莫名其妙。他不知道楚艳艳为何要哭。虽说两人之间自从恋爱以来，没有多少激情燃烧，可自楚艳艳怀孕以后，全大志对她的态度还是改变了许多。

每当看见楚艳艳一身疲惫下班回来，全大志心里都会生出几许自责。身为一个男人，竟不能给妻子一个更大的生活空间，还要她从老家跟着自己跑到这个对她来说陌生得连路都找不到的城市来。

楚艳艳刚到这儿时，上街都是跟在全大志的身后，扯着他的衣角。一听到汽车的喇叭声，她就紧张得要命。一次，全大志在星期天带着她去找工作，在步行街上，一个蓬头垢面的乞丐突然向楚艳艳伸出了手，楚艳艳一声惊叫就扑在了全大志的怀里。全大志埋下头看着受了惊吓的楚艳艳，好半天一句话也没说，等她稍稍缓过神之后，才拉起她往前走。整整一上午，楚艳艳抓住全大志衣襟的手再也没有松开。

全大志领着她走了好几家商店，也没好意思张口问招不招服务员。每当他要张口时，他都要回头看一看楚艳艳。楚艳艳的神情俨然像是一个被人贩子从山区拐来后即将被卖掉的样子。全大志窝了一肚子的火。

回到临时租住的房子以后，全大志连吃饭的兴致都没有了。他把被楚艳艳扯皱了的衣襟用水湿过之后，像新兵时整理军被一样一遍遍地用手撸着。楚艳艳在一边看着，直到看到一个褶也没有了，才怯生生地说："大志哥，要不你让我回老家吧。"

"不行！"全大志不由分说地打断了她的话，"把你从老家领出来了，再回去多没面子！"

楚艳艳一句话也不说了，用一种陌生的眼神看全大志。

夜幕一点点黑下来了。两人就那样无声无息地在屋里坐着，那晚谁也没有吃饭。楚艳艳终于在黑夜中忍不住抽泣起来。全大志听够了她的哭，走过去，用手在她的肩膀上轻轻地抚摩起来。楚艳艳哭得更压抑了。

从此，全大志再也没有和楚艳艳提起找工作的事。倒是有一天全大志串休回家，看见楚艳艳扎着围裙屋里屋外地转，全大志被她的架势弄蒙了。

楚艳艳把菜摆齐，坐下之后，郑重其事地告诉全大志："我找到工作了。"

全大志笑着说："好呀，好。"心里却不是滋味。

2

全大志把楚艳艳从老家接出来时，对双方老人说已经从驻地给楚艳艳找好了工作。老人们没有阻拦。他们要是知道楚艳艳会跟全大志遭这么多罪，吃这么多苦，无论如何也不会同意的。

全大志接楚艳艳到部队有他自己的道理。夫妻俩都年轻，不趁此时闯一闯，那苦日子什么时候才能熬出头。还有一点谁都可以理解，全大志二十七八岁，正是身强力壮，长夜难熬。全大志虽说觉得自己的婚姻有些草率，可痛定思痛之后，还是认命了。如果当初自己没有考上军校回到农村老家，他们两人一比，要说吃亏的还是楚艳艳呢。

把楚艳艳接到驻地，经历了找房子、找工作等一连串困难之后，全大志更深切地后悔在老家找了妻子。那时，他竟羡慕起付一笛来。一个车皮拉来的，人家天马行空的，一人吃饭全家不饿，不用拖家带口的。

全大志工作的动力也是来自楚艳艳那一双忧郁的眼睛。他发现，自从楚艳艳和他到了这个城市，她再也不像在农村时那样无忧无虑了。在农村老家，家家户户的门都要被她踏遍了，离几十米远就能听见楚艳艳喳喳喳的说话声。可是到了这个陌生的地方，她一下子变了。一天也没有多少话，只有见了全大志，才怯生生地看着他的脸色，讲述一天见到的新鲜事。全大志一边看着书，一边带听不听地应和着。

时间长了，楚艳艳也看出了全大志对自己的话题不感兴趣。为了讨全大志的喜欢，楚艳艳又开始换着话题。她找到的话题又总是围着农村的那点事。每每她讲这些事时，全大志都要毫不犹豫地打断她的话："那点破事不要讲了，张家长李家短的，俗不俗？"

再到后来，楚艳艳也不怎么吱声了。全大志到家该吃就吃，该喝就喝，反正她知道他什么时候回来，什么时候不回来。全大志回家的日子，她都要精心准备好饭菜。在她的心里，她是感激全大志的，是他把她带到了这个让她既感到陌生，又让她向往的城市。虽说和她说话的人少了，走路不像在家时那样随便，可城里人穿的衣服就是好看，城里的稀罕景就是多。

慢慢地，楚艳艳也开始在打扮上注意起来了。全大志也发现了楚艳艳的变化，心里很高兴，但是一句鼓励的话也没说，只是平时给她的钱多了一些，也不问她花在了哪儿。

楚艳艳的工作是她自己找的。

那天，全大志回连队去了，楚艳艳想不能总是这样待下去的，不然她感到自己要憋出病了。她去了步行街，像全大志当初领着她要找工作时一样，在一家家商店里窜来窜去。终于，她在一家商店门口站住了。那里站了十几个中年妇女，手里拿着一摞各种颜色的纸单，只要见了过往的行人就往人家手里塞上一张。她站在那儿足足看了十几分钟。这时，一个中年妇女注意到了她，问："想干这活？"

楚艳艳回过神之后，点了点头。

楚艳艳就这样轻而易举地找到了她的工作。事后，她想，原来找一个工作竟是这样简单呀。每天早上她和那些女人一同赶到街口，从那个中年妇女手里领回一摞摞的商品宣传单。发放没了，再去领。一天下来，能得到二十元的工钱。

楚艳艳没有告诉全大志她找的是一份什么工作。全大志也没有问。全大志心里知道，没有任何靠山，只有初中文化的她凭自己是找不到什么体面工作的。一个大男人，连自己的老婆都照顾不了，哪还能问得那么多。

直到有一天，全大志带着兵上街购物，遇见戴着大口罩发传单的楚艳艳时，他才知道妻子在从事什么工作。

全大志每次上街都要到最热闹的步行街去看一看的，那里总是有很多新奇的东西。那天，他走到好利来蛋糕店门口时，手里已经让人塞进了十几张各种商品宣传单。对于这类东西，全大志最烦，拿到手里，想扔找不到垃圾箱，不扔拿着又不舒服。可那些人总是趁你不注意就塞到了你的包里或者手里，躲都躲不掉。

正当全大志还为这事生气时，一个刚转过身的女人又把一张传单塞了过来。就在他本能地向那个戴着口罩的女人瞥去一眼时，他看到了一双让他熟悉得不能再熟悉的忧郁的眼睛。

楚艳艳一下怔在了那里。全大志也怔住了，不知是接还是不接。全大志带着的兵知道全大志对传单的反感，他一把把楚艳艳递过来的传单接到了手里，然后团成一个团，冲着楚艳艳喊："这玩意儿给我们没用！"

走出几步远之后，全大志装作没事一样回头看了一眼。他看见楚艳艳在那儿愣愣地站着。

那个兵也觉得全大志有些奇怪，问："全排长，那人好像认识你？"

全大志没有说话。那天，他破天荒地在不是串休的日子回到市里租住的房子。他想和楚艳艳谈一谈。没想到，吃过饭还没等他酝酿怎么说，楚艳艳先开口了。

楚艳艳羞涩地问："大志，今天我是不是给你丢脸了？"

一句话问得全大志不知说什么好，本来想了一天的话也不知跑到哪儿去了。

"没事。咱没偷没抢的丢什么脸了。没事。睡觉吧。"

3

自从楚艳艳到城里来，全大志第一次那么早和她上了床。全大志把楚艳艳搂在怀里，深情地说："艳艳，跟着我让你受苦了。"

楚艳艳幸福地哭了，一遍遍地说："我愿意，我愿意。"

第二天，全大志醒得很早，他推醒了正在熟睡的楚艳艳。楚艳艳从昨天两人的交流中，第一次感到了仝大志对她的爱，对于自己也变得越来越有信心。她故意娇里娇气地说："不，我困。"

仝大志却不管她困不困，用两只手把她拉起来，告诉她："今天，我无论如何也要给你找一个工作去。"

仝大志找到了一个转业的战友，让他帮助楚艳艳在药店里当上了售货员。从此，楚艳艳变得有些像真正的城里人了，按时按点上班下班，每次仝大志回家，她的身上都萦绕着一股股药房里的味道。

楚艳艳的哭声让仝大志好生好奇，好好的她哭个什么。仝大志连忙跑进了屋里。

楚艳艳坐在床上，抱着枕头正哭得来劲。仝大志一哄，哭得更甚了。

自从仝大志当上连长后，他就再也没有让楚艳艳上班去了。他想让她安安心心地生孩子。现在看到这个坚强的女人一哭，仝大志不知她遇到了什么委屈事。

在平息了楚艳艳的哭之后，仝大志弄清楚了她哭的原因。快要临产了，楚艳艳忽然想起了她妈，她想让她妈来这里帮她照顾孩子。想着想着就止不住哭了起来，毕竟从老家出来后，已经两年没回去了。这期间好几次他们都计划好了探亲，可一算计到要给这个亲戚买什么，给那个亲戚带什么时，两人就犯愁。仝大志一个月一千出头的工资，光是同事结婚生孩子，朋友出差，同学来队就够紧张的了，还有其他想不到的花销。楚艳艳在药店一个月也只是四百元钱，加上奖金也没超过六百元。再有，楚艳艳的路费还不能报销，算来算去，两人就把回家的念头打消了。可用不了多久，尤其是过年的时候，两人又会在这件事上伤一次脑筋。最让仝大志欣慰的是教导员在大会小会上表扬过他很多次，教导员说仝大志是一个可以把亲情放在一边而一心扑在工作上的人。

全大志还没拿出让岳母什么时候来队的决定，楚艳艳生了。

那天晚上十点多，全大志正领着计算兵夜训，手机响了。营房股长的老婆在电话里连呼带喘地喊："是不是全连长呀，你快点回家来吧。出大事了。"

全大志一惊，忙问："咋的了？"

"不知道，我刚才关门时，听见你媳妇在屋里直喊，是不是要生了？"

全大志没等营房股长老婆说完，挂了电话就找教导员请假。由于一时打不到车，他还向教导员请批了一台牵引车。等他赶到家时，门口已围了好多人。那时，屋里已听不到楚艳艳的声音了。打开房门，他被眼前的情景吓呆了。

楚艳艳在门口倒着，脸白得没有一点血色，两手紧紧地按着腹部。全大志和邻居急忙把楚艳艳抬到了牵引车上，对司机喊："快，快，去市医院！"

听到全大志的声音，楚艳艳强打精神睁开了眼睛，嘴唇轻轻地动了动，喉咙咕噜了两下，全大志听到从楚艳艳的嗓子里吐出了几个字。楚艳艳说："保住孩子。"

牵引车一路狂奔，八分钟后，楚艳艳被送到了医院。主治医生把全大志拉到了一边，他急切地问："这是早产加难产，保大人还是保孩子？"

全大志一下被镇住了。他一直认为把楚艳艳送到医院就没事了，有医生在还用怕什么。可没想到医生也不是救世主，现在来问他这个问题。

看到医生急切的目光里不会再有第二种答案时，全大志痛苦地扭过了脸。他和楚艳艳就是因为这个孩子才好不容易牢固起感情的。现在怎会出现了这样的事情。

全大志考虑更多的当然是楚艳艳。在那一时刻，这个世上只有他是楚艳艳的亲人。他恳请医生，他也要进到病房里去，他要看着楚艳艳。医生拒绝了他的要求。

全大志焦躁不安地在医院的走廊里来回地走着，他只觉得拿头撞到墙上才能让他平静下来。他还从来没觉得楚艳艳对他这样重要过。他暗暗发誓，等她出院了，整天就让她在自己身边，一刻也不让她离开。他要给她买他能买得起的最好吃的东西，买最好看的衣服，把她打扮得漂漂亮亮的，还要领她到连队去看一看。

这个要求是楚艳艳在一次他最高兴时提出来的。

那天，楚艳艳撒着娇不让他靠到她这边来。全大志像是一个盯住鱼好久的猫总要蠢蠢欲动。楚艳艳不同意。全大志急得不行，可怜巴巴地求楚艳艳。楚艳艳就是在那一时刻，提出了她一直想提，但一看见全大志冷着的脸就不敢说的事，就是要让他带着她到部队营区里去转一圈，让她看看战士们训练，再看看他怎么办公。

这事对于全大志来说简直就不算事，但他还是装得很难办一样，和楚艳艳谈起了条件。

全大志对楚艳艳说："不行。领导看见家属在营区里乱转是要批我们的。"

楚艳艳猜出了全大志的意思，用手扳住了他的脖子。"不行不行不行吗，要不我也站在队列里？"

"那这样吧。我领你去一次，但这一个月你都要对我这样好。"全大志装作妥协了。

"真的？"楚艳艳躺在床上，把右手的小拇指伸得高高的。

全大志随着也伸出了右手的小拇指。那一刻，两个手指勾在了一起，心也贴得近了。

正在全大志不知如何是好时，全大志听见了婴儿响亮的哭声。不一会儿，医生从病房里出来了。他拉下口罩，从衣袋里掏出一支烟叼到嘴上，对全大志说："算你小子好运。来，给我点上。"

全大志忙不迭地给医生点上了烟。医生用手在他肩上一拍，说："你这个丈夫真不知是怎么当的。"

说完，向走廊远处走去。

两分钟后，全大志见到了楚艳艳。她像死去了一样，从手术室里被推了出来，她在推车里静静地躺着，脸上一点表情也没有，汗水浸湿的头发一缕缕地贴在额上。

全大志第一次这样认真地看楚艳艳。他看见楚艳艳的眼角已经过早地爬上了鱼尾纹。全大志心一动，眼泪唰地涌了出来。

在病房里，全大志坐在楚艳艳的床头，轻轻地捉起她的手，一遍遍地摩挲着。他的手温向楚艳艳的心里慢慢地浸去。他后悔给她的爱来得太迟了。

天快要亮的时候，楚艳艳醒来了。她看见一夜没有合眼的全大志正在焦急地看着她，无力地笑了。

看见楚艳艳醒来了，全大志探过头，吻住了楚艳艳的唇。楚艳艳一动不动地接受着他的爱抚，这是他们夫妻之间第一次不掺杂性爱成分的亲吻。楚艳艳感到真正地拥有了全大志。

前一天夜里，楚艳艳听到楼梯上有人走路，以她的经验判断该是全大志回来了，已经上床躺下的她摸着黑下地去给全大志开门。谁知一不小心，在门口就滑倒了。当时她就觉得腹部一沉，一股绞痛蹿了上来，痛得汗流了一身。她想，完了，这下孩子完了。她想爬起来给全大志打电话，可就是站不起来。

太阳升起来了。楚艳艳和全大志一同看着那个提前一个月来到这个世上的弱小的生命。那是他们想象了很久的孩子。那是一个还不能睁开眼看一眼父母的女婴。那个粉红色的小生命如是一朵丁香花在楚艳艳身边绽放着。

一向被教导员视为拼命加革命的全大志休假了。他没有让老家的父母到这里来。他对楚艳艳说："艳子妹，哥这么多年就是奔工作了，没和你好好地在一起待多久呢。这回，让我好好伺候你一回吧。"

没等他说完，楚艳艳一把抻住被角蒙在了头上，嘤嘤地哭了起来。她这一哭，又让全大志好一阵相劝："别哭了，你要是不高兴，那还是让妈来吧。"

楚艳艳忽地揭去蒙在头上的被子。"大志哥，求求你别说了。你越是这样说，我心里越是不好受。你别走，我就让你在我身边。"

"我不走了。妹子，哥就守着你了。"

"大志哥，跟了你，我这辈子不后悔。"

"谢谢你给我生了个好女儿。"全大志动情地用手捧起了楚艳艳的脸颊。

第十三章

1

仇小丫带了婴儿服和进口奶粉到医院看楚艳艳来了。她是在林慧芬那里听说了楚艳艳生孩子的事。这事黎术也知道,但他没和仇小丫讲。

营里的事通常都是这样,不用谁通知,只要一传俩,俩传仨,屁大的事都会传得到处都是。何况全大志十万火急生了女儿这样的事。

部队上随份子的事多,人情债就重,生孩子这样的事一般都不通知,知道了去看看也可以,不去也没人挑理。全大志没告诉付一笛。他感觉付一笛在涉及家庭的事上过于敏感。

一次,一个指导员告诉付一笛自己下周要结婚,付一笛说好呀好呀,是好事。可到那个指导员结婚时,付一笛只是托人捎去了礼钱,人并没有到场。时间一长,大多数人都发现了付一笛这个特点。付一笛的理由是,看别人结婚自己有失落感,祝福的心意到了就行了。

仇小丫没和黎术说她要到医院看望楚艳艳。自从和黎术结婚以来,她已听到了许多关于营里的事。再有,五年的军旅生活,使她对人际关系太熟悉了。和黎术结合后,从黎术对她和对别人截然不同的两种态度上,她看到了黎术自私的一面。有时,她想提醒他,但又没说。开始是怕说了这些他没面子,后来就觉得说了他也不会改。

仇小丫复员后两个月就和黎术闪电般结了婚。刚刚失去女兵的身份，转身却当上了军嫂，蜜月里沉浸在男欢女爱中，听着黎术的甜言蜜语，仇小丫觉得很知足。和黎术在一起时，她也想到过付一笛。她想，生活中付一笛能像黎术这样有激情吗？有一次，想着想着她自己竟笑了出来。黎术停下来问她笑什么。她掩住笑，说："没笑什么。"

黎术在家庭当中和性生活上表现得还是让仇小丫很满意的。可过了蜜月，仇小丫还是觉得他们之间少些什么，又说不清。

黎术和她在一起时，最为关心的还是木材加工厂的事。仇小丫最不耐烦的正是这一点。你不在部队上想连队的事，老是来问母亲的厂子干什么。仇小丫因为是农村女孩，复员以后市里并没有给她安排工作，她也不愿意在这事上和市里有过多纠缠，暂时就接过了家里的木材加工厂。这样能替林慧芬减轻点压力，自己还有些事做，但产权还是归林慧芬所有。仇小丫不计较这事，女儿和母亲有什么可以分争的，早晚都是一家人。可黎术在仇小丫工作的事上却沉不住气。结婚不久，他就问仇小丫："民政局给你安排工作的事啥时候落实？要不我去找一找？"

仇小丫听了心里一惊，现在家里的经济状况还可以，黎术怎么把工作看得这么重？她的心里忽地漫上了一层说不出的悲哀。黎术怎么和那些军官一样把家属有没有工作看得那样重呢？自己能挣得到钱，而且比有正式工作的家属挣得还多，黎术怎么还想让自己有正式工作呢？她心里的暗伤被黎术撞破了。

仇小丫和楚艳艳不是特别熟悉。她来的主要目的还是冲着全大志。没结婚前，仇小丫和全大志的接触虽不像同付一笛那样亲密，但机会也很多。

全大志和付一笛在一个营当排长，又都是老乡，一同出现的时候很多。

她在认识付一笛后的不几天也认识了全大志。她感到这两个排长虽是老乡，又在一个营里工作，但身上不同的东西太多了。两人都很有意思，待人又都很真诚。只是付一笛的身上更多地透着一种忧郁，或者说是高傲的深沉，而全大志身上却有着一种热情和奔放。时间一长，仇小丫发现了这样一个问题：付一笛和她说话拿过来就说，从来没有讨好的意思，不遮遮掩掩，坦坦荡荡；全大志和她说话则是谨谨慎慎，拿捏得很有分寸。

仇小丫愿和付一笛相处。付一笛让她觉得放心，不设防，和他说话轻松，他的言语中始终有着无法抗拒的幽默和磁力。全大志也很幽默，他的幽默却像是学来的。

现在，全大志接替黎术当了连长，凭她的经验，部队上每一个岗位谢任者和继任者的工作方法都不会相同，在破与立中都会暗中产生矛盾。她知道全大志不喜欢黎术。倒不是因为全大志和付一笛是老乡，而是她觉得全大志和黎术在性格上就是两个路子上的人。人和人的相处，性格太重要了，仇小丫对这一点深信不疑。

仇小丫想，不论黎术和别人处得如何，作为他的妻子，她是有必要出面来为他做一些人事上的周旋的。

可是让仇小丫万万没有想到的是她来到医院还不到十分钟，付一笛也来了。

选哪天到医院看望楚艳艳她想过好几天了。她觉得在这一天这一时候来会避开很多人。这段时间她也很闹心，怕遇见太多的人。

付一笛推开病房的门看见仇小丫正坐在床边和楚艳艳说话，不由得愣住了。

他早就知道楚艳艳要生孩子了。好几次想要问全大志，楚艳艳什么时候生，或者还缺什么，每次话到嘴边又停了下来。他一个没结婚的人，又比全大志大，总去问人家媳妇什么时候生孩子不妥。一想到这儿，他就打消了那个念头。到时候生了，自然就会知道了。

现在楚艳艳生了好几天，都快出院了，他再不来看看就显得失礼了。本来在全大志给他当连长一事上，就有一些人说三道四地讲他们之间的关系。如果是全大志生了孩子他还不到场，恐怕别人会把事情猜得更复杂。

付一笛送来了一个花篮。各色的康乃馨热情洋溢地绽在他的胸前。他的出现，使素雅的病房内出现了无限生机。

他看了一眼仇小丫和楚艳艳，冲她俩笑了一下，然后站在婴儿床前定睛看了一会儿。付一笛没说话，把花篮放在了楚艳艳的床头柜上，坐到了婴儿床旁边的一把椅子上。

付一笛从仇小丫身后经过时，她抬头看着付一笛相对于坐着的她来说更显高大的身影。看到付一笛毫不做作地把花篮放在那儿的样子，仇小丫心里一动，一股酸溜溜的滋味生了出来。她认为付一笛做事就是恰当而不失分寸。在她们这个生活得非常现实的圈子里，平时很少能见到谁送谁鲜花的。而女人们对于鲜花又总是抱了奢望的心理。付一笛却偏偏不送钱，不送物，就送来这看起来不实惠可是女人打心里喜欢的花。

仇小丫向付一笛扫了一眼。付一笛不作声地在婴儿床前坐着。楚艳艳的脸有些红。也是，付一笛不问话，她也不能主动向这个未婚大男人讲什么。再有，刚做了母亲，她还有些不习惯和不好意思。

自从发生了照片的事，仇小丫也一直没见到付一笛。她对那件事真的是不在乎的，甚至是有些高兴的。她听到那件事后，心中甚至还有些暗喜，她认为付一笛很在乎她。她想找一个机会和付一笛坐一会儿，哪怕是不说话，看看他那一副什么都不在意的样子和略显沧桑的脸也知足了，但不承想竟会在这儿遇上了。仇小丫的脸不由得热了起来。

仇小丫和楚艳艳有些尴尬地对视着。

沉默了一会儿，付一笛问仇小丫："来多长时间？"

"刚来。"仇小丫恢复了平静。她怕楚艳艳看出来什么。

仇小丫的想法是多余的，楚艳艳一点也不知道她和付一笛之间的事。人有时就是这样，偷着做了点什么或是想了点什么，总会觉得暗处有眼睛盯着，心里就藏进了一个看不见的鬼。

因为付一笛早就把照片的事和仇小丫说过了，见了面也就没有什么难堪。

付一笛站起来想要告辞，就在这时，仇小丫手机响了。仇小丫连忙接听，刚讲两句，线路却断了。仇小丫看了付一笛一眼，说："付排长，我手机没电了，把你的手机借我用一下。"

付一笛掏出手机递给了仇小丫。

仇小丫的电话是黎术打来的。黎术告诉她，家里来人了，让她早点回家。

2

付一笛的手机号在黎术的手机上显示了出来。黎术皱着眉看了半天也没接。他弄不懂付一笛怎么会打电话给他。

仇小丫一连拨了三遍，黎术不得不接了电话。当付一笛的手机里传出仇小丫略带不满的询问时，黎术恼怒地质问道："你怎么和他在一起？早点回来！"

楚艳艳和付一笛都听到黎术的声音了。仇小丫也猜到他们都听到了，脸变得有些赤白，又强挤出一小堆笑。"家里来人了，我要赶回去做饭。"

说完，站起来向楚艳艳告辞。

付一笛一看病房里就剩下了他和楚艳艳，也忙着向楚艳艳告辞。

仇小丫和付一笛一前一后从病房里走了出来。下楼梯时，仇小丫在前面减慢了速度，一步一步地往下蹭。

付一笛没想到仇小丫会来这一招。他从病房里离开是觉得楚艳艳一会要奶孩子，他一个大伯哥坐在那儿实在难为情才走的。仇小丫却以为是付一笛见她走了也随着跟了出来。

不能再躲了。付一笛想。

付一笛在后面干咳了一下。下到了一楼的仇小丫站住了，回过身看他。

付一笛走过去，小声地说了一句："走啊。"

两人一同从医院走了出来。

一辆出租车开了过来。付一笛招招手，付了车钱，把仇小丫塞进了车里。仇小丫上了车之后，没有急着关车门，仰头看着付一笛。

"家里来人了，快回去吧。"付一笛俨然家长的样子。

仇小丫上车之后并没有往家赶。她摇下车窗后，目光就再也没有收回。司机问她往哪儿开，她说："随便，就开这些钱的吧。"

仇小丫回到家时，客人已经走了。仇小丫没问来的是谁。她看见黎术正气呼呼地坐在沙发上，她意识到，两人之间忍了很久的战斗终于要爆发了。

仇小丫没理黎术，径直走向了卧室。

"回来得挺早呀，天不还大亮着吗？"黎术阴阳怪气地扔给了仇小丫一句。

仇小丫没接话，在屋里反倒哼起了小曲。

黎术的火气再也压不住了，一步冲到了门口，倚在门框上用鄙夷的口气问："咋样？见完老情人心情不错呀。"

"那当然。"仇小丫故意气黎术。

"别告诉我这样的话，我不在乎。"

"你不在乎？那你问我干什么？我和付一笛在一起又怎么了？没做亏心事，不怕鬼叫门。"

"不打自招了吧。谁说你做亏心事了。"黎术像是从仇小丫的话里抓到了把柄。

仇小丫用目光狠狠地盯住了黎术，忽然用一种奇大无比的声音喊道："你让我静一会好不好，黎大叔我求求你了！"

黎术被仇小丫的声音震住了。他惊恐地看着仇小丫，像是打量着外星人。

黎术关上卧室门出去了。不一会儿，仇小丫听到了黎术换鞋的声音，紧接着又听到了黎术关门的声音。

黎术关门的一刹那，仇小丫的泪水再也忍不住了，一头扑在床上呜呜地哭出了声。

仇小丫刚要痛快淋漓地哭上两声，又止住了。她迅速从床上爬起来，两步蹿到了窗台前。透过阳台，她看见黎术低着头在楼下转着。

望着黎术的身影，仇小丫心里生起了说不出的酸楚。这时，付一笛又从心底冒了出来，越来越清。但她清楚，她和付一笛永远也不会走到一起的。她对他只是想一想罢了。付一笛和她只是战友。付一笛和她只是在坦率地交往，并没有向她说过或暗示过他是爱她的，只是仇小丫一个人在心里喜欢而已。

自从发生了照片一事后，仇小丫不止一次地想起她和付一笛说过的最为坦诚的一席话。

　　付一笛是知道仇小丫要结婚的，只是不知道具体是哪一天。付一笛抱定了一个态度：仇小丫若通知就参加婚礼；若是不通知，就不去了。付一笛认为，仇小丫是不会告诉他的。

　　仇小丫和付一笛的交往，开始的时候谁都没往多了想，就是战友嘛，男干部女兵在工作上接触也是正常。可部队毕竟和地方不一样，在差不多清一色男人的军营里，六七个女兵几乎人人都认识，何况仇小丫还大名鼎鼎的。

　　因为是林慧芬的女儿，入伍之前，仇小丫在部队早已是名人。入伍之后，她诚恳的为人，勤快的作风，坦率的处事给所有首长留下了极深的印象。

　　政委曾在一次酒桌上谈到仇小丫："如果女兵都像仇小丫这样干工作，那可省老心了。"当时，正是所有的首长对女兵大为头痛的时候。那时，医院卫生队有三个女兵先后在不同方面违了纪，而每个女兵背后都有着错综复杂的关系。团里头痛得很，不知道该如何处理。

　　而仇小丫则不同，不但自己不出任何问题，还帮助卫生队管理其他女兵。仇小丫的能力是人人皆知的。付一笛也有所领教，一次他去卫生队看病，看见仇小丫把所有的女兵集合起来正在搞队列训练。她往队列前一站，队列里没有一个女兵乱动，而且她搞的训练一点也不比战斗连队的男兵班长差。付一笛心里一动，就在一旁悄悄观察起来，回来后他就以仇小丫为原型写了一篇小说在军区报纸上发了出来。

　　原本因为演出就认识，又因为这篇文章，仇小丫和他的交往就多了起来。她总能不经意间为付一笛提供出一些小说素材来。尤其是仇小丫转上士官之后，团里就有传闻到了付一笛的耳朵里，说是他在和仇小丫谈恋爱。

付一笛觉得好笑。仇小丫就是一个平常的战友，怎么能和她谈恋爱呢。一是部队纪律明文规定女兵不允许在部队内部找对象，二是干部和战士之间不允许谈恋爱。这些他不是不懂，怎么能做出那样的事来呢。虽然他和寒冷不再联系，但是寒冷在他心里一直都没有消失过。后来，付一笛索性就不和仇小丫交往起来。

仇小丫倒是大方得多，她该怎样和付一笛交往就怎样交往。她把电话直接打到连队。仇小丫问付一笛："怎么不打电话了？"

付一笛说："挺忙的，也没什么大事。"

"以前不也是挺忙的，不也是没什么大事吗？"仇小丫在电话里笑呵呵地问，弄得付一笛说不出话来。"是不是听别人说什么了？"

"没，没。"付一笛没想到仇小丫直接点中了他的要害。

"咱们是战友嘛，干吗怕别人说，脚正不怕鞋歪。再者说了，我就是和你处对象，别人又能怎样？谁规定我不能和你处了？"

"仇班长，别开这样的玩笑。"付一笛连忙制止仇小丫。他在与仇小丫的接触中，已隐约感到了她对自己的好感。付一笛希望这些是他的误解而万万不要成为仇小丫真的想法。从他第一次听到别人议论，他就把和仇小丫交往的过程认认真真地过了一遍筛子。他猛地发现仇小丫在和他交往的过程中还真有些异常。付一笛的心里猛地一惊，以前怎么就没往这方面想呢。看来真是无风不起浪呀。

"付排长，我知道我是一个兵，你瞧不上我的。咱们之间也不可能，不过我告诉你，有一天我非要找一个军官。"仇小丫幽怨地在电话里说。

"没，我从来没有瞧不上你，我只是觉得我们就是朋友呀。你也不要赌气非要找一个军官。"

"这事你不用劝。大不了我不做女兵了，做一个军嫂不也行吗？"

"那你家可就更出名了。女兵变军嫂，好呀，最实在的拥军手段了。"付一笛不冷不热地将了仇小丫一句。

"不和你斗嘴架了。老付同志，将来你可别后悔。哈哈哈。"仇小丫在电话里笑得前仰后合。

"仇班长，以后别再开这种玩笑。"付一笛说完，将电话挂掉了。

3

复员后的仇小丫到连里来了。她亲自来告诉付一笛下周日她要结婚了。付一笛早就知道新郎是黎术，还是装作不知，问："和谁呀？"

仇小丫打扮得已有了新娘子的气息，穿着地方服装的她身上透出成熟女人的味道。付一笛第一次发现仇小丫身上除了当班长时的果敢以外，竟有着令人着迷的女人味。仇小丫歪着头看他："真不知道还是假不知道？"

付一笛装作什么都不知道，晃着脑袋说："真的。"

"黎术，黎干事。"仇小丫很幸福地告诉付一笛，接着又问，"没想到吧？"

"真快。"付一笛冷笑了一下。

"岁月匆匆，时光不等人呀。不快点能行吗？咱也不像有些人似的，眼光那么高。"仇小丫叹了口气，"唉，管他是谁呢，剜到筐里就是菜呀。"

"人不错。"

"那当然了。堂堂正正的仇小丫，团里的优秀班长标兵能找一个差的人吗？"仇小丫还像以前一样一点也不示弱。

"行了行了。仇班长，马上做新娘子了，还和小孩子似的。"

仇小丫忽地不吱声了，身子一下子转向了窗外。

付一笛感到了她的脆弱。从她一进门，付一笛就感到她不像是来报喜的，而是来告别的。付一笛极力地想把气氛搅得热闹些，可还是碰到了仇小丫心里最敏感的地方。

两人都不说话了。

最后是仇小丫开的腔："付一笛，我知道，现实环境让我们错过了。在我要结婚之前，我要告诉你，现在你再也没有机会了。也就是因为你没有机会了，我才告诉你我最真实的感受。自从认识你以来，我是多么想和你在一起啊。"

说到这儿，仇小丫停了下来，她的眼泪要流了。"我为你记了整整三本的日记，就是想等有一天拿给你看。现在看来，已经不可能了。"

听着仇小丫的哭腔，付一笛傻愣愣地呆在那儿，找不到一句安慰的话。

仇小丫继续说着："我结婚那天，我希望你能参加，我亲自来，就是告诉你我的希望和遗憾是什么。现在，我把你当成了一个最知心和不设防的朋友。"

仇小丫说不下去了，眼泪流了一腮。付一笛还是没有说话。

仇小丫抹了一把眼泪就往外走。付一笛一步跨在前面挡住了，从口袋里掏出手帕递给了仇小丫。

第十四章

1

站在医院门口看着仇小丫离去的车影，付一笛心里泛起一个又一个的问号。仇小丫生活得幸福吗？仇小丫真的喜欢黎术吗？仇小丫是不是出于赌气才嫁给黎术的呢？

一连串的问号搅得付一笛心烦意乱起来。她的幸福和自己有多大关系呢？是她自己要嫁的，即使不嫁黎术，她和他之间也不可能会有什么结果。他们之间原本就是不现实的，他们之间就是朋友，付一笛虽是对她喜欢，但从没有定位在爱情上来考虑。

在病房里，仇小丫冲他借手机的时候，他知道是要给黎术回电话，他有些犹豫，可当着楚艳艳的面他又不好不借。如果仇小丫问起不借的理由，又将是一件难堪的事情。看来仇小丫尽管已经结婚了，可考虑问题还是很单纯。

付一笛还站在医院门口胡思乱想，有人在背后喊他。回头一看，是全大志。

全大志不知道付一笛站在这里干什么。他先开了口："你弟妹生了，就在里面。"全大志指了指住院楼。

全大志的眼窝深深地凹了下去，头发几天没有理过，乱糟糟的，一点当爹的喜悦也看不出来，展现给付一笛的是无比憔悴的样子。本来野外驻训就把他晒得又黑又老，现在又忙着跑医院，全大志满脸的苦相全展示给了付一笛。

付一笛问："老家没来人吗？"

全大志摇了摇头。"他们身体都不太好。"

全大志没有说老家来人会添很多花销。他找了一个这样的理由。

"我母亲在家正没事，要不让她来照顾照顾也行。"付一笛真诚地说。

"不、不、不了。"全大志没等付一笛说出下一句，有些惊慌地拦住了。

付一笛不知再说些什么，也明白了全大志是因为日子的拮据而不让父母来，不免有些后悔说过的话。

付一笛讪讪地对全大志说："你女儿真漂亮。"

全大志惊讶地看着付一笛问："你进去过了？"然后又说："那样小，还看不出个模样，漂亮啥。"付一笛脸上顿时热了起来，说句恭维话怎么这样难呢。

付一笛从医院回到大洼谷时，天已全黑了。走进那个山谷，他的心似乎走进了宁静之所。一个又一个帐篷黑黝黝连成了片，在伪装网遮挡下的炮群高傲地挺着头颅，哨兵在路上游动着。付一笛不由得在心里下达起了各种射击口令，在他的眼前，一尊尊火炮正喷吐着火舌。

山谷里的帐篷里亮着灯，战士们进进出出地走动着。看起来静谧的山谷其实一点也不静寂，这里在积蓄着战争的力量。付一笛没有直接回帐篷，而是向着山坡的那片红松林走去，在那里，他能够看到他排里三个帐篷的大体轮廓。

坐在树林边，付一笛重重地叹了口气。他觉得今天终于完成了一件要完成的事，这一天他真是够累的。去医院之前，他仔细地考虑过对楚艳艳说些什么，生怕哪句话说得不得体。这不是他以前做事的作风。现在，只有对全大志一家人说话办事，付一笛才会显示出一份小心来。倒不是怕哪句话说不好得罪了连长，而是自己的身份确实有些难堪。

全大志家生孩子他哪怕上百个不愿去，也万万得去，一大圈老乡中，他是离全大志家最近的，拿别人的话说应该是最铁的。他不能不去。现在已经有几个老乡问过他了，是不是全大志当上连长之后和他处得不太愉快。好在今天把这些迎来送往的事应对过去了，付一笛也算完成了一件大事。

只是发生在仇小丫身上的事让他心情有些糟。他是敏感的，他已经看出了黎术和仇小丫的矛盾。他直后悔让仇小丫用了自己的手机，给她惹了麻烦。

2

全大志和仇小丫两人交替出现着，付一笛脑袋像是要碎了一样。突然，一个让他觉得好笑的念头跳了出来。要是仇小丫和全大志结合了的话，全大志会是这样的累，仇小丫会是这样的苦吗？

仇小丫和全大志不是没有可能走到一起的。仇小丫对全大志的感觉至少应该说是不坏的。早些年，付一笛和全大志这两个操着同样口音，又同样才华横溢的排长在一个营里一同出现，着实让很多人羡慕，都说他们的家乡人杰地灵。

仇小丫每见到付一笛，基本上也会见到全大志。后来，她就把这两个排长同样来处。其实仇小丫内心里想着的是付一笛。

付一笛很清楚这些。只要是仇小丫星期天或是从家里回来打电话找他时，他的话题都没少了全大志。全大志一直认为他和付一笛在仇小丫那里是平等的。时间长了，三人之间也习惯了这种状态。仇小丫把全大志当成陪衬，让别人看不出她的心思来，即使领导看见了，那也是和炮营的两个排长在一起。付一笛则把全大志当成掩护牌，有这样一个大男人在一边，看你仇小丫能说出什么私话来。

全大志没有意识到那么多，他认为这个有些像男兵性格的仇小丫把他当成了朋友。仇小丫确是把他当成朋友的，只是和付一笛的感觉不一样。

仇小丫当士官第二年的元旦那天，她成了这个团历史上第一个荣立三等功的女兵。红光满面的仇小丫要送付一笛一份节日礼物，为这件事她想了许久。

认识一年多了，她还没送过付一笛任何一件东西，她认为，如果不送付一笛一件礼物，傻乎乎的付一笛可能永远也不会猜出她的心里在想着什么。

仇小丫送给了付一笛一罐五彩斑斓的幸运星。当她捧着两罐幸运星羞答答地出现在付一笛和全大志面前时，全大志兴奋地喊了起来："仇小丫，你真厉害呀。立了三等功了，祝贺你呀。"

仇小丫微微地笑："哪呀，提干才是我的理想呢。"

仇小丫用眼睛在屋里扫了一下，她看见了付一笛正在看着她。

"哎呀，立个三等功就把小脸涨得通红的，要真提干了还不飞天上去了。"付一笛拿仇小丫取笑。

仇小丫没还嘴，用白亮亮的牙轻轻地咬了咬嘴唇，向全大志走过去。"全排长，新的一年开始了，送你俩一人一份礼物吧。告诉你呀，这可都是我亲手一个一个叠出来的，用了十多个星期天呢。"

说完，她把一罐幸运星递到了全大志面前。全大志受宠若惊地故意大呼小叫地喊了起来。

仇小丫向付一笛走去，一把抓过他的手，平端起来后，把另一罐幸运星放在他的手心上，对付一笛做着口型："两罐都是给你的。"

其实，在她说这句话之前，付一笛已听出了仇小丫的话外之音。他在心里不由一惊，这个女兵太精明了。

仇小丫没再多说话，转身告辞。付一笛愣愣地看着手里的幸运星，他知道，仇小丫的心思全在这儿了。

倒是全大志没头没脑地说了一句："这些幸运星真好看呀，啥时回家我给艳艳带回去。"接着，他又想起了什么，一边掂着一边问："对了，付哥，这么多呀，你说这一盒得有多少个？"

付一笛没有回话。无事可做的全大志哗啦一下把幸运星倒在帽子里认认真真查了起来。

付一笛看到全大志的举动后，心里一阵好笑。不一会儿，全大志又惊叫了一声："哎呀，整整三百六十五个！"

全大志的话好像提醒了付一笛，付一笛也把幸运星倒在帽子里查了起来。

付一笛查完的结果是三百六十六个，这是在听到全大志报他的结果时就预料到的。付一笛的心猛地一动，血有些往上顶。他第一次感到，世上除了母亲之外还会有另外一个女人如此关注着他。在新年的第一天，付一笛真切地感受到了幸福，但是这种感觉很快被理智冲散了。

全大志对仇小丫的好感在一次老乡聚会后体现了出来。全大志醉醺醺地把手搭在付一笛肩上，一边走一边问："付哥，你感觉仇小丫那人咋样？"

"没感觉，不知道。"

"她对你挺好的，你咋不和她处处？你可老大不小了。"

"你不也闲着吗，给我装啥大义灭亲呢。"

"我看她那人不错，性格多好，人也机灵。唉，只是——"

"说呀，说呀，酒壮英雄胆呀。"付一笛听到全大志说话有些走板，故意激他。

"只是老家——"全大志没说完，轻叹了口气。

"大志呀，这事不要乱讲。对仇班长也好，对咱们也好，影响不好，也不现实，知道吧？"付一笛并着全大志的肩，两人的影子被路灯拉得长长的。

到营区那段长长的路他们没有打车，也没有说话，揣着各自的心事走了回来。此后他俩再也没有提起过这事。

尽管全大志没提，但付一笛还是感到了他对仇小丫的好感。再以后，仇小丫该是带着女兵来找他们还是来找，全大志该和仇小丫开玩笑也还是开。付一笛觉得这样挺好。

全大志和仇小丫来往的逐渐减少是在全大志结婚之后。全大志结婚之后就把楚艳艳从老家带了过来。再转一年，仇小丫就复了员。

仇小丫复员后两个月就和黎术结了婚。或者说，她复员就是为了结婚。

全大志对于仇小丫和黎术的结合颇有些微词，他对付一笛感慨："没想到仇小丫真现实。"

"你不比她更现实吗？"付一笛第一次站在仇小丫的立场上替她说话。

"我看她找你更合适的，你看她对你多好呀。"

"闭嘴！"

"本来就是嘛。"全大志接着说，"我真弄不懂她怎么那么快就和黎术处到了一起。"

付一笛没再理仝大志。

两年过去了，在仇小丫和仝大志分别结了婚之后，付一笛第一次把他俩放到一起考虑。不知为什么，他有些后悔当初自己为什么没在他们中间做一些努力。那样伤害的可能只是楚艳艳一个人，而不会是现在这么多人。也许，对楚艳艳也还会是一种解脱。

想到这儿，楚艳艳那张农村女孩走进城市后惊恐、无奈、寂寞又有些愁苦的脸又出现在了付一笛面前，尽管那张脸被做了母亲的光芒笼罩着，但是光芒背后的伤感付一笛怎么也忘不掉。

仇小丫和黎术之间的矛盾第一次暴露在了付一笛面前。仇小丫是爱面子的女人，她不是不想掩饰，只是有些东西是掩饰不住的。

付一笛的心被仇小丫白天的遭遇刺伤了。付一笛又想到仇小丫送给他的幸运星。那罐幸运星静静地睡在付一笛的床头柜里。把它放在那儿，不是为了方便看见，也不是为了怀念。他说不清为什么要这样做。俞正看过那罐幸运星，很羡慕地对付一笛说："这罐星星真好看。"

付一笛没告诉他是谁送的。也就是说，这罐幸运星到目前为止，只有自己和仝大志、仇小丫三个人知道是怎么回事。付一笛决定谁也不告诉。

幸运星真的能给人带来幸运吗？坐在山顶，付一笛想。

3

那个夜晚，付一笛失眠了。这是他第一次为仇小丫失眠。就是仇小丫告诉他结婚的消息时，仇小丫和他打电话平静地告诉他不在乎照片事件时，他都没有这样为她担忧过。当仇小丫与黎术的不和谐仅仅出现在他面前一点点时，他却有些寝食不安起来。最主要的是他心里有着一个无法打开的结。仇小丫特意来告诉他要结婚时，这个结就在他的心里系牢了。他没有问仇小丫和黎术结婚是不是在和他赌气，是不是就是为了争得一个军嫂的虚荣。但他认为是和自己有直接关系的，尽管仇小丫没说一句埋怨的话。

本来仇小丫也是说不出来的。付一笛和她相处一直到她结婚，没有对她有过任何表白，也没说过一句过分的话。她对他的好感或者可以说是一厢情愿。不过，付一笛还是很领仇小丫的情，至少他是感受到了被人爱的感觉。虽然很累，很沉重，但他尝到了。

仇小丫对他的示好在送幸运星的那个元旦之前就已出现了。那次他去北京出差，不知怎么仇小丫知道了。

当付一笛坐在车厢里等着开车时，就听有人嘭嘭地敲车窗。当他向外望时，看见仇小丫带着一个女列兵正在车窗外焦急地对他说着什么。

仇小丫的短发紧紧地贴在额头上，她用手不时地擦着脸上的汗。看到付一笛看见了她，仇小丫张大嘴巴笑了，用手比画着。隔着车窗，付一笛只能看见她的嘴巴在动，根本听不见她在说什么。

付一笛从车厢里走了下来，还没等开口，仇小丫拉着那个小女兵就跑了过来，那个小女兵手里擒了方便袋。仇小丫张口就说："哥，你去北京咋不告诉我一声呢？啥时回来？回来时打电话，我来接站。对了，你回来时要给我带礼物呀。"

付一笛被仇小丫的一声哥叫得满脸通红，仇小丫可是从来没有这样称呼过他的。

仇小丫把哥叫得理直气壮又顺顺当当，一点也不做作，听得付一笛心里热乎乎的，一股当哥的豪情也顿时涌了出来。付一笛真的就感觉有了一个妹妹。也就是从那一天起，付一笛从内心里更多地把仇小丫当成一个天真又固执的小妹妹了。

付一笛向仇小丫解释："走得急，谁也没告诉。"

说完，他看仇小丫穿着军装，又问："请假了吗？"

"没来得及。"仇小丫说完，一下把那个小女兵拉到了身前，"对了，这就是我表哥付一笛。"

接着向付一笛介绍起那个小女兵来："孙晓箫，我班新兵。我跟队长说和晓箫到街上买东西跑出来的。"

仇小丫满脸的兴奋，还要和付一笛多说几句时，列车长吹哨了。付一笛打断了她的话："快点回去吧，让队长知道了要批你们的。"

付一笛要上车了，仇小丫一把从小女兵手里抢过方便袋，塞在付一笛手里。

付一笛也没推辞，接过来就走。走上车门时，他听到仇小丫还在喊："哥，别忘了给我带礼物！"

付一笛坐在座位上以后，没往车窗外看一眼。他知道，依仇小丫的脾气火车不开她是不会走的。好几次，他想印证一下仇小丫是不是还站在站台上，可都没有那个勇气，他怕目光遇到仇小丫对爱的追求而变得无所畏惧的眼神。

付一笛的猜想是正确的。那天，仇小丫确实没有离开站台。她一直站在车窗外面盯着窗帘，她固执地认为付一笛会拉开窗帘，深情地和她挥手作别。但是她失望了，正是失望激起了她对付一笛的渴慕。这些错综复杂的心情她都收进了日记，只是她为付一笛记的日记，付一笛一直没有机会看到。

仇小丫是流着眼泪记完当天的日记的。那天，她发现，她可怕地爱上了付一笛。在她开始爱的时候，她已意识到这是一段只有开始没有结局的爱情。现实环境没有让她爱情生长的土壤。

付一笛从北京回来没有告诉仇小丫，回来后也没有通知她。仇小丫知道付一笛回来的消息时是四天之后了。仇小丫给付一笛发短信："给我带了什么礼物？"

付一笛回了电话，装作后悔不迭的样子："哎呀，我这个臭脑袋，怎么把这么大的事给忘了呢？"

仇小丫安慰他："没事没事，下次给我补上就行了，这次就算了吧。"

付一笛是不会给仇小丫买任何礼物的。付一笛认为那不是花钱不花钱的问题。他不想让仇小丫睹物思人。

晚风中，付一笛听到熄灯号响起来了。不久，他的战士们便会一个接一个进入梦乡，付一笛不由得从心里羡慕他们。整天除了训练什么都不用想，血气方刚地往前奔着。而年龄一大，经历和回忆的事物也会多起来，人就累了。付一笛自言自语着，年轻真好。

付一笛盘点着和仇小丫一件件可堪回首的往事时，仇小丫也没有睡。她靠在床头，手里摆弄着一串玉石项链和黎术说着话。

她说："今天我回来晚了，别生气了。"

黎术脸上的气色已经好多了，看到仇小丫给他搭了这么好的台阶，一边脱着袜子一边上床。"不讲了，过去了。"

说完，黎术搂住了仇小丫的腰。仇小丫没有像以往那样迎合他的动作，还在那儿靠着。

"你还生气呀？"黎术看仇小丫没动，也停住了手，吃惊地望着她。

"睡吧。"仇小丫把身子往被窝里缩。

黎术兴奋地熄了灯。在黑暗中，他像是赎罪一样又和仇小丫亲热起来。

让黎术万万没想到的是，仇小丫在黑暗中冷冰冰地问了一句："咱们之间除了这事，就没别的话唠吗？"说完转过了身。

已经坐起的黎术赤着膀子被仇小丫晾在了床上。好半天，黎术说："小丫，你刚才拿的项链真别致。"

仇小丫忍了许久的眼泪在黑夜里无声地淌了下来。她狠劲地咬着嘴唇，没有再说一句话。

那条项链是付一笛送给仇小丫的唯一礼物，送她的结婚礼物。

第十五章

1

哨兵慌张地推醒了付一笛，告诉他指导员在外面找他。付一笛从床上骨碌一下爬了起来。刚掀开帐篷门，看见俞正醉醺醺地在五米外站着。俞正的样子吓了他一跳。

俞正手里拎着两个方便袋，嘴里不停地嘟囔着付一笛的名字。付一笛明白俞正喝多且醉了。

俞正从不轻易喝酒，即使没办法喝了，通常也不会喝成这个样子。

付一笛猜想俞正一定是遇到什么事了，而且是不顺心的事。半夜三更地来找他，看来事情一定很重。

付一笛怕俞正声音太大，影响战士们睡觉，他告诉哨兵，先把指导员扶到炮场，然后迅速回到帐篷穿好了衣服。

付一笛到炮场去时，特地给俞正带了一件雨衣和一瓶矿泉水。可没想到他刚把俞正扶到铺在地上的雨衣上，俞正扑棱一下又站起来，喊着："别他妈可怜我，我就想和你说说话。"

付一笛愣住了。自和俞正相识以来，他还从没听过文质彬彬的俞正说话带过脏字。他怕俞正还会做出什么出格的举动，一把按住俞正的胳膊。"战士们都睡了，你这么大声干什么？到底发生啥事了，你快说，我都要急死了。"

"哈哈哈。"俞正突然大笑起来。俞正的笑声在空荡荡的炮场上响起，向远处飘去。

"你疯了！"付一笛用手捂住了俞正的嘴。

俞正气冲冲地掰开了付一笛的手，直着脖子喊："我愿意！我就喊！"

付一笛抓起俞正的手，也不管他脚下稳不稳，向山坡处急奔开去。俞正上气不接下气地在他身后跟着，几次想甩掉付一笛的束缚也没有成功。到了树林边，付一笛一把把俞正推在地上，用比俞正声音还大的声音喊："来呀，你不是想喊吗？亮开嗓喊。"

俞正被付一笛的气势压了下来，身体向后一仰，倒在了草丛上，两只手捂住脸，痛苦地抽泣起来。

曾经在付一笛痛苦难过时，指导员俞正像是大哥一样无声地安慰他，现在俞正陷入痛苦的旋涡，付一笛又担起了止痛片的角色。

付一笛默默地注视着四仰八叉倒在地上的俞正。时间像是静止了一样，付一笛似乎听见俞正心里正在汩汩地流血。男人与男人之间的友情有时比爱情更纯粹，那是在真实地向对方展示了内心最为私密的一面之后才能获得的。

付一笛从俞正的衣袋里摸出了烟，点着一支，递到了俞正面前。

俞正感觉到了烟头在面前的炙烤，知道是付一笛在给他烟，顺服地接了过去。

俞正抽了几口后，付一笛开口了："说说吧，要不我都闷得心难受。"

"唉。"俞正重重地叹了一口气，把头又扭向了一边。

付一笛知道他在想从何说起，也没有再催。俞正狠狠地吸了两口烟，把烟头往地上一撇，坐了起来。

"一笛，我和你说这事，你别笑话我。你是我唯一可以倾诉的人。"此时的俞正已经清醒了。

付一笛认真地点了点头。

2

"于静宵今天给我来电话了。"俞正开头的第一句就让付一笛险些叫出来。她到底要干吗呀，本来她就把俞正的心伤得伤痕累累血迹斑斑了。俞正调离了老部队到这个人生地不熟的地方，好不容易忘记了过去，把心伤医得差不多了，她怎么又会出现了。这个女人未免有些太毒辣了吧。

但是付一笛没有说话，他晓得这个时刻俞正最需要的是安静，让他一个人自由自在说下去，谁也不要打断。

"于静宵今天给我打电话了。"俞正又重复了一遍这句，便开始讲了起来。

"一笛，你别笑话我。我承认，她给我戴了一顶让男人最为痛恨的绿帽子。可是我也想过，我是不是让她太伤心太失望她才如此决绝呢。后来，我明白了一个道理，那就是夫妻之间无论怎么熟悉和了解，彼此都要不断地交流。因为人的思想一直都是变化的。虽然爱情是以爱为目的，而以性的形式表现的，但想一想可也不是这样。如果年轻夫妻在这方面做得不是很好，往往会导致婚姻的哪一个齿轮咬合不好。两人之间出现问题是难免的，最可怕的是出现问题之后，双方不能正视现实而回避问题。缺少了交流的婚姻是危险的。有的时候，就是在得过且过的思想作用下，离你最近爱你最深的人就受了伤害。而很多时候，最亲近你的人给你的伤害要比陌生的人大得多。那是从情感上下的刀子。

"我和于静宵之间所有的事情发展到今天也不完全是她的错。可能她最后做出的决定对于我来说有些太耻辱了，那么对她来说又何尝不是解脱呢。没有爱的婚姻就是死亡的感觉，如同在冰冷的坟墓中。

"我承认，我对她是恨的，彻骨地恨，有时恨得睡不着觉。我曾不止一次地发誓，找到她的那一天要让她遍体鳞伤。可那种恨一消失，我又开始责备自己的小肚鸡肠，一个大男人不至于这样没肚量吧。谁规定了这个女人一生就是你的。谁都有爱与不爱的权利。结婚证书对于真爱的人来说就是废纸一张，一纸证书永远无法保证爱情的质量。真正相爱的人是存在于心里的，是无时不在的一种牵挂，是冥冥之中的一种注定。

"对于崔笑岭我也想过很多。真的，是我的兵给我上了人生最为生动深刻的一课。他让我醒悟得最多。以前，作为政治工作者，我也是坐在台上给战士们朗朗讲课。回味一下，给兵讲的有多少是人性的东西，我们总在鼓动他们要不断地追求进步，要为共产主义现身。那么，作为授课人，你首先做到这一点了吗？或者说，你能保证他们的付出与所得能成正比吗？战士也是人，他们在性上，在爱上也有着同样的追求。他们精力充沛，风华正茂，有着常人的正当需求。可是在军营里他们无法来解决这些问题，我们给他们的都是遥不可及的思想上的灌输，望梅止渴远远没有饮鸩止渴来得更为实在。正如有的战士讲的，不图天长地久，只图一时拥有。难道你能说他们说的就不对吗？至少，他们是得到了。"

俞正喝了一口付一笛递过来的水，接着侃侃而谈。"我知道我说的过于偏激了。是的，就是现在我也在重复以前的错误。明明知道战士的心里想什么，也还是不让他们得到。人生难道不是这样吗，什么是对的，什么是错的？后来，我把崔笑岭放在和我平等的地位上来看时，我发现，原先的我们之间有那么不平等。尽管我们都是有着七情六欲的人。

"我也觉得有些事情可笑得很。你的通信员明着对你是俯首帖耳，唯唯诺诺，可背地里却搂着你的老婆唱着另个曲。那么，从于静宵的角度来讲呢，因为她缺少，所以她寻找！"

"行了！"付一笛再也不想听俞正讲这些没用的道理。他真不明白俞正经过几年的思考，竟会得出这样的理解和谬论。被人着着实实在头上扣了一个屎盆子，反过来倒是胸怀若谷地理解起别人了。这样的男人真的是肚量无限了。

"这就是你今天想对我说的话？别在这儿自欺欺人了，你不会对于静宵和崔笑岭没有恨的。"付一笛用蔑视的眼神看着俞正。

俞正的眼神瞬间变得凄迷和无力，方才咄咄逼人的气势和滔滔不绝全没了。

付一笛心里忽地又生出了些许怜悯。

俞正无奈地摇摇头。"一笛，很多时候我把你当成最可信赖的人，也作为最可依靠的人。可事实往往不是这样，你总是让我一次次觉醒，在这个世上任何人都不要去相信和依赖，你只是你自己，只属于你自己。"

听到这儿，付一笛从嗓子里低低地说了一声："对不起，我又让你受伤了。"

"没关系。我早已习惯了自我疗伤，也习惯了你让我受伤。受伤也好，总是让人很警醒地活着呀。"此时，俞正已完全醒酒了。

"不，我总是觉得你不应该活得那样窝囊。"话一出口，付一笛又后悔了，"对不起，我的话又说重了。"

"你真的和别人不一样。你总是要让我真实地活着，你不允许我有一点点伪装出来的高尚。在你的身边，除了可以让我的身体不是赤裸的以外，你必须要让我的灵魂赤裸裸的。这就是你——付一笛。"月光下，俞正还流着泪的脸上闪出了一点笑意。

"我们是战友。恨是恨，爱就是爱。如果你对崔笑岭的夺妻之恨都可以放弃，那么你还有没有血性了。"

"一笛，可能你没有经历就不会懂。人的思想经历了一次又一次炼狱之后，就会变得更为豁达，或是无所谓。你失去一个女人的时候，你一定要想一想你是否曾经得到了。得到的是肉体还是灵魂。我和于静宵之间呢？有什么？有爱吗？同情和怜悯都不等同于爱。如果有真爱，她对我至于用如此的方式背叛吗，不，是放弃。不曾得到就不能谈失去。我这话有道理吗？"俞正恳求地望着付一笛。

付一笛这回服了。他没有想到俞正会如此深刻和豁达。看来，以前他是把俞正看错了。俞正一直没有再找女人的原因并不是他被伤得太重，而是他在失败的婚姻中大彻大悟了。婚姻和爱情本来就是两回事，有很多的婚姻当中并没有爱，而相爱的两个人不一定就成为夫妻。

所有的空气都和缓了下来。两人的谈话终于切入了正题。

3

于静宵的电话是早上给俞正打来的。俞正似乎感到这一天迟早都会来一样，没有表现出过多的惊喜和意外。

电话接通后，俞正一瞬间听出了于静宵的声音。尽管那声音有些沙哑、苍老和迟疑，但俞正还是听出来了。

"我是静宵。"于静宵告诉俞正。

"听出来了。"

"你现在怎么样？"

"还是老样子。"时隔三年，俞正和于静宵通起电话来，竟然像是昨天还在一起的两个人，一点陌生感和距离感也没有。俞正都有些奇怪自己当初的气跑到哪儿去了。话说回来，俞正对于静宵已找不出一点恨来了。他早就把她看成了一个与他不相干的人，但是他不知道于静宵打电话来到底是什么事。

俞正没有问于静宵有什么事。他知道，一个一心一意逃避他的女人主动出现，一定是有大事的。

"我想和你说件事。"

"是汇报，还是商量？"俞正问。

"都不是。只是没人说话了，或者是没地方说，想起了你。毕竟……"于静宵打住了话头。

"毕竟是一日夫妻百日恩嘛。"俞正忽然来了酸劲。他感到了恨的知觉在复苏。你于静宵想起我了，就要打电话来；讨厌我了，随便抓一个男人就走。我俞正成什么人了？

"俞正，我不会向你承认错误。这几年我一直在想，这个世上根本就不存在对与错。发生了，也改变不了了。"

俞正涌到头顶的血又退下去了。俞正想听听这个女人总结了怎样的道理来喻人。

"有什么事，说吧。"

"我……我现在……"于静宵又不想说下去了，好像有什么堵在喉咙里。

"你现在怎样了？"俞正也不知自己到底怎么了，声音变得急切起来。

"我现在一个人了。"于静宵刚说完，又补充道，"不，还有孩子。"

"他呢？"

于静宵知道俞正说的他是指崔笑岭。

"没了。一个月前。车祸。"

俞正不知再说什么了。安慰于静宵？他没有想那样，只是握着手机等她再说下去。

结果，于静宵什么也没说，在电话里沉默了很久，便把电话挂断了。

崔笑岭出车祸事先一点征兆也没有。那天一大早起床后，他把屋里屋外收拾得干干净净，然后推着卖水果的平板车出门了。

于静宵慵懒地和儿子于一丁躺在被窝里。于一丁问于静宵："妈妈，爸爸今天怎么起得这么早呀？"

"爸爸天天都起这么早。睡吧。"于静宵拍了拍儿子。

崔笑岭和往常一样，给于静宵娘俩掖掖被角，又在于一丁额头轻轻亲了一下出了门。崔笑岭走后于静宵也爬了起来。她也睡不着了，坐在床上发起了呆。

自从和崔笑岭离开那个城市以后，她跟着他吃了不少的苦。因为以前有父母的呵护，一直过着衣来伸手，饭来张口的日子。现在做出这样的选择，于静宵只能去品尝生活的艰苦。她给别人站过柜台，也做过小时工。尽管这样，还是没挣到什么钱。她只是想为这个家贴补一点收入。直到于一丁出世，她才在家安顿下来，再没往外跑。可是这样却苦了崔笑岭。他每天起早到果菜批发城批水果和蔬菜，赶到早市上去卖，下午再到几个居民小区跑一趟送水的活。

于静宵也曾后悔和崔笑岭跑了出来。可一想起和俞正在一起没滋没味的日子，又觉得挺知足的。当官太太又能怎样，还不是独守空房，大好青春年华就在日复一日夜复一夜的等待中过去了，人也在那思念当中一点点变老。和崔笑岭在一起，虽说日子苦些，生活当中奔波多些，可他是自己真爱的人。为了这个比自己小四岁的男人，她已经舍掉了家庭和婚姻，现在再谈后悔还现实吗？再说，崔笑岭对她是百般地照顾和疼爱，宁可自己吃不好喝不好，先想到的也是她。自己现在除了有个儿子和崔笑岭以外，在这个世界上还有什么呢？父母没有了，安稳的日子没有了，原来的丈夫也没有了。索性不想那么多了，人怎么还不是活着，寻找到了真正的爱情，这样的日子也认了。于静宵不止十次百次地在心里这样想。她对崔笑岭倍加珍爱。因为她知道，这是她冒了多么大的险和舍掉了一个外人看起来其乐融融的家庭才换来的爱情呀，如果再失去了，那么她将是一无所有了。于静宵和崔笑岭尽管辛苦，还算幸福。

最让于静宵心里高兴的是，她和崔笑岭到了这个城市没到一年，她一直渴望的儿子出生了。这对于从穷山沟出来的崔笑岭来说，更是天大的喜事。当初，他还叫嫂子的于静宵偷偷告诉他她怀孕了的消息时，他是那样惊慌失措和担心害怕。可当他知道于静宵什么也不嫌他，心甘情愿要和他出走时，他觉得自己真不是人，给指导员戴了一顶绿帽子不说，还要夺走人家的老婆，这个兵真是白当了，白受指导员教育了一回。可一想到，回到农村老家，凭家里那个穷样，要想娶老婆还不知要攒多少年的钱，而且于静宵这样死心塌地，也就应了下来。

当于静宵和崔笑岭反复论证怎样走掉而不让俞正找到时，两人着实费了不少心思。于静宵对崔笑岭说，放心地走吧，他宁可心里受罪，也不会舍出面子去找的。他心里根本就没我。不过，我们不能回你的老家去。

事情果然如同于静宵预料的那样，俞正对于她的出走没有做出多少反应。只是让她没有想到的是，俞正会那么快地调走，一点等她回来的迹象都没有。

开始时，他们的日子过得还偷偷摸摸，后来也就像是真的夫妻一样了，每天都有说有笑。到了晚上两人躺在床上计划日子怎样过。

于静宵对崔笑岭说："我不求你给我大富大贵，只要别的夫妻有的我们能有就行。"崔笑岭也是极力地满足着她。直到于一丁出生后上不了户口，他们才觉得遇到了麻烦。

于静宵说："上不了就上不了，等长大了再说。"只是要求孩子随了她的姓。崔笑岭没在意，对孩子格外地亲，尤其是孩子会叫爸爸后，一回到家，孩子就和他疯闹在一起，弄得他一不在家于一丁就冲于静宵要爸爸。

于一丁对崔笑岭依赖性很强，平时生病打针吃药都是崔笑岭的事，只要他一哄，于一丁就乖乖的。

那天直到下午两点，出摊的崔笑岭都没有回来吃午饭，于静宵心里犯起了合计。平时，他赶完早市上午十点多就会回来，最晚也不会超过十二点，如果遇上不好卖一时回不来，也会打电话告诉一声。

于静宵抱着孩子出了门。刚出门，她就看见一辆警车奔她驶来。车上下来的警察见到她就问："知不知道崔笑岭家属住哪儿？"

警察一句话就把于静宵问蒙了。她长这么大还没有和警察打过交道。难道是崔笑岭和人打架了？这个念头一闪之后，她马上又否定了。和笑岭在一起这么长时间，她知道他是一个什么样的人。除了他带她出走这件事外，他是不敢干任何违法乱纪的事的。那他又会出什么事呢？

警察让她上了警车，只是说到了就知道了。整个路上于静宵脑袋都是昏僵僵的，她没有再问一句话。她只是想尽早见到她的笑岭。于一丁在她的怀里哭了，她的眼泪无声地落了下来。

于静宵被带到了医院。在病床上，她见到了满头缠着纱布的崔笑岭。

崔笑岭头上的血渗透了纱布，脸肿得已看不出模样。于静宵把于一丁放在地上，一下就扑了过去。"笑岭，你这是咋了？"

护士将于静宵拉开了。"对不起，伤者五分钟前已经去世了。"

"不、不、不可能！"于静宵疯了一样再一次扑到崔笑岭身上。"笑岭呀，你今早不还说早点回来吗？你现在怎么不说话了？你怎么不看看我和一丁呀？"

于静宵昏厥了过去。于一丁哇地哭开了，拉着护士的腿喊着要妈妈。

当于静宵醒过来时，崔笑岭已经被推到了太平间。警察告诉于静宵：崔笑岭当天骑着平板车过马路时，突然对面的一辆失控的大卡车向一位老人冲了过来，他一脚蹬翻了平板车，往前一跃将老人推到了路边，他却被卡车撞出了十几米远。那个警察目睹了发生在眼前的一切，当他缓过神跑过去时，崔笑岭已经倒在了血泊中。

于静宵呆呆地听完警察的讲述，她没喊也没叫，眼睛空洞洞地望着天棚，泪水再一次涌了出来，她把于一丁紧紧地搂在了怀里。

护士来了。护士让她在死亡通知书上签过字后对她说："病人曾醒过来一次，他好像说是让把孩子送到他父亲那儿去。"

于静宵眼里充满了疑惑。

第十六章

1

转眼建军节到了。营里召集驻训干部聚餐，并且要求尽可能带家属。

通知是黎术传达的，他把电话打给各个连主官的时候，好像是他请客一样，口气里明显带着兴奋。那天下午，全营放假，战士们踢球的踢球，洗澡的洗澡，准备晚会的准备晚会，处处洋溢着喜气。因为已经放假，管理不像平时那样严，而且一些家属还是第一次到驻训点，第一次看到丈夫在山谷里住的帐篷。当然，聚来这么多家属也是营里的第一次。不用老公叮嘱，家属们早已进行了精心打扮。她们已经知道在什么样的场合说什么样的话，穿什么样的衣服，喝什么样的酒。

聚餐的事是全大志告诉付一笛的。全大志对换上便装要外出的付一笛说："营里通知，今天下午所有干部带家属会餐。"

付一笛不愿意参加这样的活动。"聚会不聚会跟我关系不大吧？我又没家属。"

"别这样。这是营里的安排，就算你不爱去，咋也得去应应景。别的连干部到齐了，咱连就差你，面子上不好看。"

付一笛不好再说什么，心里倒是生了气。"你营里会餐通知到不就行了，谁愿去谁去呗。"

2

付一笛到营部时，人已经基本来齐了。一到场，他就看见仇小丫在和家属们唠嗑。她对张晓鸥说："晓鸥，你今天穿的这件衣服真漂亮，是不是齐连长把这个月的工资全花在了你这件衣服上？"

张晓鸥美滋滋地笑了，说："哪有那么贵。"一边说一边抻衣服下摆。

教导员比大家晚到了五分钟。这也正符合领导赴宴的规律。这样也好，在他没来之前，那些以前没见过面的家属利用这个空闲也都认识了。

教导员看了满满一屋子人，发现俞正没在，问全大志："俞正怎么没来呢？"

全大志说："刚才他接了一个电话，半路回去了，让我代他请个假。"

付一笛心猛地一动。"他能有什么急事呢？"

教导员看到付一笛站在他的对面，高着嗓子用山东腔侉着说："我还以为付排长来不了呢。"

付一笛对全大志说不想来时，没想到被教导员听到了。现在教导员不温不火地来了这么一句。就这一句话，却把付一笛心里的怨气都惹了上来。

"我再忙也得来，难得教导员请客。谁不来谁就是瞧不起教导员，就是不讲政治，不支持教导员的革命事业。"

"瞧得起，大家都瞧得起。"教导员说完张罗落座。

教导员说："今天为了便于交流，先各连坐一桌，先喝一会儿，然后各个连队之间再交流。副营长、黎助理和我一人陪一桌。"

听教导员这样一说，各连就坐到了各连的位置。

黎术没落座，他要看教导员陪哪个连队。教导员看出了黎术的意思，对他说："你是一连老连长，坐那个桌去叙叙旧。我陪二连，副营长陪三连。"

黎术却说："教导员，我去陪二连，你到这儿来。今天让仇小丫好好敬大媒人两杯。"

全大志听黎术这样说，也知晓他怕和付一笛坐在一桌。赶忙给二连连长使了个眼色，然后对教导员说："既然黎助理这样说了，你就坐到我们一连来吧。"

仇小丫看全大志这样说，便说："教导员，我们家属今天可是都要拿你的酒敬你了。"

仇小丫边说边走过来，在教导员和全大志中间坐下了。

教导员这时全然没有注意到付一笛的脸色，站起来说："付一笛，你们指导员没来，你是最老的排长了，你过来，你往上坐。"

"不了，我都坐好了。他们几个平时难得和你喝杯酒，让他们往上坐吧。"付一笛指了指连队的新排长们。

"过来吧。"齐全生用眼神示意付一笛。

齐全生说话了，付一笛耐着头皮往上挪了两个位置。

付一笛一看今天是被盯上了，干脆先入为主。"既然领导高看我，那么今天趁着没上菜，先给大家讲个段子就就酒。"

齐全生一拍巴掌。"好，好，快点讲。"然后回头对张晓鸥说，"看，咋样，我早就对你说，付哥这人最逗，今天让你领教领教。"

齐全生知道付一笛平时最能爆料，只要有他在，能把人逗翻天。他一张嘴，你不想笑也得笑。不过齐全生也知道，付一笛要是深沉起来，没谁能深沉过他。

教导员这人平时也是爱听笑话，只是普通话讲不好，学别人也学得不像，以前有那么几次，自己忍着笑费劲巴力地把新听来的段子讲完了，别人没听懂不但没笑，还问他说的那句家乡话到底是啥意思。到后来他意识到了这些，就再也不对别人讲段子了。

在这之前，他听好多人讲全营顶数付一笛是最幽默最有意思的人，他一直也没怎么信。付一笛在他面前除了个性强，不好给领导面子以外，他还没说过一句能让他笑的话来。

这次好不容易召大家会餐，怎能不试试付一笛到底有多幽默，多有意思。

3

仇小丫听到教导员叫付一笛后，嘴上不停地和家属说着话，眼角却一直在看付一笛来了坐在哪里。

付一笛靠着全大志坐了下来。对面是齐全生和仇小丫。

教导员看付一笛落座后，没等他讲段子，两手抱起放在胸前，身子向后靠了靠，在椅子背上蹭了两下说："八一到了，这是我们军人自己的节日。大家要喝高兴，我们营很久没这样热闹了。"

会餐开始了。教导员先提三杯。第一杯是过节了高兴；第二杯是人比较齐，大团圆；第三杯就是吃好喝好。教导员话讲得实在，没有平时在会上的长篇大论，大家听得心里倒也舒服。

就在大家喝得有条不紊平淡无声时，教导员忽然像想起了什么似的说："哎呀，付一笛，你的段子还没讲呢。"

紧接着张晓鸥跟着说："对呀，对呀，付哥快点讲一个。"

二连三连的桌上也跟着起哄："快点，付排长，来一个。"

付一笛摇头："我这人也是非常讲究身份的人，怎么能说讲就讲呢。那样我也是太没面子吧，谁再求求我。"

仇小丫噗地笑了，扭头看教导员。

教导员装得冷着脸："付一笛，付排长，你不讲就要罚一杯！"

付一笛冲全大志等人一笑："看，教导员今天都叫我'一弟'了，我怎能不讲呢。不过——"付一笛把话音拉得长长的。

在桌的人，包括教导员都哄的一声笑了。

付一笛看见仇小丫的脸上有一丝不高兴。仇小丫听出来了，大家笑的原因是付一笛在学教导员的家乡话。

付一笛狡黠地一笑，然后皱着眉，神神秘秘地说："讲故事前，我先给你们讲个事，不过这事不能让炊事班的兵听到。"

教导员问："咋了？"

"刚才我到炊事班，听两个兵在说话。一个说：'咱班长真脏，切半道菜还上厕所，回来也不洗手。'另一个说：'那有啥，你没看帮厨的老兵还用饺子皮上厕所呢。'"

二连指导员家属是第一次听见有人这样讲故事，隔着一桌笑出了声，忍不住把头往后一扭，噗一口把嘴里的饮料吐在了地上。

张晓鸥则趁机把头拱在了齐全生肩上。全大志也在一边笑。仇小丫一本正经地夹起了一口菜，放在盘子里。然后对付一笛说："付一笛你真恶心人，别埋汰人家炊事班了。"

付一笛正色说："谁埋汰他了，刚才炊事班的兵就是这么说的嘛。要不我把那两个兵叫来，问问他们有没有这回事？"

教导员拿着筷子敲着碗。"付一笛，真有你的，埋汰营部兵连眼皮都不眨一下。"

付一笛一点不动声色，也不看别人在怎么笑，傻愣愣地说："笑啥？真的。"

这下桌上笑得更是不可开交。

"对不起，说营部的兵不好教导员就不高兴。要是安小龙还在营部，我相信我带的这个兵就会做出这种事。好了，不讲这个了。说这么个事吧，是仇小丫在卫生队时发生的事。"

黎术在邻桌用疑惑的眼神看着仇小丫。付一笛就在黎术异样的眼神里讲了这样一件事。

"仇小丫在门诊时，一天卫生所义务为百姓看病。这时，来了一个农村老大爷。肩上背了一个口袋，手里拎着一个包装袋，气色看上去很差。老大爷挂完号之后，寇军医说你验尿验粪看看再说吧。老大爷接过塑料瓶就出去了。寇军医就在屋里等。等了十几分钟也没见老大爷回来，寇军医寻思是不是老大爷走掉了，就去厕所看。谁知这一看不要紧，那个老大爷拉着寇军医手就不松开了。老大爷说：'解放军同志，求求你了，这尿我是咽下去了，可这粪实在是咽不下去呀。'"

付一笛刚讲完，整个帐篷里的人全笑翻了，黎术也忍不住笑了。付一笛没笑，伸筷子夹了一块油炸豆腐，举过头，看了看，往嘴里放，一边放一边说："我就不信咋就咽不下去呢。"

张晓鸥听到这儿，再也斯文不起来了。哈哈哈地笑起来，一边笑还一边用小手捶齐全生。

仇小丫极力地低着头，说："付一笛你别瞎胡扯，我可没和你说过这事。"

"别这样，说过又咋了。你当女兵的时候，我一到你们卫生队，你们女兵不就讲这些嘛，还振振有词地对我说，'这就是小说素材'。"付一笛说到这，突然对教导员说，"教导员，你说是不是呀？"

这时教导员的笑劲已过去了，正怔怔地看着付一笛，听他这么一问，教导员歪着头，用手捏住耳朵，看付一笛。"嗬，付一笛，我还真没发现你是一个人物。"

"啥人物不人物的，是人物能讲这些没档次的事，在领导面前一点都不正经。来来，教导员，我敬你一杯酒。给你当了几年排长，还是第一次和你喝酒呢。"

"喝行，但是干一个。"

教导员和付一笛碰了一下杯，举起来就要喝。

这时，付一笛又扔出了一句话："干不行，咱俩得咽一个。"

教导员的杯停在了半空，脸上的表情很是难堪。付一笛举起杯把酒倒进了嘴里，满脸痛苦的样子，然后对教导员说："教导员，其实这个也挺难咽。"

满桌的人再一次哄堂大笑，黎术使劲地忍着，脸憋得有些红。仇小丫的脸则拉了下来，静静地坐在那儿。

全大志用脚碰了一下付一笛，意思让他注意一下场合。

齐全生和张晓鸥装得笑得前仰后合地跑到了另一桌，他们感觉在这个桌上实在是不能再待下去了。在他们看来，付一笛和教导员开的玩笑有些大了。

付一笛完全放开了，什么也不在乎了，端着杯子就坐到了教导员身边。"教导员，今天既然我喝了，你又是特地让我给大家助兴，那么就高兴一会儿。"

付一笛刚坐下，仇小丫的高跟鞋在他的腿上狠狠地踢了一下。

付一笛明明知道，却还大声地喊："哎，刚才谁踢了我一脚。"

仇小丫正为付一笛的大喊大叫生气时，黎术从另一桌过来了，伸手拉起仇小丫，说："小丫，你来一下。"

付一笛借着酒劲冲黎术喊："老连长，别那样好不好，你也坐，我和仇班长在给教导员讲我们的故事呢。"

黎术只好坐在了张晓鸥原先坐过的椅子上。

付一笛好像确实喝多了，他拍着教导员的肩。"教导员，你看，我说不讲吧，不给你面子，讲了吧，大家又不爱听。"

教导员顺手在肩上挠了两下。"哪有啊，这样才是更真实的付一笛嘛。"

"那么好，教导员既然高兴，我就再讲一个。"

全大志站了起来，说："我敬一杯酒。"

"连长，你看，我好不容易才捞到和教导员亲近的机会，你怎么又敬上了酒？你们连主官和教导员喝酒的时候多着呢。"

付一笛把全大志拦坐下之后，讲了起来："昨天，咱们市府广场抓彩票，有两个屎壳郎也去了。一个屎壳郎说：'我要是抓了大奖，我就把市里的厕所全包了，我想吃哪家就吃哪家。'另一个屎壳郎说：'你就那点想法，太没志向了，我要是中了大奖，我就包个活人，天天吃新鲜的。'"

教导员放下了筷子，一口也吃不下了。先前还是忍着吃一点，到了现在他是一点也不想吃了。他没想到这个付一笛什么话都敢讲，真是应该重新认识一下这个不管不顾的人物了。

付一笛不管这些，既然你们想寻我开心，我也不让你们失望，谁有能耐谁吃下去。看以后谁还拿咱耍着玩。

付一笛侧头看见了黎术和仇小丫，索性把憋了这些天的气全撒了。于是，他对黎术说："黎助理，你行呀，你看仇班长多漂亮，你包了一个新鲜的。"

仇小丫在桌下又重重地踢了付一笛一脚。这次，付一笛什么也没说。

那天散宴后，付一笛给仇小丫发了一个短信：我急了，想吃哪家吃哪家去。

第十七章

1

付一笛会完餐没有直接回连队，他想到河边泡个冷水澡。吃饭的时候，他一直在想，俞正到底遇到了什么事呢。

自从俞正对他讲过于静宵后，付一笛觉得俞正活得太窝囊，又觉得他活得太超脱。他的忍耐力不是一般人所能达到的，他连夺妻之恨都能看淡。通过俞正，付一笛对人有了更清醒的认识，有的人平时看起来乐呵呵的，可内心却承受了许多常人难以承受的痛楚。这样的人因为伤得太重，也就把自己隐藏得更深。如果他对谁讲了最为深藏的心事，那么他就是把谁当成了最知心的朋友。越是这样的朋友，越是不能伤害，越要给他关心。真正的朋友是和你一同哭过的人，而不是和你一同笑过的人。

付一笛对于俞正没参加聚会能够理解。他知道俞正不愿意和家属们在一起。平时工作中涉及家属的事他都尽量安排副连长去干。开始付一笛也没有注意这事，当俞正和他讲过于静宵以后，他才注意观察起俞正来。

那么他今天不到场，至少是应该和教导员说一声的，因为这样的聚会全营几年也不搞一次。可能是教导员意识到在军旅也是临秋末晚了，想给大家留下点念想，便来了这个举动。那俞正无论如何也是要捧场的，就是不来，也要说一下理由，不能半路说走就走。

付一笛打俞正的手机，俞正的手机占线。付一笛不知俞正除了在宿舍以外还能到哪里。问过文书，文书说宿舍里没有。付一笛在心里狠狠地骂着俞正。现在急的却是他了，他弄不清，他怎么对俞正的事比自己的事还要关心。

付一笛能想到的还有一个地方，就是他常去的红松林了。

付一笛放弃了洗澡的想法，往山坡方向走去。付一笛光着膀子，让晚风习习地吹到身上。还没到树林边，他就看到俞正正坐在树下打电话。

看到付一笛来了，俞正并没有挂掉电话的意思。他的脚前摆着手机的后盖和一块电池，看来是打了很长时间了。

俞正在和一个人对话。"我就是这样想的，我不管别人怎么说。这么多年我不是也过来了吗……我们之间现在不存在婚姻关系，也不存在感情问题，那就谈不上恨与不恨。我不是和你说过了吗，我现在只想让你告诉我，你在哪儿……于静宵，我告诉你，即使你不告诉我，我通过电信局的朋友也会定位出你在哪儿的。"

付一笛听明白了。俞正是在和于静宵通话。这样看来，今天俞正不参加宴会是因为接到了于静宵的电话，他们一下午的时间就是在讨论这件事情吗？俞正为什么非要找到于静宵呢？

付一笛穿上背心，坐在离俞正两米远的地方，狐疑地看着他。这时，俞正也放下了电话。

俞正无望地对付一笛说："出事了，一笛。"

付一笛的心一下提到了嗓子眼。"快说，啥事？"

"这事我也是今天下午才听到，现在我还没弄清怎么办才好呢。唉，这世上怎么会有这么多让人想不到的事呀。"

"到底咋了，你快点说，急死人了。"

"今天去营部的路上，我接到了于静宵打来的电话，她说有要事急着和我说。谁能想到她和我说，她的孩子是我的，都两岁半了。"俞正一脸的茫然。

"怎么可能呢？她和崔笑岭在一起，怎么会生了你的孩子？"

"我也是这么想呢。"

看着俞正一筹莫展的样子，付一笛在心里一阵好笑。他有时发现，俞正真的很迂腐，被于静宵这个女人折腾得东奔西跑，现在人家男的没了，却又和他开起了这样的玩笑。简直就像连队老兵埋汰炮兵炊事员的三句话一样：戴绿帽子，背黑锅，看战友打炮。

"但于静宵说孩子确实是我的，在这之前她也没有想到。"

付一笛觉得事态有些严重，正经地问道："你认为可能吗？"

俞正的脸拉长了，像是变了形的苦瓜。"我正犯合计呢。"

说完，俞正又略有所思地说："有可能吧。我早就说过，我在那方面没毛病，我是看过医生的。我们以前没有孩子可能是在哪方面出了问题。如果说她生的是我的孩子，也不是没有可能。再说，于静宵不会拿这事开玩笑的，但一笛你说怎么可能会出这样的事呢？我可是一点思想准备也没有呀。"

"哈哈。"付一笛忽然笑得弯下了腰。紧接着，付一笛直起腰，郑重其事地两手抱拳放到胸前，冲俞正作了一揖："恭喜，恭喜，天大的好事呀。没怎么费事，当爹了。再过几年孩子都该当兵了。"

俞正的脸色难看得发紫，一下跃起来，揪住了付一笛的脖子。"付一笛，你到底是什么意思？落井下石，还是不是朋友？"

"哎哎，指导员，和你开玩笑还不行了，别狗急跳墙好不好？"付一笛看俞正急了眼，用力地去掰他的手。

俞正放开了付一笛，两人边走边聊。

俞正不错神地望着山下连队的帐篷，付一笛怔怔地看着他。他看见俞正额头上的血管在不停地跳，眼睛里写满了焦虑。

"这事从时间上推断，有可能是真的。"

"不用推断了，我感觉到就是真的。因为当时于静宵走时我就感到她似乎是怀了孕的。只是我一直也没敢确定。今天，她和我说了这事。她说，她昨天到医院给于一丁验了血，结果，孩子的血和崔笑岭的确实不一样。"

"那你敢保证于静宵再没和……"付一笛的话没有说完，他猛地意识到这个时候再说其他的话无论是对俞正，还是对于静宵就都落井下石了。

2

在此之前，于一丁的身世只有崔笑岭一个人知道。这个秘密他原本连于静宵也不想告之的，因为他真的很爱于一丁，也爱于静宵，他不想因为这件事给这个家庭带来一丝阴影。可是，当死神紧紧地抓住他，要带着他去天堂时，他又觉得在人世间还有一桩没了的事。他在冥冥之中和死神搏斗着，当死神用巨大的双脚踩在他的胸口，大笑着问他还斗不斗时，他终于低下了在人世间曾经很自以为成功的头，他苦苦地求着死神，让我再回人世间一次吧，我不求能活多久，我有两句话要说。

崔笑岭要到人间走一遭，他要找到俞正，找到他的指导员，请求他的原谅。自从和于静宵走到一起，他的心里每时每刻都背负着一笔债，压得他喘不过气来。在连队，指导员对他那么好，那么信任他，可是他却做出了让自己都不相信的事情。其实，他和于静宵的第一次，是在没有丝毫准备下发生的。

那天，他接到营里电话通知后，到俞正家去找俞正。可是俞正不在，只有于静宵一个人在看电视。崔笑岭问："指导员去哪儿了？"

于静宵怨气重重地说："谁知道又在连队搞什么，他啥时候能知道多往家奔奔。"

崔笑岭忙替俞正说好话："我们指导员可是好得不得了，嫂子你不了解他。"

"好啥好，中看不中用。"于静宵酸酸地说。

崔笑岭早就听别人风言风语地讲俞正结婚一年多，也没生个孩子，可能是有些毛病。这个入伍已经一年半的义务兵平时在士官们的玩笑当中对男女的事也略知一二。今天听于静宵这么一说，脸腾地一下红了。

"怎么，小崔，我说你指导员你还不高兴了？你说他总帮你，那你能帮他干点啥？"于静宵说话的声音明显地低沉下去了。在傍晚夕阳的映衬下，她的脸上迷蒙着一层玫瑰的色彩。

崔笑岭被于静宵的眼神迷住了，一时不知如何是好,声音颤颤地问:"嫂子，你说吧，你让我为指导员做啥，只要我能做到的都可以。"

"你……"话到嘴边，于静宵收住了。她努力了一下终于说出了口："你敢替你指导员抱我一会吗？"

听到这儿，崔笑岭身上的血忽地涌上了头，顿时，他觉得头比平时大了一圈。崔笑岭沉了一口气，往前迈了一大步，说："嫂子，只要你对我们指导员没有意见，那我就抱一下，能咋的。"

崔笑岭像是英雄一样张开了双臂，还没等他抱住于静宵。于静宵的两只手已经如蛇一样缠在了崔笑岭的腰上。崔笑岭慌乱地往外挣，带着哭腔说："嫂子，别这样，我和你开玩笑呢。一会儿我们指导员回来了。"

"没事，他不会回来。"于静宵的头靠在了崔笑岭的脖子上。

崔笑岭听见体内轰的一声炸响，人就瘫了，如同飘进了云中，剩下的时间发生了什么他几乎一无所知。当他清醒过来时，疯了一样地冲出门。那天晚上，他没敢立即回连，而是在操场上转了很久，当他确认没有人发现，而且于静宵也没有追到连里举报他时，他才忐忑不安地回了连。

那一夜，崔笑岭在梦中惊醒了好几回，一会儿是指导员和他谈心，一会儿是他被战友们赤身裸体绑在了树上。崔笑岭觉得像是在地狱里熬着，好不容易盼到了天亮。

第二天傍晚，崔笑岭刚吃过晚饭。俞正笑呵呵地向他走来了，他刚要躲，俞正开口了："小崔，这两天有空陪你嫂子说说话，我们正生气呢。"

崔笑岭的脸说不出是什么表情，指导员说的话是什么意思呢？

崔笑岭找了好几个不去的理由，最后俞正几乎要拉下了脸，没办法他才硬着头皮去了。崔笑岭原以为于静宵那天是一时冲动和自己开了一个过头的玩笑，事早已过去了。当他见面叫了一声嫂子后，于静宵不高兴了。"笑岭，以后没人的时候不兴管我叫嫂子。"

"那叫姐？"崔笑岭一脸吃惊。

"不，叫晓宵。"

崔笑岭不傻，心里咯噔一下，后悔已经来不及了。此时，人已被于静宵从后面搂住了。崔笑岭终于没有抵抗住来自一个成熟女人的进攻，或者说他根本就没有想要抵抗，半推半就第一次得到了做男人的感觉。之后，崔笑岭陷入了深深的自责。然而，每一次之后，于静宵都会安慰和开导他。于静宵说："你是在替他做一件事情，我感谢你。"

崔笑岭很矛盾，他怕和于静宵这样的关系败露的那一天，一定要受到严厉处分的。每次他都暗下决心，这是最后一次了，可真的往家属院迈步子时他又有些控制不住。直到后来，他感到俞正看他的眼神不对那一天，他才发现，他做了一件多么下流而不齿的事，简直不是一个人了。

　　崔笑岭下过决心，在有生之年，一定要向俞正认认真真检讨他的过错，也要一心一意地对待于静宵，不让她受到一点伤害。就是他在一次偶然的机会里发现于一丁不是自己的亲生骨肉之后，他也没有向于静宵说过此事。他只是想把孩子当成他和于静宵的孩子，共同养大成人。

　　在死神答应了他可以回到人间办一件事之后。崔笑岭首先想到的是于静宵母子。凭于静宵当前的处境，她肯定是带不了孩子的，那么与其让她受苦受累，孩子也受牵连，还不如把孩子送回俞正身边。崔笑岭从死神身边回到人间匆匆对护士说了这最后一句话后，就匆匆转身和死神一同向天堂飞去了。

　　崔笑岭飞向天堂的时候，他看见了那个被他救下的老人正在一个十字路口一张接一张地给他烧着纸。他欣慰地笑了，他欣慰地对俞正说着："指导员，你没白教育我一回，我赎罪了。"

　　崔笑岭是在于一丁两周岁时发现了那个天大的秘密的。

　　崔笑岭带着于一丁去童梦影楼拍两周岁纪念照。拍照结束后，他获得了影楼赠送的免费体检单。崔笑岭想，反正于静宵身体不舒服没有跟着来，难得领儿子转一转，干脆就检查一下身体吧。没承想，检查的结果有一项让他百思不得其解，也就是儿子的血型和他不一样。开始，他还以为是医院弄错了。后来又验了一遍，结果和先前一样。

　　崔笑岭心里忽地明白了。在于一丁出生的时候，他一直处在兴奋之中，没有多想什么。后来，在一次出摊的时候，相邻的一个大嫂和他讲起了生孩子的事，他偷着算了一下于一丁的出生时间，怎么算都与他和于静宵第一次发生关系差了一个月。

不用猜，于一丁就是俞正和于静宵的孩子。当崔笑岭确定了这一事实后，心里忽然轻松起来。"指导员呀指导员，我是做了对不起你的事，可我为你抚养了一个儿子你知道吗？等有一天一丁长大了，我再告诉你这个事实吧。"他在心里下了保证，就是无论如何也要让孩子生活得幸福。

3

"不论结果了，你说现在怎么办吧，反正崔笑岭已不在了，就算于静宵说的是假的，我也不能让他们孤儿寡母在外面流浪吧。"俞正恳切地瞅着付一笛。

"你的事你自己做主。无论如何我都是你的朋友，在这件事上，我拿不出任何好的主意，从驻训第一天到现在，我也是闹心死了。"

"我决定把他们接回来。"俞正坚决地说。

"俞正，我很佩服你的容忍和善良，这一点我永远做不到。作为你的战友，我有一句话要说在前面，那就是你可以从人道主义上来帮助她们。因为在这个世上无论是谁有了困难，我们都有义务来帮助，但我不主张你和她重组家庭。你以为现在什么都有了就是圆满了吗？不是。其实你心里的伤疤永远都不会愈合，只是你在极力地回避，没有正视它。"

"那你说，我和她怎么办？"

"这么多年走过来，我认为男人不一定要有家庭，也不一定要有婚姻。因为家庭有时和工作的冲突太大，而你的精力就那么多。但你心里必须要有一个你爱的人，一个让你想起来就很轻松和愉悦的人，当然，这个人不一定要和你发生什么实质关系。俞正，你不觉得事业比家庭更为重要吗？"

"放心，不管那个孩子是不是我的，我不会复婚的。一笛，你心里有你爱的人吗？"俞正岔开了话。

"有。以前我爱过一个人，至今也爱着那个人，可是世俗和尊严让我们不得不放弃彼此。后来，一个人爱上我了，开始我不爱她，我认为不现实，她不会因为我放弃她不想放弃的东西。后来，我又发现我错了。当我发现这些时，她已经结婚了。"付一笛有些动情了。

"那你当时为什么不对仇小丫讲你喜欢她。"

"因为除了我以外，谁也不知道她喜欢我。她是一个战士，她当然更不能说。而你也知道，在部队，干部和战士结婚有可能吗？"

"那她怎么同意嫁给黎术了呢？"

"因为我拒绝了她，她在赌一口气。你要知道，她结婚时已经复员了。"

"婚姻不是赌气呀，一笛。你也该找一个了。"

"不用劝我，天不早了，回去睡吧。"付一笛说完向山下走去。

第十八章

1

全大志回老家走得很突然，星期六接到父亲病危的电话，连夜请假就赶了回去。

全大志回家没有带着楚艳艳。孩子太小，走得急，路上带着也不方便。楚艳艳倒是一脸焦急地对全大志说："你看爹病成这个样子，如果我不回去，乡里乡亲的会咋看？"

尽管楚艳艳这样讲，全大志还是没同意。楚艳艳眼泪汪汪地送全大志出了门。全大志临上车，楚艳艳说了一句在肚子里憋了半天儿的话："这回回去，去我家看看我爸妈，手里要是有余钱的话就给他们扔点。"

全大志说："这还用你说，我心里装着他们呢。"楚艳艳听了心里高兴得不行。

坐在车上，全大志心里急得很，他不知道爹到底病成了什么样子。算起来他也有三年没回家了，媳妇在身边，没太多挂念，一个月两个月给家里打打电话，也没什么惦念的。

全大志慢慢地梳理了一遍这些年对家里做的事。当他想不起对家里具体做了什么贡献时，忽然愧疚起来。自从当兵离开家，虽说没给家里增添负担，没从家里拿钱，自己给自己娶了媳妇，可也没有对父母回报什么。即使这次回家，还是因为父亲有病。对于家里他也是了解的，如果没遇到太大的事情是不会催他回来的。

本来他计划过年时和楚艳艳带着女儿探亲的，那时父亲要过六十六大寿，没想到现在一个电话把他提前催了回来。在车上他悲观地想着父亲的病，当他想到最可怕的可能时，不敢往下想了。原本是想日子过得好些时，把父母接到城里生活一段时间，让他们享享福，可谁知父亲现在却病了。一夜没合眼的全大志最后昏昏地睡去了。

当列车员把他叫醒时，天已大亮了，离到站还有三十分钟的时间。全大志家离车站不远。虽然那是一个很小的车站，但来来往往的火车都要在这里停，就因为这点，付一笛和他在新兵连时着实没少向战友吹嘘。不过当他们在外面闯荡的时间一长，他们已不再对别人讲他们家乡的小镇了。那个原本在他们记忆当中大得不得了的小站已经变得模糊，甚至忘记了。

全大志刚出车站，七八个三轮车司机就围了上来，全大志没有理睬他们，径直往前走。他似乎看见一个司机是他当兵时的战友，这就使得他更加害怕。全大志终于停下来，放下提包松松手，一抬头，他愣住了。在他眼前站着一个打扮入时的姑娘。那个姑娘目不转睛地看了他一会，说："哟，这不是全大志吗？"

全大志一愣，迟疑地问道："你？"

那个姑娘脸上显然露出了一丝尴尬。"不记得了？我也是好半天儿才认得出你的。我叫寒冷，和你同届同学，只是不在一个班。"

"哎呀！"全大志一拍脑门，"哎呀，是你呀，我怎么一点也没认出来呀，还以为是哪个大城市来的模特呢。哎呀呀，看我这破眼神。"

说完，全大志道起歉来。

"全大志，你可别这么客气。也是出门在外好多年，哪能一下就认得出谁是谁呢。再说，咱们还不是一个班的。"寒冷微微地笑着。

"对了，寒冷，你要去哪儿？"仝大志问。

"啊，我也是刚下车。本来是要打车走的，可看着你穿着军装在前面走，就觉得面熟，跟了过来。"寒冷说话时脸上始终挂着笑。

仝大志跟着打起了哈哈："真是缘分呀。"

"可不是。"寒冷拢了下垂到额前的头发，"你也是好几年没回了，我也差不多是一年没回了。你说，这次就让咱们赶上了，真是缘分。"

"是的，真是这样。"仝大志拎起了包，对寒冷说，"要不咱们一起打车走？反正也顺路。"

"不了，也就几里的路，我倒是想走着回去呢。咱这空气多好呀，走走路还能活动活动腿。"

"那我和你一起走吧，正好有个人说话。"仝大志没想到一下车就遇到了同学。

仝大志和寒冷一同往前走，一个穿着军装，一个穿着红连衣裙。这少有的打扮吸引了不少眼光。仝大志意识到这些后，也没觉得有什么不自然，反而是离寒冷更近了一些。寒冷在城市生活多年，举止大大方方，也不拘谨和扭捏。

"哎，仝大志，我们村也有个在外面当军官的。"寒冷边走边说。

"叫啥名字？"仝大志对这个话题来了兴趣。

"叫付一笛的，也是走了十来年了。"

仝大志惊喜地叫了起来："真巧了，我们俩就在一个连！"

"真的？"寒冷猛地停了下来，显得有些激动。当她看到仝大志用怪怪的眼神看她时，脸一下子红了。

寒冷想要遮挡住那意外的惊喜已经不可能了，便也接着往下讲："其实你们在外的人挺好的，好好坏坏家里也不知道那么多，农村的花销也不是太大。只要每年给家里邮些钱，更多的事也不用操心了。"

全大志听寒冷这么说，好像是在安慰自己，说的都是自己的实情。全大志感到这个姑娘谈吐不凡，不知不觉，偷偷看了寒冷几眼。他发现，寒冷的身上散发着一股农村姑娘身上绝对没有的气质，也就是说楚艳艳无论模仿多长时间也不能具备的素养。寒冷的鼻子骄傲地挺在白皙的脸庞上，眼睫毛用睫毛膏拉得长长的，把眼睛弄得有些扑朔迷离。可是看起来又不像城里人那样发嗲，得体得让人从心里喜欢。寒冷突然听不见全大志说话，心里好生纳闷，微微一侧头，看见全大志在偷偷地看她。

全大志又忍不住看了一眼寒冷，正好两人的目光遇到了一起，全大志的脸红了，像是拿了别人的东西被抓了现形。

倒是寒冷大方，笑着问："全大志，我这身打扮回家，邻居们不会见怪吧？"

"哪里哪里，谁不喜欢看漂亮姑娘。"全大志脸更红了。

寒冷回头看了一眼，叹了口气："咱们这地方，啥时候能富起来呀？都这年代了，还只有几台三轮车在拉人，真是没办法。"

"穷不穷这里也是根呀。不是咱们喜欢它，它就富了的事儿。付一笛和我在一起时，倒总说咱们这地方好呢。"

"他能说咱这地方好？不可能吧。"寒冷对关于付一笛的话题很感兴趣，只是她不能主动地往付一笛身上扯。当她听全大志说和付一笛在一起工作时，她的心就开始不停地狂跳。在她看来，全大志是这么多年来唯一和付一笛生活在一起的人，他对于他的事一定了如指掌。例如他结没结婚，生没生孩子，在干什么样的工作，等等，他都会知道。她想急切地知道这些，但她又不能表露出来。在外面这么多年，她已练就了一副察言观色的眼睛。

自从付一笛当兵以后，她每见到穿军装的人总会多看上几眼，也总想和他们唠上几句，了解一下军队生活到底是啥样。当全大志走近时，让她惊喜的是她竟然认识这个人。这对于寒冷来说可是意外的收获了。每次从城里回到村里，她都要注意听一些关于付一笛的事情。可村里的人包括她们家里的人都不提付一笛的事，让她很失落。她又不能去问，那样她就太不聪明了。父母和她已经是越来越远，她平时回到家只是想尽一尽做女儿的孝心，但是她什么也不想对他们说，尤其是感情上的事。随着年龄的增长，她的婚事家里只能是暗自着急，更是不能问。只是在几年前，她的同学们纷纷出嫁时，对女儿的事一直愧疚的寒校长在一次酒后才问寒冷："付一笛有信吗？"

不承想寒冷像是被揭了短一样，冲父亲尖声地大喊："他跟我有什么关系？净问没趣的事！"

寒校长一愣，从此再也没有向寒冷问过付一笛。他知道，女儿的心伤得太深了，女儿的爱情刚刚萌芽就被他扼杀了。

家里再也没有人敢问寒冷的婚事了，包括她的母亲。有时看见女儿从城里大包小裹一个人孤单单地回来，心里失落得很。他们不需要女儿带这带那，只是希望她尽快给自己找个家，好有个依靠。每当这时，母亲就小心翼翼地赔着笑脸，递着话："冷呀，有空妈想和你唠唠话呢。"

寒冷总苦笑地对母亲说："我累得要死呢，想睡觉。"

寒冷知道母亲要和她唠什么。母亲当然也知道女儿在回避什么，但她就是弄不懂女儿心里到底是不是装了付一笛。如果是，她宁可舍下这张老脸亲自到付家给女儿说媒去。可是从寒冷目前的处境看，她和付一笛又是什么来往也没有，付一笛当兵走了十来年，没发现他和女儿之间有任何的联系。年轻人的事让老人弄不明白了。

仝大志根本不知道寒冷和付一笛的事，听寒冷问起付一笛的事来，便毫无顾忌地讲了起来："付排长那人很有个性，我不知道你们村的人知不知道。"仝大志也说不清为什么本来是想说付一笛或者亲切地叫付哥时，却改称了付排长。

"他在我们那儿是出了名的才子，着实为咱家乡人争了不少脸呢。但他的个性也是最强的，根本就不在乎别人的看法，该咋样就咋样，活得潇洒又快活。"

寒冷打断了仝大志的话："我以前怎么没发现付一笛那么多优点呢？"

"因为你们离得近，没发现呗。"

寒冷慌乱地说："我们离得可不近呀。"当她冷静下来后，又说："仝大志，你可不能对别人瞎说呀。我只是好奇才问的，我们可不是多么熟。"

"看吧，我刚这么说，你就马上解释起来。有些事不说更好，一说起来就没法解释了。"仝大志终于从被动中解放出来。

寒冷停下了脚步，双手插在风衣兜里，把腰身裹得紧紧的。风迎面吹着，寒冷的头发向脑后方掀起，如同一面旗帜高高地飘扬着。

仝大志一时不知再和寒冷说些什么，用脚搓着地上的石子，半晌才找到一句话："快到家了。"

寒冷向远处的村庄看了一眼，小声说："前面就到了，哪天有空了我再找你吧。噢，对了，你这次回来啥事呀？"

"我父亲病了，回来看看。"

寒冷没再说什么，冲仝大志点点头，向岔路口走去。

看着寒冷一个人孤单单远去的背影，仝大志心里忽地有一种怅然若失的感觉。虽然他不知道寒冷还是一个单身女人，但从她的言谈和气质来看，她对生活的追求还是很高的。她说话的时候，眼睛总是忧郁地望着远处，心事很重的样子。细看起来，岁月的痕迹还是爬上了她的脸，那一层淡粉盖不住眼角爬上的细密皱纹。

2

全大志到了家才知道父亲只是生了一点小病，最主要是想他，想看看孙女。没想到，全大志急急忙忙往回赶，竟没带孩子回来。如果知道是这种情况，全大志就不回来了，只是家里从来不和他说谎，一下把他唬住了。

回到家看父亲没什么事，全大志提着的心也放了下来。虽说开始的时候有点恼火，但和父母还有特意从婆家回来看他的妹妹一起吃过饭后，他的心情好多了。看着父母欢天喜地的样子，他计划还是把假休满，下一次回来还不知是啥时候呢，再说，父母年岁越来越大，这么多年也没照顾上什么。

第一天晚上，全大志像小时候一样和父母睡在一个大炕上，和他们一直唠到后半夜两点。好几次全大志都迷迷糊糊睡着了，还听到母亲在和他说话。他忽地醒过来，也不知道怎么回答，哼哈地应着。看到这情形，父亲对母亲说："大志坐了一天多火车，累了，让他睡吧。"一家人由此才打住话头。

第二天吃过早饭，全大志去楚艳艳家看望岳父岳母。老村长隔着窗户看到全大志回来了，高兴地从屋里趿着鞋跑了出来，他喜滋滋地看着全大志，用手在他的肩膀上摸了一下。"大志呀，又升一个豆了。"

全大志热情地扶着岳父，甜甜地问道："爸，我妈没在家呀？"

老村长听到这儿，马上冲房山头喊了起来："老婆子，大志回来了。"话音刚落，就看见楚艳艳母亲慌慌张张地拎着两个玉米棒子跑了过来，一边跑一边问："艳艳没抱孩子回来吗？"

当她看到是仝大志一个人时，站住了，脸上的惊喜一下子跑得没了踪影。

仝大志猛地意识到这次没带楚艳艳回来是多么大的失误，就是心疼几个路费钱，把她和孩子扔在了那个城市，而根本没有想到老人对她和孩子是怎样的想念和惦记。

仝大志没有在楚艳艳家吃饭，来的时候什么也没带，想留下五百元钱算了。现在，看到岳母满脸失望，待下去的心情也没了，留下八百元钱告辞了。楚村长说什么也不要，说你们带着孩子过日子够紧巴的了，还拿什么钱呀。他越是这样说，仝大志心里越过不去。最后，钱还是留下了。

当仝大志从楚艳艳家回到家时，寒冷已经在家里等了。柜上面摆着两袋水果，还有一大盒糕点。不用想，一定是寒冷带来的了。仝大志心里不停地后悔告诉寒冷父亲病了的事。脸上有些火辣辣地发热，立在门口不知说啥是好。

寒冷也看出了仝大志有些不好意思。她一进门就看见仝大志的父亲一点也不像是病了的样子，正在院里劈木头呢，心里已猜个差不多，她故意没往他生病的事上唠。

寒冷抢着先开了口："以为你今天不回来了，我正要走呢。"

仝大志终于找到了台阶，忙说："那我送送你吧。"

寒冷没有推辞，礼貌地和仝家人打了招呼走了出来。

仝大志从仓房里推出自行车，拍了拍灰，对寒冷说："几里远的路，你怎么没骑车来呢？"

"好多年不骑了，走走路比骑车好，溜达着就过来了。"从屋里一出来，寒冷又找到了话题。在仝家等仝大志的两个多小时，着实让她难过了很久，除了和全家人说了几句客套话之外，她再也找不到一个双方能唠到一起的话题。她装作很认真的样子，趴在柜盖上看起了全家人的照片。她在镜框里看到了一张付一笛的照片，那是他和全大志当新兵时的合影。照片里的付一笛傻乎乎地端着枪，和她记忆中的付一笛一点也不一样。寒冷在心里叹了口气，付一笛现在变成什么样了呢？

昨天分手时，寒冷听全大志说他父亲病了，如果不来看一看，她怕全大志认为她太小气。再有，她想再见一见全大志，因为他那里有太多关于付一笛的消息。

寒冷和全大志刚走出村子，脚步就慢了下来，她很自然地问："全大志，付一笛现在怎么样？"

全大志没有想到寒冷会特地问到付一笛，他一愣，他们之间有什么事吗？

全大志坏笑着看寒冷。寒冷也看出了他的意思，反问道："怎么？我问一下他的情况你就用这种眼神看我呀？"

全大志一点也没有想到寒冷会这样坦率。

"你指付一笛哪些事情？"谈到付一笛，全大志竟不知从何说起了。

"我只是问一问他现在的情况。他在那里不好吗？"

"应该说是很好。工作干得很出色，个人成绩也不小。只是……"说到这儿，全大志停了下来。他不知道下面的话该如何说。

寒冷把头歪向了全大志。"怎么，不好说了？"

"啊，没有，他只是个性太强了。"全大志想寒冷不过是付一笛的一个村邻，说他有个性也不是在背后讲他的坏话，便直接说了出来。

"这年头难得有个性的人了。这总比圆滑要好，你怎么连这话也不敢说了，我看你也是蛮有意思的。"

"有个性有时是好事，有时就不见得了。在领导面前，你就是有天大的个性也不能露出来了。可付一笛偏不这样，该怎么样就怎么样。时间长了，领导自然会有微词。就说今年吧，他还弄出了一个大风波，虽说他没错在哪儿，可也不能那样直截了当地对一个人呀。"

寒冷对全大志说的大风波起了兴趣，又追问起来是怎么回事。全大志一看说漏了嘴，再往回收已经来不及了，于是，他向寒冷原原本本地讲起了付一笛、黎术和仇小丫的事。

寒冷听完之后，默默地低着头往前走。全大志不知她怎么又变得沉默了。看着寒冷沉默下去的样子，全大志猛地明白了寒冷和付一笛之间的关系，可是这又让他一时理解不了。付一笛在外面已经十来年了，他们之间还会发生什么事呢。他从没听付一笛讲过寒冷和他的事呀。

寒冷开口了，她说："全大志，你现在是他的领导，这件事你怎么看？"

"我怎么看？"全大志一时语塞了。想了想，他说："付一笛抓紧找个人结婚就好了。"

寒冷又不说话了，当她听到付一笛这么多年还没结婚时，她首先想到的是他和自己一样，在赌一口气。

走了一段路后，全大志骑上了自行车。寒冷坐到后面，两人就没再说话，直到进了村子，寒冷在后面捅了全大志一下。"哎，前面那家就是付一笛家。"

全大志刹住了自行车，寒冷从后面跳了下来。

全大志对寒冷说："已经到这了，那我去付一笛家看一看。看他们家里跟他有什么事吗？"

寒冷点点头："去吧，那我先回家了。有空来我家做客。"

3

付一笛的母亲在家。看到全大志进来，老人的脸上写满了高兴。付母给全大志捧出了一大捧红枣之后，就和他唠起了付一笛的婚事。老人一声接一声地叹气："唉，看你们多好，都有孩子了。看我家小笛，还是一个人。要是有个头疼脑热的，连个抓药的人也没有。"

全大志想避开这个话题，不让付母伤感，可付母的眼泪还是流了出来。"也不知是小笛心太高了，还是以前伤着心了。一和他提这事他就心烦，在外面实在要是找不着，你回去告诉他，我们村里还有大姑娘等着他呢。"

老人的话刚说出口，全大志想到了寒冷。

老人根本没有看全大志表情的变化，自顾自地接着说着："那年我去部队住了一星期，我看那个叫仇小丫的女兵就不错，以我的眼光看，那个丫头对他有那个意思。对人热情，还会来事，我都看中了，小笛就是说我瞎搅和，说那是没影的事。我的眼睛可不揉沙子呀。"

老人把红枣往全大志的身边推了推，又问："大志呀，那仇小丫现在结婚了吗？"

第十九章

1

因为付一笛对于婚姻的冷漠和拒绝，注定了他的母亲在他的婚姻里要扮演悲剧的角色。在她着急的时候，付一笛所表现出来的却是无所谓的态度。当然，付一笛每一次和母亲关于婚姻大事进行交涉时，态度都是极尽和善的，他知道母亲是为了他好，是惦记着他，但他对婚姻有他自己独特的态度和理解。

付母承认付一笛做得没有错误，可是她无论如何也不能站在他的立场上。当付一笛的父亲对于他的婚事失去了等待的耐心之后，闭口不再提。只是告诉他，你结婚的时候想要多少钱，说一声就行。他也不知道自己怎么养了这样一个叛逆的儿子。儿子已经是军官了，有自己的主见，做父亲的也不想插手他生活上的事，从他口里已听不到关于付一笛婚事的任何看法和主张了。

付一笛曾经和母亲谈过这样一段让付母十分感动的话。付一笛说："拿现在的社会来看，无论哪一个人娶媳妇都是给自己娶的，没有几个儿子娶媳妇是为了让媳妇孝敬公婆的。那么既然娶媳妇是自己的事，乐意与不乐意就是自己的事了。如果我认为我不想找，或者是找了便破坏了自己好的心境，那还不如不找。一个人可以多干一些事业，感情上的东西可以用事业来弥补。再说，现今独身的人多了去了，你们认为这些人不快乐他们就不快乐吗？快乐有不同的快乐方式，人也有不同的活法，难道非要让我拴在家庭这根柱子上吗？"

付一笛的话让付母无话可说。每当外人提到付一笛的婚姻时，她都是用一种很从容的口气告诉别人："小笛还不忙。"其实，她的心里比谁都急。她承认，付一笛找与不找都不是为了给她找。

直到有一天，她听村里的老王太太讲到村支书儿子结婚多年一直没有孩子的原因，竟是村长儿子生理上有问题时，她心里倏地升起一个可怕的念头。她劳心费神地想了两天，才找到问一问付一笛的最好方式。

当付一笛在电话里听出母亲说话的大概的意思后，竟笑得喘不上气来。付母从付一笛没心没肺的笑声里，判断儿子在生理上确实没有问题，只是工作冲击得他没时间去考虑吧。城里的人三十多才找的不是很多吗，付母尽力地开导着自己。

每次寒冷一个人孤单单地出现在村路上时，付母的心里就会荡起另外的感觉。这种感觉有时和寒冷父母是不谋而合的，但是哪家也不能开这样的口。哪一家主动，就显得哪家在这场坚持了多年的冷战中扮演了失败的角色。虽然他们双方都知道受到伤害的其实并不是他们，但他们还是固执地坚守着各自的阵地。而他们心知肚明，解决问题最好的方式就是双方挑明此事。从实际情况来论，这些只是理论上的一种可能。想起二十多年前，还不到上学年龄的付一笛和寒冷在一起玩耍时，有多少人开过他俩的玩笑。大人们也不介意这样善意的言谈。如果换成了今天，谁敢站出来做他们的媒人，那人不知要揣摩多久。

2

当全大志出现在付母面前时，她再也控制不住自己，似乎终于找到了一个可以一吐为快的对象。而全大志又是那样适合这个角色，他和付一笛这些年一直在一起，了解他所有的事情和处境，而且他又不住在她的附近，无论和他讲了什么，也不怕在村子里走漏了风声。现在，她终于提到了叫仇小丫的女兵，这是在她心里压了很久的一件事了。自从认识仇小丫以来，这事就让她觉得憋得慌。因为在她看出仇小丫的想法后，就隐入了一片迷雾之中。

平心而论，付母是喜欢仇小丫的。尽管她和她只接触了短短的一个上午，仇小丫还是顽强地走进了老人的心里。

仇小丫在付母面前的表现征服了她。当她发现那个女兵心里的秘密后，她的心开始加速地跳动，原来儿子一直不找是因为有个女兵在牵着呢。

付母和仇小丫接触的过程是这样的。那年夏天，付母到部队看望付一笛。当付一笛从车站接回母亲后，发现在旅途上奔波了一天的母亲身上出了许多汗。下班后，他想带着母亲到浴池洗澡，不承想从来没有让别人搓澡习惯的母亲说什么也不去。付一笛知道母亲在农村生活惯了，让她走进洗浴中心是绝对不可能的。没有办法的情况下，他想到了仇小丫。让仇小丫陪母亲找个小浴池洗澡，母亲应该同意，仇小丫也不会不答应的。

这是付一笛第一次往卫生队打电话给仇小丫请假。他对卫生队长一说这事，队长爽快地同意了。

仇小丫和付一笛见面是在离营区不远的一个浴池门口。付一笛迎着仇小丫走了过去，小声地对仇小丫说："仇班长，我母亲看我来了。坐了一天车，需要洗个澡，你陪她一下，免得摔着。"说完，他又支支吾吾地说："如果方便的话，给她搓个澡，可能她会不同意。"

仇小丫冲着付一笛眨巴了两下眼睛，把手高高地举起来，在额头敬了一个礼，脆生生地说："首长请放心，一定完成任务。"

说完，不等付一笛说话，就向着付母跑去，跑到付母身边，又很滑稽地敬了一个军礼。"欢迎伯母来部队探亲。我叫仇小丫，老仇家的小丫头。今天下午，由我来向您汇报付排长的情况。"

付母看着仇小丫精灵古怪的样子，慈祥地看着她，对这个城市的陌生感一下跑得很远。她像个听话的孩子，由仇小丫引领着走了。可能因为对付一笛婚事着急的原因，也有她这一辈子没有女儿的缘故，最短的时间里，她喜欢上了仇小丫。

她发现，仇小丫好像和她已经熟识了很多年，两人之间没有太多的客套和扭捏，仇小丫轻轻地扶着她向浴室走去。

付一笛不知道仇小丫使用了什么法力，在不到一个小时的时间里得到了母亲的认可和喜爱。母亲从浴池回来以后，路上的疲惫明显没了，气色显得特别好。仇小丫和她有说有笑地出现在他面前，权当他不在场，两人开心地唠着。

仇小丫和付母唠得差不多时，回头冲付一笛咯咯咯地笑了起来，一直笑到直不起腰，弄得付一笛一头雾水，不知道仇小丫又从哪儿来了疯劲。

看着仇小丫故作夸张的那个样子，付一笛也忍不住笑了："是不是洗澡时捡着金戒指了？"

仇小丫停住笑："付排长，你猜刚才我和伯母去洗澡，怎么了？"

付一笛知道不会出现什么不好的事，是仇小丫抓住这个机会故意和他卖关子，想想仇小丫帮了自己这样一个忙，也不能总冷了人家，便说："让我想想？"

想了一会儿，付一笛摇摇头说："仇班长，别折磨我了，真是想不出来了。"

仇小丫又是一阵笑，说："我们一进浴池，老板娘就说伯母是我妈。我也和她开玩笑，说你真有眼力，然后就冲伯母叫了起来。你说有意思不？"

仇小丫说这些话时，付母站在一边笑呵呵地看着这个说话干脆利索的小女兵。她没有插一句话，只是幸福地听着两个年轻人的对话。

原来是这么回事，付一笛心里一惊，直后悔叫了仇小丫来帮这个忙，她如果把这个事当成真戏，最后难堪的就是他，尤其是怕母亲和她站在同一条战线上就不好办了。可是后悔也来不及了，他只能尽量避开仇小丫这样的话题。

和付一笛分手时，仇小丫没有表现出过多的亲热，她是一个聪明的女孩，付一笛从内心里对她的认可就是这点。她能把一些事情处理得恰到好处，让外人看不出蛛丝马迹。而付一笛又能准确地感觉出她说的每句话和办的每件事的意思来。这也成了付一笛最怕的东西。

仇小丫恋恋不舍地和付母告辞，她拉着付母的手，用小女孩特有的声音和她说话。"伯母，我可是说好了的。您这次来可不能急着走，双休日我可以请假时，我还要陪您上街呢。行不？"

付母对这事表现出了极大的热情。因为她对付一笛的婚事实在是太着急了。付一笛已经很久不再和她讨论关于婚姻的事，那么现在有仇小丫这样一个姑娘闯入她的生活，她要好好地考察了。她要看一看这个小女兵对儿子到底是什么态度，还有就是如果可能的话，她想和仇小丫深入地谈一谈她这个固执儿子。她觉得除了她之外，再没有哪个女人知道儿子是怎样的一个人了。

"好啊，小丫，我答应你。正好我在这儿也是人生地不熟，但别影响你工作。"付母握住了仇小丫扶在她臂上的手，美滋滋的幸福感腾地从心底生了起来。

和仇小丫分开以后，付母心里多了一份踏实，一路上话自然多了起来，她总是笑眯眯地看着付一笛。晚餐时，付母终于忍不住问起了仇小丫的情况，开始付一笛还能勉强地回答。后来，付母问到他和仇小丫认识了多久时，付一笛再也忍不住对母亲的意见，有些生气地说："你就别往这方面搅和了，这事已经够让人烦的了，干部和兵不可能！"

付母愣愣地瞅着付一笛，一时弄不懂一年多没见面的儿子怎么又突然现了原形。刚刚递到嘴边的筷子停住了，她有些吃惊地看着付一笛，一下午的好心情无影无踪了。

付一笛看母亲不再说话，也不再吃饭，知道又碰到了母亲的心病。他赶快打起了圆场："妈，吃菜吃菜，明天我带你去我们这里的八道岭玩玩去。"

付母想在脸上挤出几丝笑来，努力了半天也没笑成，她叹了口气，对付一笛说："妈哪儿也不想去。你总不回家，妈到这儿来看看你，可能给你添麻烦了。妈也不多待，看看就走，家里也是忙得很呢。"

付一笛知道母亲生气了，硬着头皮把话题往仇小丫身上扯。"仇小丫不是说还要带你去街上转吗？你说走就走，等她来了扑了空，那多不好。"

"别哄妈开心了，你真想让她陪我吗？别拿我当老糊涂。"付母看出付一笛是在拿仇小丫哄她开心，但她还是愿意借着这个坡下来，毕竟和儿子生气也犯不上不说话。

"人家那个小丫头不过是和我客套客套，咱咋就能当真呢。街上车那么多，磕着碰着多不好，我不去。待两天回去就是了。"付一笛从母亲的语气里看出她的心情又好了。在母亲身边生活这么多年，怎样让母亲开心他心中有数，只是在婚姻之事上他不想妥协。

付一笛看母亲的气色好了，把话转入了正题："妈，你这次来，我真的很高兴，你多待几天吧。不过，你别总寻思我找对象的事，过两天你就会看到，我们周围有多少人和我一样。你说，我一个部队军官年纪轻轻的不想多干点儿事业，总是在想怎么处对象，结婚生孩子，你说俗不俗呀。"

付母打断了他的话："别给我讲大道理了，我到这儿不是来听课的。找不找是你自己的事，我早就说过我不管你的事了。别人的孩子找不到媳妇是儿子没能耐，你当军官的没有媳妇是你不找，妈在村里也不觉得丢人。"

"话是这么说，你哪能不惦记我呢？儿行千里母担忧呀，我不是你心头的肉吗？你嘴上那么说，可心里就不见得怎么想了。"

付母高兴了。付一笛在她身边一说出这知情达理的话，她就会掩饰不住高兴。

付一笛看见母亲真高兴了，便接着讲："妈，我不是和你说过吗，我如果不结婚，一辈子都属于你一个人。要是结了婚，可就有一个女人和你来争我了。你说对不？"

付母放下筷子，站了起来。"去去去，别和我耍贫嘴了。反正今天我是看上仇小丫了，你和她成不成我也不多管，以后你找的那一个，低了这个标准可不行。"

"你放心吧，有那一天时，我一起领三个五个到你跟前，让你挑就是了。"

付母用食指在付一笛的额头上轻轻地一戳。"你可有那能耐。"

那顿晚餐对于付母来说还是比较高兴的。她看见儿子在工作上又有了进步，而且很顺心，并不像自己在家没事时想象的那样孤苦伶仃。

付母离开部队的那个星期天，仇小丫果真来了。当她看见付母已收拾好一切，有些不高兴，冲着付一笛发嗲："你干吗呀，伯母才来这么两天你就让她走。不行，不行，我还要和伯母好好地唠唠呢。"

说完，仇小丫跑到付母身边，夺过一个手提袋就往身后放，然后拖住付母的胳膊摇了起来。"不，不嘛，伯母，你再留两天嘛。"

付母微笑地任仇小丫在那里撒娇，也没有去拦她，看她闹得差不多了，才拉着她的手说："不了，车票都买好了。在这儿，太影响你们工作。当初也就是想来看看就走的。现在看着一笛你们战友在一起处得很好，我也就很高兴了。"

其实，付母说的这句话也没有其他意思，仇小丫的脸却倏地红了，声音很小地说道："他对我才不好呢。"

付一笛没有听清她说了一句什么，付母还是听到了，虽然她不习惯年轻人的这种表达方式，但还是明白了仇小丫的心意。老人心里笑了，从付一笛让仇小丫去陪她，到仇小丫在她身边讲付一笛那么多的好，老人家已经看出这个精明的小姑娘在想什么了。尽管仇小丫极力地在老人面前隐藏着最真实的想法，但人在爱与被爱时都会犯傻的。

付母没有再留下去。她被仇小丫和另外一个女兵送上了返程的火车。那天，政委来电话把付一笛叫走了，他只好把送母亲的重大事情交给了仇小丫，而仇小丫也正乐此不疲。

在站台上，付母感慨万千地对仇小丫说："你们都是年轻人，真好呀。"

仇小丫半懂不懂地听着这话，乖巧地点着头。

仇小丫一直看着火车载着付母向远方驶去，站在站台上一步也不想挪。那个小女兵从后面拉了她一下，说："班长，你今天咋了？"

仇小丫一个愣怔，忙说："没咋的。"

小女兵笑了："我看付排长他母亲对你特别特别好。你看出来了吗？"

"别瞎说，别人传出我什么瞎话别说我用胶带粘上你的嘴。"

"班长影子正，不怕别人说的。"小女兵一本正经地说。

仇小丫和那个小女兵往回走。脚步一动，她才想起来，她为付母买的老年去皱霜还放在自己的衣袋里。

仇小丫回到卫生队后，冲一个军医借了手机给付一笛发了条短信：妈坐车走了，请放心。

不一会儿，付一笛回了短信：以后写东西认真点，怎么还把"你"字落下了呢？

仇小丫看了之后，对着手机怒冲冲地喊道："王八蛋！"

军医不知道发生了什么事，她不知道仇小丫在骂谁，抢过手机一看，屏幕上显示的正是自己老公的电话号码，疑惑地看着仇小丫，问："你刚才拨这个号了？"

仇小丫急忙摇头，拿过来一看，她也不知怎么手机上会显示出一个号码来。可能是她无意中碰到了已拨电话，有些不好意思起来。

付母回到家以后，她认为付一笛不是心高气盛，而是他确实把精力用在了事业上。其实，她错了，付一笛心里的伤她还是没有发现。她认为，付一笛找仇小丫或者和仇小丫类似的女孩是迟早的事，用不上她总犯愁。虽然她在和付一笛的通话中不再提及他的婚事，但她在电话中还想要问一问仇小丫在干什么，复员了吗，可是她又怕付一笛用让她难以接受的语气来回答。

3

这回全大志坐在了家里，而且他和付一笛又在一个连工作，同时还认识仇小丫，问一问他总还是可以的吧。

当付母刚向仝大志提到仇小丫时，仝大志就意识到今天到付一笛家里可能也是失误，事先他怎么没有想到付母会问他付一笛的婚事呢。

付一笛处世的另类观已经是热点话题了。有的人羡慕，有的人佩服，但真让这些人来学他时又都做不到，所以有的人一遇到家庭争吵或是烦累时总要拿付一笛做比喻，总是感叹像付一笛一样多好，天马行空，来去无踪，活个自在，而且事业有成。

仝大志明白了付母打探仇小丫的意思。他不知找什么样的话来应付老人，只好如实说："啊，仇小丫呀，复员了。"

"干得好好的，咋复员了呢？"付母听到这个事后，显得更是着急。

"不知道。啊，不，可能是为了结婚吧。"

付母脸上露出了许多惊诧。"仇小丫结婚了？跟谁呀？"

问完这些，付母沉默了，开始的兴奋劲一下子少了许多，人也像是老了累了。

仝大志安慰付母："伯母，听一笛哥说今年他写了一个电影呢。"

"是吗？"老人淡淡地回应了，"他老是写写写，真不知啥时能写到头呀。有些事，你回去也劝劝他。"

看着付母目光定定的样子，仝大志又猛地想到了寒冷。

第二十章

1

当仇小丫将自己想要复员的想法试探着讲给林慧芬时，她没想到林慧芬反对得会那样强烈，甚至当着仇小丫的面哭了。仇小丫不敢讲任何理由，她把准备好了的一肚子话全咽了下去。她想再找一个适当的机会向母亲说，反正母亲也知道了她有复员的想法。

那天晚上，母女俩躺在床上，各怀了心事，不像以前，仇小丫一回来娘俩有说有笑的。

已经很晚了，仇小丫听母亲一声接一声轻轻叹息着，出现这样的局面是她一开始没有料到的，但是她还是坚定了复员的想法。她认为她的选择是正确的，母亲的不理解是自己这种想法提得太突然了。

林慧芬睡不着，她不敢和女儿说话，她怕仇小丫趁机再跟她提复员的事。仇小丫也不想说话，她怕母亲因为她的事再一次伤心。

仇小丫认为自己是对的。舍弃这身军装，换来的会是爱情。为了爱情，有什么不可以牺牲的呢，毕竟当兵不是一辈子的事，而结婚生子才是她一生当中最重要的事情。她不可能那么傻，把自己所有的青春都扔在部队，她早已不是几年前那个什么都不懂的小女孩了。通过四年多部队生活的磨炼，她成熟了，明白了很多事理。所以，她和林慧芬在如何看待前途上出现了两种截然不同的想法。

她认为自己的感觉比母亲更为准确和真实。军旅对于她来说已经经历了，而母亲则没有。母亲只是通过有限的时间和渠道在看那道风景。她认为部队好比是个大花园，母亲一直站在园子外面，很少能走进去看一看，即使进去看过了，眼睛也只是盯在一些显眼的花草上，感叹几句真漂亮，真好看；自己的感觉却是大大不同了，她是园子里的园丁，她和别人一道种了那些花草树木，她认为那道风景于她来讲已经没有什么稀奇，只不过偶尔出现一些奇花异草时，她才会有一些感怀。当然了，她从内心里并不反感部队，也不排斥，而是和所有在部队待过的人一样，离开了这里还深爱着这里。

在思考婚姻的过程中，仇小丫深深地感到了一种自卑，这主要是来自身份上的。她把自己和无数个家属放在一起悄悄地比量，她感到无论是对男人事业的理解和支持程度，还是自身的素质和能力，她要比许多军属强，她甚至自信地认为要强上一大截。可为什么和自己喜欢和认可的军官不能共建家庭呢，她也想过到底是因为什么。当然最主要的是部队的纪律横在每一个人前面，干部战士之间绝对不允许谈恋爱。在她入伍之初，卫生队长就在这方面对所有女兵提出过警告，也讲到了几年前一个女兵和一个男军医在这方面没有把握好，结果双双受了处分不说，最后两人还双双离开了部队。

仇小丫知道，没有哪一个军官会那么傻地扔掉前程去和一个女兵恋爱。何况她也不会那样做，偷偷摸摸的感觉她不喜欢，她要光明正大地找一个军官。为什么要找一个军官，她有自己的理由，军官在部队工作的时间相对要长一些，她喜欢当军嫂的感觉。她知道自己说是这样说，可内心里还有虚伪存在着，她想找一个军官，那样看上去更有地位。

这样的想法仇小丫在开玩笑或是赌气的时候都讲过，她不止一次地对别人说，其中对付一笛也讲过，要找就找军官。

付一笛拿她取笑："那当然，我们仇班长带了这么多年兵，还没带过军官呢。你找的那个军官可要倒霉了，你还不把在部队受干部的气全撒到他身上？"

仇小丫说："那当然。他要是敢不听我指挥，我就把他先剁块，再切片，最后铰成馅。"一边说一边用手狠狠地比画着。她觉得在付一笛面前这样讲话特别过瘾。

"那人家就不管你叫仇小丫了，就叫你孙二娘。"

"愿叫啥叫啥，有钱难买我愿意呀。谁让他找了我呢。可能人家就愿意让我这样呢。"说到这儿，仇小丫话锋一转，"付一笛你有那个胆吗？"

付一笛窘红着脸："我这个瘦样你也忍心下刀？"

"那怕啥？好吃好喝先养着，等到可以时再下刀呗。"

付一笛就怕仇小丫和他开玩笑时说真话，听到这儿，他不敢再和她神侃下去了。"别老和我没大没小的，你没当兵前，还应该管我叫叔叔呢。"

"现在我也敢叫，你敢应吗？"仇小丫的烈性被付一笛给勾上来了。

付一笛只好认输，他惧怕和喜欢的仇小丫就是这点。而他更清醒地知道和仇小丫之间不可能有更深的交流和更远的发展。

而仇小丫在这儿之前，也已经从对付一笛的暗恋中走了出来。当她越来越意识到付一笛和她之间不会有结果时，她果断地做出了选择，既然同他做不成夫妻，那就做一个纯粹的战友也好。

在最为矛盾的思考过程中，仇小丫经历了无数个不眠夜晚。每当她闭上眼睛，心里恨恨地告诫自己忘记他吧，眼睛又会不争气地睁开，甚至有时竟会出现付一笛的幻影，她感到付一笛就在她的房间里走动着。当她支起耳朵认真听时，听到的都是女兵们轻微的呼吸声和杂乱的呓语，竟一次也没有看见付一笛的影子。

她试图让付一笛的影子模糊一些，可越是那样付一笛的影子越是清晰，搅得她睡不着。于是她趴在被窝里打着手电筒记日记，她把对付一笛的痴迷，对付一笛的思念，对付一笛想要说的话，想要表达的情感，都一一记在了纸上。她不止一次地问自己为什么要这样做，她也说不清，她认为她有这个权利。

仇小丫把所有的心事封存在了心里，那段时间她觉得是她当兵以来最为郁闷的时候，而付一笛偏偏又在那时出差了，她连找个理由偷偷看上他一眼的机会也没有。终于，在一天夜里，眼泪流了下来。当泪水把枕头浸得湿湿时，她有些害怕了，她明白无误地体验到了爱的感觉。喜欢只是甜的滋味，只有爱了才会有痛的感觉。她再也忍不住内心的冲动，她一骨碌爬了起来，她要给付一笛写信，明明白白地告诉他自己内心的感受。

信纸铺好了，仇小丫却又不知写什么才好。后来，她只是这样写道：

付排长：

你好！听说你出差去了，不知在外待得怎样。近一段时间我心里很烦，很慌乱，也不知为什么。可能是年龄一点点大了，不会再像先前那样，像小姑娘一样整天地疯，什么也不想。现在就不行了，说什么话办什么事都要仔细地去考虑了。我真的发现自己长大了，心事也越来越重了。

我也不知为什么要给你写这封信，反正待着也没事可做，睡不着。

对了，今年伯母来对你的婚事特别急，你也该考虑考虑了，不能总让老人着急。我今年想要复员，不知你怎么看？

仇小丫

付一笛收到仇小丫的信后，他不知道这个小女兵又要在信中说出什么刺激或暗示他的话。现在，她又把信追到了这里。这是她写给他的第一封信。

当付一笛把信看过之后，舒了一口气。之后，他又感到不安起来。虽然仇小丫什么也没说，但又是什么都说了，这就是她聪明的地方。

付一笛没有给仇小丫回信。

即使这样仇小丫还是在心里给自己定下了主意，那就是复员。这对于她来说是一个痛苦的抉择，婚姻和事业必须要舍弃一个了，哪能所有的事都可着自己心性呢。在做通了自己的工作之后，仇小丫最先想到的压力来自母亲那里。她知道这么多年母亲为她付出了多少心血。

为了自己能当上兵，不愿抛头露面的母亲竟和政府走得那样近；为了自己有个好前途，母亲又和媒体配合得那么好。有时人家让讲什么，她就讲什么，哪怕是违背了她的意愿，可想想只要是对女儿好的事，她都做了。现在，自己提出来想要复员，母亲能同意吗？那样是不是太伤她的心了呀？何况这么多年来，母亲一直在为自己提干而努力着，哪怕这是一个不可能成功的事情，但至少是有这方面的希望。

2

仇小丫从床上翻过身，把胳膊轻轻地放在了母亲身上。林慧芬知道女儿是在安慰她，把身子也转了过来。

月光透过窗玻璃洒到床上，洒到两个女人身上。林慧芬闻着女儿身上的气息，她知道，女儿长大了，再也不是那个跟在她屁股后面，帮她推着车去部队送猪肉的那个小丫头了。她开始有自己的主见，自己的想法，有的时候甚至比自己还要强大，当母亲的管女儿，又能管多久呢？

仇小丫看母亲还是不吱声，知道肯定是伤到她的心了。仇小丫装作不知道林慧芬醒了，她推了推林慧芬，小着声说："妈，我想和你说两句话。"

林慧芬也装作好像刚醒的样子，揉揉眼睛，打了一个哈欠，问："说啥？"

"不说啥。"仇小丫又不说话了。

刚过了一会儿，仇小丫又来了话："妈，你说时间过得多快呀。一晃我都二十四岁了，小时候的事好多都记不起来了。"

"妈也老了。"林慧芬的话里明显带着对命运的屈服。

"你给我讲讲我小时候的事，行吗？"

"睡吧，妈有点困了。"林慧芬把手放在仇小丫的头上拍了拍。

仇小丫的泪水猛地噙满了眼眶，长大了，在这个世界上她连一个说心里话的人都找不到了。

其实林慧芬并不困，她也想和仇小丫唠一会儿，虽然部队离家里仅几十公里，可女儿半年也回不了一次家。就是回来，也都是匆匆回，匆匆走，像这样躺在一张床上说说话的时候不多。女儿在部队风风火火干了快五年了，确实很累，看似一天就知道干工作什么也不想，但知女莫过母。这两年多来，她发现女儿的心事越来越重，起先她以为是工作上的事，还想要帮帮她，可有一天当她在仇小丫的钱夹里发现了一个男军人的照片时，她猛地明白女儿长大了。也就是从那时起，她悄悄为女儿的婚姻大事操起心来。

有一次，她试探着问仇小丫，有没有看上的人。仇小丫的脸红了，扑在她怀里撒娇："人家还想好好干两年呢，没想这事呢，干吗要往这上面想？"

林慧芬心里乐了，女儿真的是在想工作，是一个有出息的孩子。

仇小丫的羞涩没有让林慧芬弄懂女儿真正的心思，她年轻时正是赶上轰轰烈烈的"文化大革命"，没有进行过真正意义上的恋爱。虽然现在从电视里看到当今年轻人恋爱的镜头，但她认为那些都是骗人的。她高兴看着女儿在工作上一年一个进步，她想女儿可能是要等到提干之后才会去处对象。

当仇小丫突然提出复员，民政局领导在林慧芬心里设计的仇小丫前途计划一下被打乱了。即使睡不着，她也不想再和仇小丫说话。她了解女儿，她知道女儿既然提出这个要求，就不会轻易放弃。现在她想和自己说话，说不定说着说着就又转到了这件事上。她要先稳住女儿，不给她开口的机会，等哪天有空了，她去征求一下民政局的意见，再有，还要问问她一直信任的黎术对这件事怎样看。

仇小丫看母亲真不想再和自己说话，也想睡了，在把身子翻过去之前，她用独有的方式安慰了林慧芬："我和你开玩笑呢，我才不想复员呢。"

3

仇小丫回到部队后的第一件事是找付一笛，她已经从对付一笛的迷恋中跳了出来。讲出自己复员的最真实想法并能理解和帮助她的只有付一笛。

付一笛和仇小丫见面的时候天空下起了雪。仇小丫在营区外很远的一片树林里等着他，尽管雪下得很大，但仇小丫断定付一笛会来。经过长时间接触，可以说，她对他是了解的，因为她对他的心思下得太多了。

远远地，仇小丫看见了付一笛，付一笛在雪中哼着小曲潇洒地走来了。走到仇小丫身边，他停了下来，没有说话，扬起手，拍了拍仇小丫肩上的雪。

"你挺会关心人的。"仇小丫酸溜溜地扔出一句，心里却幸福极了。

"那是，我是你哥嘛。"

"你说得很对，今天我找你，就是想认你这个哥。"

"怎么？想通了，不想嫁我了？"付一笛也是很能体会仇小丫的心理，他知道做事同样谨慎的仇小丫约他到这个地方来一定有要事相商。

"我想复员。"仇小丫气哼哼地说，"想问问你是什么意见。"

付一笛没想到仇小丫找他会是这事。仇小丫的事他早就替她想过了。他认为仇小丫提干是不可能的，哪怕她干得再好，要想在作战部队的后勤单位提干是绝对不可能的，何况现在提干指标越来越少。如果因为某些原因提了仇小丫，那对战斗连队的优秀班长显然无法解释。仇小丫已经是一级士官了，再签二级的可能倒有，可对于她来说一级和二级有多大差别呢。倒不如趁林慧芬还是一个典型，抓紧回到地方找个工作。而且最为主要的原因是，仇小丫岁数也不小了，按规定驻地百公里以内的战士不能在驻地找对象，而干部和战士之间又不允许谈恋爱。等到她干满二期复员时，就二十六七了。到那时再想有滋有味地处一个对象，也不太现实，还不得匆匆忙忙地把自己嫁了？

付一笛终于听到仇小丫说想要复员的话了。这件事，两人想到了一处。付一笛也相信两人想法会是大同小异，但他故意不表态。"这是你自己的事，我能为你做啥主。"

"那就算我看错人了，这事就不该来问你。再见！"仇小丫扭头就走。

付一笛站着没动。仇小丫走出五六米后停住了，蹲在地上抓起一团雪，向付一笛打过来。"你真缺德，我走了你留都不留一下。"

"你要走，我留你干吗？那不是强人所难吗？"

仇小丫打着打着，蹲在雪地上不动了。付一笛急忙跑过去，看见仇小丫的头埋在肩里一耸一耸的。

付一笛也蹲下来，手在仇小丫头上的半空中悬住了，迟疑了一下后，扶在了仇小丫的肩上。仇小丫嘤地一下哭出了声。

付一笛没有劝，就在那里轻轻地扶着。雪还在不停地下。

天黑下来了。付一笛看仇小丫的情绪稳定了，把她从雪地上拉了起来，关切地问："好点没？"

仇小丫用力地点点头。

"别总是苦着自己。心里难受了，就找一个没人的地方哭一下，要不憋着多难受。自己不心疼自己谁心疼你。"

仇小丫还是认真地点着头。

"复员就复员吧，早晚的事。岁数也不小了，自己的事要想一想了。"

仇小丫还是像小姑娘一样地点头。付一笛扑哧一下笑出了声，他觉得仇小丫这一哭，竟变得懂事和听话了，像是一个找不到家的小姑娘，终于遇到了一个可以送她回家的大人一样。

付一笛也不说话了，默默地注视着仇小丫。仇小丫借着黄昏的光线注视着他。天有些冷了，仇小丫努了努力说："我能靠你一下吗？"

"好吧。"付一笛伸出手把仇小丫揽到了怀里。

仇小丫刚顺从地被付一笛揽到怀里，付一笛就又推开了她。"这回好了吧？"

仇小丫伸手在付一笛的脸上拧了一下。"吝啬鬼，说一下就一下，走吧，我们回去吧。"

付一笛和仇小丫往回走。一边走，付一笛一边问："你复员要是后悔可来不及呀。"

"不后悔，自己定的事。什么都经历了，也找到了当初的感觉，后悔啥。"

"那你为什么要走？"

"我不复员你能娶我吗？"

"那你复员了我就娶你吗？"

"你想娶我也不会嫁的。"

"为什么？"

"不喜欢。"

付一笛忽然想起了一件事，他忙着问："那林伯母会……"

"那就看你的了。其实今天我找你不是向你征求意见，也不是向你告别的，是想让你做做我母亲的工作。"

"让我做？"

仇小丫用力地点头："对，只有你能做通。这是我求你的最后一件事情。"

"我要是不去做，或是做不通呢？"

"只要你去做，就一定会通的。这一点我相信。如果你不去做，那今天你就在这儿搂着我待一宿吧。有这个胆吗？"

"别老威胁我，谁说不帮你了。"

仇小丫灿烂地笑了，尔后，把手高高地举到了付一笛的面前。付一笛也伸出手，两只手响亮地击在了一起。

第二十一章

1

当仇小丫决定复员时，林慧芬在心里不由得叹道姑娘大了不由娘。一连几个晚上，她都坐在炕上睡不消，开始一点点回忆仇小丫的成长。

她想起了带着小时候的仇小丫到部队的事。那时，她还是一个满脸稚气的小姑娘，哪个当兵的见了都要争着抢着抱一会儿，她也会乖乖地伏在人家的怀里，脆生生地叫几声叔叔，那声音就像是一串银铃，直至现在还响在林慧芬的耳朵里。再是到了后来，仇小丫一点点长大了，到部队去已经知道害羞，一见到兵，也不像小时候那样跑到身边去撒娇，不多言不多语地站在她身后，默默地审视着周围。再就是她要去当兵的那年，她又变得特别愿意去部队，总想找机会往部队跑。女儿最明显的变化是当兵之后，先越来越有主见，再到后来越来越有个性，想问题成熟得不像花季女孩那样天真。尤其当上班长后，回到家里坐下来和她探讨事情时，让她觉得女儿早熟得有些可怕。只是晚上躺在自己身边，才能感到她还是一个孩子，但她和自己的说说笑笑里，又有着和入伍前不一样的东西。一道墙似乎在两人之间慢慢地形成了，她也无力改变。想想自己年轻的时候和母亲也是这样，她那颗本来就缺少激情的心也就不再去想这些事了。

但是她不想让仇小丫复员。仇小丫不仅在团里，就是在师里名气也很响。她希望女儿能够在部队提干，但凡有一丝希望，还是要抓住不放，哪怕使出两百分的力气。何况以前和部队领导出席省里的表彰会时，领导也曾放过话的。

一次，省里开双拥工作表彰会。仇小丫的军长听说她就是大名鼎鼎的林慧芬时，隔着两张桌子端着酒杯走了过来。军长脸喝得红红的，拿着一瓶茅台非要给林慧芬倒一杯。虽然这些年开过不少会，但在会下不言不语的林慧芬除了市民政局领导以外，也没结识到什么人，冷不丁来了一个将军给她倒酒，她局促不安起来，手脚也没了地方放，直说不会喝。

军长正是喝到兴头上，高门大嗓地说："军人是伟大的，军人母亲更是伟大的。哪有不会喝酒的道理，我这个老兵给你这个模范倒上，和你喝一杯。"

林慧芬不能再推辞了，双手端着杯子，激动得直抖。她把杯子递到军长面前时，话说得有些语无伦次。

"首长好。我真的喝不了。行了，行了，别倒了。我喝不了这么多。"

说着话的工夫，军长把酒给倒满了。

军长把自己手里的杯子往林慧芬面前一举，在她杯子上使劲地一撞，说："我一到任就到你闺女那个团去过，到那儿就听说了有这么一个女兵，手枪射击打了个全师第一名，厉害呀。我也早听说过你的大名。伟大的母亲带出有出息的女儿啊。来，大妹子，我诚心诚意地敬你一杯，这些年你真是太不容易了。几十年如一日地坚持到今天，我由衷地敬佩。"

军长说完，一仰脖干了下去，然后把杯子倒过来给林慧芬看。

林慧芬试探地把杯子掬到嘴边，轻轻地抿了一小口，一下子抿住了嘴，头歪向了一侧。

军长哈哈大笑道："大妹子，我是诚心敬您，喝不了不勉强。"

听军长这样说，林慧芬心里不安起来。她忙向军长说："没事，我喝下去。”

　　说完一闭眼，像是喝凉水一样，咕咚咕咚把酒喝了下去。然后也像军长一样把杯子倒了过来，谁知，那样一倒杯子里存着的几滴酒竟流成了一条水流，滴在了桌上。林慧芬的脸霎时红了个透，又由于喝得急，呛了一下，不由得咳嗽起来。

　　军长被这个农村女人的朴实劲感动了，他忙不迭地抓起一张餐巾纸递给了林慧芬。

　　望着林慧芬生出白发的鬓角，军长心里涌起了一股苦涩，他脱口而出一句话：“大妹子，回去告诉你丫头好好干，奔着提干使劲。”

　　军长的一句话，点燃了林慧芬所有的希望之火。女儿还有提干的路是她从来没有想过的，现在却被军长想到了。林慧芬在心里更是坚定了拥军的心情。

　　林慧芬回到家里以后，没有对任何人讲军长说过的话。她自信地认为只要仇小丫好好地在部队干下去，只要条件允许了，提干就会有希望的。想到自己家里有一个女军官出出入入，而且那个军官就是自己的女儿，林慧芬心里就美美的。后来，仇小丫只要打电话回来，她就不停地鼓励女儿要好好地干，听领导的话。

　　现在，仇小丫突然提出复员，对她来说不能不是一个打击。她实在想不通女儿到底怎么了，放着大好的前途不走，却偏偏要回到地方。现在，就是民政局出面，分了一个工作，在下岗的年代，她们一个农村人到了城里又会有什么好结果呢？倒不如在部队干下去，哪怕提不成干，多穿几年军装也好呀。

　　林慧芬考虑得有些太单纯，她没往女儿的婚事上考虑。当然也不是没有考虑过，以前到部队去，看到那些男军官时，她也偷偷地想过这事。尤其是黎术总到家里来，一次村里的一个远房妯娌就问她，那个男军官是不是小丫在部队上处的对象。问得她心里直扑腾，说是吧，显然是在撒谎；说不是吧，还希望这是真的。不是黎术是其他人也行，她在心里这样想。

林慧芬不想让仇小丫复员的另一个原因显然就遥远了。她是想仇小丫要是能提干，就可以找一个军官了。只是她没把这事提到桌面上来，也没有放到议事日程中。她的思维只是一步一步地跟着情况往前走。

仇小丫回部队去了。整个一上午，林慧芬心情都不好。她知道仇小丫提出复员，不是没有进行过考虑。现在她仅仅是提出来，这种想法只是刚刚萌芽，还没有做出行动。她要利用周围的力量来阻止仇小丫的行为。

她想打电话到部队上去问一问。那这个电话打给谁呢，她犯起了合计。仇小丫刚提这事时，她大脑里最先迸出来的想法是给黎术打电话，因为黎术这些年一直在部队和她们家以及民政局之间搭桥牵线，费了不少心思，许多的主意是他帮着拿的。但是现在真的要打电话找人商量时，她又不想找黎术了。她说不清为什么，在决定这件事上，她忽然对黎术不放心起来。她觉得黎术有时说话飘忽不定的，眼睛里有许多隐隐约约的东西。尤其是他和地方处理一些事上太是圆滑，那种圆滑在当时她很喜欢，但放在现在就变得不托底了。

2

林慧芬决定给付一笛打电话。付一笛在她的印象里是一个相对沉稳善于思考的人，办事有板有眼。每次看见付一笛，她都觉得他特别值得信赖。有一次仇小丫回家，两人闲说话，她把对黎术和付一笛的感觉说了出来，没想到惹得仇小丫一阵大笑，仇小丫说："妈，我还真没发现你还挺注意观察人呢。不过，你看得不太准。"

林慧芬不知道仇小丫说的不太准指的是哪方面，差在哪。她没问仇小丫，也没和她去辩，她相信自己的判断。

她就是凭着这个判断给付一笛打的电话。

突然接到林慧芬打来的电话付一笛有些吃惊，他不知道是不是林慧芬知道了他和仇小丫之间朦朦胧胧的关系。在他和林慧芬寒暄了两句过后，凭着感觉断定林慧芬是不知道他和仇小丫之间的事的。

付一笛想不出林慧芬会有什么事给自己打电话。他在电话里热情地问候着林阿姨好。说实话，林慧芬在心里是比较喜欢付一笛的，她觉得这个孩子到家里去过两次，说话办事不张扬，尤其难能可贵的是，他能够坐下来和年长一点的人谈一谈庄稼的收成，饲养了什么家畜，而不像城里人，讲起话来云遮雾罩的。

付一笛和林慧芬说着说着，就觉得电话那头的语气有些低沉。付一笛知道，她从来没有给自己打过电话，今天找他一定有事。再者，他感觉她的心情很沉重，刚才的客气其实都是伪装出来的。下面她要和自己说的才是她今天打电话的真正目的。

林慧芬用很悲戚的口吻告诉付一笛："付排长，你知道吗，我家小丫要复员？你说咋办？"

"真的？"付一笛装作一点也不知道的样子，接着又问，"那她和你咋说的？"

"唉——"付一笛听到电话那头一声长长的叹息。

林慧芬半天儿没有再吱声。付一笛心里很不是滋味，他在想，是不是自己的问话伤到了林慧芬的心。

林慧芬缓了缓神，声音又从电话里传了过来："我也不知道她是怎么想的，也没有问太多。姑娘大了不由娘呀，可是我还想替她操操心。"

"林阿姨，仇班长可能有她自己的想法，她一定是想过了利弊之后才向您说的。其实，你们应该好好沟通一下。"付一笛尽量把语气放得和缓一些，因为这事毕竟对林慧芬来说有些心伤。

付一笛知道林慧芬打来电话的目的后，心中有了谱，他正愁着没法帮仇小丫这个忙呢，现在却是林慧芬打电话主动找了他。自从仇小丫向他说出复员的想法后，他也认真地为仇小丫考虑过，他认为仇小丫这个决定是对的。

他为仇小丫考虑的同时，也不禁暗暗佩服起仇小丫。他觉得仇小丫是一个活在真实中的人，面对她想要的爱她敢表露，当她不喜欢什么时，又敢去摈弃。她在继承了林慧芬的善良、坦率、热情之时，在部队摔打出了果敢，或许还有一点泼辣。当她不喜欢这种生活了就敢勇敢地站出来说不，而这一点林慧芬就做不到。

付一笛认为林慧芬是活得很累的人，从她最开始发自内心地拥军，到了后来政治上的需要和她的无法回避与拒绝，都导致了她的累。而为了仇小丫的前途，她又不能完全由着自己的心性做。为了改变女儿的命运，她已经做了这么多的努力，现在让她猛然从一个美好的梦里醒来，确实太残忍。何况林慧芬并不完全了解部队现实，或许说，这么多年过来，她连自己的女儿都不了解。

事实也的确如此，她真的不了解仇小丫，她不知道仇小丫的内心在想什么。她不知道，仇小丫在部队的几年里是在怎样的思维锻炼中过来的。她的直觉有一点是对的，那就是她的思维和处事能力已经不如女儿了。如果她坐下来和她谈，败下去的人一定是自己，而不会是女儿。所以，她回避了她，找到了付一笛。

接通付一笛电话后，林慧芬像是在茫茫大海里迷失了方向的船长找到了灯塔，心里顿时亮了。她想求助于付一笛来做仇小丫的工作，但她又不知从何说起。所以，话开了头之后，她又停了下来。跟外人讲家里事，她觉得有些难为情。但转念一想，既然要求助于他，又有何不能讲的呢。

于是，林慧芬又开口了："也许小丫会讲出更有道理的话来，但从感情上讲，我是不能接受她复员的。"

"为什么？"

"熬了这么多年，小丫又付出了那么多，我想她再坚持一年，会有希望的。"

"你指的希望是哪些方面？"

"提干！"林慧芬的声音忽然大了起来，好像付一笛问得有些太天真了。

付一笛的心猛地一沉，这些年，他还真的没有想到林慧芬对仇小丫是抱着这样的希望的。而林慧芬对仇小丫的希望恰恰是军长在那次酒后给予的。首长的一句话，一句善意的鼓励，或是一句善意的问候，却给了这个女人这么多的企盼。付一笛不知道林慧芬为什么会有这么不现实的想法。

"林阿姨，你看仇班长对这事感兴趣吗？"付一笛硬着头皮问。

"我没问过她，但我想应该没有问题吧。"林慧芬没对仇小丫说过这个打算，这只是她一厢情愿地想着。她想，军长都说过的事了，还能差吗？

"要是依我看，这事还真的要商量商量的。本来都是为了她好，结果弄得你们两人都不高兴多不好。"付一笛把话说得很慢，他觉得这样林慧芬更容易接受些，"应该是能商量通的，尽管她很有主见。"

"我不想和她商量了。我只是想问问你，她该走不该走？"林慧芬急切地问。

"林阿姨,这些年了,有句话不知该不该问,我不知道你想过仇小丫的婚事没有。她转年就二十五了,而且部队又是要求女兵不能在驻地找对象的。或许,她正是因为这一点才要复员的呢?"

付一笛的话像是捅破了窗户纸,林慧芬醒悟了,女儿要复员,是不是因为心里有人了?自己怎么没想到这一点呢?还是付一笛聪明,看来这个电话真的没打错。

林慧芬的高兴只是瞬间的,她还不能从这个新猜测中缓过神来。在感情上讲,她希望付一笛能做做仇小丫的工作,但从理智上考虑,如果女儿是因为想要找一个军官而复员的话,那倒是更现实了一些。

3

林慧芬想不出女儿处上了哪个军官,她捧着电话一边和付一笛唠一边猜着。

"付排长,那你看,小丫是复员好还是留在部队再干几年好呢?"林慧芬还是没忘征求付一笛意见。

"我们的意见都不重要,重要的是仇班长怎样决定。这是她自己的事情。我想,她对自己的事情考虑得不会比别人少。"

"唉——"林慧芬又长长地叹了口气,"由着她去吧。"

林慧芬的一声叹息,在付一笛心里像是扎了一针。听得出,这是一个母亲失望的叹息,也是一个母亲无奈的叹息。

"付排长,你说小丫以后怎么办?这些年的努力就这样白付出了?"电话那头的林慧芬流泪了。付一笛虽然看不见,但他还是感觉得到的。

"依我看，仇班长复员也不见得不是好事。即使她将来在部队提了干，转业到地方时岁数也大了，一切还要从头开始。而且那时，"付一笛想换一个词来说下面的话，可已经来不及了，他只好接着说，"那时你的岁数也大了，认识的地方领导也不知换到哪儿去了。要是想为仇小丫办点事，还真的挺难呢。倒不如现在复员，凭你这些年的关系，加上现有政策，她应该能找到一个不错的工作。"

　　林慧芬没吱声，她把付一笛的话听进去了。倒是付一笛一停下来，她反倒不适应起来，声音急急地催促："付排长，你接着说呀。"

　　付一笛本来已经觉察到自己话多了，不想再说了，可听到林慧芬这样一催，话又收不住。这些年自己倒是没欠仇小丫什么感情上的账，但难得她对自己的一片真诚，现在帮她说几句话又有何不可。

　　"我想，仇小丫复员是想找一个军官吧。虽然说她不当兵了，让您老心里不舒服，可有一个军官做姑爷您心里也应该高兴才是。"

　　付一笛说到这里其实已不必再说了，因为冲动，他又往下胡乱地讲了一些最早以前没有想过的事。也正是这些话坚定了林慧芬让仇小丫复员的信心，后来付一笛一想到这些话就后悔。

　　他对林慧芬说："仇小丫复了员，可以接过你的旗，继续拥军嘛。一是女承母志，对她的前途也好；二是也没断了你们家和部队的联系。再有，从你这里来讲，把女儿送到部队当兵，再把女儿嫁给军人，这不是最有力的拥军吗？"

　　付一笛的一席话说得林慧芬连连称是，心里美滋滋的。她开始从一个梦走进了另一个梦，而且这个梦是付一笛不经意间导演的。

第二十二章

1

听到仇小丫要复员的消息，黎术一阵窃喜。那一瞬间，他感到想了很久的事终于有实现的机会了。

其实，在黎术第一次到仇小丫家之后，他就有了一个想法。与其说他喜欢上了仇小丫，对于非常现实的黎术来说，倒不如说看中了仇小丫的家庭。虽然大多数的军官都是改变命运后在城里娶妻生子，从而彻底完成从农村到城市的转变，但黎术的考虑不无道理。他是一个聪明人，在和教导员的交往中，他成功地靠住了一个可以帮助他的人，从而完成了从排长到机关，再从机关回到连队当连长，又从连队到营部的三步走，在教导员权力和能力之内，黎术得到了他想从教导员身上得到的东西。

黎术的母亲在他五岁的时候去世了，家里还有一个老父亲和两个还没结婚的弟弟。如果他也和大多数的战友一样到城里成家，从结婚、买房、装修到生孩子，凭他有限的工资可能一辈子也帮不上家里。如果再遇到一个为人挑剔的岳母，那么他想把父亲接出那个穷乡僻壤的孝心永远也不能实现。从他开始考虑婚姻大事时起，他就准确地给自己定了位。女方不一定要多么漂亮，但一定要对自己父亲和兄弟们好；女方家庭不一定要多么富有，但一定不能让自己更多地去贴补。而且很重要的一点是，将来的亲家之间要肩膀头一般高，也就是古人所说的门当户对。不然，他的父亲永远不可能踏进自家大门。

　　每次探亲，看着父亲一天比一天苍老，黎术心里就内疚，就隐隐发痛。每次返回部队，他都暗暗发誓，这辈子，就是为了父亲也要找一个心地善良、孝敬老人的媳妇。在这些希望的背后，黎术更加现实地想到，女方的家庭条件要好一些。

　　仅从这些来看，黎术的眼光还是准确的。他所要求的一切，仇小丫都具备。而且，有些条件还出乎他的意料，让他喜出望外。当那个想法在他的心里迸出之后，就再也没有熄灭过。有时，他是彷徨的，他不知道仇小丫会不会理睬他；有时，他是犹豫的，他不知道冒纪律之大不韪，对一个女兵发出求爱的信息，领导知道了对他会怎么看。

　　干部和女兵谈恋爱双双受到处分的事，在这个部队不是没有先例。黎术深知，处分和影响对于他的政治前途来说意味着什么。可是自从去过仇家之后，他就装上了心事，像是怀里揣了一只鸽子，捂久了它在里面直扑棱，掏出来，又怕他不小心飞走了。每一次打着共建和慰问林慧芬的名义去仇小丫家时，他都是在进一步地考察着那个家庭。回到部队后，一个人躺在床上，闭上眼，总会想入非非地想着和仇家一家人相处的情景。

　　其实，利用共建的时机，他不是没有对其他的人家进行过实地考察，但每一次他都会拿出仇家来比一比。每次别人都会被仇家比下去。

　　黎术在理想和现实的痛苦中挣扎着。每次见到仇小丫，他心里都洋溢着无比的兴奋。可他不敢让仇小丫觉察出来，只是偷偷地看着仇小丫的表情，再暗自揣量她的心思。后来，他发现，仇小丫虽然对他不怎么热情，但也不失礼貌。遇见时，总是一脸青春一脸笑容地向他打招呼。慢慢地时间久了，黎术开始向仇小丫开点无关痛痒的玩笑，仇小丫也都自然地接受着。

　　黎术听过一些关于仇小丫和付一笛的事。刚听到那消息，他以为是不可能的。他对付一笛或多或少有所了解，他认为付一笛不会跟仇小丫走到一起。

可是他发现仇小丫对付一笛很感兴趣，尤其他还碰过他俩在一起。他不愿看到这样的场景，只能偷偷地希望这些都不是真的。对于他们的事，黎术半信半疑。

有一点黎术是有信心的，那就是他已经成功地攻下了林慧芬这道关。通过几年的接触，林慧芬对他已经产生了足够的好感。他也从林慧芬关爱的目光中找到了一份缺失的母爱和亲情。

现在，仇小丫提出要复员，黎术觉得实现愿望的机会来了。当然，他是聪明的，他不会冒冒失失地找仇小丫。他不知道仇小丫对付一笛的感情有多深，但复员对于这个喜欢部队的女兵来说是痛苦的。

每遇到重要的事情黎术都不忘听听教导员的意见。最早以前，他用这种方式得到了教导员的信任。每一次站在教导员面前，他都俨然一个犯了错误的孩子不知所措地等待家长发落。这样久了，他猛然间发现，这竟是让教导员喜欢和相信的一个极好的方法。细想想，是这么回事。你拿个人的事去征求领导意见，那是把领导当成了亲人，尤其是把个人的隐私暴露给领导后，倒是没了被领导抓小辫子的感觉，反而变得坦荡无私。而且就是在这样的询问意见中，教导员也完全找到了当领导的感觉。

黎术把想法告诉了教导员。

2

那天晚上，黎术专程从机关来到了营里。他敲开教导员的门时，忙了一天的教导员正躺在床上看《邓小平文选》。

黎术坐在教导员床前的小马扎上，如同一个害羞的小姑娘，低眉顺眼地向教导员讲他的事。

黎术开口的第一句话与他要讲的事离得实在太远了。

黎术话还没说脸就红了。这一点，教导员根本就没有发现。他躺在床上仰脸看着雪白的棚顶。其实，黎术是多么想让他看见自己羞红的脸呀。可是教导员没有发现，也没有问。他还以为黎术还是和以前一样就是要来唠嗑呢。

没有办法，黎术开口了。

"教导员，您说，现在的钱真是不够花是吧？"教导员侧过了脸，他不知道黎术怎么说起了这话。

教导员看了看他，接过话说："可不是，不过现在的工资可比我们刚当干部时多多了。"

"那当然，部队现在的待遇越来越好了。工资比地方高，干部干劲也就足了。"黎术平日里在教导员身边说的话让教导员听起来总是那么受用，他爱和教导员谈干部的事情，也总能讲到教导员的心里。付一笛就没有这样的本事，他和教导员有限的几次谈话，说的都是战斗力光凭政治工作的说教根本不能提高，政治工作只是中看不中用的花架子等等，完全在否定教导员的工作。每一次说得教导员都一脸不高兴。

"可不是，部队待遇一好，连对象都好找了。不像是我们那个时候，净回老家去找。时代不同了。"教导员叹了一口气。

教导员把话引到了找对象上，黎术心里一阵高兴。没想到教导员会这么快讲到他所要说的事情上。他不能再岔开话题了。黎术说："好找是好找了，可哪有那么中意的。我倒是想今年把婚事解决了。可是……"

说到这儿，黎术也叹了一口气。

"婚姻这事儿不能将就，要找就找一个自己中意的，而且各个方面都要不错。这么多年都过来了，你现在也不要急，过两天我和地方的朋友说说，给你多找几个，挑一挑。"教导员把身子从被窝里往上提了提，背也靠在了床头上。

"教导员，"黎术有些多情地看了教导员一眼，白皙的手半蜷成一个拳头，然后把那个拳头抬起来放在了鼻子下面。

黎术欲言又止的样子让教导员明白过来是怎么回事了，他有些惊喜地问道："黎术，你是不是看上谁了？"

紧接着教导员又急急地问："是谁？我认识吗？"

黎术点了点头，声音很小地说，说出来怕您不同意。然后他小声地问："您看仇小丫行吗？"

"仇小丫"这三个字眼进入教导员的耳朵之后，他像是被打了一支兴奋剂，忽地从床上坐了起来。"你们到什么程度了？"他大声地问。

黎术被教导员的表情弄呆了，不知他是同意还是不同意，没敢接着说下去。

教导员对仇小丫是非常欣赏的。这个女兵岁数不大，可做事却显示出与众不同的成熟。每次接触，仇小丫都给教导员留下非常好的印象。教导员也不止一次地想，要是仇小丫成为军属的话，一定会是优秀的，至少对于军人的理解上她要比别的家属做得更好。

仇小丫要复员的事他也隐约听说了，但他没有想到黎术会有这种想法。以前，他为仇小丫的事想过，只不过他想到仇小丫一旦复员，还是要回到农村去，现在干部找对象条件要求比较高。哪知道黎术竟是看上了她。

黎术有些悟出了教导员的眼神，胆子也壮了起来。"我只是这样想，她家人对我很好，我寻思问您行不行。"

"行，行。"教导员一连声地说，"这样吧，就这个星期，我找一下林慧芬。你就瞧好吧。不过，你不行打退堂鼓。"

黎术美滋滋地从教导员的宿舍出来了。临走的时候，他不无真诚、不无关心地为教导员掖了掖被子，把教导员的脚用被子裹得严严实实的，然后又把台灯调暗，像是宫女一样退着告辞了。

3

仇小丫坐在教导员面前，笑呵呵地看着他。这些年了，她一直把教导员当成长辈来看。虽然教导员和她没有谈过更多的话，但教导员对她的成长进步倾注了不少关心。仇小丫在心里一直暗存着感激，只是没有机会感谢。

仇小丫想不到教导员让她到营里来有什么事。她想问，话到嘴边又咽下了。她觉得这样问有些不礼貌。

教导员的脸上闪着和蔼可亲的笑容。

"怎么，小仇，听说要复员？"

"是。"这几天仇小丫对复员的事很矛盾，一听到这件事，心里就不舒服，没想到教导员找她来是为这事。她眼圈一红，低下了头。

教导员开导起了仇小丫："走就走，别想不开。我个人看，这倒是一个好事。今年二十几了？"

教导员就是这样的人。他的概念当中，从来就没有过女士的年龄不能轻易问的说法。所以他问起仇小丫的年龄来行云流水，毫无遮拦。

"二十四。"仇小丫悄声答。

"二十四了？不可能吧？"教导员的声音一下提得很高，"我还以为就是二十一二呢？"

停下来之后，他上下打量了仇小丫一眼，说："二十四可是不小的年龄了，咋也得处对象了。部队规定的也是，怎么就不允许士官在驻地找对象呢？像你这种特殊的战士也不多，不在这儿找上哪儿找？整个把人给耽误了。这回复员好了，找军官也没人管了。如果你信得着，这事包在我身上了。"

仇小丫没明白教导员找她怎么说到找对象的事了。

仇小丫在那儿愣愣地坐着。她伸手端起了教导员给她倒的水。她用两只手捧着杯子，把玩起来。

既然话已开了头，教导员倒是一点也不想收住了。"我和你家里关系处得也相当好了，也能给你当半个家长了。"

说完，把目光投向了仇小丫。

仇小丫的眼睛接住了教导员投过来的目光。她立即从懵懵的思维状态中跑了回来。"那当然，这些年，您没少帮我家。您对我的关心我知道，只是没有感谢的机会。我也是一直把您当家里叔叔看呢。"

"这就对了，黎干事也是把我这样看。哎，小丫，把机关黎干事给你介绍一下行不行？"

仇小丫的脸倏地红了，头一下埋在了两手中间。两手举着的杯子在头顶上一倾，水洒了出来。

教导员忙抽出两张纸巾递给了惊慌失措的仇小丫。"这孩子，慌什么呀。烫着没有？"

"没事。"仇小丫放下杯子，窘窘地站着。

"和你开玩笑呢。你的事我可管不着。但真的找人了那天，别忘了让我给你参谋参谋。我是过来人，而且咱部队干部的婚姻我看得多了。"

仇小丫听教导员和她谈婚姻，心里涌起了些许感激。这些年来，当她一点点懂得什么是爱情，一点点地去品味爱情，一次次备受爱情折磨，竟然没有一个人和她来谈论爱情。而且，她也不能去跟别人讲。在干部面前，她的身份是女兵。在战士面前，她是班长。班长怎么带头来讲她喜欢谁，不喜欢谁呢。她对付一笛所有的爱慕都化成了枯在枝头的花蕾，精心收好后悄悄锁进了日记里。

看着教导员关切的目光，仇小丫想要哭。

仇小丫多么希望教导员说要给她介绍的人是付一笛呀。如果能和付一笛走到一起，哪怕吃再多的苦，只要能天天听到他给她讲故事，讲人生，只要能让她每天都看到他高傲的神情和忧郁的眼睛就行了。

当"黎术"这两个字从教导员的口中钻进仇小丫的耳朵时，她听见了一块石头咚地落在心里的声音。她的心有些痛。她不知道为什么会是这样。

黎术哪里不好呢？她也说不出来。人长得帅气，也很会关心人。虽然他没有直接对她说过什么，但是每一次遇到她，他慌乱不安的眼神告诉了她一切。还有，每一次到家里，他所表现出的殷勤早已超出了机关干事的职责。

共建不是盯住一家不放的事，更多的精力应该放在学校、工厂等一些单位，黎术的行为早就让仇小丫看出了他是另有想法。她只是故意不理这个茬。有时她想提醒母亲，别让黎术的甜嘴巴弄蒙了。后来想想也没说，他愿意去就去吧，你愿有什么想法你就有，反正我要找也是付一笛。

现在，教导员把黎术抛了出来，仇小丫觉得太突然。

水洒在头上，仇小丫猛地清醒了，她和付一笛早就不可能了，没有开头也没有结尾。付一笛给她带来的失望除了让她有些恼怒外，她又说不出付一笛的任何不对。付一笛并没有追求过她呀，也没有给过她任何的承诺。

只是自己一厢情愿，幸福和痛苦都是自己给的，应该自己来承受。

仇小丫变得特别冷静，冷静得让她自己都觉得像是换了一个人。仇小丫心静如水了。她笑呵呵地说："教导员还能给我亏吃吗？您说行就行。"

这回轮到教导员吃惊了。他说什么也没想到仇小丫会大大方方地应下了这事儿。

仇小丫从炮营出来，在路上迎面遇到了黎术。黎术不知道教导员刚找过仇小丫。他极不自然地和仇小丫打招呼："仇班长，忙啥呢？"

以往，不管仇小丫烦不烦黎术，对他还是客气得多。尤其是在家里遇见时，照例会打招呼。今天，仇小丫则没有，她斜眼看了黎术一下，哼了一声仰着头走了过去。

黎术愣住了，不知道因为什么得罪了仇小丫。

黎术没有明白，此时的仇小丫已经迅速地进入了角色。

在教导员的办公室里，仇小丫突然间明白了，爱情和婚姻真不是一回事。有时，和你结婚的人并不是你所爱的人。付一笛永远不会属于她，或者说付一笛不属于任何一个女人，他长着一双翅膀，总是在试图飞翔。只不过他的翅膀还没有长硬，或许他的翅膀一辈子也长不硬，一辈子也飞不高，但他总是想着翱翔。

仇小丫答应和黎术相处的原因还有一点，她知道付一笛不喜欢黎术。她现在要站在黎术这边，让付一笛感觉一下，一个喜欢他的女人和他的对手走在一起是什么感觉。她认为，她的做法会激怒付一笛，或许付一笛会发动进攻把她重新夺回来。

那天晚上，仇小丫哭了。终于，有可能坦坦荡荡地面对爱情了，尤其是教导员介绍给她的是一个梦寐已久的军官。虽然这个人她不喜欢，但穿在他身上的那身军装她是喜欢的，将来的身份她是喜欢的。

于是，仇小丫开始在那个夜里幻想当军嫂的感觉。在一次次醒来睡去之中，她都是和付一笛走在一起。

　　从此，仇小丫开始努力用一个人代替另一个人。

第二十三章

1

每年驻训到九月时，部队就要拉动到科尔沁大草原进行实兵实弹演习。所有没白天没黑夜的训练都是为了演习时的全优。全优是评选先进连队的必要条件。

全大志对演习看得很重，因为炮一连是多年来的军事先进连，上级在全团抽考一个连队，也会是炮一连。他怕得不到预期成绩，上任第一年就砸了连队的牌子。他找到付一笛询问炮一连每年演习怎么组织。

付一笛对全大志说："你第一年当连长，也没必要把这事看得太重。上面的考核你又不是不知。就是考砸了，团里也要保，谁能担得起荣誉的被损。几十年树起一个连队容易吗？"

全大志吃惊地看着付一笛。"你的意思？"

"只要我们认真训练，对得起这身军装，对得起自己职责就问心无愧了。打赢打不赢是战场上来决定的。天天在沙盘上谈兵没比纸上谈兵进步多少。"

"你觉得连队今年训练怎样？"

"我们用的炮兵教材是二十年前印制的，皮都掉没了，只是连长是新的。"

全大志闷头不吱声了，他的心隐隐作痛。

部队演习一走不知会什么时候回来，黎术格外珍惜出发前的时间。只要营里的事不多，他都尽量回家陪一陪仇小丫。这天，刚一进屋，他看见仇小丫冲他怪怪地笑着。

结婚这么久了，仇小丫的脾气他摸得差不多了。

仇小丫在木材厂很忙，里里外外全靠着她一个人。从进料到发货，从水电费结算到工人工资发放，全是她一人忙活着。虽说她是一个女强人，可一摊子活压在她身上，两人静下心好好坐一坐的时间都少。

婚后第二年，黎术调到了炮一连当连长。这也是仇小丫没有想到的事情。开始她还担心黎术和付一笛的关系，转念一想付一笛的为人，她也觉得自己是瞎操心。排长哪能处处和连长过不去呢，何况她与付一笛之间的事也没有什么实质内容。

黎术在炮一连工作劲头很足，值班的时间多，两人的感情发展得也不是太快。只是他到营部当了助理之后，属于两人的时间才多了一些，可谁知又发生了那件不愉快的事。他知道他和仇小丫之间需要沟通的东西有很多，两人的结合包含了太多说不清道不明的成分。他也曾想过，存在不存在相互利用这一点呢。他把接父亲过来的想法在结婚之后对仇小丫谈起过。仇小丫没有表态，只是说："我是你们黎家的媳妇。"

仇小丫的这个态度让黎术寻思了很久。他还是没弄清仇小丫的意思，毕竟他是住在仇小丫买的房子里。

结婚的时候，他没拿什么钱，他对仇小丫说这些年的工资都邮回家给父亲治病了。仇小丫没深问，拿林慧芬给他们的钱简单地置办了一些家当。

2

黎术的父亲是仇小丫接来的。

仇小丫把黎术父亲接来时，黎术的眼珠差一点飞出来。他没有想到仇小丫这样善解人意，他把仇小丫抱起来在地上疯转了几圈之后，才想起来和父亲打招呼。

黎术的心思仇小丫不是不懂，只是她不想让黎术看出她想为他多分担些事。嫁给黎术，看来她是占了便宜，但他也没亏到哪儿。房子、家电哪一样也没比别人差。她和别人比起来，只是没有好的文凭，没有正式工作单位，可大多数军属都没正式工作呀。在木材厂，挣的远比在事业单位上班的军嫂多，仇小丫每当想到这儿，对黎术的愧疚感就少了许多。

仇小丫要把黎老爹接来的想法在打算和黎术结婚时就有了，只是没有说出来。黎术总在她的耳边讲父亲的不容易，精明的仇小丫听得懂他的意思。

结婚后的第三个月，仇小丫到南方开订货会，回来时顺道去了黎术家。第一次到黎家，仇小丫有些吃惊。推开黎家的门，屋里像是着了火，一片烟雾腾腾。仇小丫捂住脸往后退了一步，半尺来高的门槛险些把她绊倒。仇小丫稳了下神，隔着门冲屋里喊了一声有人吗。话音刚落，她看见在离门口不到一米远的地方直起了一个黑影。紧接着，那个黑影弓着身走了出来。

出来的人就是黎老爹，仇小丫在黎术的影集里看过。现在看起来，人明显比照片上老许多，背也更驼了，才是六十多岁的老人看上去竟像是七八十岁的样子。老人侧歪着头端详着仇小丫，这个二十多年没有女人的院子里忽地出现了一个姑娘，让老人一时不知说什么好。

这就是自己的公公吗？自从和黎术结了婚，仇小丫就在心里暗暗地告诫自己，当了人家的媳妇，就要好好地敬待人家父母。黎术自小没有母亲，公公受了不少的苦。今天这么一看，不用想仇小丫也看出来了，公公是一个饱经风霜的老人，没少受苦受累。

仇小丫放下手里拎的礼品，不由自主向前跨了一大步，双手托住黎老爹的右臂，一边帮他掸着袖子上的灰尘，一边说："爹，我是小丫。"

"小——小丫！"老人猛地怔住了。"什么？你是小丫？"

仇小丫笑吟吟地看着老人，轻轻地点着头。

"啊，呜呜。"黎老爹不知说什么才好，语塞了起来，继而用袖子遮住脸哭了起来。

仇小丫急得劝也不是，不劝也不是，站在原地直搓手。

许久，老人的声音一点点平缓了下来，用袖子在眼睛上使劲地抹了几下。

仇小丫这时才发现，老人哭了半天，眼睛里竟没有眼泪。她心里一酸，眼眶湿了，公公眼里干涩得已经没有泪了。

"老天有眼呀，我们黎家有儿媳妇了。"老人一边唠叨着，一连往屋里让仇小丫，"闺女，屋里坐。"

"哎，爹。"仇小丫答应了一声就跑过去开门。

仇小丫和黎术结婚的时候，黎术说老人身体不好没让去。现在仇小丫一看，知道黎术当时是怎么想的了。

黎老爹一脚迈进了屋，仇小丫还没等进屋，就看见公公抄起了一个扫把在屋里拍打起来。此时，屋里的烟气更大了。原来是公公出门说话的空儿，灶里的火烧着了灶外的柴火堆。

地上的玉米秸秆吱吱地响着，向外冒着烟。锅里的水滋滋地开着翻着花，黎老爹急忙从靠墙的缸里舀出一匏水，哗地一下倒进了锅里。仇小丫看到公公的半个手都淹在了匏里。黎老爹抖了抖湿漉漉的手把仇小丫往屋里让。

踩着满地的柴草，仇小丫和公公进了里屋。屋里墙角处一只黑狗嗖地站了起来，嘴里不停地呜呜着。仇小丫吓得一声惊叫，一下跳到了黎老爹身后，紧紧地揪住公公的后衣襟。

"他妈的，瞎了你的狗眼，你姑奶奶回家来了还敢瞎叫。你知道这是谁吗？这是你家姑奶奶！"黎老爹冲着狗一顿大骂，骂着骂着还不解恨，猛地冲过去对着狗肚子就是一脚。黎老爹突然向前一冲仇小丫根本没防备，抓着公公衣服的手没来得及松开，一下被带了个跟头。仇小丫刚站稳，那条狗尖叫一声飞快地跑到了仇小丫这边儿，仇小丫随之而来的又一声尖叫还没落，那条狗就贴着仇小丫的腿蹿到了门外。

仇小丫惊魂未定，眼泪都吓出来了。

黎老爹忙跑过来，猫腰看着仇小丫，问："闺女，吓着没有？"

仇小丫看狗没有了，心定了下来，羞红了脸。"现在不怕了。爹，小时候我让狗咬过，太怕狗了。"

"没事，今天你来了，就不让狗住在屋里了。那狗下崽了，怕生人。"黎老爹说完，走到墙角，从一堆破棉絮中一手捞出两个狗崽来。小狗崽在他的手里不停地蹬着腿，嗷嗷地叫着。

"今天你们姑奶奶来了，就不让你们住屋里了。你们得给她倒个地方了。"黎老爹说完，走到外屋，把门踢开一条缝，把狗崽子扔了出去。

少时，黎老爹进了屋，从靠墙的黑柜上抄起鸡毛掸子，在炕沿上来回掸了几下。仇小丫的鼻子里涌进了淡淡的土腥味。

"闺女，坐，坐吧。"黎老爹激动地搓着手。

在黎老爹出去的时候，仇小丫认真地看了一下炕沿，那是一条让她无法下坐的炕沿。公公吃了一年的油，好像都渍在了这里，黑乎乎的，一片连着一片，像是一幅水墨画。炕里面堆着一床旧的印着红花的棉被，可能是起得早没来得及叠。一只黄猫在被子上面睡得正香，黎老爹的动作惊扰了它，抬起头看了一眼仇小丫，爬起来伸了一个懒腰，又趴下了。

仇小丫走近炕沿，欠着身坐在了那儿。没结婚之前，林慧芬在这方面对她的教育是尤为严格的。到了婆家，不能嫌这嫌那，不能说脏道乱。婆婆做的饭无论好不好吃，都不能放下碗筷太早。公婆如果岁数大耳朵听不清，要露着笑脸给他们。而且还要什么活都抢着干，不能像是城里来的大小姐一样。

林慧芬给仇小丫讲这些时，眼睛里透着神圣的光芒，让仇小丫觉得母亲就像是圣母，自己必须要按照她说的去做。

仇小丫坐下后，开门见山地向公公讲了此行的目的。她想把他接走。

仇小丫只是说要把他接走，没说让他去享福，享清闲一类的话。仇小丫看见公公之后的第一个感觉就是必须把公公接走。她是一个见不得别人苦的人。还是当女兵的时候，她就带着几个女兵一直照顾着两个孤寡老人。每到星期天，她就乐颠颠地去看望老人，给他们打扫卫生、理发、洗衣服，而且从来都没张扬过。她打心里尊崇老年人，她认为他们就是一部书。何况黎老爹是自己的公公，是个饱经沧桑的老人。

当黎老爹听到仇小丫是来接他的消息时，又哭了起来。那表情说不清是幸福还是痛苦，嘴角不停地向两侧抽动着，嗓子里发出往回吞气的抽泣声。

家里也没什么可以惦记的，只是几间破土房，另外的两个儿子在外打工，两年也不回来一趟。第二天，黎老爹简单地收拾了一下，锁上门就和仇小丫上路了。

一路上，仇小丫对老人照顾得无微不至。老人就像是一个孩子，一刻不停地跟在仇小丫的后面。

黎老爹第一次坐卧铺，坐在车上一夜也没有睡着。仇小丫问他是不是不舒服。老人摇摇头，问仇小丫："这房子怎么老摇晃呀？"

周围的旅客都笑了。仇小丫的脸上也飞起了红云，她不好意思地解释："我爹头一次出远门。"

黎老爹虽说近七十的人了，可身子骨还硬棒，到了黎术这儿也是闲不住。仇小丫只好让他在木料加工厂里帮点小忙，指挥工人搬些东西，看个大门什么的。黎老爹也乐得这样生活，没事了就向工人夸奖仇小丫孝顺懂事。

黎老爹看到了儿媳的孝顺，可是儿媳和儿子之间的很多事他看不到，或者看到了也看不懂。他们之间的结合，他们的感情，他们之间发生了哪些事，他永远也不会懂。他只是看儿子和媳妇不像是别的两口子那样近乎，那样有说有笑的。儿媳和工人、客户、邻居，都是有说有笑的，包括打手机的时候，也是笑个不停，有时都笑弯了腰，可一见到儿子，马上就变得一本正经。有几次她管儿子叫黎干事就更让他闹不懂了，这儿媳都复员了，怎么还这样遵守部队上的规矩。

但是仇小丫对他好，像亲生的闺女。还没换季，应季衣服早就给备好了。在一起吃饭，每次都亲自端到他面前。仇小丫弥补了他一辈子没女儿的心愿。

3

仇小丫盯着黎术看了一会儿,然后扑哧一下笑了,把黎术造得一时摸不着头脑,一脸狐疑地看她。

仇小丫还是哧哧地笑。因为一台炮车压到了一个兵的脚,黎术受到参谋长的批评,心情本来不太好,看仇小丫不说话就是笑,有些不高兴了。"有话就说,笑是啥意思。"

黎术说完向卧室走去。仇小丫喊:"咋了,我笑你还不高兴了?那我还整天哭呀?"

"你们女兵怎么这么样呢?"黎术皱了皱额。

"女兵?女兵?女兵咋了?"仇小丫听黎术这样说,火一下冒了出来,"黎助理,我告诉你,你这不是第一次说我们女兵了。你现在嫌我是女兵,那你当初干什么去了?部队倒是有女干部,你去娶呀,你当初怎么没领回来一个?忙了一大气,还不是就划拉回一个复员女兵。"

因黎术话语里瞧不上仇小丫是女兵的事,这已经是他们第二次交锋了。仇小丫倒不觉得当女兵有什么不好,只是觉得当女兵时总是仰脸看家属,好像家属比女兵高一大截,现在自己也成了军嫂,那种感觉还有。现在,到部队去,她希望别人叫她嫂子,而不喜欢谁喊她班长。虽然她从心里喜欢"班长"这个词,也曾一遍遍回忆当班长的时光,但军嫂的光环笼罩着她,有时照得她睁不开眼睛。

黎术看仇小丫急了,后悔自己又说漏了嘴,捅到了仇小丫的伤处。仇小丫当兵没当够,只是为了早点成个家才离开部队的。现在,自己偏又勾起了她的伤心事。

黎术赔着笑脸去拉仇小丫的手，又用手向外面指了指，仇小丫知道黎术的意思是别让公公听到他们在吵架。黎术也很孝顺，对林慧芬比对自己爹还好，仇小丫他们两人有时像是比赛一样对待着老人。仇小丫心里明镜似的，她知道黎术为什么要对母亲那样好。

仇小丫没有回身，问："明天你们休息吗？"

"休息。"黎术故意回答得很干脆。

"那明天我们出去玩，好不好？"

"厂子那儿不忙的话，我就有空。"

"有空。忙忙忙，一年忙到头，连两个人好好说话的时间都没有，再忙有什么用，挣再多的钱有什么用？我现在可想和你在一起好好地待一待了。"

"哇！"黎术像是一只猎犬一样扑向了仇小丫。

仇小丫被黎术压在床上透不过气来，脸憋得通红。她用力地挣扎了一阵，看黎术还是笑嘻嘻地死死压着她不肯松手，也不再动了。

黎术把嘴在空中瞄着仇小丫的唇。仇小丫半眯着眼睛看他，故意不让他得逞。当黎术的嘴压下来时，她迅速地把头扭向一侧。这样来回了十几个回合，黎术只亲上了一下。黎术有些累了，想要放弃了，骨碌一下从仇小丫身上翻了下来。顺口也扔出了一句："服了。比强奸都难！"

被松了绑的仇小丫一听此话，杏眼圆睁。"黎术，你再给我说一遍。"

黎术知道仇小丫装作生气，就和她开玩笑，说道："我说你好像是处女似的。"

仇小丫脸上飞起了红云，用双臂猛地死死箍住黎术的脖子。"咋的，就是处女咋的？你不也是处男吗？被我处理过的男人吗？"

黎术趴在仇小丫的耳朵边上，声音极小地说："我愿意。"

那天晚上，黎术和仇小丫睡得很早。两人上了床之后，黎术随手关上了灯。这是平日里仇小丫的习惯。

不承想，灯刚熄掉，仇小丫把灯又拧亮了。黎术不知仇小丫要搞什么名堂，侧着脸看她。

黎术伸出手，试探着摸到了仇小丫的胸部。结果，被仇小丫轻轻地推开了，紧接着仇小丫问道："黎术，咱们结婚多少天了？"

"详细天数没算过。"

"你说时间长吗？"

"不长，我巴不得天天和你在一起呢。"黎术说完手又伸了过去。伸过去的同时，他感到周身像点上了电热器，忽地热遍了全身。

仇小丫坐了起来，合起双手托住了下巴，注视着黎术。

黎术被仇小丫从一进屋到现在的举动弄蒙了。此时，他也怔怔地看着仇小丫，身上的温度降了下来，好像撤了火的炉灶。

"黎术，咱唠会嗑行吗？"仇小丫轻轻地抓住了黎术的手，又轻轻地抚摸起来。

"嗯。"

"你要是不愿意说，你听我说行吗？"仇小丫翻过身，用一只手钩住了黎术的脖子。

"嗯。"黎术答应的时候，刚刚熄下去的心火又被砰地点燃了，他也情不自禁地抚摸起了仇小丫的手。

"黎术，我问你一句话行不？"

"行啊。"黎术把身子往仇小丫身边靠了靠。

"我是不是把所有的东西给你了？"仇小丫问。

黎术不知道她怎么问到了这些，有些不好意思起来。他没有回答仇小丫，而是把灯再一次熄灭了。

这回，仇小丫没再把灯拧亮，只是把黎术的手挪移到腹部，抓着他的手用力地在那儿按了按，固执地问："是不是呀？"

黑暗中黎术"嗯"了一声。

"我知道你很在乎这些。我也知道结婚那天晚上你特意留了一条毛巾。你知道，我没有做过对不住你的事。"

"知道。"

"知道就好。"说完，仇小丫翻正了身，"黎术，你现在想做什么就做吧。"

话来得太直截了当，黎术一点精神准备也没有，被吓了一跳。早先的想法呼地一下散得找不到了踪影。

"来呀。"仇小丫催促道。

黎术慌慌张张地爬上了仇小丫的身子，仇小丫的两只手在床上平展展地伸着，人一动也没动。

黎术不知如何是好，在仇小丫身上俯了一会儿，忽然，他感到仇小丫的胸一颤一颤地，用手向前一摸，竟摸到仇小丫一脸的泪水。

黎术像是被雷击了一样，傻在夜里。

第二十四章

1

黎术没想到仇小丫会在他们结婚纪念日的第二天提出分手。黎术知道在处理照片这件事上仇小丫一直有意见，很恼火，但他万万没有想到仇小丫会提出离婚。

"离婚？"当仇小丫提出这个想法后，黎术的脑子里再也没装进其他东西。

怎么可能呢？他一遍遍想着这个问题，太突然了。尽管他知道和仇小丫的结合有点钻空子的嫌疑，但两人过得还算风调雨顺。尤其是当仇小丫把他父亲接来之后，他被仇小丫的贤惠和大气所惊倒，他没有想到这个早些年的小女孩、小女兵会做出这样的事情。现在，儿子不孝敬父母的事他听得多了。他最大胆的想法也无非是在仇小丫高兴的时候提出把父亲接到驻地来找一个地方住下去，十天半月过去看一看。哪承想，仇小丫不声不响地把父亲从老家接来了，而且安排在了加工厂里看大门，让老人有个事干，还没累着。这样一来，老人从他们手里接钱也显得心安理得。

仇小丫的这个举动让黎术理解为仇小丫是想和他安安心心过一辈子好日子的。他在心里觉得欠仇小丫的同时，也暗暗发现自己在家庭当中的地位越来越高，仇小丫对他也是越来越看重。哪承想，他们弱不禁风的爱情里竟暗流汹涌。

几次小的争吵，几次悄无声息的冷战，仇小丫的感情回归到了她爱情最原始的状态。

结婚纪念日那天，黎术从大洼谷回来得比往常早了许多，还特意买了一束玫瑰插在饭桌上。结婚前，他没有给仇小丫买过鲜花。

有一次，仇小丫对他说，当过兵的女孩子大多都不特别喜欢鲜花。黎术说可能是因为穿军装太久而不习惯。仇小丫持反对意见，应该不是那样，是因为少了花，才多了爱。

黎术没有和仇小丫辩下去，两口子不能因这样的无味话题论得面红耳赤。恰好仇小丫又说了一句："其实，如果哪个男人给女人送了花，女人心里还是高兴得不行的。"

从那以后，黎术一直想找机会给仇小丫买束花。好几次动了心，可就是觉得别扭，总是一个碗里扒食的两个人，忽然就送上了花，有些荒唐，还是等有个由头再说吧。于是，在黎术和仇小丫结婚周年的这天，黎术买回了这束花。本来那束花他是要亲自送给仇小丫的。回到家，仇小丫不在，他把花插在了临时找来的瓶子里。

把花往瓶子里插的时候，黎术的心怦怦地跳了起来。他浪漫地想起了和仇小丫的相识、相处。黎术暗自想，花真是一个好东西，能让人想起很多已经被生活磨掉了的细节。

在想象和回忆中，黎术有些陶醉地闭上了眼睛。他决定要在仇小丫进屋的时候，深情地拥抱她，对她说上一堆动听的话。他知道应该怎么说，但还是有些难于启齿。

黎术睁开眼睛，看到了镜中的自己正红光满面地看着他，脸一下红了。稍微镇定了一下，黎术向后退了几步，然后轻轻地高抬腿，慢落步地向镜子走来，站定后，他开口了："小丫宝贝，你猜，今天是什么日子？"

说完，他又模仿着仇小丫的动作和声音。"亲爱的，我不知道？"

"那你好好猜一猜，这可是一个让我们一辈子都记着的日子，你怎么能忘了呢？你看——"黎术用手指指那束火一样的红玫瑰。

"噢——亲爱的，我想起来了！你真的好浪漫呀！"黎术把双手交叉着放在胸前，再一次装成仇小丫的样子。

"干什么呢，犯神经了？"仇小丫的声音忽然从黎术的身后传过来。

黎术回头一看，仇小丫正满脸疑惑地望着他。

黎术顿时感到衣服像是被人扒光了一样，难堪得要命。他不知仇小丫进来多久了，也不知仇小丫是不是把他刚才演的独角戏全看到了眼里。尽管两人结婚走到了一起，洞悉了彼此所有能展示给对方的一切，心灵也一点点融合和沟通着，但还是没有让对方完全了解自己的一切。不仅仅是他们，几乎所有夫妻的内心，都留存着一份不可告人的秘密，只不过是多与少的问题。

黎术如同被人抽了筋，身子软塌塌地没了精神。"你什么时候回来的？"

"你的意思是不是我偷看了你的表演，不应该？"

"不是，不是。我是说，你回来应该让我知道一下。"黎术解释道。

"以前我每次不都是这样回来的吗？我每次回来也都没有向你请示呀。"

"你别生气好不好？我并没责怪你。"

仇小丫的脸色还是没有缓过来，她不知道老公在家里男一阵女一阵，阴一阵阳一阵地在干什么。近几个月来，她被黎术的举动确确实实弄蒙了，一张照片弄出那么大的风波。本来付一笛在她的心里已经一点点死去了，现在被他这样一搅，竟又生生地活了起来。现在，在家里演这么一出戏，她有些怀疑她不在家或她不认识黎术以前，这些年他一个人都是怎样过来的。

仇小丫认为，黎术当初应该不声不响地把照片收起来，或扔掉就完事了，这件事在他肚子里烂上一辈子。黎术的冲动，看起来是在维护自己的利益，维护仇小丫的利益，可事情一公开，就等于把仇小丫推到了风尖浪巅之上，等于把她婚前的那点秘密档案全部公开了。从另一个角度上看，黎术这样做像是与她的一场较量，告诉她，你婚前的那点事现在全握在我的手里。虽然你的清白我知道，可是只有我自己能够证明你是清白的。

仇小丫的想法黎术永远也猜不透。猜不透的原因是黎术没有这样想。他知道仇小丫把一切都给了他，尤其是当仇小丫把他父亲接来后，他认为用一生去感激仇小丫都不为过。

2

仇小丫看了看摆在桌上的玫瑰，走过去，死死地盯了一会儿，泪水从眼角漫了出来。

黎术不再辩白和解释，走过来轻轻地揽住了仇小丫。仇小丫没动，还是那样站着。

黎术想要为花儿歌唱了，这花儿真是神奇极了，让仇小丫看上一眼就会变得这样善感多情。黎术揽着仇小丫的手臂一点点地用上了力，一切都按着事先所预计的进行着。

黎术微闭上了眼，浪漫地拥着仇小丫，一股热流也从脚底开始向上漫涌，黎术的心变得有些潮湿。屋里静极了，只有闹钟在嘀嗒嘀嗒地响着，黎术听见了自己的心跳。

"完了吗？"仇小丫的声音打破了室内的寂静。

然后，黎术觉得仇小丫像是一个漏了气的气球在自己的怀里瘪了下去。

仇小丫径直向卧室走去，一边走一边发着牢骚："今天来了那么多的客户，累死了。整天就是和钱打交道，真是烦死了。"

黎术跟在仇小丫的身后走。"生那些气根本犯不上，想点高兴的事。你猜今天是什么日子。"

"说起来简单，想点高兴的事？一天天哪有那么多高兴的事？你以为开厂子是在部队呢？现在看来，我看还只有在部队那段日子是好日子了，一天天什么也不愁，净干自己想干的事。哪像你，回家倒是挺早，一个人闲着没事了，在家里自导自演，整爱情剧呢？"仇小丫的火被黎术的话点着了，"让我猜今天是什么日子，那还用猜，是你当演员当导演的日子呗。"

仇小丫的话像是机关枪向黎术直扫过去。她又像是一个优秀的射手，射出的子弹又准又狠地飞向了黎术的伤口。

黎术不知所措地倚在门框上，懊恼地用手揪住了头发。

仇小丫转过身眼睛一动不动地看着黎术，平日里的温柔此时一点也没有了。

"怎么？怎么不说话了？"仇小丫有些挑衅似的看着黎术，"你在部队不是很风光吗？尤其在营里，翻手为云，覆手为雨的，你还不是仗了教导员在那儿撑着腰。那算是什么本事，有本事你去和付一笛斗呀。他敢明里暗里喜欢你的女人，你的能耐呢？你倒是像角斗士一样去和他决斗呀。要不是这样，就别装得自己像是男子汉大丈夫似的。"

黎术从来没有领教过仇小丫如此凌厉的嘲讽与挖苦，这阵狂风暴雨式的攻击，让他彻底知道了被人们一次次传闻的仇班长的厉害。

仇小丫也是在这次发泄中找回了当班长的感觉。那时，别说女兵，卫生队那十几个男兵还不是被她管得滴溜溜转，队列养成时哪个敢动一下，平时哪一个外出敢不请假。只不过是结了婚，想要改头换面地感受感受为人妻的感觉。

这两年来，想想也是够别扭的，尤其让仇小丫感到心里憋气的是黎术做事一点也不男人。

仇小丫走到梳妆台前坐下了。刚坐下，她从镜子里看见了黎术那张憋成紫色的脸。

在外面闯得久了，有时仇小丫真的希望黎术能冲她发一次火。尽管她也说不出是什么理由，但她还是觉得两人大吵一下心里能舒服些，可是从来没有。刚才自己发了这么大一通火，她想黎术一定会怒起来。可是没有，她从镜子里看见黎术的脸只是痛苦地抽动了两下，用力地咬了咬唇，竟控制不住呜呜地哭出了声。

仇小丫没去理他，也没有说话。

黎术哭着哭着停住了，他走到桌前把那束鲜花捧了过来。拿进屋之后，他又站住了。眼睛红红的，身子时不时地抽动一下。

黎术哭仇小丫还是第一次看到，以前因为激动他也流过泪，可是如此动容动声动色地演绎她还是第一次领教。黎术的哭让仇小丫有些于心不忍。但她不能过去劝他，她的肩膀没有让他依靠的分量。

黎术悄无声息地一点点地向仇小丫走过来。仇小丫用眼角从镜子里斜视着，她想看看黎术怎样收这个场。

黎术走过来，什么也没说，把那束花从仇小丫的肩上伸过去放在了梳妆台上。然后，猛地转身大步向屋外走去。紧接着，仇小丫听见屋门撞上的声音。屋里一下变得静悄悄的。

仇小丫静静地听着自己急促的呼吸。

仇小丫看着镜中的自己，看着看着，两行泪淌了出来。

仇小丫低下头，一把抓起黎术放在那儿的鲜花，紧紧地放在胸前，俯在梳妆台上失声哭了起来。

少时，觉得哭够了。仇小丫抬起头，对着镜子理了理乱发，定定地看着墙上她和黎术的结婚照。

镜框里的黎术和她靠得很近，两人脸上挂着笑。仇小丫已经想不起当时是什么感觉。

仇小丫咮地笑了一下，然后掏出手机给黎术发短信。仇小丫在屏幕上打出了一行：对不起，回来吧。

刚要发出，想了想，又迅速地删掉了，然后打上了：你在哪儿？

发完短信，仇小丫把手机放在了梳妆台上，不错神地盯着那个鲜红的手机，等着手机响起。

结果，一直到十点，黎术也没有回话。寂寞的仇小丫慢慢地抓起那束花，打开，摊放在桌面上。然后拣起一枝，把花瓣一瓣瓣地往下撕，一瓣瓣地摆在桌子上。

夜很深了，仇小丫发现她不知不觉在桌子上用花瓣摆出了一个大大的心形图案。

仇小丫的手机就躺在那个"心"中间，还是一直没有响。仇小丫苦苦地笑了一下，抓起手机，在屏幕上输上了一个"。"，发给了黎术。

在仇小丫和黎术结婚两周年的这一天晚上，仇小丫终于用一个句号向黎术说出了自己想说的一切。

黎术在仇小丫向他猛烈地发火之后，才发现原来他和仇小丫之间竟然存着那么大的隔阂。在那一刻，他觉得是那样无助。平日里满以为完全获得了仇小丫的心，可是今天才发现原来竟不是这样。

仇小丫和他本来就很脆弱的感情根本抵挡不住一点点的风吹雨打。有时他也想像别人那样向妻子说上几句甜蜜蜜的话，可每次话到嘴边他又都笨拙地咽了回去。太难于启口了，他可是一个军官呀，怎么好意思向一个女兵说那些让人发麻的话呢，何况他又比她大了五六岁。

黎术错了，他从开始面对这桩婚姻的时候就错了。他以为自己是军官，在仇小丫面前占尽了优势，不需要和她甜言蜜语。只要娶到了她的人，就不怕娶不到她的心。再有，还有林慧芬做着后盾。林慧芬对他的喜爱是没有任何水分的。

黎术看到了仇小丫的短信，他没敢回。他怕仇小丫没有和他出完气，找到他再吵上一番，就不好办了。

捧着手机，黎术像是捧着一块烧红了的铁，生怕手机响起来。怕仇小丫生气，他又不敢关机。

黎术一遍遍地回忆着仇小丫对他所做的一切，想来想去，他对她一点也恨不起来，反倒愈加地佩服和感激。结果越是这样，他越是觉得自己和仇小丫之间不像是夫妻，倒像是相遇在同一趟列车上的陌生旅客。

仇小丫对黎术所做的一切都让他敬佩，她没有嫌他家穷，也没有嫌公公年老体弱，而且用百分之百的力量支持他在部队的工作。她对黎术表现出来的不满，无非是他和同事关系的处理上。他承认有时他太唯上了，眼睛只盯着领导。但他心里更明白，他必须要这样做，因为领导能够给他的东西太多了，职务的提升，个人的进步，家庭的照顾，都是和领导分不开的。教导员又把他当成是自家人，什么事都愿意和他商量，他又怎能不尽力干好工作呢。在婚姻上，更要感激教导员，要不凭他在肚子里想上一百年，也没有胆量向仇家求婚的。

当仇小丫的句号显示在黎术的手机上时，黎术竟天真地以为仇小丫发给他的短信在传送途中出现了什么问题，只传过来一个标点，也没再深一层去理解这个句号传达了什么意思。

黎术真的是太不了解仇小丫的心了。

太阳升起来了。升起来的太阳没有带给黎术希望，它照在黎术憔悴的额头，照着他的不惑，也照着仇小丫一觉醒来轻松的脸上，照着仇小丫洒落一地的花瓣。

第二十五章

1

黎术回来时仇小丫不在家。黎术只看见一地的花瓣蔫蔫地躺着。看着屋里整整齐齐的一切，他惶惶的心落了下来。终于和仇小丫避开了再次冲突，这一夜他心里都不安着，他怕仇小丫不会放过他。

黎术在路上告诫自己，无论如何也不能和仇小丫再吵了，凡事都要忍着，和她吵生分了，就不好再调和了。虽然仇小丫不是绝顶的优秀，但像她这样有能力又孝顺的女人还是少有。

屋里很静，黎术坐在床边不由得想起了昨天晚上发生的事，直到此时他也没弄明白，仇小丫怎么会突然发那么大的火，而且是他从来没有领教过的。看来，老人们说得真对，夫妻在一起久了就像是锅里的盆碗，没有磕碰不到的时候，无非是碰的频率多少而已。

窗外刮起了风，裹着几片树叶飞快地掠过了天空。黎术心头晴朗了许多，他觉得不快随着风一溜烟地没了。

黎术想起应该给仇小丫打个电话。

电话挂通了。仇小丫没说话，等着黎术开口。

黎术吭吱了两下，笨拙地问："你在哪儿？"

仇小丫告诉他："在街里转呢。"

"晚上我请你吃饭，行吗？"黎术想用这种方式缓和一下冲突。

"行。"仇小丫答应了，接着她对黎术说，"我现在在一个渔具商店转呢。我发现钓鱼挺有意思，咱们今天去钓鱼得了。"

　　仇小丫难得有这个心情，这可是他们结婚以来的头一次。黎术兴奋地答应了，问准了地点，打了一辆出租车奔了去。他第一次感到仇小丫对他是这样重要，他想在第一时间见到让他害怕又让他想念的妻子。

　　黎术见到仇小丫时，仇小丫已经从渔具商店出来了。仇小丫很兴奋，一见黎术从出租车里出来，就急不可待地上前说："咱们去江桥钓鱼。"

　　看着仇小丫两手空空，黎术疑惑地问："啥也不拿怎么钓呀？"

　　"这个你就别管了。走，咱现在就走。"仇小丫说完拦了一辆出租车。

　　黎术整不准仇小丫到底咋了，又不敢多问，尾随着也钻进了出租车。

　　"哎，你知道吧，今早在街上走，看到好几个卖活鱼的，他们都说那鱼是刚从江里钓上来的，新鲜着呢。今天反正咱也没事，咱也去钓几条吧，回家煲个汤，味一定很鲜。"仇小丫一上车就滔滔不绝讲起了为什么忽生了钓鱼的念想。

　　黎术从车内的镜子里看见司机的嘴角挂着一丝讥笑，他悄悄地拉了仇小丫的袖子，用嘴向前努了一下。

　　仇小丫发现了司机对她这番理论的态度，她倒是一点也没有生气，而是天真地问司机："师傅，你说我们是不是也能钓到几条大鱼呀？"

　　司机是个不会顺情说好话的人，他说："有时看别人做什么事都很容易，轮到自己做却不是这样的。江里有十几斤重的鲤子呢，看你的运气吧。"

　　司机的话明显带了嘲讽，但仇小丫愣是没听出来，还冲人家说了声谢谢你的祝愿。

2

江边很快到了。司机把车停在靠近桥头的地方，对仇小丫说："桥上不让停车，这一小段你们走吧。"

仇小丫满脸灿烂地冲司机笑了笑。黎术第一次发现仇小丫有时竟是这样天真和幼稚。

黎术堆着一脸的笑跟在仇小丫的后面往桥上走。仇小丫此时已经压不住步子了，她看见桥上有很多老人在目不转睛地看着江面上的鱼漂。

仇小丫快步地向桥上跑着，眼睛向江面上张望着。她飞快地跑到了两个老头的身边，停下来看着放在老头脚下的红色小桶。那几个小桶里面有着几条仇小丫叫不上名字的鱼在游动着。

"这鱼好钓吗？"仇小丫急急地问。

垂钓的老头没有理睬她，还是看着江面上的鱼漂。

"大爷，这鱼好钓吗？"仇小丫以为老头没听见，又问了一句。

这时，一个老头回头狠狠地看了她一眼。"喊什么？把鱼都惊跑了。好钓不好钓自己去试试不就知道了吗？"说罢，气呼呼地转过身又钓鱼去了。

仇小丫挨了呲，心里不舒服，可又不敢发作，她眼睁睁地看着老人的鱼线是沉下去的，鱼真的让她给喊跑了。

仇小丫等不及了，她向前紧跑了几步，四下里巡望了一下，看看周围没人，选定了一个位置，然后从衣袋里摸出来一个小包。黎术一看，仇小丫还真的做了准备。

她手里拿着一小团捆在一起的渔线，还有几个鱼钩。那几个鱼钩像是

"心"字，躺在仇小丫的手心里。阳光一照，发着银白色的光芒。

往外一拿鱼钩，仇小丫的心情就好了许多，她冲着在一旁不知所措的黎术习惯性地一皱眉。"来，帮着把钩拴上。"

黎术没有钓过鱼，也不知道怎样系鱼钩。可现在仇小丫好不容易给了他一个表现机会，又不能说不会，急忙笨手笨脚地去帮忙。这时，就听仇小丫哎呀叫了一声，原来是她往外掏线的时候，把线弄乱了，缠在了一起。

"别急，慢点。"黎术极尽温柔地说。

"咱们今天好好地钓几条大鱼，回家煲汤喝。"仇小丫一边择着线一边兴奋地说。看来，她的兴致没有因此而破坏。

黎术也跟着设想着，他不敢在此时给仇小丫泼冷水，扫她的兴。

黎术和仇小丫费了好大的劲儿终于把线理了出来。仇小丫像系缝衣线一样用鱼线把鱼钩拴住了。黎术跑到老头那边讨了一点鱼饵，挂在了鱼钩上。

仇小丫急不可待地把渔线从桥头往江里放了下去，看她的样子就好像有无数的鱼在江里等着她的钩。而且在她的想象里，鱼钩不是扔到了江里，而是扔进了鱼嘴里，她只要一起钩，鱼就会上来一样。

鱼钩放到了江里，仇小丫一手扶着栏杆，一手攥着渔线。突然，她回头问黎术："咱们忘了带水桶了，鱼钓上来怎么往回拿呀？"

这是黎术没有想过的问题，他也不知道鱼钓上来了应该怎么往回拿。"我去买个桶吧。"

仇小丫看着江面自言自语有些犯愁。"真要是钓多了可怎么拿呀？"

黎术没有去买桶，他认为仇小丫是不会钓上鱼的。一个从来没有钓过鱼的人，连渔具都不齐全，只是临时买了一个线几个钩，怎么能钓到鱼呢？若是在平时，黎术可能会打消仇小丫的积极性，会给她讲瞎猫撞上死耗子的故事，可现在他不敢。不仅不敢，他还要顺着仇小丫的意愿鼓励她。

仇小丫的注意力渐渐地转到了江面上，她不再和黎术说话，全神贯注地盯着鱼漂。黎术靠在离她半米左右的栏杆上，和她一同看着随着江水起起伏伏的波浪。

观察了半晌，黎术看到仇小丫的心情很不错，把话题引到了他一直想说的事情上。"小丫，咱要是天天和现在似的多好，有空了出来玩一玩，转一转，多轻松。"

"嗯，以后咱们多转一转，老在家里待着会让人烦的。"

"咱今天钓的鱼回去怎么做？"

"烧！"

"我下厨。"

"哎，别喊了，刚才好像有鱼咬钩。"

两人又都不吱声了。看了一会，见鱼漂还是老样子。

"拉上来看看吧。"黎术说。

"别人告诉我要耐住性子。先不急。"仇小丫虽然这样说，但还是把渔线拉了上来。

鱼钩上挂着的还是鱼饵，没有鱼的影子。

仇小丫把线又放到了江里。

黎术说："我听说钓鱼是要选在江边的，咱们选的这个位置是江心，可能没有鱼。"

仇小丫左右看了看，可不是，身边一个人也没有，而在靠近江边的位置上，钓鱼的人竟是三五成群的。想想黎术说的可能也对，她把鱼线往黎术手里一交，说："你拿着，咱也往江边去。我累了。"

黎术觉得仇小丫温顺多了，一点也不像昨晚的样子。黎术想，她要是天天这样该多好呀。

仇小丫真的有些累了，她把手挽在了黎术的胳膊上，头靠着他，两人相挽着向江边走。

重新选定位置后，仇小丫的固执劲上来了，她认真地和黎术约定："咱今天要是钓不到鱼就不回去。"

黎术只能依着她连连点头。

接近中午的时候，黎术和仇小丫还是没有钓到鱼。那时，仇小丫已经耐不住了。她让黎术守在渔线旁，自己来回地在钓鱼的人群中转着。一会儿到这个人的水桶旁看看，一会儿到那个身边站着瞧瞧。有时，看到哪个人对她善意了一点，还和人家攀几句，闲谈中也学到了些心得。

仇小丫回到黎术身边接过了渔线。"看我怎么给你钓上一条大鱼，现在，我才知道这鱼应该怎么钓才对。不能急呀，不能急。"

仇小丫一边叨咕着不能急一边不停地起着钩，过个十几分钟还是没有钓上鱼。

"小丫，要不我们哪天再来吧，看来今天还没准备好。"黎术终于忍不住打起了退堂鼓。

其实，仇小丫也早没了信心，就等着黎术说这句话呢。

"再等两分钟，如果再钓不到咱们就回去。"

"那今天也吃鱼，我去买，给你烧着吃。"黎术说。

谁知黎术的话音刚落，仇小丫一声尖叫拉起了鱼钩，没想到真的就有一条鱼咬上了钩。

那条鱼在空中一抖一抖地扑棱着，仇小丫兴奋地喊着。黎术也没想到真会钓上一条鱼来，想要帮着仇小丫往上拉，仇小丫用屁股往外撞他。"别动别动，我自己来。"

那条鱼太小了，小得只能说它还是条鱼，顶多也就有二两吧。但就是这条二两的小鱼激起了仇小丫和黎术的共同兴致。

当仇小丫和黎术把那条小鱼从鱼钩上摘下时，旁观的一个老头很热心地送给了他们一个塑料袋。黎术飞也似的跑下桥，灌上半袋江水跑了回来。

仇小丫让黎术接着钓，她蹲在地上欣赏起了那条鱼，充实感在脸上写得满满的。

那条鱼上钩太不应该。它就像是一针兴奋剂打进了这对夫妻身上，让他们一下午都沉浸在了再多钓一些的梦想中。结果，一直到太阳落山，他们也没有钓到第二条。

一天时间就在黎术和仇小丫不停地期盼和等待鱼儿上钩中过去了。劳累的仇小丫显得很兴奋，黎术则觉得很轻松。

仇小丫回头看了看黎术，有些深情地瞥了一眼，然后收起了渔线，细心地缠成一个小线团。

仇小丫定定地看着江面。此时，太阳已经基本落下山去了，余晖把江面涂得红灿灿一片，一道道细密的波浪静静地翻卷着，无声地穿过仇小丫脚下的江桥。晚风带着丝丝凉意，抚着仇小丫的腰身。仇小丫意识到天快要黑下来了。

她回头对黎术说："走，回去。"

说完，她把手里的渔线用力地向江里掷了出去。

黎术愣愣地看着她的这个举动，不知说什么才好。

黎术拎着装着小鱼的袋子在桥面上走，仇小丫走在高出一截的人行路上，很自然地挽住了黎术的胳膊。两人的身高一下变得差不多起来。

天暗下来了，路上的车明显地少了。喧嚣了一天的桥也好像要休息了一样。仇小丫发现，白天钓鱼的人都悄无声息地撤退了。

一路上，仇小丫没再说话。黎术也没有说，他还从来没有如此幸福地被仇小丫拥着在夜幕下行走过。他生怕一说话就打破了这种静谧。

从桥上走下来，路变得平坦了，仇小丫又矮出了黎术一头。黎术也意识到了这一点，把头向仇小丫这侧倾斜了过来。

仇小丫把头靠在黎术的胳膊上，两人没有打车，一直走到了家里。

3

到家时，两人都走得累了。没开灯，也没有再说话。仇小丫和黎术双双躺倒在了床上。

又过了好一会儿，仇小丫的声音从黑暗中传了过来。"钓鱼有意思吗？"

"嗯，挺有意思的。"

"那以后，咱们再想见面就到桥上去钓鱼吧。"

"嗯。"黎术不知道仇小丫说这话是什么意思，含含糊糊地应着。

"今天一大早，我看见很多人都在说钓鱼的事，我觉得应该很好玩。我也想去试试。可是一天下来，我才发现，钓鱼挺没意思的，虽然有点收获，但那只是体验吧。只能对别人说，我钓过鱼，也钓到了鱼。"

"嗯。"黎术还是应和着。

仇小丫在黑暗里继续讲："我发现钓鱼就像是在和自己赌气，钓不到就不罢休，弄得自己那样累。别人也跟着受累。"

黎术急着表白："我不累，我觉着挺有意思。"

"可是我累了，这就是我的体验。而且我还拖累了你，只不过你不愿讲罢了。"仇小丫翻了一下身，"看着别人钓鱼很有乐趣，那是别人的事，到了自己身上却不是这样。"

"不见得吧。"

"我就是这种体味，就和——"仇小丫停住了，迟疑了一下，接着说，"就和结婚一样。"

黎术伸出手握住了仇小丫的手，他似乎知道仇小丫一整天的反常表现在暗示什么了。

仇小丫把手从黎术的手里抽了出来，横在了眼睛上，两行温热的泪水从眼眶里纵横而出。

黎术从床上爬起来，把仇小丫的头放在自己的腿上，说："你，都想好了吗？"

仇小丫的声音变成了呜咽："别问了，求求你。"

黎术不再说话，给仇小丫轻轻地擦起了眼泪。"我知道，你一直很勉强，也很痛苦，但我还是舍不得。"

"别，别说了。你记得我们一起钓过鱼就行了，你觉得钓鱼很好就行了，而我实在记不起钓鱼有多好。"

黎术把仇小丫的头挪到了床上，低低地叫了一声："小丫。"然后站起身说："那我走了。"

仇小丫挡住了门。"我们之间虽然不存在多少感激，但我还是要感谢你。我走吧。"

"你去哪儿？"黎术担心地问。

"你放心。在我们没有分开之前，我不会做对不起你的事的。"仇小丫说着走到了门口，回头说，"我们的事是我们自己的事，不能让你爸知道，也不能让我妈知道，行吗？"

黎术木然地点了点头。

仇小丫关上门走了。

黎术站在窗前看着楼下，很久，他才看到仇小丫从门洞里走出去。

路灯把仇小丫的身影拖得又瘦又长，从高处看下去，仇小丫的身子显得十分单薄。

　　此时，仇小丫几年来的身影一连串地跳到了黎术的眼前，一会是笑着的，一会是怒着的，一会是深沉的，一会又是天真的，黎术越想越乱，越想心里越不是滋味。泪水不听话地流了满脸，他的心倏地静了下来。

　　"终于结束了。"黎术在心里说。

　　黎术感到了一种无比的轻松，就像是一个表演走钢丝的演员从空中终于回到了地上。

第二十六章

1

黎术怔怔地站着，这一天发生的事就像是一场戏，弄得他不知自己是演员还是观众。还没有听到主持人报幕，观众已经在哗哗地散场了，而他还一个人傻傻地等着大戏开演。

泪水已经流过了。泪痕干在眼角，涩涩的，眼睛也变得有些发紧。黎术在黑暗中慢慢地挪动着步子，他不想打开屋里的灯，他怕灯光会像刀子一样刺向他，然后一点点把他割得鲜血满身。

"结束了。"黎术在心里再一次默默地重复了一句，好像早些年他从别处偷来的东西终于还了人家一样。这回他终于不用再继续伪装下去了。仇小丫像是一只小鸟扇动着翅膀从他的身边飞走了。

黎术的身子重重地向床砸去，床剧烈地摇晃了一下，然后恢复了平静。整个房间静得有些吓人，黎术头一次听到自己心跳的声音，像是牛皮鼓在敲，嘣嘣的让人恐惧。

黎术昏沉沉地闭上了眼睛，这一天真的是累了。他觉得脸上堆了一天的笑容变成了两块酸痛痛的肌肉。

就在这时，黎术的手机响了。他在床上躺着，眼睛也没有睁，他懒得去想是谁会在这么晚打来电话。

手机一遍接一遍地响着，黎术再也忍不住了，气呼呼地从床上爬了起来。睁眼的一刹那，他看到手机的蓝色按键发着瘆人的光芒。他不禁心里又一阵怦怦乱跳。

黎术万万没有想到，手机屏幕上会显示出林慧芬的手机号码来。通常的情况下林慧芬很少这么晚打电话给他。

黎术顾不上想太多，赶忙按下了接听键。

手机接通了，里面传来一个急切又陌生的声音："喂，喂，你是黎术吗？"

"你是谁？你怎么拿着这个手机？"黎术好生奇怪，难道是岳母的手机丢了被别人捡到了？

就在黎术还在猜测时，对方讲话了："你马上打车到市二院来，一个叫林慧芬的被车撞了。"

说完，手机挂断了。

什么？岳母出车祸了？放下电话，黎术简直不敢相信这是事实。在黑黑的屋内转了两圈后，黎术猛然意识到这是真的，因为半夜三更的谁会拿这种事来和他开玩笑呢。再者，开玩笑也不能开这样的玩笑。

黎术抓起衣服往外跑。在街上一直跑了很远也没有拦到出租车，急得黎术骂了好几句脏话。

当黎术终于拦到出租车时，他已经冷静下来了。没了先前的紧张和急躁，但不安却一下子爬满了他的大脑。岳母伤到了哪儿？伤到什么程度呢？这么晚她怎么会遇到车祸呢？一连串的问题像京剧武生在舞台上翻着跟头，一个接一个，弄得他眼花缭乱。

2

医院的走廊里很静，此时已没有人走动了。黎术刚刚跑到急救室，一个医生拦住了他。"是林慧芬家属吗？"

"是，是，她在哪儿？"

"她在急救室，现在需要病人家属签字。"

"在哪儿签？"黎术一边问，一边急切地望着急救室。

医生递过来一张单子，问："她是你什么人？"

"我妈。"黎术鼻子忽地一酸，眼睛被泪水浸湿了。

多少年了，多少年没这样在外人面前扬眉吐气般地叫一声妈了。虽然他在心里对林慧芬很依赖，觉得她像是自己的母亲，可是像今天这样如此强烈的认同还是第一次。自从母亲去世以后，他是多么想有一个母亲呀。每次和仇小丫一起出现在林慧芬身边，他的心里不由自主会产生自卑，看着仇小丫在林慧芬身边撒娇发嗲，他心里会像雾一样漫升出嫉妒。他也想拉着林慧芬的胳膊一声声甜甜地叫妈，可是他不敢，每一次叫，都有些怯生生的，他不敢在那个字眼里流露出更多的感情。

林慧芬伤在了头部。

"好在是前额，不然后果不知会怎样。"当医生向黎术这样描述了伤情后，黎术悬着的心才算放了下来。可就在黎术打算坐在过道的椅子上休息一会儿时，一个医生急匆匆地走了出来。

"我们血库里给你母亲用的血不太够。我们正从其他医院往这儿调，但在没调来之前，你赶快再通知家里的其他人想想办法。"医生说完走了。

医生的话提醒了黎术，直到此时他才想起仇小丫怎么还没来。他拨仇小丫的电话。仇小丫的手机关掉了。

医生再一次走来时，脸上已写满了焦急。"借调的血还要等一段时间才能送过来，我们这里已经不够了。你和其他家属联系上没有？"

黎术摇了摇头。"还没有，先抽我的吧。"

"能行吗？"医生说。

"没问题。"黎术坚定地对医生说。黎术是能给林慧芬输血的，这一点黎术很坚定。因为一次偶然的机会他们一同到医院去检查身体，验过血后，医生对仇小丫他们说："你们这个家庭真的很有意思呀，所有人的血型都一样，看来真的有缘啊。"

做过简单的检查，黎术的血就汩汩地输给了林慧芬。看着林慧芬面色苍白地躺在床上，黎术心里猛地一热。就是这个女人，曾给了自己多少缺失的母爱呀。虽然她是一个很普通的女人，可是她心中却装下了那么多执着，就是缘于一段感激，她便不顾一切地奔走在拥军的道路上；然后，又执意地为女儿在军营中寻找着一个家庭。

黎术静静地看着林慧芬，想着和仇小丫即将破碎的家，他不知道下一步将如何面对这个女人。他知道，林慧芬是不允许仇小丫做出这样的选择的。现在，他的家庭就要维系在躺着的这个女人身上了。

林慧芬的伤并不是特重，只是流血多了一些。黎术的血帮她暂时脱离了危险。

黎术摇摇晃晃地站起来，深深地看了林慧芬一眼，便在一个护士的搀扶下走出了病房。那个护士安慰他："你妈妈没事了，一会儿就转入普通病房了。"

"知道了，小丫。"黎术有些无力地说。

那个护士脸上带着些愠色回头看了他一眼，黎术发觉自己说顺了嘴，叫错了名，尴尬攀上了脸颊。

林慧芬醒来的第一眼就看到黎术在床头坐着打瞌睡。她的嘴有些干，轻轻地动了两下，没有发出声来。她想喝点水，但一看黎术疲劳的样子，又不忍心叫他了。

黎术在迷蒙中觉得岳母似乎醒了，一睁眼，看见林慧芬正目不转睛地望着她，眼里噙满了两汪亮晶晶的泪。

"术啊，我伤得重不重？是不是没事了？"林慧芬的声音很弱。

"妈，没事了，只是碰了一下。以后再不要一个人走夜路了。"黎术蹲在地上，身子往床沿处靠了靠，笑眯眯地对林慧芬说。

"让你担心了。"林慧芬把手很自然地放在黎术的手背上，慢慢地摩挲着，"别惦记着妈，妈命硬着呢。"

听林慧芬这样一说，黎术的鼻子一酸，眼泪差点滚下来。多少年他没有坐在母亲身边了。这一刻，他像是找到了自己的母亲。这些年来对林慧芬的印象终于有了一个最为准确的定位，对，她就是妈妈！就是妈妈！这种感觉远远地超出了岳母的身份。

"小丫咋没来？"黎术正沉思着，林慧芬突然问。

"她，她……"黎术没有思想准备，一时竟想不起怎样来回答。

"她到底咋了？术啊，有什么事吗？"林慧芬的身子向上欠了欠，挣扎着要起来。

黎术赶快按住她。"没事，没事，她昨天在厂里忙，没回来，我还没通知到她呢。"

"我觉得没什么事了，问问医生，如果没什么大碍，咱就出院吧，别在这靠着了。"

"那不行，怎么也得在这里待几天，只有确诊没事了才能出院。妈，没事，我刚才已经和营里请过假了。听说你住院了，我们教导员也挺着急的，可能还要过来看你呢。"

"术，千万别让你们领导来，人家工作都忙，我又没什么大事。你的班别耽误了，还是让小丫来吧。"

黎术站起来，走到窗台边拨仇小丫的手机。

仇小丫的手机通了，可是响了很久也没接。黎术断定她不想接，想了想，发了一条短信：妈出车祸了，在市二院。

一分钟后，仇小丫急三火四地打过电话来了。仇小丫知道黎术不可能拿这种事和她开玩笑。

黎术一看是仇小丫的电话，便走到走廊里去接。

仇小丫在电话里急得变了声调："我妈伤得咋样？"

黎术支吾着还没想好怎么回答。仇小丫那边又喊了起来："我说话你听到没有，我问你她到底伤得怎样？"

"不太重。你过来看一看就知道了。"

二十分钟后，仇小丫风风火火闯进了病房。

仇小丫进入病房前，黎术收到了她发的短信。仇小丫告诉他，不要对母亲说他们之间的事。

黎术没有回，心里窝了一股火，你要是怕她伤心倒别和我闹僵呀。

仇小丫看到林慧芬躺在床上不能动，一步扑了上去，着急地喊："妈，你没事吧？"

"傻丫头，哭啥，妈没事。你男人在这儿守了一晚上了。"林慧芬轻轻地给仇小丫擦了擦泪，"别哭，丫头，和黎术去问问能不能出院，妈不愿在这儿躺着。"

仇小丫看林慧芬脸上带着笑，神志也很清楚，放了心。

仇小丫趁林慧芬不注意在床下用脚碰了碰黎术，然后对林慧芬说："妈，我去问医生。"

仇小丫站起来出了病房。黎术紧接着也跟了出去。

走到走廊尽头，仇小丫站住了，她没有回头，冷冷地说："你回去吧，我在这儿就行了。"

"我请了假，今天可以不上班。"

"我不是说你请不请假的事。我不想让你在这儿，知道吗？我不喜欢你再在她身边出现。"

"为什么？"黎术不解地问。

仇小丫冷冷地笑着说："我不想让你用这种方式感动我妈。她不知道你在想什么，她一直都不知道。可我知道。"

"我想什么了？你说出来呀，你说出来呀。别一生气就用这种话说我，好像我做了什么见不得人的可耻事。"黎术无法忍耐了。

仇小丫转过身看着黎术。"你自己想吧，我不想把话说得那么白。"

"结婚这么久了，我真的一直不知道你在心里怎么看我，总好像我在你面前做错了什么。我知道你不喜欢我，可那只是以前。不论你现在怎么想，至少有一段时间你是认可我的。不认可我，你和我结什么婚？你拿我搞军事演习还是当厨师练菜呀？我不和你吵，这是医院。"黎术压在肚子里很久的话终于吐出来了。

仇小丫又转过了身，黎术看见她的背影一耸一耸的。窗外的天灰蒙蒙的，云彩慢慢地飘来飘去。

黎术一个人回到了病房，脸色有些红地坐在林慧芬的床边。林慧芬吃惊地问："怎么，医生说什么了？"

黎术慌忙答辩："没有，他们说没有多大事儿。再观察两天就可以出院了。"

"我说没事就是没事，干吗非要在这里靠着呢？"刚说完，她有些奇怪地问，"小丫呢？"

黎术脸上闪过一丝惊慌。"她拿点东西马上回来。"

黎术话音刚落，仇小丫走了进来。

仇小丫不知是听到了黎术和林慧芬的对话，还是故意掩盖什么，声音猛地提高了许多。"妈，我问过医生了，他说没什么事了。三天后出院。"

"怎么又三天了，刚才不是说两天吗？"林慧芬诧异地问。

"啊，啊，医生说两天也可以。"仇小丫忙不迭地改口。

黎术接过了话茬："多一天少一天都没事。"

林慧芬不吱声了，她默默地看着仇小丫。一会儿，又转过了目光看黎术。待了一小会儿，她关切地问黎术："术啊，刚才医生来说，昨天血库的血不够用，是你给我输了很多血呢。现在没事了吧？"

"没事，妈。"黎术嘴角抽动了一下，"我体格好。"

仇小丫在一旁悄没声地听着黎术和林慧芬说话，心里有些不是滋味。甚至有些后悔昨天关了机，也感到方才对黎术有些过火。但仇小丫绝不会说一句道歉话，这就是她的性格。也正是因为这种性格，让她尝到了许多痛苦。

如果一个女人学不会在男人身边撒娇，即使不能说她的婚姻是失败的，但至少也应该是很累的。男人是什么？男人就是女人心累时停泊的港湾。可是仇小丫在黎术的身上体会不到。有时，她也想趴在他身边痛痛快快地哭上一场，或是可了劲儿地撒一阵娇。她从来没有这样过，偶尔有过那种欲望，但没有那种冲动。没结婚之前，她倒是不止一次两次地想象在付一笛身边待一阵，哪怕一句话不说也好。

女人的痛苦往往来自内心。仇小丫对痛苦的理解是想得到而无法得到，想忘记却忘记不了。

3

当黎术从家里再次来到医院时，林慧芬正在病房里走动着。

黎术把保温饭盒放在床头柜上，扶住了林慧芬的胳膊。"妈，我做了八宝粥，你趁热吃了吧。"

林慧芬微笑着点点头，坐在了床上。

黎术帮她把鞋脱掉，摆在一边，然后轻轻地拧开饭盒盖，揭开一层，取出两样小咸菜，摆妥当了，把饭盒的下层挪到林慧芬面前，说："妈，您别动，我来喂您。"

其实林慧芬自己能吃得下去，可她乐得让黎术这样来待她。如果不是她伤了，平时黎术也没机会在她身边讨讨巧。

黎术一勺一勺地喂林慧芬，幸福漫上了林慧芬的脸颊。

喂过饭，黎术出去刷饭盒。这时，临床的一个患者对林慧芬说："看你儿子多孝顺呀。"

林慧芬美滋滋地笑了，眼睛像是两个弯弯的月牙。

黎术还没进屋，仇小丫回来了。"妈，我把饭买回来了。"

"我吃过了。"林慧芬说。

"在哪儿？"仇小丫吃惊地问。

"我儿来了。"

"你儿？"仇小丫愣愣地站在地上，她不知林慧芬怎么冒出了这么一句。

第二十七章

1

俞正梦到了于静宵。她见到他，只是不语，问什么也不说。再问，竟然流下了一长串的泪水。

醒来后，俞正再也睡不着了。在床上翻来覆去一阵儿，俞正突然觉得有些担忧。他说不清为什么会这样，反正就是无法言状的担忧，到了最后，这种担忧变成了恐惧。

俞正连忙扭亮台灯。天还没亮，帐篷外刚刚透出一丝昏暗的亮来。灯光在帐篷里变得格外刺眼，俞正发现夜原来是这样的漫长。他索性坐了起来，可是，梦里的情境还是不依不饶地出现在眼前。俞正久怔在窗前，目不转睛地盯着太阳一点点从东山爬了出来。全大志翻一下身，看了俞正一眼，又接着打起了呼噜。

那轮太阳先是爬上了三道梁，然后从三道梁山顶漫出大把大把的橘红色的光。那光随着太阳一点点往树尖上爬，橘红的颜色渐渐褪去，然后变成晃眼的亮，最后整个树林都镀上了金亮亮的边，暗绿的树林变得像是一道蜿蜒的长城。俞正坚定了一个想法，把于静宵接回来。

决定下来此事，俞正感觉到了一种轻松，气似乎也喘得匀了，压在心头的一块石头落在了地上。他看看大洼谷四周的景色，无奈地笑了。那笑只是一闪即逝，连自己也无法重复。

站在教导员帐篷外的俞正，终于等到了教导员起床的声音。

"教导员，我想请几天假。"俞正说。

"请假？你们连长刚刚休完假呀？"教导员有些惊诧地看着俞正。

"就因为他休过了假，连队有干部，所以我才向您请假呀。"

教导员笑了："我是说，你应该知道现在能不能给你假。还有半个月就要演习走了，你不知道现在有多忙吗？"

"我们天天都说忙忙忙，到底都忙什么呢？"俞正嘀咕了一句。

"你说我们忙什么？我们是政工干部，我们不忙行吗？政治工作靠什么做保证？说到底还不是靠我们这些政工干部？"

"忙就是政治工作吗？咱们还真得忙，不然的话我军靠什么去打赢。"

"你怎么也变得这样不可理喻，我看你怎么学得有点像付一笛呢？"教导员不满地看着俞正。

俞正的脸色变得有些难看。"我不请假了，但我三年没有休探望父母假了。教导员，你难道非得让我拿书面申请过来才可以批假吗？"

俞正回到连队的时候，战士们已经出完操了。他让通信员把付一笛叫到帐篷，对付一笛说："我请了几天假，这几天的教育课你代我上一下。"

付一笛很惊讶，俞正怎么能在这个时候请假呢？很快，他断定出俞正休假与他未曾谋面的于静宵有关。

"说说正经的，你休假啥事？"

"没啥事。"

"别把我当傻子。指定是想嫂夫人了，死灰要复燃，破镜要重圆？"付一笛又开始挑逗起来。

俞正没回答，只是把脸扎在脸盆中。

"别再装了。表面看似平静若水，内心却波涛汹涌。还不是想请假去看一看原夫人到底怎么样了，不然一向沉稳的俞大指导员怎么会心急火燎地不分时宜地休假呢。"付一笛也不看俞正，只是望着帐篷外的风景。他看见远山已是层林尽染。

听付一笛这样嘲讽，俞正急忙解释："谁提不合理要求了？不就是请几天假吗？我去了又不是长住，只是看一眼就回，来来回回不就是三天吗？"

"三天？"付一笛又出三个手指在俞正面前，"三天还短呀？要是给海伦三天时间，就等于给了她一生啊。"

"别扯了！"俞正打断了付一笛的话，"难道三天都不行吗？你知道我这三年是怎么过来的吗？恨归恨，可是这三年来我正常时想知道她的一点消息吗？"

"知道了能咋的？不知道又能咋的？"

"我只是想看她一眼，我不会问为什么。一切都已经过去了，我只是想看她一眼！"

"不可能，你不是那样的人。你就看她一眼？你就什么也不为，就为看她一眼？你能悄鸟儿地我走了，正如我蔫了巴唧地来，忽撸忽撸袄袖子，不带走天边那嘎哒一丁点儿云彩？你有那么潇洒？"付一笛激动地在地上走着，猛地在空中一挥手，"不可能！你不可能做到那样！你是多么富有爱心的人啊！你是多么负责任的男人呀！你是我们团第一男子汉！"

"付一笛，你别这样阴阳怪调的好不好？就算是我把她接回来，这也顶天算是我们的家事儿。"

付一笛没有想到俞正会扔出这么一句，一下被噎住了。

"别生气，我知道你是对我好。"俞正又把话收了回来，"但是我还是想把他们接回来，孤儿寡母的——"说着说着，俞正声音小了下去。

"你们家的事，我当外人的没法管，自己定主意。你要是办一桌欢迎宴，我付一笛送份子不说，免费放一挂三千响大地红，还负责整个宴会的照相录像。如果再需要在媒体发表一下呢，题目我还得琢磨一下。叫什么，叫什么？就叫《患难夫妻多离散，携子归来破镜圆》？你看行不行？"付一笛在心里涌起了落井下石的痛快感。

"你不是外人，是朋友。朋友妻，不可欺。"俞正一脸严肃。

"我可没欺负。我可不是你身边的通信员，我没那想法也没那本事。"

俞正没再接茬，只是看了付一笛一会儿，然后说："我今天就走。"

2

下午，看了一小时《邓小平文选》的教导员正揉着眼睛伸懒腰，手机响了。他拿起手机翻了一下，是一条短信：晚上六点，步行街荟兰楼请您喝茶。

请我喝茶？读过短信，教导员的心怦怦跳了起来。谁会请我喝茶呢？他把能想到的人想了个遍，也没想出谁会请他到那种地方。平日，请他喝酒的倒是不少，可是喝茶还真是第一遭。能是谁呢？整整一下午，他都在焦虑不安中熬着。

入伍二十多年了，教导员的生活还未曾发生过这样让他激动和神秘的事情。细数走过来的光阴，他没有发现日子和日子有什么不同，包括和妻子结婚也是一缕平平淡淡的记忆，哪怕回忆那个女人让他激情荡漾的片断，也显得有些吃力。他不知道日子怎么变成了这样。

没有犹豫，他决定赴这个约。他不渴望有什么惊喜，只是觉得很有意思。到现在，他还没去过茶馆，他想知道那里到底有怎样的情趣。谁会和他来这样一种浪漫呢，怀着一丝忐忑，他急切地等待着太阳收起灿烂的面孔。

当夕阳变得温柔起来，慢慢向远处的山峦走去时，教导员一身便装出现在了熙熙攘攘的步行街上。这是市里唯一的步行街，也是这座城市最为繁华热闹之所。此时，人群正如水一样流过这里。他有点吃惊地回望着行色匆匆的人们，他闹不清衣着各异的人们怎么会那样忙碌，打手机的人脸上布陈着喜气，牵着手慢踱的情侣显得格外亲密，街边一声接一声怪声怪调吆喝着的小贩们又是那样自然，而他，像是从外星来旅游的人，陌生地望着地球上的居客。

教导员在荟兰楼的门口停下了，像是要进门向领导请示工作一样紧张，他认真地把衣扣摸了一遍，抬头往牌匾上看了最后一眼，从衣袋里掏出一副金边眼镜戴上，然后慢悠悠地走了进去，慢慢地看着屋里静静的人。

荟兰楼的大厅里，一个着淡绿色旗袍的女子在轻弹着古筝，室内散发着淡淡的清香，偶尔不知从何处轻飘出缕缕轻烟。从喧嚣的街市向室内不到五步，此地竟是另一番境地，教导员有些六神无主起来。这种反差的产生是因为对此地的陌生。早先的新鲜和好奇此时已经跑得无影无踪，他甚至有些后悔冒冒失失地赴了这个约。

可是，这个想法在他的脑子里很快消失了。他突然看见付一笛在墙角冲他招手，他像是一个迷路的孩子见到了提着灯笼站在门口的家长，喊了一声付排长然后快步走了过去。他在向付一笛走去的时候，他看到周围的人齐刷刷地把头转过来，好奇地看着他。他猛地意识到在这种场合，他的声音确实大了一些。

"你怎么也到这儿了？"见到付一笛坐在桌子旁，教导员想也没想就扔出了一句。

付一笛没想到教导员会这样问，不冷不热地说："等我们领导，请他喝茶。"

此时，教导员方才醒悟过来自己把话问错了。在他的周围，除了付一笛能有这种雅兴之外，还能有谁呢？在这种场合相逢只有相约没有巧遇。

"教导员手边应该有一份部属的联系方式，不然如果教导员想找谁会很难。"付一笛把一盅茶轻推到教导员面前，"怕您渴，先替你点了，习惯喝什么一会儿你再自己点。"

教导员没存付一笛的电话，因而弄得有些尴尬。"平时都是军线联系，猛地看到这个号真没想到是你。"

付一笛笑了，这一笑让教导员更不自然起来。

"今天请您没有什么事儿，再者仅仅是喝一杯茶也不算什么请。"付一笛一边看教导员喝茶一边把玩着茶壶，"有点闲，就想找点事。突然想和老大哥唠唠嗑，真的挺想，也说不清为什么。"

"我也是。"教导员完全被付一笛弄迷糊了，不知道说什么才最贴切。一时间他竟觉得付一笛成了他的上司，而且有什么重要的指示要做，而他除了必须回答之外，不能有半点质疑。

"老大哥，你说我们活得累不累？"

"嗯。"

"我有时觉得生活挺好玩的，让人活来活去都不知为什么活着。我长这么大，到现在也没弄清，我到底为了什么活。"

教导员看了看付一笛，神情紧张地问："在这儿，我把衣扣解开行不行？"

付一笛觉得他问得有些奇怪。"可以呀，这没人管，只要咱们不光着。

这和部队不一样。出门就戴帽，走路走大道，见官就敬礼。"

"一笛呀，到底有什么事？你这样子我都不知道说什么了。这种地方我可是从没来过。"

"这里有灯红酒绿吗？这里有歌舞升平吗？咱们部队规定的'十个严禁'不包括这里呀。违法违规的事儿咱一点不做，我时刻都记着我是炮营的排长，是您的手下呢。身在组织心向党呀。"

"我说的不是这个意思。"教导员一口把一盅茶干了进去。

看着教导员的举动，付一笛的脸倒是微红了一下。教导员喝茶像是喝酒一样豪爽。

"今天，从您一进来，我就没叫您一声官称。我觉得我们除了工作之外就是同事，我们是战友但还不是朋友。是年龄上有差别，还是对事物的理解不一样，我也说不清。总之，我觉得我们之间有距离。当然了，这种距离不是体现在领导有没有下属手机号上。"付一笛又提到了这事，教导员觉得有些愧疚。

"其实，我们部队常讲一句话，同事一回，友谊一生。我认为这仅仅是一种美好的愿望，或者是理想状态。能够做到友谊一生的很少很少，弄不好，或许还存在着记恨。"

"不至于吧？我怎么没想到这些呢？"教导员疑惑地看着付一笛。

"我也仅是想象而已。可是，老大哥，你反过来想没想过你的生活。恕我言重，你的状态可以用妻离子散来形容。但是事业又怎样呢？一个中国人民解放军的中校用什么样的状态来谈事业呢？你一门心思靠组织，当你离开这里的时候一转身，你想看一看组织，可是组织在哪里？你只能看到一帮战友。有的时候，战友也会离你远去。"教导员听着付一笛口若悬河，他有些惊奇。

付一笛端起来的茶盅几乎只在唇上沾了一小下，似乎没有喝到一口水就又放下了，然后用手轻抚着盅身。

"你说，我对同志们不好吗？"

"我没说。我听很多人在念着你的好。"

"谁？"教导员有些迫不及待了。

付一笛没有回答，只顾低头闻着他的茶。许久，抬起头，微笑着看着教导员。

"你个秃小子搞什么名堂？"

付一笛扑哧一下笑了。"我就说过你好。说你是好大哥，可没说过是好领导。"

"有人说好就行，管它是什么呢。"直到此时，教导员才放松下来，"来，给我倒点水。"

付一笛举着茶壶，高高地把水倾泻下来。哗哗的流水时高时低，时急时缓，在教导员和付一笛之间升腾起雾蒙蒙的水汽。

"让我们指导员休几天假呗？"

教导员不知道付一笛怎么替俞正休假的事操起心来。"不是同意了，他已经走了吗？"

"你人真挺好。"付一笛突然又冒出这么一句，教导员愣怔住了。

"你早应该对周围的人多关心一些。你不觉得这些人和你有距离吗？心的距离。权力不是重要的问题，权威才是第一。为什么连我一个小排长有时都敢挑战你的权威？"付一笛说过之后又喝起了茶，他知道教导员无法回答，尽管这不是一个深刻的问题。

各式各样的 LED 灯把城市装饰得漂亮极了，在教导员和付一笛面前闪烁着变换着图案与色彩。没喝酒，教导员竟觉得醉了，看楼，楼在夜空中晃动；看人，人像在舞台上飘忽。只有付一笛，揽着他的胳膊。他觉得付一笛在今晚变得十分乖顺，再也不像一头无法制服的烈马。他在心里暗暗地发狠，一定要对他们好，一定要对他们好。

付一笛侧身看了看教导员的表情，很凝重，他看见教导员的嘴轻轻地翕动着。他问："老大哥，你在说什么，我没听清。"

教导员继续往前走，没回头，说："我想你嫂子了。"

付一笛头一次看到教导员这副表情，再一细看，他的眼角好像湿润了。

第二十八章

1

俞正的心情很复杂，几年来对于静宵的恨已经荡然无存，而且还不时涌起淡淡的想念和渴盼。他想不通这个女人为什么要带给他如此奇耻大辱，让他欲恨不能，欲爱还休。

于静宵一遍遍地出现在俞正的眼前，一会是父母去世时满脸伤感的她，一会是新婚之夜小鸟依人般的她，一会又是挑逗时蛮横的她。车窗外呈现着一片灰突突的景象，远处的房屋、近处的树木都在飞快地向后退着，如同俞正心中逝去多年的回忆。

俞正此次之行，没有告诉于静宵。他只想知道她过得怎么样。

可是当他在汽车站前找到于静宵时，他竟然已经认不出眼前的这个女人了。仅仅几年光景，她竟变得像是秋日里枯黄的玉米秸，干瘦得没有一点光泽，她的目光中透着隐忍的忧郁。俞正站在离她三步远的地方，一句话也说不出。一片杨树的叶片打着旋落在了于静宵干涩的头发上。

于静宵没有看到俞正，她的肩上挎着一个大大的布袋，袋子上两根细细的带子紧紧地靳在她的左肩上，左肩因为受重而向下倾斜着。那个布袋子的顶部露着各种饮料的瓶盖，蓝的红的黄的交杂在一起。于静宵的小臂上则搭挂着当日的报纸。

"要报纸吗？当日的。一元三份。"于静宵没有像周围其他卖报纸的人那样叫卖，只是征询着过往行人的意见。

"要报纸吗？当日的——"于静宵的话还没有问完，像是挨了电击一样立在了那儿。接着，眼睛里露出了无限惊恐。她怎么也想不到，她躲避了多年的俞正会出现在她的眼前。她不知道这个昔日的男人会如何对待她。

于静宵没有转身离开，也没有开口，只是把扎在脑后的围巾向前额处扯了扯，低下头看着俞正的脚。

俞正感觉自己要哭了，他怎么也想不到于静宵会落魄到这种地步。虽然以前能够猜想到她有多苦，但是没想到她会为了生计走上街头。于静宵十分憔悴，眼神当中不时地摇晃着无力。

"你一直在干这个？"俞正问。

于静宵面无表情地点了点头。

"妈妈，妈妈。"这时，一个脏兮兮的小男孩抱住了于静宵的腿，他手里哗啦着一个当作玩具的易拉罐。当他发现了俞正之后，有些不满地问："你在和我妈妈说什么？"

俞正蹲下身，用手把小男孩流出来的鼻涕擦了下来。

"你别动，埋汰。"于静宵突然大声地冲俞正说。这算是两人见面于静宵对他的招呼了。

俞正擦过了孩子鼻涕才发现，他衣袋里竟然没带卫生纸，而孩子的鼻涕还黏糊糊地粘在他的食指和拇指上，他用力地一甩，鼻涕非但没有甩掉，竟围着食指粘了一圈，两个手指用力一张，那缕鼻涕随着两指的距离而拉长了。

俞正突然对这鼻涕来了兴致，他使劲地扩展着两指，鼻涕在他的两指间一点点变细，最后终于被拉断了。鼻涕迅速弹向了两个手指。

"真好玩。叔叔，这还有。"俞正一低头，他看见小男孩又从鼻子里挤出了一缕鼻涕。

"给。"此时，于静宵摘下手上的一只手套递到俞正面前，"用它擦吧。孩子感冒了，太埋汰了。"

俞正俯下身，抱起孩子就走。

"你去哪儿？"于静宵跟在身后问。

"去你家。"

"别，那里太乱了。"于静宵尽管这样说，但还是顺从地走在了俞正前面。

2

于静宵的家很简单，厨房和餐厅在一起，一张小饭桌靠墙摆着。里间是一张双人床，床上粉红色的床罩很显眼。地上零乱地扔着一堆塑料玩具。俞正的目光最后落在了墙上的一幅大照片上。那是于静宵和崔笑岭带着孩子照的全家福。崔笑岭的怀里抱着孩子，孩子天真地举着两个手指做出 V 形。三个人的脸上洋溢着说不出的幸福。俞正的目光像是被磁石吸住了，久久地看着那里。

于静宵还是没吱声，把脸悄悄地转到脚上。她用脚尖一遍遍地搓着地面。

孩子不知从哪里掏出了一柄塑料剑，在空中呼呼哈哈地比画了一阵后，剑尖直接指到了崔笑岭的下巴处。"看，这是我爸爸！"说完，又调皮地向崔笑岭抛出了一个飞吻。

"一丁！"于静宵轻轻地揽过了孩子。也许是孩子的动作勾起了她的伤心，也或许她认为孩子当着俞正的面做这样的动作不合时宜。

屋子里一下静默下来了。无论是俞正还是于静宵，谁也找不到更合适的话题来打破这种沉静。

　　孩子在于静宵的两腿间来回地滚动着，显然他也不习惯这种沉闷，可是他又不知应该干点什么，只能眨巴着一双大眼睛盯着俞正。盯着盯着，孩子的眼里生出了恐惧，眼睛里汪上了亮晶晶的一片，嘴角紧跟着抽动起来。

　　"崔一丁。"为了让孩子不再害怕，俞正猫下腰，故作亲切地靠近了孩子。哪知孩子哇的一声终于哭出了声，一边哭一边委屈地说："我叫于一丁，我不叫崔一丁。"孩子给自己找到了委屈的理由。

　　"噢，于一丁？"俞正心里犯着合计，把于一丁抱在了怀里，"一丁不哭，叔叔带你买玩具去。"

　　于一丁渐渐收住了哭，可怜兮兮地瞥着于静宵，小声地说："妈妈不让我要玩具。妈妈说我不能和别的小朋友比玩具。"

　　"没事，今天叔叔说了算。不用你妈妈拿钱，她会同意的。"俞正和于一丁亲热地说着话，他忽然感觉他对这个孩子一点也不讨厌，还有着一种本能的亲近，就像是自己的孩子。这样一想，俞正心里涌上了一股酸溜溜的感觉。他抬头看了一眼照片里的崔笑岭，心里狠狠骂了一句："王八蛋！"

　　俞正和于一丁正谈得热乎，他却听到了于静宵的抽泣声。转身一看，于静宵的头埋在胸里，两肩剧烈地抖动着。

　　俞正松开于一丁，呼地站了起来。刚向于静宵跨出一步，又收住了。

　　"叔叔，妈妈总是一个人哭。你哄哄她吧。"于一丁稚嫩的声音传了过来。

　　俞正不知怎样哄于静宵，也不知该怎么做，他站在那儿看着他曾经的女人哭着。

哭了一阵，于静宵红着眼睛恨恨地冲俞正喊："谁让你来，谁让你来！你来干什么？"

俞正还是不作声，任凭于静宵叫喊着。

当于静宵恢复了平静后，俞正浅着声说："你要是不给我打电话，我也找不到你。一个人要想躲一个人，另一个永远也找不到。"

于静宵又嘤嘤地哭了起来。人一下子又变得十分软弱了。俞正心里除了可怜，其余的什么也没有了。

"遇到了什么事？"俞正说。

"没有。"

"不可能！"

"真的没有。"

俞正笑了。"何必装得那么虚伪呢？过去的都已经过去了。恨与爱对于生活来说都不重要，重要的是活着。"

俞正说话的时候，情不自禁地向墙上的照片又望了一眼。

"叔叔，快点，帮我扶一下，妈妈又头晕了。"俞正正望着照片愣神，于一丁急急地冲他喊着。

回头一看，于静宵捂着头无力地靠在了床头上，汗水漫了一额头，脸色十分苍白。

俞正不知道本来还好好的于静宵怎么一会儿工夫变成了这个样子，他连忙扶住了于静宵。"怎么了？怎么了？"

于静宵凄然一笑："没怎么，一会就好了。就是有点不舒服。"

"妈妈总是这样。"于一丁在一旁悄声补充道。

听于一丁这样说，俞正心里咯噔了一下，一种不祥之感涌上了心头。

他去看于一丁，孩子在目不转睛地看着他，水汪汪的眼睛里全是乞求。看得出来，仅仅是半个多小时的接触，这个孩子不能说喜欢上他了，但对他还是很相信的。

就这么一看，俞正心里又咯噔了一下，他从于一丁的脸上好像看到了自己小时候。这个孩子真要是自己的孩子该多好呀，如果当初有了孩子，于静宵也不至于迈出这一步。

于静宵缓了过来，她勉强地站起来给俞正倒了一杯水。"你来看看，我也就知足了。我只是想让你知道我还活着，并没有其他的意思。至于孩子，我只想让你看看，但不能让你带走。"

这回轮到俞正不说话了，他哦哦地应承着。

"我知道这些年你不会找我，所以，"于静宵咽了一口唾液，把要说的话还是说了出来，"给你打电话，并不是让你来可怜我。因为在这个世界上，除了孩子，我没有任何亲人了。你，还是我心里的一点牵挂。"

"都过去了。"俞正说。

"我知道过去的不会再回来了，我没有其他想法。"

"我也是。"

于一丁抬着头，看着屋子里的两个大人对着他完全听不懂的话。他不知道这个从来没有见过面的叔叔怎么和妈妈之间有这么多话。

"我想把你们接回去。"

于静宵坚决地摇头。"不可能。"

"只是给你们找一个住处，并不是接到我的家里。一是我没有家，还住在连队；二是也不可能让任何人知道。我只是觉得应该离你们近一些，照应一下你俩。"

于静宵还是摇头，疑惑地盯着眼前这个显得愚笨的男人。

"你不需要我，孩子需要。如果这样下去，对他的成长不利。你能给他提供什么好的学习环境？不能。我也要对崔笑岭负责。"俞正的话刚说完，于静宵嘴张得大大的，接着又迅速地合上了。

俞正知道她有话要说，但他不想让她说出来。"只能这样。不需要你和崔笑岭任何一个人感谢，只为了孩子。"

两行泪水扑簌簌滚了于静宵满腮。她揽过于一丁，用下巴指了一下俞正。"叫爸爸。"

于一丁大声地喊："不，他不是爸爸，他是叔叔！爸爸在那儿！"说完，于一丁用手指着镜框里的崔笑岭。

这一天秋阳有些明媚，暖暖地洒在大洼谷的沟沟汉汉。只是偶尔刮过来一阵秋风，不明事理地掀动着炮衣。

尽管天气很好，但黎术的心情却糟到了极点。和仇小丫的战斗终于结束了。他像是一个身负重伤的战士，躲在一边舐着流血的伤口。现在是秋季了，可他的爱情却没有遇到收获的秋天。他感觉自己像一个辛苦的老农民，忙碌了一大气，才发现只是收获了干瘪的谷物。尤其让他害怕的是，用不了多久，冬天就要来了。而如今一切都成了过眼烟云，成为记忆中可堪回忆的片断。忽然，他明白了仇小丫那天为什么要约他去钓鱼。

黎术的眼前又出现了仇小丫和他办理离婚的情景。那天，仇小丫非常镇静也非常乐观，一点也看不出有什么不舍和留恋。她很大度，全没有一点点的小肚鸡肠，在这一点上，黎术又不得不佩服起仇小丫来。虽然两个人的婚姻走到了尽头，但仇小丫还是给他实实在在上了一堂婚姻课。他恍然大悟在婚姻上职务和身份一点也不重要。副营职军官又能怎么样，复员女兵仇小丫不就把你炒了鱿鱼吗？

想来想去，黎术觉得自己就是爱情的小偷，他偷取了原本并不属于自己的爱情。当仇小丫看明白了他所有的心思之后，舍弃了梦中军嫂的光环，开始向着一条属于自己幸福的道路阔步走去。

黎术佩服仇小丫的不仅仅是这个女人在爱情的取舍上，包括对他的态度也让他无地自容。办手续前几天，仇小丫把父亲送到了养老院，并交足了三年的生活费。

那天，办理完离婚手续，仇小丫极其自然地和他一同走了出来。分手时，还一如既往地问："黎助理，你一会去哪儿呀，有时间我们在一起吃个饭呀。"

开始，黎术还以为她是在取笑或者打击自己，但细细地一品，仇小丫就是那样豁达。

三天之后，黎术到敬老院去看了一次父亲，恰巧碰到仇小丫从黎老爹那里告辞出来。仇小丫还是一脸亲和地拉着黎老爹的手，还是一如既往地给他整理衣领擦着涎水。黎术更感自愧不如。见了仇小丫，除了愧疚就是愧疚，连一点怨恨都不敢有。

3

黎术心不在焉地走着，脚步就像是他的心，不知要往何处去。能往何处去呢？仇小丫没要房子，可是那个空落落的屋子再进去又有什么意思呢？部队要出去拉动了，他现在也不带兵，星期天又能干什么？他在街上转着散着心。

黎术正百无聊赖转悠时，俞正出现在了他的眼里。俞正正大包小裹地从商场的门里往外挤。

黎术以前觉得俞正和付一笛挺有意思，岁数挺大的都不成家，就是一个人飘着。可是现在他觉得自己也回归到了他们那个行列。他刚这样想，把念头又打消了。自己怎么能和他们比呢？人家付一笛清心寡欲，俞正佛心不动，倒是自己耐不住，在婚姻上先跑了一步，在离婚上也领先了一步。

黎术在心里刚刚把自己比下去，一股不服又蹦了出来。他付一笛算什么，自己尽管被仇小丫踹了一脚，虽未天长地久，但也曾幸福拥有。

黎术在心里还犯着合计，于静宵抱着于一丁在俞正身后出现了。开始，黎术并没有把他们往一起想，只是觉得那个女人离俞正近，又帮着他扶了一下门，这些举动黎术认为陌生的人也会去做。可于静宵怀里的孩子却不停地用长柄上系着的气球往俞正头上砸，他觉得这可就非同一般了。哪一个陌生人的孩子能对俞正这样呢，他的眉头皱了起来。

黎术站在大大的广告牌下，目送着俞正和于静宵一同上了出租车。他在心里确定了一件事，那就是他发现了俞正的秘密。他断定俞正和那个来路不明的女人之间一定有着说不清的关系。

以前，黎术似乎听过俞正已结婚的事，但他一直没有看到他的家属。两人一起搭班子时，俞正从来不说，他也没问。这会儿，他忽然觉得事情有些蹊跷，看起来风平浪静的俞指导员，身边怎么会突然多了一个女人，而且还弄了一个看起来还不算小的孩子呢。

教导员的眼睛瞪得越来越大，他不知道黎术怎么犹如神人一样给他带来了这样一条新闻，而且这条新闻让他觉得有些震惊。他用惊呆的神情听着黎术描述着他的所见所闻。

当他听过事情经过，不无担忧地叮嘱黎术："这件事你知道就行了，千万别往外再声张。一是不一定就是这么回事；二是如果真的是这么回事，对营里的影响实在太大了。"

看着黎术半懂不懂的样子，教导员又补上了一句："计划生育是高压线。"

俞正是周日晚饭后回到大洼谷驻训点的。正在踢球的付一笛见俞正回来了，从球场跑了过来。他看俞正脸上挂着说不清的表情。

"咋样？"

"没咋样。"

"见到了？"

"嗯。"

看俞正不想多谈的样子，付一笛没再往下问。他觉得指导员的心事好像又重了一层，眼里的忧郁又深了一层。

按惯例，周日晚上看完《新闻联播》，营里要进行干部点名。其实点名无非就是安排一下下周工作，再不痛不痒地提出要求。可是这次点名，教导员的表情很严肃，讲话也好像很激动。

教导员刚开始讲话的时候，还尽量压着语气，可是说着说着话题就扯到了什么事该做什么事不该做上。

最先听明白教导员讲话的是俞正，他听出教导员话里的意思了。他说每个干部在生活上都要检点一些，也要注意一些，不要做一些不合身份不合时宜的事，要注意影响，尤其是在男女关系上，一定要把握好关系和分寸。

教导员刚开始讲这些时，付一笛心里有些火，怎么又把陈谷子烂芝麻翻出来了。可是听来听去，他也听不明白了，教导员今天怎么变得这样婆婆妈妈。

然而，心里最明白是怎么回事的是黎术。点名之前，他已经料定教导员一定会讲这件事，果然没出他所料。

教导员也没有料到，就在他讲得兴起时，俞正在旁边干咳了一声。起初他没在意，以前哪一个同志都会偶生小恙，会有嗓子不舒服的时候。但是他没有想到，接下来俞正接连干咳了三声，而且是一声比一声大，一声比一声长。看来，俞正不是嗓子不舒服，而是心里不舒服。

付一笛用脚碰了碰俞正，很不屑地抛了一个飞眼，嘴角使劲向一边瞥了两下，然后用手指头敲起了本夹子。

教导员抬头看了看俞正，又看了看付一笛，接着他很快地扫了一下点名的人。他发现并没有几个人在认真地听他说话，只有黎术的脸微涨着红色。

第二十九章

1

　　齐全生在家闲了一天，张晓鸥觉得有些不习惯。当张晓鸥第三遍问齐全生今天去不去驻训点时，齐全生心里涌起了火，但是向来惧内的他又不好发作。

　　齐全生望着坐在镜子前的张晓鸥。她已经第三遍画好了眼影又抹去，然后准备重描。齐全生终于忍不住了："我今天好不容易休息，我们一起做点家务行不行，你左一遍右一遍画来画去的到底要干啥？"

　　张晓鸥没有理会齐全生，化妆的神态显得更专注了。乌溜溜的大眼珠转动得更欢，还不时地瞟着齐全生，明显在斗气。

　　齐全生走到张晓鸥身后，伸手抓住了化妆笔。"今天你不许出门！"

　　"放开。"张晓鸥冷冷地说道。

　　齐全生本能地松开了手。

　　张晓鸥停了下来，坐在化妆台前轻蔑地看着齐全生。"怎的？在家待一天就想管我了。你怎不想想你不在家时，我一个人是怎么熬过的呢？"

　　"你不是个例，军属多了去了。不都是这样吗？"

　　"她们是她们，我是我。你别拿我和他们比。我辛辛苦苦读完大学，难道就是想过这种相望的生活吗？你们在营区时，站在阳台上都能看到你们连队，十分钟就可以回来的路，你天天回来过吗？同意你入伍真让我后悔死了。"

"好歹部队还让我们每周回两次家呢。你看看我们教导员，两地分居有多苦。"

"两地分居？"张晓鸥的嗓子一下子提了起来，"齐副连长，亏你想得出来？如果两地分居我跟你结婚？要不是上大学的时候你下手早，冲你现在的寒酸样我跟你？"

"谁寒酸？全军刚调了工资，又发了新式军装。别人羡慕都来不及呢。"

"别来这一套。调了工资又是多少？你一年挣的能和我一个零头比吗？我随便补两堂课都能顶你半个月挣的。在部队加了多少班你自己不知道？有补助吗？倒是省了家里老婆，可是费了部队灯泡！"

张晓鸥几句话让齐全生哑了口。他就怕张晓鸥说这事。他知道，在这个家里，经济收入决定着家庭地位。

张晓鸥见齐全生不吱声了，拎起红色的坤包就走，路过齐全生身边时，猛地在他脸上亲了一口。"再见老公，我今天有事。"然后又把那个坤包举过了头顶，晃了两下，"开会发的，一千五百三十元，商标还没舍得摘呢。"

张晓鸥说完，咚咚咚地跑下了楼。

齐全生估摸着张晓鸥快走到楼梯口时，抓起一个圣女果快步奔到了窗前，然后拉开窗户等着她出现。果然，张晓鸥风姿绰约地出现了，一头披肩发在风中飘荡着，煞是迷人。但是齐全生还是没忘了把手中的圣女果对着她扔了下去。

圣女果一出手，齐全生迅速地把头缩了回来。齐全生刚要关窗户，就听见楼下传来了张晓鸥的叫声："谁呀？缺不缺德？没长眼睛呀。"

齐全生独自嘿嘿地笑着，他觉得这个恶作剧还不过瘾，他又掏出了手机，给张晓鸥写了一条短信：不长眼睛能瞄那么准？瞄得准来打得狠，一枪消灭一个大美女。

齐全生的短信刚刚发出，化妆台处传来了嘟嘟的声音。齐全生好生奇怪，一个人在家里，怎么又有其他动静呢。顺着声音一望，张晓鸥的手机正在镜子前跳动呢。

齐全生一阵好笑，这个女人，急着出门竟然连手机都落下了。这条短信没有被张晓鸥看到他感到有些失落。

张晓鸥的手机很别致，是一款深红颜色的。机盖上贴着他们俩的大头贴。齐全生怎么也想不起来什么时候和张晓鸥有过这样一张亲密的合影，后来仔细一看是电脑合成的。齐全生心中不禁一动。

齐全生的神经被触动了，他突然想翻一翻张晓鸥的手机。

张晓鸥手机里的短信很多。五花八门，什么样的都有。人生谚语呀，幽默故事呀，世界奇闻呀，简直是本杂志。可是齐全生看着看着，心里就泛起了醋意。一个叫张凯的几乎每天都会给张晓鸥发来一条短信，而那些短信的内容很难让人启口，清一色的属于亚黄色内容。其中有一条讲，一个女人因为乳房太小，始终没有嫁出。当她终于和一个男子处上了对象时，女子直言告诉男子自己的乳房很小。男子问，有没有鸡蛋大。女子答：有。结果结婚之夜，当男子看见女子乳房时，惊呼：原来是鸡蛋饼呀！

看完这条短信，齐全生在心里还笑了一下。可那笑一闪而过之后，就再也笑不起来了。他不知道这个张凯为什么会给张晓鸥发这样的短信。

突然，他想起有天夜里张晓鸥接了一个叫张校长的电话后，很委屈地告诉他，这么晚了，她们张校长还要让她去陪上级检查组吃饭。

难道这个张凯就是那个张校长？齐全生感觉重重地挨了一棒子。

齐全生不想再看下去，汗水从额头亮亮地渗了出来。尽管听说过别人家后院着火的事情，但他总相信张晓鸥是不会背叛他的。如今，看着这些短信，他似乎意识到了什么。

齐全生正无比愤怒时，张晓鸥的手机又嘟嘟地收到了短信。齐全生本能地按了下阅读键，是张凯发来的：亲爱的美人，到哪儿了？我都要急死了，等见面我非吃了你。

"噢——"齐全生犹如困兽在客厅里吼叫着。

2

窗外的天很蓝，一群鸽子划着哨声在楼群上空飞过。齐全生呆呆地望着天空，莫名地有些同情起黎术来，又有些奇怪地想起了教导员的家属。教导员长年不在家，她会怎么过呢？齐全生真想同教导员交流一下想法。

齐全生还在胡思乱想，张晓鸥的手机又响了，彩铃是那首《想念你的人是我》。齐全生愤愤地看了一眼，屏幕上显示着张凯的名字。

"你什么事？星期六打什么电话？"齐全生有些歇斯底里。

"老公呀，吓死我了，我以为手机丢在路上了呢。咋的，想我想疯了？"

齐全生一听是张晓鸥的声音，气不打一处来。"你愿意干啥就干啥，愿意和谁在一起就和谁在一起。别把我当成二百五！"

"嗯——别生气呀，亲爱的。"张晓鸥的声音更加发嗲。

"滚！"齐全生大叫一声扣了电话。

张晓鸥的手机刚刚被齐全生扣掉，齐全生的手机又响了起来。刚一接听，一个温柔的女声传了进来。"是姐夫吗？"

"你打错了吧？谁是你姐夫？"齐全生奇怪地问。

"姐，她说我打错了。"电话那端响起一个很弱的声音，刚才打电话的女子好像在和一个人说着话。

齐全生刚要按拒听键，他听到好像是张晓鸥的声音在说："错不了，今天我把他气坏了。"接着是张晓鸥的笑声。

"没错，你就是姐夫。那个声音又响亮起来。咋的？和我姐生气了？"

齐全生冷冷地问："你是谁？"

"我呀，我是张凯呀！你竟然连我都不知道，哪天罚你请客。"

齐全生万万没有想到张凯竟然是一个女的。一听说话就是一个快言快语的人。齐全生心里一下变得坦然起来，看来自己生了半天儿气纯是自找的，他从大醋缸里爬了出来。

那天教导员点名讲全营干部要注意处理好男女关系时，付一笛断定俞正一定是把于静宵接了回来，但他不知道教导员是怎么知道的。这几天他悄悄地观察俞正，他发现俞正愣神的时间明显比以前多了。好多时候，吃过午饭他就一个人溜着边儿走，有时走着走着不知想着什么就走过了帐篷，心事重重的。看着俞正受罪的样子，付一笛感觉应该拉他一把。

可是付一笛又能怎么来拉他呢？除了替他鸣不平之外，他也不知该怎么办。而最让他失望的是俞正根本就没有找他商量的意思。

付一笛终于忍不住了，他去找俞正。他想从俞正那儿要一个答案。这回俞正没有转圈子，很坦然地面对着付一笛的疑问。

俞正告诉他："是，我把她接回来了。我们没有办过离婚手续，于情于法我都得管她。"

付一笛嘴巴张了很大，不知说什么好。

"一笛，不是我在赌气。我现在根本就恨不起她来。你说，她一个寡妇。俞正感觉这样说有些不妥，但又拿不准怎样给于静宵定位才算准确，不，这样说也对。你说，她带着一个孩子，自己又生了病，一个亲人都没有。这个时候，我不帮她一下，她还能指望谁？"

"这样就能用你的善良换回她的心吗？她只不过是走投无路。"

"一笛，人要善良一些。"

"善良？你恰恰就是吃了善良的亏。我们不是不追求善良，也不是不希望周围真诚再多一些才好。可是，现实不是这样的。例如你对她，就是伪善。你表面上装得好像什么都没发生，可在你的内心你恨不得把她凌迟了才算过瘾。"

"我不和你计较这些。不过我要告诉你，她确实是生病了。前天我刚刚拿到结果，肝癌晚期。"

付一笛蒙了。他无论如何也不能相信什么惊奇的事都会在俞正身上一个接一个发生。

"是真的。我没诅咒她，也不拿这事开玩笑。所以，我也不希望任何人来搅和我的事。我没有那些精力。"俞正最后狠狠地扔出了一句，"包括你！"

"俞正！"付一笛使劲地喊了一声，"你这样说有些过分。我只不过为了你好，可是我哪儿知道她得了绝症。"

俞正低着头，沉闷了很久。付一笛听到了他有些沉重的喘息。

"在我这儿，一切都过去了。宽容是一种美德。付一笛，你记住，这个世界上爱要比恨多。面对这样的一个人，我只能如此。"俞正一字一句地说。

"她的孩子怎么办？"

"视如己出。"俞正的眼中闪着神圣的光芒，付一笛望过去时，发现俞正竟然真的像是一个做了父亲的人。

"那我能帮什么？"

"不用，她不愿意见任何人。她但凡有一点办法也不会找我的。不过，你会喜欢上那个小家伙儿。"

"他叫什么？"

"于一丁。"

"哎呀，看来他妈早有这一手呀，早就姓你的姓了。"

俞正苦笑了一下："人家是干勾'于'，随他妈姓。"

付一笛意味深长地噢了一声："相濡以沫呀。"

俞正看了看付一笛，坚定地说："你会喜欢上那个小家伙儿的，长得挺像我小时候。"说到这儿，俞正有些兴奋了。

"于静宵不是说是你的吗，你就当她说的是实话就行了。反正他爸也——"付一笛没有接着往下开玩笑。

俞正神情凝重地望着付一笛，说："一笛，以后不要再拿这事开玩笑了。不论于静宵说的是真是假，我都不会去做无谓的验证。孩子是无辜的。除了我和他妈，还有谁会疼他。我会爱他的。"

3

全大志知道俞正的事是付一笛对他讲的，不是闲谈。而是付一笛当成一件事一本正经向他汇报的。因为付一笛知道，俞正接回了于静宵，于静宵生病指定要牵引俞正的工作精力，这事对连长掖着藏着也不好。可是俞正不可能向连长讲这些。那么让连长早一天知道就比晚一天强，不然总让别人误解着也不是什么好事。

付一笛衡量再三，找到了全大志。

消息走得很快，教导员从全大志那里知道了俞正的事。当他听到俞正的事时，所有关于俞正婚姻的片断都跳跃着跑到了他的面前，全大志没有想到，一时间，教导员的眼角竟然流下了两滴泪。

全大志装作没有看见，拿起教导员桌上的报纸翻动起来。其实，全大志的心思全没有在读报上，他在想着楚艳艳。他下定决心要给自己女人一个惊喜。

第三十章

1

于静宵被接回的消息像是荡漾的风，看不见影，抓不着形，若隐若现地在大洼谷里飘忽着。

俞正却是老样子，像是什么也没发生，任别人私下里一遍遍猜测着。别人无法当面来问，这毕竟是他的隐私，而这隐私最初的颜色是无法形容的疼痛和羞辱。好在别人不完全了解真相，不知道俞正和于静宵之间以前到底曾发生了什么。

可这事却让全大志感触颇深。有一次他到师里参加优秀基层干部带兵交流，从俞正以前部队的战友那里听到了关于俞正婚姻上的事。那人倒没讲清于静宵为什么那样做，也没讲清俞正到底错在了哪儿，总之，俞正妻子不辞而别的事却是实实在在发生过。

自从听到这个秘密后，全大志一直都在悄悄观察着俞正。他发现俞正除了沉稳和憨厚以外，没有其他特别之处。有时他半信半疑，俞指导员的身上真发生过这样的事？不可能吧。是女人看走了眼，还是老天在捉弄人。最后，他又怀疑那个人是不是张冠李戴弄错了人。

可是，现在俞正妻子回来的消息，已是平地里刮起的一阵风，难道还假了不成。无风不起浪，应该是真的吧。如果真的是这样，那俞正还真是一个男人，肚量何其大呀，能撑船呀。

楚艳艳一把拉开了屋门，满脸笑容地把全大志迎进了屋。她怀里抱着孩子，满屋子飘着热气，菜已经摆上了桌。

　　楚艳艳一只手托着孩子，另一只手取下全大志的帽子，挂在衣架上，然后又赶快去接他手里的衣服。楚艳艳那个架势就像是一个好久没有看见皇上的嫔妃，欢天喜地如同过年。

　　碗筷早准备好了。楚艳艳满目含情地望着全大志。全大志心里还在琢磨着俞正的事，坐在桌边有点魂不附体，他发现俞正对他来说真的是迷雾一团。

　　楚艳艳却不知道全大志为什么会这样。难道她辛辛苦苦准备的饭菜不合他的胃口？想到这儿，楚艳艳心里有些愧疚。“大志哥，菜要是不合口，我就重做两个。”

　　全大志轻轻地摇了摇头，拿起筷子夹了一口。

　　楚艳艳看到全大志终于开吃了，抱着孩子挨着他坐了一下，自己腾出一只手起了一瓶啤酒，然后给全大志倒上了一杯。“大志哥，这酒从冰箱里取出来有一会儿了，不凉。”

　　“嗯。”全大志动情地看着楚艳艳。这个女人的全部心思都放在了他和孩子身上，随着他的笑而笑，随着他的恼而急。

　　全大志的心里很愧疚。如果俞正的事是真的，那么俞正对妻子真是太容忍了。这么多年他就是那样平静似水，看不出气急败坏，也看不到指天骂地。如今妻子回来了，而他还是和以往一样，从容淡定，简直要成仙成佛了。

　　可是自己呢？和楚艳艳细算起来还是青梅竹马，怎么自己成了军官就有些看不上她。说实话，并不是从内心里有多么看不上她。如果单独看楚艳艳一个人，全大志还是比较认可的。他就怕一大群家属坐在一起，从谈吐到走路，从打扮到处事，楚艳艳总会被她们比下去一大截。也只有在那样的时候，全大志才会觉得和楚艳艳订婚有些饥不择食。

现在，楚艳艳低眉顺眼地等着自己指使，半张着的嘴随时在等着说"是"。楚艳艳也是够能折磨全大志的了，她不知从哪儿跟谁学的，平时全大志一喊她，她竟然会答出一声"到"来。第一次听到这个字眼，全大志还觉得她挺幽默，可是时间久了，他也听习惯了这个字眼。

"艳子。"

楚艳艳不知道全大志今天怎么突然称呼起她的乳名来，让她很吃惊。她不知全大志下一步会有怎样的安排，战战兢兢地瞅着全大志。

"艳子。"全大志又叫了一声。

"说吧，听着呢。"楚艳艳这回没答"到"。全大志今天对她的称呼打破了固有模式，她一时还不习惯。她还是喜欢他对自己直呼大名。

全大志没有说事，他像是故意折磨楚艳艳一样，又叫了声艳子。他觉得自己叫的这一声已经饱含深情了，他有许多话要对她说。

可楚艳艳显然不晓得全大志的心，她几乎要哭起来。"大志哥，有事你就说事。别这样好不好？我真受不了了。"

全大志愣愣地看着她，他不知该用什么方式和她沟通才好。全大志从楚艳艳怀里接过孩子，用舌尖舔了舔孩子的鼻尖。

楚艳艳看着全大志的样子，扑哧一下笑出了声，连忙说："真不嫌埋汰。"

"埋汰？"全大志有些夸张地瞅着楚艳艳，"自己的孩子还嫌埋汰？"

"你不是连长吗？"楚艳艳说。

"以后你不许总是连长连长的。连长是个屁大的官？连长就没孩子了？"全大志的口气里又充满了教训。

"是。"楚艳艳细声慢语地说。

"艳子，以后在我身边别总这样。"仝大志爱怜地说。

"那咋样？"

"我们俩是从一个村里走出来的，是夫妻。这是多么幸运的事呀。可是我觉得在你的眼里，我们两个并不平等。"

"本来就是。我现在吃穿都靠你，怎么能平等呢？"

"那怎么就不能平等呢？咱老家不是有句话嘛，'嫁汉嫁汉，穿衣吃饭'。你靠我生活难道不应该吗？何况孩子这么小，你最重要的事不就是照顾好她吗？"

"那她以后一点点大了，我就更是黄脸婆了。怕是她也会瞧不上我，觉得我这个当妈的没什么能耐。"

"艳子，"仝大志的声音又高了，"你怎么能天天这样想呢？我可没这样想过。"

"大志哥，即使你没这样想过，我也是要这样想的。我觉得你把我从老家带出来，就已经改变我的命运了。我觉得我比村子里的那些姑娘都强，哪怕我在外面吃再多的苦。谁让我从内心里喜欢你呢？你都不知道，我整天除了想你就是想你，只有有了孩子以后，这种想法才少了些。可是，在我的心里，孩子也没有你重要。"

楚艳艳已经泪眼蒙眬了，只顾抱着孩子低着头抽泣着。

许久，楚艳艳说："大志哥，要不咱们离婚吧？"

"离婚？"仝大志没想到楚艳艳能有这样的想法，"咋的了？"

"大志哥，当初嫁给你，我确实觉得自己很幸福。可是，到头来，我觉得却不是。我离你是那样远，你就像一只大雁在天上飞着，而我像是一只老母鸡，就会在地上扒食吃。每当看着你和别的人在一起谈笑风生时，我就暗自想，你什么时候也能像对待他们一样待我一次。可是，没有，从来都没有。你一见到我，就好像什么都不愿意说一样，一句话也没有了。而为了拉近和你的距离，我也试着像城里的媳妇一样，努力去减肥。减肥这件事还好做，少吃些，多干活就行了。可是，最主要的问题是我并不胖啊。可为了让你喜欢，你一上班，我就在家里使劲运动。有时候人饿得眼睛都发花，可是我想，为了你就是死了都值得。"

　　这回轮到全大志吃惊了，听楚艳艳讲这些比听到俞正把媳妇接回来还吃惊。

　　楚艳艳既然开口讲了起来，索性就什么都不保留了。"每天我带着孩子在家，眼巴巴地盼着你回来。可是又盼又怕，盼的是能看到你，哪怕是看到你生气的样子。可是又怕，我怕你什么都不说，就是紧着眉头。那个时候，我不知道我又做错了什么，也不知道自己应该怎么做。如果说，减肥还好办，可是一旦哪一天你不要我了，我瘦得连干活的力气都没有了。还有，别的家属都在美容，为了你，我也偷着试过。其实一个女人美不美，并不是她长得什么样。而是在看她的人眼里，是不是美。"

　　全大志沉默了。

　　望着眼前这个变得神经兮兮的女人，全大志觉得两人之间竟然隔了很远一样。楚艳艳的头发有些干枯，因为劳累脸色也不是太红润。全大志心潮起伏，端起酒一饮而尽。

　　而楚艳艳不再说什么，又给全大志满上了酒。啤酒在杯子里翻腾着白色的泡沫，然后一点点破碎着。全大志怔怔地看着酒杯。

　　"我从来没有想过离婚，这也是不可能的事情。难道我们非要和黎助理一样吗？"

　　"黎助理怎么了？"

"离了。"

"离了？他怎么和那个女兵离了？"

"那是他们的事情，我们看不懂。我只是知道我们的婚姻是有基础的。"

"基础就是两家人都熟，我们离不起。是吧？"楚艳艳说完呜咽着哭起来。

"大志哥，咱们离了也没事，谁也不和家里说不就得了。即使我们没离，回老家我们不也是没一起去，一起回呀。"楚艳艳这么一说，全大志明白了，上次自己独自回老家楚艳艳心里一直很难过。可不是，自从楚艳艳从老家来到部队还一直也没回去过呢。

"他们离是因为没有孩子，倒也没什么绊脚的。我们有孩子也无所谓。你还是她爹，我也还是她妈，改变的只是我们不再是两口子。要不你心里舍不得别人，也放不下孩子，多难过。"楚艳艳的话又把全大志弄傻了，难道她听别人说什么了？

全大志壮着胆子冲楚艳艳吼道："日子过得好好的，你瞎说什么？"

"不是我瞎说。大志哥，你看，"楚艳艳变戏法一样从孩子的襁褓中拿出了一张照片，"你一不在家，我就拿着这张照片合计。我怎么看怎么觉得你和这个女人挺般配的。"

2

全大志看清了，楚艳艳手里拿着的那张照片是他和市电视台女主持人杨絮飞的合影。一股血噌地一下顶上了全大志的脑袋，她怎么哪壶不开提哪壶呀。他最怕的就是楚艳艳知道他和杨絮飞的往来，可这个心思重的女人偏偏知道了。看来，楚艳艳的敏感不是没有道理的了。

"就是一张工作中的正常合影，你瞎猜啥。"全大志赶快解释。

"不是瞎猜，一开始我也是告诉自己别瞎猜。可是，直觉告诉我，不是的。我相信我的判断不会错。"

"如果你非要这要想，只是自己给自己添麻烦。"

"我宽慰过自己，你和她之间什么事都没有。可是，大志哥，她的眼神告诉我，不是的。"楚艳艳近乎痛苦地摇着头，眼泪唰唰地流着，"我嘴笨，说不出道理。我不和你辩，但你们——"

全大志也来气了。"你要是愿意猜就猜，脚正不怕鞋歪。"

这时，孩子哭了。楚艳艳一边抹着泪一边哄起了孩子。

全大志看着桌子上那张他和杨絮飞的合影，不禁暗暗恨起了付一笛。

建军节那天，电视台准备了一台节目到大洼谷慰问驻训官兵，是付一笛拍下了这张杨絮飞给全大志描眉的照片。那回演出，团里指派全大志担当部队的主持人，付一笛为了给大家都留点资料就拍下了这张照片。

可偏偏是全大志，那次演出之后出了大丑。

本来那天演出结束之后也不会发生什么事，可是团领导留下演员一起吃晚饭。政委让全大志坐到领导那桌陪酒。结果喝来喝去，全大志就喝多了。一高兴，人就有些控制不住，最后喝得见谁都要干一杯。如果喝过了酒，回家就睡也就罢了。可政委认为全大志没喝多，非要让他把演出搭档杨絮飞护送回家。

那时，全大志还算清醒，英雄救美一样一口保证送到位。可当全大志用出租车把杨絮飞送到她家楼下时，天却下起了雨。全大志从出租车上下来，被雨一淋，哇哇地吐了起来。

杨絮飞看全大志醉得很凶，又被雨淋得浑身湿透，怕他往回走找不到家，心里有些过意不去，便把他请上了楼避避雨。谁知，仝大志一进屋，摇摇晃晃奔着沙发就扑了过去，然后呼呼大睡起来。

看着这个醉酒的男人，杨絮飞一时也没了办法，眼看着沙发被仝大志身上的水濡得一片精湿，而他又丝毫没有醒来的意思。杨絮飞一筹莫展。

夜已经深了，仝大志在沙发上睡得鼾声四起。原以为他睡一会醒了就离开，哪知他翻过身之后睡得更香了。

杨絮飞听到水啪啪落在地上的声音，仝大志衣服上的水已经汇聚到一起开始往地上滴。此时，累了一天的杨絮飞困得不行。男人不喝酒时都好，谈笑风生，潇洒无比，一醉了酒，竟像是一摊臭狗屎，说有多恶心就有多恶心。可是，杨絮飞搬不动他，又没法叫醒他，把他弄醒后又能把他弄哪儿去呢？窗外哗哗地下着大雨，一旦路上遇到车怎么办。杨絮飞又不忍让他这样湿着衣服睡一夜。

杨絮飞从卧室里找出了两件家里仅有的男人的衣服，然后连扯带撕地把仝大志的外衣全部脱了下来。当她把仝大志的外衣脱下后，一股难闻的尿臊味瞬间钻满了她的鼻孔。一下子，这个曾经有个酒鬼男人的女人明白了在她眼前发生了什么。

顾不上那么多了，杨絮飞抓过来一床毛巾被盖在仝大志身上，然后把手伸了进去，把仝大志的裤头一点点褪了下来。在完成这个的过程中，她的呼吸骤然间变得急促起来，她怕仝大志在这个时候突然醒来，她又搞不准这个时候仝大志还有没有神志，尤其最让她害怕的是怕不小心碰到仝大志的要害部位。家里没有男人裤头，她只能把前夫留下的衬裤给仝大志套了上去。完成这些动作后，杨絮飞已经一身是汗。随之她也觉得身上有些燥热。她用塑料袋包住了仝大志的裤头，走到窗户前打开窗户，用力地甩到了雨中。

回转身，杨絮飞把仝大志的衣服在阳台上挂晾好，走进了自己空空的卧室。关上门之前，她回头望了一眼昏暗的壁灯照射下像个孩子一样睡着了的仝大志。泪水再也控制不住地涌了出来。她无声地仰躺在床上。

仝大志醒来的时候已经是清晨了。虽然此时太阳还没有升起，但雨过天晴，光亮已经射透了玻璃。仝大志睁开眼睛吃惊地望着偌大的客厅，不晓得自己一觉醒来这是在哪里。

刚想喊，突然他看见了杨絮飞在墙上微笑着。照片很大，杨絮飞的眼睛足足有手机一样大，就好像站在那儿注视了他一夜。仝大志心中突生了恐惧，自己怎么跑到了杨絮飞的家里。他努力地摇了摇头，昨天夜里的一些画面模糊零乱地出现在了眼前。

仝大志一骨碌爬了起来，站在了客厅的地上，这回更让他惊恐了。他穿着一件完全没有见过的内衣，而且裤子里面有些空旷。原本憋了一夜的尿此时没了踪影，仝大志不敢再往下想，走到阳台上找到外衣一边穿一边悄悄地退出了杨絮飞的家。

当防盗门轻轻地被他关上时，他的心总算是落了地。而他觉得此生做了一件永远也说不出口的丢人事。想来想去，他就是想象不出杨絮飞到底是如何为他换上了那条衬裤。

仝大志要把这件事埋在心里的，就是死了也不能说。他知道凭着杨絮飞的身份，她也不可能说出这件事。这只是他们两个人之间隐藏的不可告人的秘密。

可是，仝大志万万没有想到，没过两天，付一笛就把几张照片送给了他。其中一张就是他与杨絮飞的合影。

每一次看到这张照片仝大志心里都禁不住打鼓。好几次，他想把照片撕掉，可是又觉得没必要那样做。留下来，又怕被别人发现。心里像是装了一个鬼，时不时跑出来提醒他一下。最后，他把这张照片放到了集邮册里。没想到，上次收拾书柜，通信员把集邮册给送回了家。看来，事一定是出在这儿了。

楚艳艳一边说一边流着眼泪，全大志心里也是一阵酸楚。如果那天他酒后失德，对杨絮飞真的做出什么事来，那他的脸将往哪里放呢。尤其是他每次面对楚艳艳一脸清纯，一脸无知的样子时，他都恨不得抽自己几个耳光。老家有句话叫不怕入错行，就怕嫁错郎。楚艳艳如果有一天知道她崇拜的老公曾做过那么一件龌龊事，那这个女人真的就要绝望了。

全大志又想起了当排长时，付一笛和他开玩笑的一句话，不怕上错床，就怕办错事。好在那天夜里没有发生什么，如果一旦发生了过格的事，他是肠子悔青也无改正机会了。

楚艳艳抱着孩子进屋里了，全大志再没心思吃饭，走进书房闲乱地翻起了书。可是眼睛在书上停着，心却早已飞出屋子。

想起杨絮飞，全大志的心有些受折磨。杨絮飞的笑很迷人，谈吐也很优雅。每次说话，不光是声音好听，腔调也让他喜欢，有一种天然的亲近感。

可是，自从发生了醉酒之事，全大志再也没敢和杨絮飞来往。当他想到自己从杨絮飞家的沙发上爬起狼狈地逃窜掉时，他脸上火辣辣地难受。而要命的是，杨絮飞偏偏不知道他的感受，隔上一阵子就会打来电话，即使是没有什么事，也是要问一问，聊一聊。她把这个新认识的连长当成了很好的朋友。

3

　　楚艳艳已经把孩子哄睡了。仝大志从书房里悄悄地走进了卧室。还没等他开口，楚艳艳先开口了："大志哥，是我不好，我多想了。"

　　"睡吧。"仝大志悄悄地俯在了孩子身边。

　　"把那张照片给我吧，那个女人真漂亮。"楚艳艳熄了灯，小声地在仝大志耳边说。

　　仝大志没回应，把手伸进了楚艳艳的文胸里。黑暗中，楚艳艳一下子死死地搂住了仝大志，压抑着哭了起来。"大志哥，没了你，我可怎么活呀？"

第三十一章

1

教导员的思维很多时候超乎寻常的怪异，说是突发奇想也好，说是思维创新也好，总之在付一笛看来，教导员挺正常的一个人，如果一旦费尽心思考量起工作来，总会想出与众不同的做法来。而付一笛替教导员悲哀的是，他似乎永远感觉不到他的想法另类得让人不可思议。

自从教导员知道了俞正的事后，他的表情一直处于神秘莫测之中。

果然没出付一笛所料，教导员要开全营干部大会了。

齐全生小声地问付一笛："新闻人物，你猜今天开会什么事？"

付一笛用手指在笔记本上敲着鼓点，侧了一下头，不咸不淡地回了一句："一会儿由教导员发布。你等着听就行了，急啥。"

齐全生讨了没趣，但又不好就此沉默，他又悄悄地问黎术："哎，黎助理，知道啥事吗？"

以往这种事，教导员总会私下让黎术先知道的。可是此次显然没有，黎术也一脸茫然。

正在会议室里还悄然猜测的时候，通信员端着水杯出现了。

付一笛万万没有想到教导员开会的第一句就是"俞正指导员的事大家都已经知道了"。

付一笛心里一惊，他迅速地把头转向了全大志。全大志也有些吃惊地看着付一笛，两人的目光里交流着疑惑，俞正到底出了什么事？

"难道俞正把于静宵——"付一笛不敢往下想了。俞正不可能做出那样的举动吧？

教导员喝了一口水，然后接着说："俞指导员平时工作非常负责，这是大家都知道的，而且和同志们关系处得非常好。他调到我们这儿之前，是已经结过婚的，所以，这次他把媳妇接了回来，希望同志们不要吃惊。"

"靠！原来是要说这事。"听着教导员说这事付一笛的火又上来了，"人家俞正家里的事，你为什么要在营里开会讲。"

"这两天，我了解了一下。俞指导员的妻子得了病，肝癌晚期，已经住进了医院。现在各连工作都挺忙，我想大家就不用去看望了吧，全国都在讲和谐社会，那么，我想我们营也要和谐。俞指导员的实际困难很多，大家应该伸出手来帮一帮。这次营里拿五千元。各连呢，看着办。士官就不要捐了，干部多有多捐，少有少拿。"教导员极力压抑着自己的激动。

"地地道道的缺心眼！"付一笛恨恨地在心里骂了一句，然后很不屑地把本子扔在了桌上，"怎么能趁俞正不在搞这种事呢？真是无可救药。"

付一笛的动作被教导员捕捉进了眼里，教导员冲着付一笛问："付排长，难道这不应该吗？"

付一笛把脸转向了一边，没做任何解释。

教导员开始从衣袋里摸，他拿出一个小笔记本，从里面抽出了三张百元的钞票拿在了手里，很生气地向付一笛看了一眼，接着，把笔记本往茶几上一摊，从里面翻了起来。他又拿出了一张百元的和两张五十元的钞票，然后，把五百元钱往桌上一放，对着黎术说："我带个头。"说完，出去了。

二连指导员是全营任职最长的连职干部，他到门口听了听教导员远去的脚步声，回头对大家说："教导员提倡这个事了，大家配合一下。"

人们一个接一个散去了。黎术还坐在座位上，他看着教导员放在桌上的五百元钱一时不知该怎么办。

齐全生给连里的干部使了个眼色，带着他们直接到了仝大志的帐篷。进了屋之后，齐全生什么也没说就坐到了仝大志的椅子上。

付一笛见齐全生带着两个排长还有司务长进了仝大志的帐篷，也随着进来了。

仝大志知道齐全生的心思，他十分担心付一笛先发表意见。就在这时，教导员打来电话找付一笛。

仝大志放下电话对付一笛说："教导员找你。"

2

付一笛想不通教导员的脑子是不是进了水，俞正的私事人家想压都来不及，他怎么能专门开会说这事。俞正下一步怎么来面对这么多眼睛呀。再说，这毕竟不是一件多么光彩的事。

可是，教导员和付一笛想法完全不同。教导员见到付一笛之后，显得有些兴奋。"快，付排长你坐这儿。"教导员指了指椅子。

"我站着听就行了，我来接受教导员的教导。"

教导员竟然露出了一副天真无邪的样子。"付一笛，刚才本来我在会上就想安排这事了，可是觉得还是单独和你说好。"教导员急急地说。说得付一笛摸不着头脑，教导员到底在想什么？

"你看，俞正这件事，我总觉得是一个好新闻。你好好挖掘一下，看看怎么在报纸上宣传一下。"

"报纸上？"付一笛有些吃惊了。难道教导员想要宣传一下自己手下的指导员妻子离弃了他，几年之后走投无路又回来了，并且带着一个孩子，而这个干部不计前嫌，一心一意为她治病，所在单位还为此掀起了一轮捐助活动？

"怎么？有难度？"教导员显得比付一笛更加吃惊。

"不可能的事！"

"怎么不可能？"

"根本不可能！"付一笛坚决地回答。然后反问道："教导员，您看我们指导员的事适合从哪个角度宣传？适合哪个媒体？"

教导员一时语塞了。

"教导员，我直到现在都不能理解，你为什么不征求俞指导员的意见做出这样的事。可是，你们考虑过没有？我们部队的政治工作有多么悲哀，整天就盯在捐钱捐物的造势上，这难道就是政治工作吗？如果从这件事上，我们来一次部队婚姻大调查倒还是不错，看一看我们周围，有多少两地分居的，聚而不合的，军属待业的，红杏出墙的，为什么出现这么多问题。有哪个领导认真考虑过？"

"你分析得很准，还有大龄独身的。"教导员突然补充了一句，付一笛的脸一下紫胀起来。

教导员自知失言，赶快解释："噢，我不是说你。我一直认为这也是一个方面。"

付一笛接着说："教导员，我想不通，你为什么要在这事上费这么大心机。俞指导员的事是绝对的个人隐私，他一没向你汇报，二没想让所有的人知道。本来他的心就是受伤的，他用时间一点点愈合了那道伤口，他妻子的出现已经让他的心再度流血了，而你还要搞一场表面上看起来是互助的捐助，这其实就是在伤口上撒盐。"

"付排长，你怎么不早说？我可没这样想，我是想我们的干部对婚姻多么忠诚，应该好好宣传一下，对那些总想离婚的人是一个教育和触动。"

"这事谁问过我？你问过谁？平时你向全营哪个干部征询过意见，你能来问一个排长事情该怎么办？你是领导我是兵。"付一笛的声音拖得很长，话语的不满表现得毕露无遗。

教导员又沉闷了，眼睛无神而空洞。他不知道自己苦思冥想设计的事怎么会变得如此难堪。

"教导员，既然我们来探讨这件事了，那么我就把我的想法告诉你。我们不要老一味搞这样那样的捐款，难道捐款可以解决所有问题吗？捐款莫不如捐一颗真心。如果是我，谁把那些钱捐给了我，我不会认为是爱心，我会认为是污辱，是可怜，我会把那些破钱撕得粉碎。其实，人在有困难的时候，需要别人帮助的是温暖，有了温暖他就有了力量。钱对于你来说，可能很重要，但对别人不一样；钱对于你来说，捐出去就捐出去了，毕竟你挣得多，何况你还多少有些经费。如果像我们连长那样的，你让他老婆孩子喝粥去呀。"

"我也可以帮他们呀。"教导员极力给自己找着台阶。

"你今天不是讲和谐吗？和谐是什么？和谐不是去帮人人，我们部队也不是救助站、收容所。只要平时组织对每一个人在成长进步上多一些爱护，在生活上多一些关心，在工作上多一些人性，不要平时总安排下属干一些无用功就行了。你看你的连长排长们哪个不是起得比鸡早，干得比马累，吃得比猪差，比狗还忠诚？可是，他们干的哪件事对部队的战斗力生成起到了决定性作用？"

教导员后悔又撞到了付一笛这个大炮口上，他的眼前出现了那天在荟兰楼喝茶的情景，他禁不住想，那天付一笛谈吐怎么会那么优雅，做事怎么会那么潇洒呢？怎么一到工作上就会变得这样？他不由在心里叹了一声，唉，要是再能和他坐在一起喝茶多好。

"那你说今天这个会就算白开了？"

"那还能怎么样？俞指导员的事和工作一点关联都没有，这事本来就不应该开会。"

"好吧，我知道了。"

3

付一笛回到连队时，齐全生正在和仝大志说话。齐全生见付一笛回来了，急着问："啥事？"

"团里让写一篇影评。"

齐全生轻轻地哦了一声。

"你看拿多少好？"仝大志问付一笛。

"这又不是结婚随份子，组织动员不等于组织强迫。"

"那教导员说了，尤其是咱连指导员的事，不行动不好吧？"

"那谁想行动谁就行动呗。我不知道指导员还怎么和你们相处。"

仝大志也觉得教导员的做法有些唐突。一连两天，捐款的事再没人提，好像是平地里刮起的一阵风，来得快走得也快。付一笛又有些同情教导员，这么老的同志了，说点事竟然连行动的人也没有。

周五下午，俞正路过营部，黎术摇摇晃晃地过来了。

黎术嗓子里呜呜地骨碌着动静，人就迷迷糊糊地往帐篷上撞。俞正猜想他一定和谁喝酒了。再怎么讨厌也是战友，俞正不好看着他在那儿乱闯，放下包迎了过去。

"黎助理，我送你回屋。"

"不用，你别管我。"黎术半闭着眼睛在空中推着俞正。

"哎哎，赶快进屋吧。"俞正结结实实地扶住了黎术的胳膊，一推他就磕磕绊绊地进了帐篷。

走到床边，黎术抓住床沿不松手了，嘴里不停地嘟囔着："你是谁？我谁也不需要！"

俞正扶着黎术，看着他这副失态的样子，心里一阵反感。"无论怎么喝酒，也不能喝成这样。真丢人。"俞正心里还有事，可此时想走也走不开了。

"你走！让我一个人待会儿。"黎术又去推俞正。

俞正觉得挺好笑，人喝多了酒真是有意思。如果现在有录像机的话，把黎术的样子录下来，等哪一天他醒酒了再给他看，看是不是羞死他。

黎术睁开眼看了一眼床，像是看见了救星，扑了过去，把俞正带了一个跟头。

俞正想既然帮了人，那就帮到底。他把黎术在床上摆正了，顺手抽出毛巾，想去给他擦擦脸。就在这时，黎术的手机响了。黎术一遍遍地往外掏，就是够不到。俞正也没理会，接着给他擦脸。

可是手机已经第三次响起了，黎术一边说着脏话一边坐了起来，使劲睁开眼看了一眼俞正，喝道："哎，帮我接一下。"

俞正刚刚接过手机，里面也传出了一个醉酒的声音。"黎秘书，你真厉害，竟然能把我给喝多了。又不是你的事至于这么喝吗？"

俞正愣愣地看着，不知电话里面到底说的是什么事。

"喂，你是哪位？黎助理喝多了，我是他同事。"

"黎助理？屁，他当干事时我就认识他。他就是黎干事。你是他同事？你是他同事你接啥电话？你让他接。今天他把我喝成这样，我能不给他办事吗？"

俞正苦笑着，真是没办法，遇到了两个酒鬼，你能和他讲出什么四五六来，他连忙把电话塞到了黎术耳朵边，有些急躁地说："你说话！"

"日！我是老虎团黎大秘书！"

"别他妈装了。我这面还有电话等着呢？他们答应把事给办了。你说的孩子叫什么名？"

"叫什么来着？你等一等。"黎术眼睛也没睁，摇着脑袋问俞正，"哎，仝连长，你知道俞指导员的孩子叫什么名吗？"

俞正没有吱声，他完全被黎术和电话里的人给弄糊涂了。他们这在唱什么戏，而且把黎术喝得认不出人了？

黎术又拿着电话说："喝多了。我忘了叫什么了。给办就好。答应给办就好！办成，我再请。"

黎术倒在了床上，手机也掉到了铺上。里面的那个人还在叽里呱啦地说着。

"仝连长，民政局的人真能喝。不过，今天全让我给喝倒了。俞指导员儿子的户口他们答应找人给落了。去了就办。"说完，翻了一个身就睡。

俞正给他擦脸的手停住了。他没有想到黎术喝成这样是为了给于一丁落户口。而让他更加犯迷的是自己没找他，他为什么要主动做这件事呢？看来，黎术有时候也很有人情味。

看着黎术缩在床里的可怜样，俞正心里一阵难过。自己平时干吗老是这样讨厌这个老连长呢？

于静宵还在医院里住着，他是抽空跑来取东西的，还要抓紧回去。俞正把黎术的鞋脱下来，又把衣服给他抻了抻，可就是那一抻，一个小绿本本从黎术的怀里掉了出来。

俞正好奇地拿起来看了一眼，那个小本本的正面赫然印着"离婚证"三个字。黎术的身上怎么会有这个东西，俞正更加好奇，打开一看，竟然是黎术和仇小丫的。持证人一栏上写着黎术的名字。

就那一看，俞正觉得无比刺眼。这个世界到底怎么了？怎么一件接一件意想不到的事情在不断地发生着，而且这些事情就像是一把叉子，搅住人的思维和情感，不停地转动着。

仇小丫和黎术的离婚是谁提出来的？因为什么呢？难道因为付一笛？

俞正把黎术的离婚证轻轻放好，给他盖上被子，轻轻退了出去。他觉得黎术是一个比他还可怜的男人。

第三十二章

1

仇小丫的那期节目是推不掉的，哪怕她一百个不愿意去，但政治处主任打了那么多次电话，又是叫仇班长，又是叫仇小丫，最后都叫仇老板了，她还能端什么架子。最后她不得不答应去电视台录制拥军的节目。她在电话里不无玩笑地对政治处主任说："沾上了咱们部队的边儿，我看这辈子是甩不掉了。"

主任有一百句话等着她："让你入伍你乐得不行，给你转士官你也乐得掉眼泪。怎么一复员就和部队一刀两断了？记着，你不是团里的兵还是团里家属呢。"

仇小丫到电视台会客厅时，电视台《情长话更长》栏目主持人杨絮飞已经在那里等待她了。仇小丫一脸苦笑地对杨絮飞说："录像时我尽量配合，但请您嘴下留情。"

杨絮飞不知仇小丫为什么要这样说，问："怎么了？"

"来这儿我也是没办法。一是这期节目你们早就定下了，我不能食言；二是我觉得在拥军方面没有做出什么具体的事来，全是靠着我妈那点光亮照着。怕是熟悉我的人都会觉得我吹牛吹到电视上来了，有沽名钓誉之嫌啊。"

"仇小姐不要客气嘛，据我了解，你是为了嫁给军人才脱下军装的。就冲这一点，也叫实实在在拥军了。"

"那是过去的事了，曾经沧海。"

杨絮飞的眼睛跳了一下，犹豫地看着仇小丫。"怎么——"

仇小丫坦然地点了点头。

杨絮飞轻轻吐了一口气。"我知道该怎么做的，同是天涯沦落人。"

和黎术分开这么久了，仇小丫还是第一次坐下来梳理自己的感情。看着比自己大十来岁的杨絮飞，亲切感不由从心底升了上来，她的话匣子随之也打开了。

"和他分开以后，我觉得心里轻松多了。好像在一瞬间明白了一切，人原来是要活给自己的。"

杨絮飞理解地点着头。

"年轻的时候，什么都没经历。总觉得来这个世上走一圈，能做成很多很多大事情，事事也愿意出头露面。就像是这样的机会吧，以前巴不得能上电视上晃一圈呢。只要上面来人座谈，领导怎么安排怎么讲。现在想想都有意思，几乎没讲几句心里话，全是政治上的套话，正确的废话。"仇小丫突然停住了，她看见杨絮飞拿出手机看了看时间，"您还有其他事吧？"

"不。我看看来得及吧，想向领导汇报一下，这期节目取消算了。"

"真的？那可太好了。团里死缠硬泡地找我，说是换人来不及了。还是你的脑子快。杨主持，就这么定了。"仇小丫起身凑到了杨絮飞身边，不无企求地说。

"好吧，我去给总编打个电话。等我一下。"杨絮飞婀娜的身影飘了出去。

看着杨絮飞的身影，仇小丫不禁有些发呆，她觉得眼前这个漂亮的女人是一个洒脱中带有忧郁，随意中带有深刻的人。

想着杨絮飞，仇小丫的眼前又出现了楚艳艳、张晓鸥和杨秀枝。为什么军人的家属总离不开现实的纠缠和俗气呢，其中也包括自己。本来她们的觉悟中并不存在着天生的高贵与高尚，可偏偏一个政治化了的身份让她们要改变原有的思维，重新给自己一个尴尬的定位。仇小丫庆幸自己从缥缈中逃了出来。

杨絮飞回来了，手里托着两个杯子，杯口腾腾地冒着热气。"来，喝一杯咖啡。"

仇小丫接过一杯，闻了闻。"真香。"

"香是给别人闻的，苦是给自己的。"

仇小丫觉得杨絮飞说的话总是那么深刻，句句都说到了自己心上。

"讲讲你为什么和他拜拜了。"

"也没啥，就是不喜欢了。其实，从一开始就不喜欢。"仇小丫觉得没有必要向杨絮飞隐瞒什么。

"那为什么还要强求自己？"

"当女兵久了，没当够，就喜欢找个军人。可是——"仇小丫不知该怎么往下讲。

"可是，一旦嫁了才知道，恍然梦一场。说实话，到现在我才知道，我喜欢的还不是军人，可能当初生活圈里只有军人吧，也就那样认为了。其实我喜欢的还是人，实实在在的人。如果是我喜欢的人娶了我，我也未必离得开。"

"噢。"杨絮飞似懂非懂地点着头，"生活就是怪，你想要的，偏偏就不是你的。你不想要的，却追着你不走。"

"你那位呢？"

"走了。在俄罗斯，做买卖，发了。"

"你们为啥分的手？"

杨絮飞沉默了一下说："我要的不是钱，是专一。"然后又苦笑了一下："我是不是自私了些？"

仇小丫没回答，低头品着咖啡。她想起了母亲对她说过的一句话：女人只要认了命，说不定生活会很幸福。女人可以心高，但不可以气盛。

"今天节目没做成，我们两个谈得倒是很开心。如果让我说点深刻的话呀，我就要说爱情和献身是两回事。"仇小丫转动着杯子，"得不到一个人，去想念也好呀。"

杨絮飞若有所思地点头。"其实我也很喜欢军人。"

"你们做主持人的都是自己的刀削不了自己的把，劝得了别人劝不了自己。我厂子今天还要发一些货，改天再聊吧。"仇小丫站起来告辞。

杨絮飞一直把仇小丫送到门口。仇小丫回头笑笑："美女，再见。相思永远比拥有美丽。"仇小丫也深刻起来。

2

电视台会客厅差不多成了部队家属的观光地。仇小丫与杨絮飞交谈的场景在杨絮飞的记忆中还没淡忘，传达室这天又传达给了她一个电话，说是有一个女人在会客厅想要见她。

杨絮飞很犹豫，这段时间她的心很乱，尤其是每每想起全大志的那番醉态，想起全大志蜷睡在沙发上的样子，她都觉得很有意思，全大志让她进一步了解了军人。

以前，她觉得军人身上带着一种无法接近的威严美、冷酷美，那种感觉让人望而生畏，无法接近。他们的走路，他们的言谈，他们的做派都和常人不同，好似不食人间烟火一样。可自从和全大志接触以后，她发现原来军人也可以如此喝酒，也可以幽默连连，也可以醉得一塌糊涂。对军人的神秘感消失了，敬畏感也随之消失了。在她心里，军人不再是偶像，而成了生活中普通的朋友，平常的人。尤其是全大志，就像是亲戚家醉酒的哥哥。

　　一想起和全大志同处一室的那个夜晚，她没有感到不齿和难堪，反而觉得很有意思，就是一件平常的事，一件随时随地都可以发生的事。她没有想入非非，不曾有，以后也不会有，倒是全大志，连正常的电话也不敢接，她又觉得这个人挺有意思。

　　"又是谁来找呢？"杨絮飞在电梯里想着这个问题。

　　杨絮飞无论如何也想不到，眼前这个笑眯眯看着自己的女人会是全大志的妻子。这个叫楚艳艳的女人自报了家门以后就一口一个杨姐叫了起来。

　　杨絮飞不知她来找自己什么事，眼前这个显然经过认真打扮的女人，操着外地口音亲切地叫着自己姐。楚艳艳嘴里吐出的称呼是杨絮飞内心里最为讨厌的词，她向来不喜欢谁叫她姐，她是一个很在意年龄的人。尤其每当看着镜子里的自己春芳远去，心里对这个称呼更是深恶痛绝。可是，对着看上去比自己还要大的陌生女人她怎么能发火呢？

　　杨絮飞指了指旁边的沙发，客气地对楚艳艳说："全嫂你先坐。"

　　杨絮飞只好用这种方式来提醒楚艳艳了，不然接下来她不知要迸出多少个姐来。

　　楚艳艳倒是坐了下来，嘴却张成了一个"○"，她有些天真地看着杨絮飞，说："你还没有我家男人大吗？"

楚艳艳半精不傻的一句问让杨絮飞也不知怎么回答了，她顿时替全大志叫起苦来。"怎么找了这样一个女人呢？"

杨絮飞静了一下神，看着楚艳艳，极力变得平易近人。"你找我有什么事吗？"

说这些话时，杨絮飞心里也一直在打鼓。"她到底为什么到这里来呢？"

"没有。"楚艳艳笑笑，说。

听到楚艳艳这样回答，杨絮飞心里有些不悦。"没事？没事你到这儿找我干什么？"但是杨絮飞忍住了，换成了更加和婉的语气问，"有事吧？有事你就说。"

"真的没事，只是今天路过，想上来看看你。我们家大志总夸你长得漂亮，就是愿意看你主持的节目。平时，我只能在电视里看到你。想既然大志能认识这样的朋友，那我就来看一看真人。"楚艳艳不无真诚地说。

杨絮飞的脸被楚艳艳说得通红。这个听惯了别人恭维话的女人还真没遇过这么直接的表扬，但是这种表扬听起来倒像是在讽刺她了。

她只好谦虚地应和着："都老了，要是再年轻十岁就好了。现在，谁说我漂亮我心里都没底了。"

"姐，你真是漂亮，我从来都没见过有这么漂亮的真人。以后再和别人说话，我底气也十足了。我会说我和大志都认识咱市最著名的主持人。"

杨絮飞被眼前这个女人彻底搞糊涂了。她不知道楚艳艳到底为什么而来。她意识到自己或许惹上了麻烦。难道全大志在她这里过夜的事被这个女人知道了？想到这儿，杨絮飞惊出了一身冷汗，真是好心办了坏事。我帮了你的男人，现在你竟然还找上门来。那天晚上要不是我留他过夜，说不准他淋出了病或是被车撞了呢。可是，毕竟那一夜只有她和全大志两个人，是是非非谁也说不清的。本来是权当它没发生，或是发生也只是像闪电一样过去了。难道现在楚艳艳要闹到台里来吗？那自己的脸面也就丢尽了。

"别管我叫姐了，你就叫我杨主持吧。这样习惯一些。"杨絮飞实在忍不住了，不得不这样提醒楚艳艳。

楚艳艳站了起来，脸蛋红乎乎地还略带着一点紧张。"太好了。怕你不高兴才叫你姐呢。那我就叫你杨主持。杨主持，今天看到你我真的很高兴，我是你的粉丝呢。那我不打扰了。"

说完，楚艳艳站起来往外走。杨絮飞呆若木鸡地看着她的背影。这前前后后五分钟发生的事情把她搞迷转了，她使劲地想记住全大志女人的名字，她叨咕了一句"楚艳艳"。没想到走到门口的楚艳艳又站住了，惊喜地问："杨主持，你叫我吗？"

"噢，噢。"杨絮飞忙不迭地说，招招手，逃也似的跑向了电梯。跑向电梯的时候，她的心一阵阵地痛，那痛像是从全大志的心上移植过来的。她叹了一口气："全大志呀，你是一个多么潇洒多么风光的人呀。"

全大志回到家里的时候，楚艳艳正抱着孩子哼着曲。楚艳艳看到了他，兴奋地问："大志哥，你猜今天我见到谁了。"

"不知道。"全大志猜不出来，也无心去猜。

楚艳艳却不依不饶起来。"你就猜一猜嘛。"

全大志看着楚艳艳满脸的激动，不好扫她的兴，胡乱地说了两个人名。楚艳艳头摇得像是拨浪鼓，她的嘴因为激动微微有些颤抖，最后她终于忍不住了："我见到杨主持了！"

"哪个杨主持？"全大志一头雾水。

"就是那个杨主持，天天从电视里出来做节目的那个。"楚艳艳说着话，把手指向了墙壁。

全大志抬头一看，原来楚艳艳把他和杨絮飞合影的照片放大后镶在了镜框里。他的心一下提了起来，这楚艳艳抓住了把柄怎么没完没了，把照片挂在墙上干什么，难道让他反省吗？

"今天我上街给孩子买东西，正好路过电视台，我就进去找了杨主持。"楚艳艳无暇去看全大志脸上的表情。

"你找她干什么？"全大志急切地问，他想知道楚艳艳是不是和有的农村妇女一样听到一些事就捕风捉影，唐突地去找杨絮飞对质，闹出大笑话来。

"没说什么，就是看看。你不是认识她吗，我认识认识也没什么。她天天在电视里出来，长的又是那么好看，我就想见见她。哪知道她还真见我了，一提你，她可热情了。这回终于见到真人了。以后，谁再来咱家，我就告诉他们你认识市里最出名的节目主持人呢。"楚艳艳滔滔不绝地说着。

说着说着，她发现全大志的脸色不对了，停下了，问："咋了？"

"以后别总拿认识她说事，不就是一个主持人吗，有什么值得炫耀的。"

"你别生气了。那天都怨我，我要是认出来她是杨主持，哪能和你生气呢。她怎么会看上你呢，如果说她和你有什么事，打死我都不信呢。"楚艳艳脸上还荡漾着对杨絮飞的崇拜。

"她不也是人吗？有什么。她倒巴不得能找一个军官呢。"

楚艳艳的嘴又张成了〇形。"大志哥，你说的是真事吗？那付哥不正左挑右选的，一个人吗？又有才，个头好，又俊。那你给他介绍介绍不行吗？"

"行了行了，你可别闲着没事瞎搅了。付哥跟她根本就不是一个屋檐下的人。"

"那你给别人主持婚礼的时候不常说郎才女貌吗？他俩不正是郎才女貌吗？他俩要是成了，那样我就总能见到她了。"

"正常点，行吧？"全大志没等楚艳艳说完，转身进了厨房。

楚艳艳的话整天在肚子里憋着，就等全大志回家来往外倒呢。一看他躲开了，便又跟了过去。"我怎么不正常了？我看付哥才不正常呢。比你还大，到现在还不找，看他挑到啥时候。"

"付一笛的婚事你以后别问也别管。"

"为啥？"

"不为啥。你知道寒冷吗？"

"知道呀，就是咱们中学寒校长的姑娘呀。比咱们要小一点吧。"

"所以，我告诉你以后别问他的事。"

"人家寒校长哪能看得上他？"

"你别忘了付一笛是军官。如果不成，也是付一笛不同意。你爸不还是村长呢吗？"

楚艳艳的痛处被全大志揭开，这个高兴了一天的女人终于闭上了嘴。

3

全大志和楚艳艳谈论付一笛时，付一笛见到了仇小丫。最开始，付一笛找了几个理由搪塞不见，可是仇小丫在手机里坚决地说完见面地点后就关了机。

没有办法，付一笛换了牛仔装，戴了一副墨镜如约出现在了公园的湖边。

夕阳要落了，依依的垂柳披散着长发在秋风中飘荡着。付一笛刚奔着一把椅子走过去，仇小丫就从柳树行里跌扑了过来。一句话还没说出口，就扎在付一笛的怀里抽泣起来。

付一笛被仇小丫的架势弄呆了，像是捧着一盆火，放下不行，端起来也不行。仇小丫瘦削的双肩在他的怀里一耸一耸的，他猜想这个女人一定受到了极大的委屈，他静静地看着她。他心里非常清楚，扎在他怀里的仇小丫需要他的安慰。

付一笛仰起了头。夕阳知趣地迅速地落下了山，公园里早已没有了游人，朦胧的夜色中，只有他们两个人在那里站着。树叶落到了湖水里，附近初亮的灯光远远地投到水面上，树叶随着掠过水面的风像是一群鱼慢慢向湖心飘去。

仇小丫的抽泣一点点弱下来了。付一笛的手在她的肩上拍了拍，她有点难为情地抬起了头。

"带洗衣粉没有？"付一笛问。

仇小丫认真地回答："没带。"

仇小丫没懂付一笛为什么要这么问，便问："干啥？"

"衣服已经被泡透了，撒点洗衣粉，搓一搓不就省事了。"付一笛边说边往后退，他知道仇小丫要用拳头反击他了。

仇小丫没有什么动作，只是黯然地说道："对不起，我失态了。"

"说说吧。"付一笛不想面对面地站在那里，率先迈开了步子。

"解放了。"仇小丫说，"我终于解放了。"

"解放了？什么意思？"

"和他。"仇小丫把手举到了空中，然后用力向下一挥，"我和他，一刀两断了。"

仇小丫看付一笛愣怔在那儿，轻松地问："怎么？没明白？我现在又是仇小丫了，又是以前的仇班长，我不是什么军属，不是什么黎助理家属了。我又是我了，明白了吗？"

这回付一笛听明白了。

明白后的付一笛沉默了。他不知道仇小丫为什么会做出这个举动，觉得有些突然。

付一笛继续往前走。"哭得这么伤心，原来是因为这个？"

"才不是呢。我就是想哭，就是想释放一下。但是我又不想一个人哭，想来想去只有你最合适。"

"对，我最合适。我衣服脏嘛。"

"去去去，又拿我开心。你不就盼着我和他离吗？我还不知道你那心思？"

"我有那么坏吗？"

"这和坏不坏没关系。只是你了解，我和他在一起不幸福。只有离开了他，你才觉得我的天会亮起来。"

"那是你的想法。"

"那是你的想法。"仇小丫说完，两人又沉默了。

"下步打算怎么办？"

"怎么办？我还能死呀。接着开厂子呗。生意现在是越来越好了，一忙起来就什么都忘了。不过，遇到合适的还会找，咱可没你有定力。"仇小丫恢复了常态，付一笛的心也落回了肚里，他怕仇小丫缠住他不放。

"其实，你什么都不用怕。我是一个好端端的大姑娘时你都不理我，现在我是处理品了，就是你打我主意我也不会同意的。只是觉得你这个战友是可以信赖一生的朋友。憋得难受，只好找你哭一鼻子。哭完好受，一切都从头开始了。"仇小丫折了一段树枝在手里挥了起来。

"注意点环保。再是'春风知别苦，不遣柳条青'，你也别折柳送行呀。"看着仇小丫情绪好了一些，付一笛又调侃起来。

"别装正经了。我就是把树枝全折了，大不了我给公园重新栽上。"

"就这儿还是前几年我带兵栽的呢。"

"别提这茬了，一提我就生气。我们女兵也不是没来这公园植过树，打扫过卫生，可到头来又怎么的。我们那年上公园玩，一元一张门票，十一个女兵只有十元零钱，差一块也不行，到底把我的一百元大票给破开了。双拥双拥，整天就让我们拥他们，他们啥时候来拥我们一把。"

付一笛知道仇小丫说的是实情，接着话又说："你不也是说得好，做不到吗？用实际行动拥了一回军，现在又把他当成老太太的大鼻涕——甩了。"

"付一笛，你别刺激我。我仇班长对部队还是一往情深的。我现在这个厂子以后就叫老兵木材加工厂，只要是复员兵，来一个算一个。是优秀士兵的，工资加一档，立过三等功的，封官当组长。你看我做到做不到，你看我怎么拥军。"

仇小丫像是当兵时一样干脆起来，女强人的架势一摆付一笛气势又弱了下来。他是了解眼前这个女人的，她想做的事就能做到。

"那说个正事。你那儿要是缺人我给你介绍一个。"

"谁？看你面子，不行也得行。"

"安小龙。"

"哪个安小龙？"

"我手下的一个兵。挺实在的，好兵。只是留不下，今年就要复员了，又不愿意回老家。"付一笛仔细地看了一下仇小丫，看她没在开玩笑，接着说，"一个月后复员。昨天他还问我能不能帮他找工作呢。"

"那他当初怎么不学专业呢？"付小丫有些不解。

"你不知道安小龙有多老实多听话。一直在营部当通信员了，今年回到连队的。父亲早就去世了，母亲也改嫁了。部队留不了就留不下了，可他对这个城市有感情，所以想留下来。"

"他在营里的时候不是归黎管吗，他怎么不找黎？"

"别提了。如果没有黎，安小龙还能转士官呢，何至于现在这样惨。"付一笛不得不当着仇小丫的面说黎术的不是了。如果他们还没离，他是万万不肯说这番话的。

"那个人，就是赖皮。如果当初不是我妈和教导员同意，加上我非要找个狗屁军官，我才不会同意呢。冲他对安小龙这个样，这个忙我帮定了。你让安小龙复员就到我这儿来吧。"

"定了？"

"定了。"

"怎么感谢你？吃顿饭？"

"吃饭？那就不用了。来一个男人的拥抱就行。"

付一笛知道仇小丫又来真的了，张开两只胳膊把仇小丫抱了起来，转了一大圈后快速地放在了地上，喘着粗气问："咋的，你以为我不敢呀。"

仇小丫没想到付一笛会实实惠惠来了这个让她措手不及的举动。"你真是色胆包天。"

"走，回去了。"付一笛抢过仇小丫手里的树枝，弯成一个圈套在了她的脖子上。

仇小丫没有反抗，顺从地跟着付一笛向公园门口走。付一笛脸上洋溢着快乐的神情。

走着走着，仇小丫忽然停下了，她问："付一笛，你敢再背我一下吗？"

"我不行。到时候我让安小龙背。这事为他办的，得让他来感谢你，让他给你当牛当马都可以。"

　　说完，付一笛向仇小丫做了一个鬼脸。

第三十三章

1

一纸通知，今年的演习取消了。据讲，部队又要进行新一轮改革。这样的消息两三年来一直在传，大家习以为常了。可是演习的取消，似乎给这个消息添加了佐证。

演习说不搞就不搞了，大半年的训练就这样结束了，付一笛心里有些失落。付一笛也听说了，下一步部队要实行职业化，还要实行军衔制。而且指挥体系也要发生改变，至于怎么改，改成什么样，他没有深入地考虑过。他只坚信一条，无论怎么改，部队都会越来越好。而无论怎样改，他都要认真地活着。

立冬那天，部队要撤回了。一大早，付一笛又一次爬上了三道梁。站在山顶，他向下看着已经拆平了的驻训点，不禁感慨起来。大洼谷啊大洼谷，一年当中在这里发生了多少人间的悲喜啊。战场对于军人来讲可能有些遥远，可生活却和每个人都这样近。如果部队还能够存在，谁知道来年还能不能来这里演习。想到这儿，他不禁有些伤感。

回到营区的第三天，天立刻变了，像是没有过渡一样，一场雪下来，冬天就来了。付一笛还没有准备好过冬的毛衣毛裤，冷空气就已经把他包裹住了。

周一上班，仝大志把自己像是装在棉袋子里一样出现在了连队。冻得冷冷呵呵的付一笛看着仝大志的样子，有些吃惊。"冬天倒是来了，可你至于把自己弄成这样吗？再过两个节气你还不披着被子呀？"

仝大志苦着笑："没办法，你弟妹非让我穿，不穿不行。"

付一笛看得出来，仝大志装出来一副苦脸给别人看，其实内心的幸福藏也藏不住，从眉眼，从神情，从嘴角，从他脸上每一个有表情的地方悄悄地往外渗着。

付一笛也似乎看见了楚艳艳把仝大志武装起来后略带满足的表情。

这时，齐全生也回来了，他更夸张地用一件长羽绒服把自己包了起来，并且在脸上还围着一条特别显眼的围巾。

"又是一个冻死鬼托生的。"付一笛对齐全生说。

齐全生笑嘻嘻地看了看付一笛。"我看你很冷，用不用我明天从家里给你带一件厚的来？"

"用不着，别装得多有善心的样儿。"

齐全生挂着一脸假笑走了。

一整天，付一笛都在宿舍里转圈圈，他不知道到了这个季节营房为什么还不供暖。付一笛盼着早点熄灯，就想上床钻到被窝里去暖和暖和。

终于熬到了洗漱哨响，付一笛像从弹簧上弹起来一样，风一样向洗漱间刮去。

付一笛边和战士们洗漱，边随口编着歌唱："光棍汉好，光棍汉乐，光棍汉吃饱全家不饿。"

2

以往，付一笛都不急着上床，他要在图书室看书或写稿。可现在，天冷得伸不出手，团里还在坚持着不供暖。付一笛只好早早地上床。

可是这个夜太长了，付一笛怎么也静不下心。看书驱赶不走寒冷，他想找个人说说话。又有谁愿意和他说说话呢。俞正现在像走火入魔一样有空了就扑到医院，不可能找他聊。

"仇小丫？"付一笛有这个把握，她肯定愿意和他聊。可是，坚决不能找她。他已经警告过自己一百遍了，再也不要惹仇小丫的是非。

那么，又能找谁呢？付一笛感到了孤独。

付一笛举着手机查阅着号码。给父母打肯定不行，平时只要电话一打通，他们就会旁敲侧击地谈到他的婚事，躲都来不及，怎么能再去惹这个麻烦呢。给同学打？更不可能，谁知道这个时间了他们是不是在辅导孩子的功课，或者是陪着爱人逛街呢。

付一笛的目光犹豫着从一个又一个名字上面跳过，对于一个个名字他觉得既熟悉又陌生。

忽然，一个名字像是一道亮光在他眼前射了出来。那个名字发着暗暗的荧光。

那是寒冷的名字。寒冷的手机号他是无意中在全大志那里发现的。

付一笛看着这个名字心中生起了很多感慨，寒冷现在在做什么呢？生活得怎么样呢？想着想着，关于寒冷的记忆像放电影一样一幕幕在付一笛眼前跳了出来。寒冷扎着两个羊角辫的样子，寒冷天真地追抢着他手里甜高粱秆的样子，寒冷一点点长大开始一点点忧郁的样子，还有寒冷偷偷站在送别的队伍里远远地望着他的哀怨的样子，无论哪个样子都让付一笛的心中热血激荡。他的心跳又一次加快了，猛然间他意识到，原来，他内心竟把寒冷藏得这样深。尽管他从来没有拿寒冷和仇小丫认真做过对比，但他终于找到了逃避仇小丫的理由。仇小丫的直白与寒冷的含蓄相比缺少了浪漫和深邃。

顺着时间的路一直往回走，故乡的山山水水呼啦啦地挤到了付一笛的眼前。一时间，他很想家，想听到父母的声音。他坚强的外壳被思乡的情感冲击得无比脆弱，他似乎听到了那些外壳破碎的声音。叶落归根，付一笛第一次发现自己有着如此强烈的归乡情节，看来月是故乡明说得一点没错。不论在外面飘得多久，付一笛的心里还是把自己看成是故乡的那个孩子。确实，故乡有他太多的青涩记忆和年少的烦恼。

付一笛闭上了眼睛，一片片玉米地闪现着，一枝枝粉桃花开放着，一排排白杨林站立着。

忽然，寒冷在树下雪白的肌肤又亮入了他的眼睛，付一笛感到脸上一红，浑身一激灵，他猛地从床上坐了起来。他不能再陷入这种回忆之中了，他怕自己坚定了多年的意志被自己重新瓦解。咽下所有的苦，一门心思往外闯，不就是想在外干出一番前途，然后把父母接出农村吗？怎么想来想去，又想起那个农村来了，那里又响起召唤声了。一想到这儿，寒校长阴冷冷的目光又直射到付一笛的心上，寒校长轻蔑的嘴角像是两把尖刀再一次切割到了付一笛的神经。

天花板还是那块天花板，一只苍蝇越过了深秋，竟坚强地活到了现在。它一动不动地倒趴在天花板上，像是死了一样。但是付一笛知道并且坚信那只苍蝇还活着。回到营区的那天，他还看见那只苍蝇缓慢地爬动过。他还曾向那只苍蝇发出过邀请，和他一同在这个房间里猫冬。但是付一笛也恨恨地警告过那只苍蝇，过了这个冬，如果你还活着，你就赶快逃跑吧，不然，你绝对成不了真正的宠物。

付一笛死盯着那只苍蝇，眼珠一动也不动。他不知道那只苍蝇是否也在和他对视着。他只是觉得那只苍蝇成了寒冷，笑盈盈地看着他。

手机握在手里已经有些发烫，付一笛看了看屏幕上显示的时间，才九点多，离睡觉还早。他最终决定给寒冷打个电话，此时，他非常急切地想知道她到底怎么样了。

付一笛起床去了图书室。寒冷的手机通了，却许久没有人接。付一笛心跳得有些急，太唐突了，几年没通电话了，和寒冷说点什么呢？

电话还是没人接，付一笛心里没底了。寒冷是不是换号了，还是她故意不接？刚这样一想，他又笑了，寒冷哪知道这是他的号，不可能故意不接。

付一笛决定数数。他想，数到十，如果还没人接，从此，删掉这个号，让他彻底忘掉这个人。

数数真是一件折磨人的事，每一个数在付一笛的心里跳动一次，他都觉得像是枪毙前的倒计时。当数到七时，付一笛有些绝望了。他想把余下的三个数慢慢数下去，可是骗得了别人骗不了自己，他已经不能数得再慢了。

当他数到九时，电话里终于传来了一个温柔的女声。付一笛心中猛地一喜，可是随之又像掉进了冰窖。他听到手机里那个女声说：对不起，您拨打的用户无人接听，请稍后再拨。

付一笛对着满架的图书无言地笑了。书中自有颜如玉，可是人呢？两行冰冷的泪水倏地流了出来。他感到在那一刻，他的心彻头彻尾地死了。

还没等付一笛拭一下泪水。他的手机响了，一个清亮亮的女声从电话里传了过来："喂，哪位呀？"

付一笛只看到是一个陌生的号，他也不知道会有哪一个女人把电话打给他，懒懒地问："你是谁呀？"

"你给我打的电话，你问我是谁？"电话里的女声不客气起来，"你这人有毛病呀？"

付一笛听出来了，那是寒冷的声音。寒冷的口音虽然有些改变，但是声音没变，还是娇里娇气中带着一点点蛮横。

付一笛陡然兴奋起来。"我是付一笛。你在哪儿呀？"

"哟，付一笛。你怎么想起给我打电话来了？"

"没有，一直想给你打个电话，只是忙。"

"真是忙，忙了十来年呀。真是难得。"

"我这里怪冷的，天都变了。我披着大衣给你打电话哪。"

寒冷嘿嘿地笑了。"嫂子在旁边没？"

"哪儿来的嫂子？又笑话我了。"

寒冷那头沉默了。付一笛握着电话不知再说点什么。

过了很久，付一笛喂了一声。

"听着呢，你说吧。"寒冷的声音明显比刚才低沉了很多。

"咋的了？咋不说了呢？"

"不是你找我吗？有什么事你说吧。"

"没事，没事。"付一笛也不知说什么好，胡乱找着话题，"只是想听听你的声儿，想知道你在干什么。"

"没干什么，在忙着嫁人。"寒冷怨怨地说。

"要嫁人了？"付一笛疑惑地问。

寒冷又沉默了。好一会，付一笛听到她在电话那头说："要嫁了。再不嫁就剩在家了，再不嫁我父母就愁死了。"

"农村的观念就那样。"付一笛深有同感。

"其实这年头，城里农村差不到哪儿去。快要三十的大姑娘还不嫁人，那说什么的可都有了。女人比不了男人。"说到这儿，寒冷又是叹了一口气。

付一笛听得出，寒冷的心事很重，心理也更是复杂，她对自己的婚姻好像也不满和失望。可是此时，同病相怜的话他说不出。

寒冷又开始说话了："男人和女人不一样。男人岁数越大越值钱，女人越大越难找。男人女人都分五等，要想对应着找那是不可能的。一等男人总是要找二等女人，找来找去，剩下的男人没结婚的几乎都是最末一等的，而女的剩下的都是一等的。你看哪个瞎女瘸女的剩到家了，就是精神病也剩不下的。"

付一笛不由得心中打了一个寒战，几年不见，看来孤独的日子把她的心也磨出了茧子。

"他是干什么的？"

"唉，一个小老板。追了我六七年，可是我没答应。不答应又能咋的，别人都知道他在追我，也没有人敢再追我了。"寒冷的语气里满是无奈。

"然后呢？"

"然后就那样不冷不热地耗着呗。也没说嫁他。等呗。可是等啥呢？我也不知道。时间就那样一天天过去了，有时刚看着花开，觉着刚过几天，树叶就落了。时间就那样过去了。"

"是挺快。"付一笛随声应和着。

"年轻的时候真不知道时间这么少，一天一天过来的。岁数一大，尤其这两年，不知咋的，就觉得时间是一个月一个月过来的。要想一想这一年哪天都干了点啥，根本没印象。只知道哪个月大概干了些啥。唉——"寒冷叹了一口气，"不说这些了。"

"叹啥气？说呀。"

"说啥？说啥不也是那么回事吗？要嫁人了。就是没感到恋爱的滋味。"

"你不喜欢他？"

"谈不上喜欢，总之不反感。"

"那你嫁什么？就这样把自己打发了？"

"我不嫁他嫁谁呀？嫁你，你娶吗？"

"寒冷，别开玩笑。"

"谁和你开玩笑。你要是娶我，我一会就给他打电话说不干了。可是你根本就不会娶我。"

"我不配。"

"那是我爸的想法，我没那样讲。不过，现在是我不配了。"

付一笛没想到寒冷变得如此干练，连连说："没有，没有。"

"好了，不讲这些了。我俩虽然不能走到一起，但我们的回忆很美好。我的记忆中可能只有上学时的影子。"

寒冷话锋一转："一笛，不小了。婚姻不是赌气，该给我找一个嫂子了。"

"有了。"付一笛说。

"太好了。干什么的？女军官？"寒冷对这个话题很感兴趣。

"不是，一般般。个儿也不高，工作也不好。"付一笛极力平淡地说着，他想编排出一个很差的爱人形象来安慰寒冷。

"那你挑来挑去就找一个这样的？要不你回老家来找，我给你介绍。"寒冷觉得不平衡起来。

沉默了一会儿，付一笛问："你那位对你怎么样？"

"他对我很好。"

"好有什么用？"

"只要我想见到他，就能见到。想念不如相见，这就是生活。"

付一笛说："结婚时邮几张照片来，让我看看。"

"他不上镜，照片就别邮了。你知道他对我挺好就行了。人一旦结婚，长相就变得不重要了。我现在最急的是要个孩子。对自己一生如果不满足，希望就早点放在孩子身上。"

"日子就这样过来的，没什么不满意的。我们现在不都是在城里生活了吗？再也不用回到农村去了。"付一笛安慰着寒冷。

但他没想到寒冷不这样认为。"我还是喜欢农村，那里人和人之间离得多近。农村只不过没有年龄与我相当的男的了，如果有，也是老光棍了。不然我才不来城里找呢，哪怕不门当户对。"

听到寒冷说门当户对，付一笛的心又是一揪，自己要是书香门第，可能寒校长的脸早就阴转晴了。寒冷也不至于苦苦熬了这么多年。

"结婚以后别忘了打电话。这些年没打电话的原因也没什么，"付一笛不知怎么说了，"现在可以给你打电话了。"

"我知道，我知道一结婚你就成我哥了。你就可以给我打电话了。"寒冷说着说着在电话里哭了起来。

"别哭，人总是要嫁的。"付一笛不敢再说了，他怕自己也会掉泪。

"我知道。嫁就嫁了，总之这辈子再也不想什么浪漫了。浪漫会坑了人一辈子的青春。唉，做女人呀，可以心高，不可以气盛。"

付一笛不知寒冷又说了些什么，也不知她什么时候挂了电话，丢了魂一样的两只手捧着手机，听着话筒里的忙音。他神情有些恍惚，他弄不清刚刚是幻觉，还是真的在和寒冷通电话。光阴一晃就晃没了，而寒冷还像是在身边一样。他隐约感觉到寒冷并不幸福，她只是对自己的明天没有了希望才决定去嫁人。而自己呢？逃避来逃避去最终是不是也逃不过婚姻这场劫呢？

付一笛给寒冷发了一条短信，是早些年的一句歌词：男人的肩膀扛不住女人的浪漫。

发完短信，付一笛知道，一切都结束了，真正的结束了。压在他和寒冷心头的那一块巨石终于搬掉了。他们再也不需要回避，一切又都重新开始了，可以坦然地面对，可以谈论各自的家庭，也可以开玩笑。可以一同回村里去，他们只是两个走出了家乡的青年。或许，村里的人除了两家父母以外，任何人都不知道他们两个人心里曾埋着一个秘密。那个秘密像是一缕风，谁也抓不到，谁也看不到，但谁也不能说那风没有刮过。

3

付一笛走进了梦乡，他梦见寒冷抱着孩子在村口遇见了他。怀里的孩子乌溜溜的眼睛盯着她的母亲，寒冷对着孩子说："叫舅舅。"孩子没有叫，却张着手喊爸爸。

付一笛抬头一看，寒冷怀里的孩子向不远处走来的一个男人喊着。付一笛知道那个人一定就是寒冷的老公了，他努力地看寒冷说的长得不上镜的男人什么样。还没等付一笛看清楚，一股电流迅速地涌遍了他的全身。

付一笛醒来了，他感到下身冰凉的一大片，他一动没动地躺在床上，他好像看见了在家乡时的那一幕，寒冷轻轻地撩动着清清的水，在树下洗着身子。

那个时候，付一笛觉得两条小虫从眼角爬了出来，凉凉的⋯⋯

第三十四章

1

对于仇小丫的离婚，付一笛心里很认同，他不愿意看到仇小丫在婚姻那条胡同里转来转去。每当他看到黎术对别人讲仇小丫时，他就觉得仇小丫已经变成被婚姻这条锁链拴住了的鸟。性情、为人、目标等等都不一致的两个人生活在一起，那种痛苦不用经历付一笛也想象得到。命运真会开玩笑，竟然会让仇小丫遭遇这样的人。每每想起这些，付一笛心中都会生起一丝悲哀，婚姻可不是赌气的事。

付一笛一直想不通仇小丫和黎术之间到底发生了什么。以前，两个人都以各自的另一半为荣，仇小丫的眼里流露着骄傲的神情，好像在向别人昭示我仇小丫说到做到，说找个军官果真就找了个军官。而黎术的眼神就复杂多了，但还是能让人看得到娶了远近闻名的仇小丫的满足。尽管那天在公园仇小丫没说原因，但付一笛还是一万分地希望她的离婚不要和那张惹事的照片扯上关系，更不希望仇小丫离婚也是在赌气。

老兵复员的日子说到就到了。付一笛的排里一下子走了十二三个老兵。每年这个时候，都是付一笛最为心痛的日子。风里雨里一起爬过来的战友，说走就走了。整个排里空荡荡的，一集合站队就剩下十几个人。而两个月后，他要再重新接手一批新兵，再开始从头带。铁打的营盘流水的兵。每当老兵离去，付一笛的心里都隐隐作痛，一连几天都像是失血过多一样。

安小龙复员了。团里规定战士只能在军营里送行，只允许各连出一个干部代表到火车站送行。付一笛向连队为自己申请了送站的名额。

在火车站，付一笛悄悄地给安小龙拍了一个特写，然后走到他身边，把那张照片从数码相机里调了出来。"看看你这个样子。"

安小龙伸着脖子看照片，不好意思地笑了一下。"不好看。"

付一笛逗他："你以为你长得多好看呢？"

"戴着军衔多好看，这一摘掉怎么就这么难看呢？"

"穿不穿军装，戴不戴军衔你还不是你呀？"

"那倒是。"

"当兵后悔吗？"

"不后悔，只是后悔没和你学一学写东西。"

付一笛有些同情起安小龙来，他和这支复员队伍中的许多老兵一样，两年忙碌下来，又一脸茫然地恢复成了原来的样子。付一笛忽然对复员这个词有了新的认识。"那你这两年有啥收获？"

"说真话？说假话？"

"说屁话！"

"我只收获了你。除了你，没人能让我记住。"安小龙说完脸有些红了，补充道，"真的。"

付一笛知道他说的是真话，不再说话，沉思起来。

广播里通知复员老兵要进站上车了。安小龙说："排长，我上车了，回家落完关系就回来。"

"走吧。记住应该记住的，忘记应该忘记的。"付一笛说。

安小龙认真地点了点头，脸色沉沉地进入了队列。

此时，广播里播起了送行的音乐，是《驼铃》。音乐一播，进站口变得有些混乱。就在这时，安小龙突然冲了过来，一把抱住了付一笛抽泣起来。

　　付一笛轻轻地抚着安小龙的头，任由他舒畅地哭着。他知道安小龙有一肚子的委屈，尽管安小龙不会用语言描述，但付一笛能够真切地品味出那种感觉。

　　安小龙哭得差不多了，付一笛推开了他，一边擦着他的脸，一边揪他胸前的红花。"看，都压扁了。"

　　安小龙看了一眼压成大饼子一样的红花，不好意思地笑了。然后把花摘下来，放进了包里。

　　付一笛问："别人都扔了，你留一朵破花干什么？"

　　安小龙神秘地笑了，然后拉开手提包，从里面又拿出了一朵红花，对付一笛说："排长，我长这么大，上学时学习不好，没戴过一次红花。可是，我入伍时戴过这朵，现在又有了一朵。"

　　安小龙把两朵花放在一起，小心地又塞进了包里，对付一笛挥挥手。"我走了，我有两朵花呢。"

　　安小龙的身影隐入了人群，付一笛张望了半天，再也没有见到他。付一笛心中一阵怅然，他不知道安小龙什么时候才能到仇小丫的木材厂报到。

　　半个月后，仇小丫打来了电话，她告诉付一笛："你说的事早就办完了，安小龙到我这儿上班了，所有出入库的事全交给他了。"

　　付一笛没和仇小丫在电话里多聊，他知道这就是仇小丫的风格，干脆利索。而且从仇小丫的声音里，听得出她的心情特别好，又像刚刚认识的那个小女兵了，说话脆生生的，带着斩钉截铁的气势。

　　放下仇小丫的电话，付一笛不由得又想起了黎术。在营区，黎术的表情怪怪的，好像有什么见不得人的事躲着大家，消沉了许多。营里开会的时候也很少再看到他无限风光地吆三喝四，时常一个人在营院里失魂似的转悠。这事又能怨谁呢？付一笛也想不通黎术为什么会搞得如此众叛亲离。

这个世界真是乱了，俞正的家庭露了头，仇小丫的婚姻又鼓起包，全大志不疼不痒地过着，齐全生胆战心惊地活着，最可怜的顶数教导员，家里搁荒十几年，每年只能春种秋收地忙活那两次，这军人的婚姻真是幸福看起来都一样，难处却各有各的不同了。看来一个人还真是一个不错的状态。

2

付一笛正胡思乱想的时候，通信员又来找，教导员通知他到营里去一趟。

教导员坐在椅子里冲着付一笛笑靥如花。不用多想，从教导员的表情付一笛就知道找他来一定是非工作性质的问题。

果然，教导员开口了。教导员一开口付一笛心里又一阵反感，教导员讲的是仇小丫和黎术的事。

付一笛的火气瞬间被点燃了，他站起来向前跨了一步质问："他们之间的事和我有什么关系？他们愿咋咋的，在野外驻训时发生的事，过去大半年了，你怎么又开始提？《政工条例》里哪一条规定这事必须由你来找我！"

付一笛不等教导员回话，转身就走。

"你回来！"教导员压低了嗓子大喊了一声。

付一笛还从未发现教导员说话有着这样的魄力，站住了。

"付排长，你听我把话说完再走行不行？"教导员看付一笛站在那儿，气氛也有些缓和，语气也弱了下来。

付一笛悄无声息坐了回来，斜着眼看着教导员。

"我这个当教导员的也没能力，和你们哪一个干部说事都得商量着来，唉。"教导员边说边叹气，"今天这事抛开工作关系，算是我个人拜托你付一笛了。"

"只要有道理，我付一笛也不是不讲理的人。"

"事情是这样的。上半年师里让上报好军嫂，现在评比结果下来了，仇小丫被师里推荐到了军里，军里开表彰会的同时要开报告会，已经定下来让仇小丫发言。省里也要召开双拥表彰会，表彰人员里有仇小丫。昨天我把这个通知告诉了黎助理，哪知道他告诉我他和仇小丫离婚了。"

"他们离婚你不知道？"

"这事我确实不知道，很生气。干部离婚需要政治部盖章，可是黎助理和地方民政局的人认识，没开证明就把婚离了。"

"事实已经这样了，我能怎么办？"付一笛好生纳闷，仇小丫离婚教导员找他干什么。

"你有办法，现在只有你有办法。你口才好，会说，会讲道理；再有，仇小丫和你个人关系不错，你能劝动她。"教导员急切地抖出了他找付一笛的理由。

付一笛还是不解："我劝她干什么？"

"复婚呀！"教导员很是激动。

付一笛觉得教导员的想法太可笑，摇了摇头。"不可能。"

"我求你还有什么不能去的。"

"你的面子我怎么也得给，你是我领导嘛。只是仇小丫不会给我面子，我是说，她不可能复婚。"

"那也得去找找她。付排长，你知道吗？因为这事我一夜都没睡好。我当了这么多年教导员，营里一个战士典型也没抓起来。好不容易出了一个拥军典型，现在还弄成了这样。你说，集团军和省里的党委会都开过了，事都定下来了，我们现在告诉他们，说黎术和仇小丫离了，不去了，能行吗？这不是说以前我们弄虚造假了吗？不成和组织开玩笑了吗？这个责任谁担得起？"

付一笛看着教导员急得要哭的样子，心里一阵好笑。早知现在何必当初呢。

"你不是和仇小丫母亲关系挺好吗？你去和她说呀。再者，当初让仇小丫和黎术结婚，不也是你们两个人的主意吗？"

"别提了，林慧芬根本不知道仇小丫离婚的事。今天我打电话让她劝劝仇小丫时她才知道，后来听说她气得住院了。"

付一笛问："我去行，要是仇小丫不同意呢？"

"她不可能不同意。集团军表彰和省里同步的，听说先进个人每人奖励一万元，还要戴红花，军人、省长都要接见。"

付一笛觉得教导员说得更离谱了。"你以为婚姻是一朵大红花就能解决的问题吗？一万元钱就能买来幸福吗？如果是这样，那你直接给仇小丫戴红花算了，戴一朵这么大的。"付一笛用手夸张地比画了一个大圆圈。

"那你说，那你说，"听付一笛这么讲，教导员连不迭地说，"那你说——"

"让我说，那就是直接向上打报告。离了就是离了，不然如果军里报军区，哪一天军区再报总政，这个场子谁收得住？肥皂泡吹得大了，总有破的一天。"

教导员立即打断了付一笛的话。"那不行。营里现在政治工作能挂上号的就是这点事儿，不能自己砸了自己的牌子。仇小丫是军嫂的代表，更是一面旗帜。"

付一笛也认为教导员遇到了一件麻烦事，还是决定去找仇小丫，看着教导员那张涨得通红的脸，付一笛觉得那张脸好像被仇小丫抽打了几十下一样。仇小丫釜底抽薪的这招也确实狠了点，不论怎样，哪怕逢场作戏，给团里一个台阶下。要不然师里绞尽脑汁写的讲话稿，眼见着成了废纸一堆，这个政治笑话谁也开不起。但付一笛只想劝仇小丫别再扩散离婚的消息，到时候做个报告完事儿，劝仇小丫复婚的话付一笛根本不可能说，那不是他的为人。

付一笛去木材厂没有和仇小丫打招呼。刚到木材厂，安小龙就看见了付一笛，他像是见到了亲人一样飞快地迎了上来，然后站在那儿，涨红着脸，一个劲地叫着排长，再也不会说其他的话。付一笛了解他，看得出他是要说感谢的话，只是害羞而不好意思。

"排长，我可老想你了。"安小龙终于对付一笛说出了一句话。

"想我？想我怎么一个电话也不打？你仇班长呢？"

"她去晾衣服去了。"

"晾啥衣服？"

"今天库房里一组暖气片冒水了，我堵水时把衣服全弄湿了，她去找地方晾衣服了。"安小龙说。

付一笛一看，怪不得安小龙身上的衣服又肥又大，原来是这么回事，于是笑着说："你仇班长对你不错呀。"

"嗯，仇班长对我们可好了，可知道爱护我们战士了。"安小龙说着自己也笑了。

"都离开部队了，还一口一个班长叫着，真会来事。别看她兵龄老，比你没大几岁。"

"刚来那天我还叫她嫂子呢，她不让。"

"管谁叫嫂子呢？"付一笛正和安小龙说着话，仇小丫的声音在身后响了起来。

"我，"安小龙低下了头，冲着仇小丫叫了一声，"班长。"

"哈哈哈，"仇小丫捂着嘴笑得前仰后合的，"付一笛，你看你带的兵就是有素质，都复员了，还成天叫我仇班长。"

"这叫语言贿赂啊。叫你仇老板不是把你叫老了吗？叫班长多亲呀。这叫带兵有方。"

"屁，我现在管他叫老安呢。你看他长得比我还老呢。"仇小丫大大咧咧地说，"咱当兵的人，就是不一样。"

"班长，那我先干活去了。排长——"安小龙没有再说话，叫了这一声之后挤了挤眼。

"等一会。"仇小丫对安小龙喊了一声，然后从挎包里掏出一双袜子，"找个地方把湿鞋换了，先把袜子换上，别着凉了。"

付一笛心中一动，他一下想起了仇小丫曾说过"有情的袜子无情的帕"。

安小龙接过袜子憨憨一笑，向库房走去了。仇小丫问付一笛："付大排长怎么这么闲了，小女子有失远迎。"

看着仇小丫快乐的样子，付一笛心里轻松了不少，看来教导员给她母亲打电话的事没有给她造成不快。付一笛说："没事呀。到市里办事，恰好路过，顺便来看看安小龙。"

"男兵女兵都是兵，还希望干部多关心一下女兵呀。"仇小丫揶揄着付一笛。

仇小丫又活回来了。仇小丫又是付一笛最初认识的那个仇小丫了。

付一笛决定什么也不替教导员说了。他问仇小丫："小龙的电话是多少？我刚才忘要了。"

"8423111。小灵通，刚给他换的。"仇小丫不假思索报出了号。

"好吧，那我先走了。"付一笛转身走出了木材加工厂。他一直走到了街上也没回头，然后，拿出手机给安小龙打电话，他对安小龙说："孤独的女人最需要关怀。"

安小龙傻乎乎地问："排长，你说的话我不知道啥意思。"

没等付一笛往下说，就听仇小丫在安小龙的电话里喊："付一笛，你以后不要给老安出馊主意。"

3

从驻训点回来后，俞正去医院更频了。全大志要在连队值班，对楚艳艳和孩子照顾得更少了。在楚艳艳的建议下，全大志请了三天假，要把楚艳艳母子送回老家。

火车飞快地从森林里穿过，又越过了一望无际的平原。楚艳艳坐在靠窗的边座上目不转睛地望着窗外。卧铺车厢里的灯已经熄掉了，孩子也早已入睡了，楚艳艳还是瞪着眼睛看着窗外。

全大志不知道她又有了什么心事，从铺上爬了起来坐到楚艳艳的对面。"咋了，想家了？"

楚艳艳点了点头。

"这回钱带的足，多给你父母一些。"

"你看外面多漂亮，灯光一片一片的，还有这火车，一转弯的时候跟一条火龙似的。"

"这回爸妈他们给咱们带孩子了，我再休假就带你出去旅游。想去哪儿？"

"我想去云杉坪？"

"云杉坪是哪儿？"

"云南丽江的一个地方，我在电视里看到的。"

"那风景美吗？"

"也不咋美，电视里说那是青年男女殉情的地方。"

"想去哪儿不好，怎么偏偏想去那儿？"仝大志的眼睛也转向了车窗外。他也发现，外面的夜色确实很美丽。

"大志哥，你说咱们这么活着到底为啥呢？三四年才能回一次家，就是想爸妈了，还要想着回一趟家得花多少钱。这年头是钱重要还是感情重要？"

仝大志没有说话，还是看着窗外。

"我都有些困了，可是我就是不想睡。以前跟你到部队，咱们为了省钱，坐的是硬座。这是我第一次坐卧铺。我要是不嫁给你，可能这辈子都在农村过了。"说着，楚艳艳的泪水又涓涓地淌了出来。

仝大志伸出手给她擦了擦。"回村里别和别人说这些酸话，穿得好一些，花钱也大方一些。"

"我知道咱们在外面活得很体面，见识也多，我还带着杨主持的照片呢。我告诉她们咱们连电视台的主持人都认识呢。"

仝大志的心咚地一沉，这个女人到底在想什么呢？她是真喜欢杨絮飞还是在拿杨絮飞提醒他。仝大志怅然地望着窗外。

这时，楚艳艳又说话了："这回回家我不想回来了。在家里老人能帮着带孩子，我到县城找点活干，你在外面当军官，我在姐妹们身边也洋兴。你好不容易给我挣来了这份荣光，我为啥不让别人看到呢？"

"在这边不也挺好吗？"

"不好。她们城里的媳妇看我的眼光总像是看乡下人。她们瞧不起我。"

"她们不是在看女人，女人只是穿在男人身上的衣服。她们要是瞧不上你，那就是瞧不上我。"

"有人能管着你，你也能管别人。有人瞧得上你，当然也有人会瞧不上你。你干你的工作，别惦记我就行。我也相信你。"楚艳艳说话的声音若隐若现贴着玻璃飘着。

"在家挺好，想见我妈就能见。孩子一下子多了那么多亲人，爷呀、奶呀、姑呀、舅呀，叫啥都有人应，在部队只有叔叔。太孤单了。"

全大志向铺上看了看，女儿正在香香地睡着。

"我住在你家。照顾爸妈，丰收的果里有你的一半也有我的一半。"楚艳艳把手举起来，隔着茶桌放在了全大志的额上。

全大志伸手紧紧地握住了楚艳艳湿热的手。

火车钻进了一条黑黑的山洞。楚艳艳感到手被一张滚烫的唇吸住了。

天冷得很快。付一笛往北京打电话，杂志社的朋友在电话里嘻嘻哈哈地问："我们这儿缺一个编辑呢，领导说想找一个没结婚又有文采的，我看你挺适合的，来不来？"

付一笛说："让我去北京当市长才好呢。我等了这么多年就是等你这个消息呢。"

付一笛说话的时候，齐全生悄悄地走到了他背后。齐全生看着放下电话的付一笛说："付哥，真行啊，要去北京啊？"

付一笛有些不悦，他不喜欢谁偷听他的电话，何况齐全生又是毫不在乎地听。付一笛说："嫉妒了？"

齐全生笑嘻嘻地岔开了付一笛的话，他解开外衣扯着一件毛衣问："付哥，看看，好看不？"

"情人织的？"

"对，张晓鸥织的。一辈子的情人。"齐全生一屁股坐在付一笛的桌子上，眉飞色舞起来，"前几天我就看见我家齐张氏没日没夜地织，我还不知道为啥。直到今天早上，死活让我穿上。说今天是我生日，送我的生日礼物。我说还差一个袖子没织呢，她说来不及了，先穿上暖和着，串休回家再补那个袖儿。"

齐全生一边显摆一边脱下了外衣，付一笛就看见齐全生像个怪物一样站在了眼前，一只胳膊红彤彤的，另一只胳膊却是绿的。付一笛被齐全生这个搞怪逗乐了。

第三十五章

1

俞正有一个星期没到连队了。付一笛心里空落落的，凭他的直觉，俞正遇到了事。吃过晚饭，付一笛打俞正的手机。

俞正在电话中心神不定地告诉付一笛，等他到走廊里来接。付一笛从手机里听到俞正嗵嗵嗵往走廊里走的声音。

半分钟后，俞正在手机里问："连队有什么急事吗？"

"连长把孩子老婆送回老家了，副连长在位，老兵们正在补训。我只是问一问你和她最近的情况怎么样？"

俞正沉默不语。

"怎么？遇到什么事，咋不吱声了？"

俞正苍凉的声音传了过来："我看她，恐怕要——"

付一笛心里一惊，急切地说："指导员，我现在就到医院去。"

付一笛不知道为什么俞正刚说这些，他就要立即赶到医院去，而且以前对于静宵的憎恶在瞬间也跑得无影无踪了。

付一笛回到宿舍抓了件衣服就往营区外跑，一边跑一边给门卫打电话，委托哨兵帮助拦一辆出租车。

在路上，付一笛不停催出租车司机开得再快一点。等他赶到病房时，病房里只有俞正和于静宵两个人，屋子由于静显得很空旷，又由于空旷显得有些吓人。

俞正坐在于静宵床边的一把椅子上，看见付一笛进来，没有说话。

俞正握着于静宵的手。于静宵的眼睛微微地闭着，脸色十分苍白。即使这样，付一笛还是能勾画出她原本漂亮的样子来。付一笛心里一动，他不知道这个女人怎么会那么大胆地做出那种出格的举动。忽然他又觉得仅仅从相貌上来看，她嫁给俞正是有些亏了。

于静宵的眼睛掀开了一条细微的缝，显然她是听到了付一笛的脚步声。她歪了一下头，像是要点一下，又没有动，眨了一下眼算是打过招呼。俞正赶忙把手放在她的肩上，扶了一下。

付一笛站在床边看了看于静宵，又看了看俞正，找不到合适的话。

俞正用下颏示意他坐到临床去。付一笛没动，拉了一把椅子坐在了俞正身边，小声地说："你出去转转。"

俞正把于静宵的手塞进了被里，直起身，对付一笛说："我去一下就回来。"

说完，踮着脚往门外走。一出病房，他快速地向卫生间跑去。

于静宵歪过头努力地看了付一笛一眼，声音极其微弱地问："你是付——"

付一笛点点头。

"全知道了？"

付一笛不知道怎么回答。他不知道于静宵第一次见到他为什么要这么问。

于静宵眼睛又闭上了，不再说话。少顷，俞正从外面悄悄地走了回来。

"俞正。"于静宵感觉到俞正回来了，哀哀地唤了一声，伸出手递到俞正面前，又不再说话了。

俞正把她伸出来的手拢住，放在了下颏处。

付一笛坐在旁边看着他们亲密的样子，心里涌起了波澜。这个世界到底怎么了，怎么会什么样的事都能发生呢？他弄不清俞正现在对于静宵到底是恨还是爱。如果他们之间还有一份感情的话，那也是俞正出于男人的义气对她的怜悯，而于静宵表现出的则是女人对男人的依靠。

付一笛真切地感受到了于静宵的无助。

俞正像是老父亲一样默默地注视着于静宵，好像他面对的这个女人不是曾经背叛他的妻子，而是一个离家出走多年又重新回到他身边的孩子。他的眼里充满了慈爱，一遍遍轻轻地抚摸着于静宵干瘦的手。

在最早的时光里，那两双手曾握得多么紧呀。它们在一起亲切地交流，在一起生活，在一起共同创造心目中的家园。可是有一天，那双细嫩的手随着它的主人一同出走了，去一个很遥远的地方开创新的天地。可能它跟随它的主人受了很多苦累，也可能跟随它的主人又设计出了更为崭新的天地。可如今，这双手又回到了它曾经熟悉的地方。

付一笛看见的那双手是失去了光泽但还可以给人以想象的手。

那双手就在俞正的爱抚下伸了起来，它哆嗦着举向了俞正的额头。

"哥——"于静宵的眼睛没有睁开，两滴混浊的泪水漫了出来。

俞正知道于静宵是在喊他。虽然以前她未曾这样称呼过他，但此时，他知道这个称呼是于静宵送给他的最真或是最准的称谓了。

付一笛也听到了于静宵的这声呼唤。他能猜得出于静宵以前对俞正是绝对不会用这个称呼的。一个人无论曾有过多大的过错，在她的生命已到了边缘的时刻，谁也不应该苛刻地要求她必须改过和认错。

"哥——"于静宵又叫了一遍。

"听着呢。"俞正的眼圈一红，泪差一点掉下来。这些天来一直陪着于静宵，他早就想和她说上几句话了，可她就是不肯开口。只有他一个人默默地在心里说着安慰她的话，他怕说出来于静宵心里难过，再者，他以前在于静宵的身边也没有太多的话。

"有话你就说啊，小静。"俞正像是哄孩子一样。

"恨我吗？"

俞正的嗓子骨碌了一下。话还没说出口，于静宵又说话："不恨，是吧？"

"嗯。"

"真的？"于静宵的声音明显地高了。

付一笛再也待不下去了。眼泪就在眼眶里转着圈，他感到这个场合实在不适合他在了。这是属于他们两个人的空间，让他们两个人好好地说上几句吧。他站起来向门外走。

俞正抬头看了付一笛一眼，然后用力地"嗯"了一声。

付一笛站住了，他回过头。俞正冲他摇了摇头。他很快明白了俞正的意思。他没有再走，站在门口看着俞正和于静宵。

俞正转过头，问于静宵："说话呀，我想听。"

于静宵吃力地问："一丁呢？"

"他被护士带去玩了。"

"那……就……好，那……就好。"于静宵忽然说话断断续续起来。紧接着身体用力往上一挺，一口血从嘴里喷了出来。雪白的被罩上立刻染出了一朵大红花。

俞正慌忙地站起来取卫生纸，要去擦，被于静宵死死地扯住了。"别……别走。"

付一笛从门口刚要走过来，就听有人推门。回头一看，他惊异地发现这么晚了，黎术却不知为什么走了进来。

黎术显然是刚刚赶来的，头上微微地冒着汗。他不知道屋里发生了什么，急切地张着嘴，刚要问，被付一笛的手势拦住了。

黎术停下了脚步，站在付一笛身边探着身子往床上看。付一笛也全然没有在意黎术就站在身边。他的注意力全集中到了于静宵身上。

突然，于静宵猛地睁开了眼睛，死死地盯着俞正，脸上绽出了一个笑容。她把手再次伸向了俞正的额头，嘴里喃喃地肯定地说："一丁——是你的。"

俞正深情又不无可怜地看着她，把头一点点低下来，好让她的手能够到，就在于静宵的手要接触到他的头时，付一笛看见于静宵的手在空中停住了，继而无力地如同一截枯木颓然倒了下去。

2

于静宵在这个静静的夜晚悄悄地走了，她的生命以这样的方式谢幕了。漂泊了一番之后，她还是倒在了自己曾经喜欢，曾经背叛，曾经放弃，曾经拒绝和逃避的男人怀里。不知这是上天的安排，还是她的人生就是这样充满了戏剧性。不过她离开时是那样安详，那样凄美，就像是离群的燕子终于又飞到了家。

她的灵魂应该是得到了慰藉的。俞正在她生命的最后时刻，没有给她一点指责，一点难堪，一点怨恨，相反却是无微不至地呵护着她沉重又疲惫的心，以男人最为宽广的胸怀接纳着她，也接纳了她曾一度出走的心。

"阿姨，再见。"这时，一个小男孩的声音从走廊里传了过来。紧接着，伴着一连串脚步声跑进了病房。

那个小男孩进入病房后，看见在门口默默站着的付一笛和黎术，略微停了一下，歪头看了一下他们，问："你们怎么跑到我妈妈的房间来了？"

付一笛和黎术两个人都没有吱声。付一笛知道，这个小男孩一定就是俞正的儿子于一丁了。

于一丁飞快地跑向了俞正，一边跑一边喊："叔叔，叔叔，刚才阿姨给我讲的故事可好了呢。我要讲给妈妈和你听。"

俞正冲着于一丁苦笑了一下，目光怜爱地定在了他的脸上。

于一丁被室内沉闷的气氛镇住了，不知道自己应该怎么办。他连鞋也没脱，向于静宵的床上爬去，一边爬一边自言自语："我和妈妈好，我才不理你们了呢。"

忽然他可怕地叫了起来："叔叔，叔叔，血！"他被于静宵咯出来的血吓着了，声音里带着哭腔。

俞正把他从床上抱了下来。他一边蹬着一边喊："不，我要给妈妈讲故事呢。"

黎术再也看不下去这个场面了，他几步跑过来，抱起于一丁向外面走，一边走一边对他说："听话啊，宝宝，叔叔给你买好吃的去。"

付一笛也走了出去。他觉得整个病房都是属于俞正的了，让他在屋里和于静宵好好地告别一次吧。

3

俞正呆愣愣地望着于静宵。于静宵嘴边的血迹正一点点地凝结着。俞正从衣袋里掏出来一块手帕，轻轻地给她拭过血迹。然后从床下拖过一个大大的包。

包被俞正打开了，里面是几身崭新的衣服。是送给于静宵的，看样子他早就知道于静宵这病是治不好的，连衣服都准备好了。

俞正揭去了于静宵身上的被子，先是给她穿袜子。他发现她的脚指甲已经长得很长了，于是，从腰上摘下了钥匙串，挑出指甲刀拿在了手里。

俞正动作有些迟缓地捉起了于静宵的左脚，慢慢地端起来，久久地盯了一会儿，然后仔细地剪了起来。他剪得非常细心，从大脚趾开始，顺次地剪下来，当剪完一只脚后，他又认真地端详一遍，像是在看一件工艺品。

当这些都完成后，他从包里拿出了一双白色的袜子，揭去商标，扯住袜子抻了抻，给于静宵穿在了脚上。

白色是于静宵最喜欢的颜色，她和俞正谈恋爱的时候就不止一次地对他讲，算命的人说她命中和白色有关，如果她去世后穿了白色的衣服，那么她的下一生就会托生成白玉兰。那时俞正一边听着一边揶揄她净是听别人的瞎话。

俞正知道于静宵确实喜欢白色。但他从来没给她买过一件白色的衣服，或者说于静宵没有给他买的机会。

俞正还听于静宵给他讲过这样的话。于静宵对他说，男人给女人买东西是特别有讲究的，有情的袜子无情的帕。给女人买手帕其实是无情的表现。俞正问怎么解释，她说手帕是擦眼泪用的，只有两人无情分手时才用得上的，送了手帕也就是等于要分手了。手帕是送给情人的，拿在手上做摆设。

俞正被她的这一番理论弄蒙了，又问，那送袜子又怎样解释呢。

"袜子是穿在脚上的，不是给别人看的。穿在脚上暖在心上，自己知道是谁送的就行了呗。这是感情最近的人之间才送的东西。"于静宵的理论彻底让俞正服了，想想她说的也不无道理呀。

袜子穿完了，俞正又拿出一套青白色的丝绸睡袍，睡袍腰身处绣着一枝红艳艳的干枝梅，青绿色的盘扣在胸前呈一条斜线排列着。

俞正把于静宵有些僵硬的身体抱了起来，从后面把睡袍穿在了上身，然后把她平放下，从腰身处把掖在身后的衣服拽了过来，弄得平展了之后，一个一个把扣子系好。

回到门口的付一笛看着俞正有条不紊地办着这件事，心里涌上了说不出的感叹。是对俞正的，也是对于静宵的。他认为于静宵的出走和俞正对于静宵的态度都是让他无法理解的。他不再去想俞正这样做值与不值，他只是觉得俞正这样的人在这个世上找不到第二个了。

俞正打理完于静宵，仰起头，对着天花板长长地出了一口气，然后俯下身语气庄重地对于静宵说："走吧，笑岭在那边等着你呢。"

付一笛听到俞正的声音明显沙哑了。俞正在一瞬间苍老了，他给付一笛的感觉就像是一个七十岁的老者在和自己的老伴说话。

付一笛走过来，泪水止不住流着。他的泪水不是对于静宵的死，也不是对俞正的同情，而是因了俞正刚才说出的那句话。

崔笑岭在那边真的是等于静宵了。于静宵现在也可能看到他了。不管怎么说，他们之间是相爱的，而且爱得那样真心。一个舍弃了原本完整的家，一个逃避了自己喜爱的家。哪怕他们在一起的日子有些艰苦，可他们也是为爱情而出走的男女，不论他们的结合是不是有悖常理，仅凭他们的勇气和胆量，也足以让人佩服。人生在世一场，又有多少不相爱的两个人为了各自的目的在一个屋檐下同床异梦呢？

付一笛有些佩服起俞正来。佩服他的肚量，他一点也没表现出对一个毁了他幸福的女人的厌恶和痛恨，他像是对待一个久违的朋友一样耐心地对待她。就好像他得到过崔笑岭的交代，自己不在了，要替他照顾好他的妻子。他为了完成朋友之托一心一意地在做。现在，他把任务完成了，朋友也回来了，他冲朋友一摊手说，你看我把你妻子看护得还可以吧？

俞正知道付一笛在他的身后站着，没有转身，他说："一笛，我知道你要说什么。现在，我什么也不想听。"

付一笛说："叫医生吧。"

不一会儿，医生来了，例行公事地在于静宵的鼻孔处试了一下气息。

于静宵被推走了。屋里又恢复了死灰般的宁静。付一笛听得到荧光灯在空气中嗡嗡作响的声音和俞正胸膛里哗哗流水的声音。

"终于结束了。"俞正死闭着眼睛。

"了了。"俞正又说了一句。

"哈，哈哈。"俞正似哭非笑地来了两声。

付一笛坐着，一句话也说不出。俞正忽地坐了起来，声嘶力竭地吼道："付一笛，你平时的那些屁都哪儿去了？"

付一笛愣怔住了。他看着俞正呜呜地哭出了声。

"小家伙，别乱跑。"黎术的声音又在门口传了过来。

于一丁气喘吁吁地跑进了屋，对于他这个年龄来说，他还不知道什么叫作死亡，也就更不可能体味死亡的可怕。他一直跑到俞正身边，摇着他的腿，问："叔叔，我妈妈去哪儿了？"

俞正一手摸着于一丁的头，一手托着他的下巴，怔怔地看了许久，然后语气沉沉地说："叫爸爸。"

于一丁用力地晃着脑袋。"不，你是叔叔。"

俞正从床上滑下身子，把于一丁抱到床上，泪流满面地说："听话，叫爸爸。"

于一丁有些吓着了，不敢叫，怯怯地盯着俞正看，好一会儿，从嘴里挤出两个字："爸爸。"

叫完，于一丁哇的一声哭了。

俞正一把把于一丁紧紧地搂在怀里。

第三十六章

1

俞正提职的消息来得很快，就像人们听说他把妻子接回来一样，有些吃惊，又觉得这是注定的事，无非是早了一点点。

团里只有四个营，教导员通常都在政治处的股长中产生，再不就是从正连直接提拔。但这样的机会通常都是在年满三年以上的优秀连队主官里选。俞正早就是预备人选了。

火箭炮营教导员年龄到了线，被一刀切是避免不了的事，人人都心知肚明。恰好他父亲生了重病住进了医院，家里需要他照顾，便请假回家去了。而自知再过一个月回到部队也无非转业，于是他和政委团长直接谈了自己的想法。这样一来，省得再做他的工作，团里一口答应了下来。

几年来，俞正在工作上没有任何疏忽，群众口碑也相当好，提拔是自然而然的事。再者，于静宵刚刚去世，俞正还处在伤神之中。让俞正离开炮一连的环境，也是一个好事。只不过俞正任职要到另一个营区，要等火箭炮营教导员转业的通知下达后，才能正式上任。现在去，虽说是代职，其实也是提前上任。

听到俞正提职的消息，付一笛很欣慰。他给俞正发了一条短信：人生有苦就有甜，苦尽了甘就不会远。

下午，炮营全体干部在会议室给俞正送行。

付一笛往会议室走的时候，他看见于一丁正在走廊里一个人来回地跑着。付一笛冲于一丁招手。“儿子，过来！”

“我才不是你儿子呢！”于一丁噘着小嘴扶着墙抬头看着付一笛。

“那你管我叫什么？”

“解放军叔叔！”

“你管他们可以叫叔叔，管我可得叫爸爸。”

“不。我已经又有一个新爸爸了，我怎么会有那么多爸爸呢？”于一丁不解地看着付一笛。

“我喜欢让你叫。”付一笛蹲下来，他已经非常喜欢这个孩子了。于一丁从身上到眼神，一举一动都往外冒着可爱，付一笛心里有些嫉妒起了俞正。

“爸爸。”

付一笛刚要答应，就听到身后有一个声音。“爸爸一会儿开会，你在这里消停地待着。不能乱出声，也不能来回跑，知不知道？”

付一笛顺着孩子的眼神望去，他看见俞正正在身后站着，脸红了一下。“这孩子嘴真犟，让他叫‘爸’就是不叫。还是跟你铁。”

“那是，到啥时候也差不了。”俞正走过去拍了拍于一丁的脑袋，“一丁，管他叫哥哥。他叫一笛。”

于一丁愣愣地看着付一笛在他爸爸肩膀上使劲地打了一拳，然后他又听见俞正认真地说：“一丁，这是你干爸。”

于一丁还站在那愣瞅着付一笛和俞正。俞正认真地对孩子说：“这是你干爸，记住了吗？”

于一丁点了点头。

教导员过来了。付一笛和俞正知道会议室的人到齐了，和教导员一同进了会议室。

这种会议是例行的会议，开不出什么质量和实质意义，无非是对要离开的人总结一下，再提几条希望。每个人都心知，送别最有效果的场合是在酒桌上，处得深的可以多喝几杯，没处得上来的，也可以借此机会加深一下印象，还有那些有过节的，也要在酒桌上缓解一下矛盾。这样的会议讲的都是空话。

会议室里，几个连长指导员说着祝贺话，夸奖着俞正的为人和办事能力。

最后，教导员让俞正讲几句。俞正显得有些激动，他说："感谢炮兵营。"刚说出这几个字，眼圈就红了，但他还是坚持着说完了自己的话。"说感谢话是真心的。我这个人平时不太会为人处世，也不主动。但是大家确实没有怪罪我，而是给了我太多的帮助。尤其是我家里的事，同志们给了太多的理解和帮助。尤其是老连长黎助理，为我的事没少费心。这次能够到火箭炮营任职，我内心很不安。我觉得自己并不是最优秀的，可是组织却考虑到了我。"

俞正讲得很诚恳，也很动情，大家都在注视着他。付一笛一直盯着俞正的嘴，他想不通，这样一个人，于静宵怎么会放弃呢？婚姻真是一门弄不懂的学问。

就在这时，于一丁噔噔地跑了过来，高喊了一声"报告"，然后一下子推开了会议室的门，涨红着脸气喘吁吁地站住了。

会议室的人哄地一下都笑了。

于一丁也看出来教导员是最大的官了，向他请示着："叔叔，我找爸爸。"

"出去，爸爸在开会。"俞正被儿子的突然闯进造得满脸通红。

"我尿裤子了。"于一丁胆怯地说。也许是因为天太冷，他实在受不住了才跑过来寻求帮助的，他怕俞正批评他，又小声地叫了一声："爸爸。"叫完，泪珠流了出来。

"散会。"教导员说。

付一笛知道俞正第一次当着这么多人的面当爸爸，面子上挂不住，而教导员又在场，此时他不会去管孩子的，他率先跑了过去，抱起于一丁就往自己连队跑。

中午时分，俞正登上吉普车，要去火箭炮营报到了。炮一连全连官兵在楼下送行。

送俞正去报到的是团里的干部股长。俞正和全连官兵告辞的时候，于一丁从车窗里露出了头，向车下的人们做着鬼脸，然后高声地喊着俞正登车。

俞正向干部股长解释："我爹脑血栓行动不便，我妈也照顾不上他。家里我一点也指望不上了，我先带走他。放心我不会耽误一点工作。"

没有人接话，俞正的声音一点点地弱下去了。

于一丁又在车上喊了。俞正窘迫地看了教导员一眼。"教导员，你放心，我不会给炮营，给炮一连丢脸的。"

车开动了，于一丁探着头冲付一笛招手。"再见，干爸！"

付一笛冲上前，拍着车窗对着俞正喊："你不能亏着孩子了！你要是带不了孩子我给你想办法。"

2

车开走了。付一笛站在那儿望着从车窗里伸出的一小截胳膊，心里酸酸的。这孩子太小，还不知人世的沧桑和离别的痛苦，等哪一天他长大了，回忆自己童年所经历的种种坎坷与磨难，可能会迅速地成长吧。

付一笛看着渐去渐远的车影，感觉周围的一切就像是一幅水墨画变得越来越淡。与仇小丫之间的点点滴滴不知不觉中变得有些不堪回首或者可堪回首而不愿回首，那些记忆的碎片有些零乱，如同他在内心一遍遍问自己的一样，无论是喜欢还是不喜欢仇小丫，他都不能给出一个答案。有时想把那些细节珍藏起来，可是他竟然惊讶地发现他俩之间又没有什么细节。如果说想要忘记一切，可那一切又如缭绕的云雾挥之不去。现在，俞正也走了。

俞正离开了他不可怕，他身边有一个活蹦乱跳的儿子，哪怕儿子不在，他的心也会被于一丁盛得满满的，营里的一大摊事在等着他，哪还会有更多的时间和他闲扯是非。

唉，这青春真是不扛熬呀。一转眼，日子水一样哗哗地流走了。就在这样想着的时候，付一笛觉得这个营区好陌生。那些看了十来年的树，住了十来年的楼，走了十来年的路都像是变了模样。往后的日子怎么过呢？怎么想日子怎么清汤寡水，无滋无味的。当兵时真好，在训练场整天摸爬滚打什么也不想，满身都是劲，一股一股地直往外蹿。虽然说不准目标是什么，但眼前总好像亮着一盏白刷刷的灯，召唤着他往前奔。当了军官以后，虽然梦想实现了，可生活却一点点平淡了。日子就成了一条暗河，不声不响地潜流着。而要是说转业呢？心中还确实舍不得这身军装。付一笛迷茫地望着天空。天空里也没有答案。

　　去火箭炮营的路上，俞正终于把憋了半天的话说了出来。"股长，我先不去营里报到行不行？我想到市里一趟。"

　　"已经通知营里了。"干部股长诧异地回头看了看俞正。

　　俞正把于一丁抱得紧紧的，像怕他长出翅膀飞走一样。于一丁有些不耐烦地看着俞正，他不知道爸爸今天怎么了，一脸的忧愁。

　　俞正看干部股长在回头看他，说："我想先找家全托的幼儿园，把孩子放在那儿再去报到。"

　　"带他去报到没事儿，实际情况就是这样嘛。"

　　"不好。我是去工作的，带着孩子不好。"

　　"营里有的是兵，找一个兵先看着就是了。部队干部占用兵员的事多着呢，也没什么稀奇的。"干部股长满不在乎地说。

　　哪知，他的话又触到了俞正的痛处。如果不是崔笑岭总去家里帮他的忙，他的家何至于弄到如今这步田地。妻离子散这么多年，终于聚到一起了，又变成一片凄然。

　　车继续向前开着。俞正又叫了一声："股长——"这一声带着了嘶哑。

　　"好吧。"干部股长说。

　　车开到市里后，俞正带着于一丁下了车。他和干部股长约好电话沟通，然后就消失在了熙熙攘攘的人群中。

　　等到俞正和干部股长汇合时，已经是下午三点钟了。俞正一脸释然地对他说："那家幼儿园很好。都是外来工入托的子女，收费也不高。孩子一下子就和那些小朋友玩到一起了。"

干部股长没应声，他透过反光镜看着俞正。

俞正没有想到营里欢迎他的仪式会搞得那样隆重，全营的干部都来了，列了两队齐刷刷地站着。营长见他下了车，热情地跑了过来，刚开口叫了一声俞指导员，又连忙改了口："哎呀，俞教呀，我以前就想过，要是能和你搭班子该有多好呀。"

干部股长插了一句话："这回梦想成真了。"说完，三个人都哈哈哈地笑了起来。

和大家见过面，干部股长当着全营干部的面宣布了俞正的代职命令。

俞正和营长早就熟识，关系也不错，干部股长讲话的时候，营长就偷偷地向俞正挤眼睛，一点也不严肃。俞正明白他那样做就是在表示欢迎。

待了半个小时，干部股长要回机关了。临上车时，他小声地对俞正说："把幼儿园的地址给我，我有空去看看孩子。"

俞正说："不用了，机关的事多着呢。"

"别客气，你这儿离城里几十公里呢。"

一股热流向俞正扑过来了，从机关到营里，怎么人人都对他这么好呢？难道是大家在可怜他吗？俞正低着头没动，眼泪在心里滚着。他总以为日子很平淡，就没有想到他用真诚结交下了这些人，原来生活的平淡之中藏着真情呢。

干部股长的车刚开走，营长把俞正拉到了一边，急急地问："你把孩子弄哪儿去了？"

"放到城里了。"俞正说，然后他突然像是想起了什么似的问，"你怎么知道的？"

"大家都很关心你，也更欢迎你。"营长没有回答他，只是这样说。

3

在营里一晃过了半个月，俞正趁着双休日急三火四地赶到了市里。原先没有孩子的时候，日子是无牵无挂的，按部就班地过着，可是现在突然觉得日子紧张了，精力也不够用了。思想时不时地会溜号，会跑到于一丁身上。孩子在吃什么，在干什么，在那里习惯不习惯。直到这时，俞正才知道带一个孩子该有多累。每次一想到这儿，他的心里又好像亏欠了崔笑岭什么。崔笑岭把于一丁他们娘俩带了这么多年，吃了多少苦呢。俞正在心里有些爱惜地骂着崔笑岭，你个小兔崽子，活该。骂过之后，他也不知是骂崔笑岭活该受累还是活该去死。

俞正见到于一丁时，于一丁正在和一个小朋友吵架。

那个小朋友说："你是没人要的孩子，我爸爸三天来看我一次，而你爸爸一次也不来。"

"我爸爸是大军官，他在打坏蛋。我爸爸在电视里。"

"吹牛！你就是没有爸爸。"

"我没吹牛。我有爸爸。我有三个爸爸！"

那个小朋友笑了，冲着远处的小朋友喊："你们听呀，于一丁说他有三个爸爸呢。"

于一丁不服气地看着那个小朋友，像个小男子汉一样无比强硬地说："我有两个爸爸是军官！你不服吗？"刚一说完，他抬头看见了俞正。

于一丁愣在了那里，然后小嘴一抿，委屈地抽泣起来："爸爸，我以为你也和爸爸一样不要我了呢？"

俞正蹲在地上，他知道于一丁说的那个爸爸是崔笑岭，他把于一丁搂在了怀里，他向那个小朋友招着手。"过来，叔叔给你们买好吃的去。"

那个小朋友不过来，他看到于一丁爸爸如天兵天将突然出现了，立马躲得远远的。

"来啊，叔叔给你们买好东西去，还买玩具。"俞正还是和蔼地叫着远处的小朋友。

"爸爸，我不要玩具，我有玩具。"这时，于一丁停住了哭，对俞正说。

儿子有玩具？俞正感觉奇怪。那天送来得急，他根本就没有给于一丁带玩具呀。

于一丁跑到几步远的地方，拖来了一个大大的飞机和一辆坦克。"爸爸，爸爸，看，这是干爸爸送的，这是一个阿姨给我的。"

"阿姨？哪个阿姨？"

"一个和妈妈一样好看的阿姨，她每天都来看我呢。"

俞正想不起来是哪一个阿姨能够给孩子送来这么贵重的玩具了。难道是仇小丫？这个念头突然跳到了俞正的脑海里。

俞正领着于一丁向办公室走去，他想问一问幼儿园的阿姨，是谁来看过于一丁了。

俞正和于一丁刚刚穿过小操场，他突然听到孩子一声惊叫："阿姨！"然后就像是小马驹一样挣脱了俞正的手。

等到俞正再看时，于一丁已经架在一个女人的两只手臂里，像是飞机一样开始盘旋了。于一丁欢快的叫声随着身子的一起一伏时高时低。

俞正觉得那个女人很面熟，仔细一看，竟是夏天来部队慰问的电视台主持人杨絮飞。

第三十七章

1

元旦来临了，匆匆忙忙中一年又走过去了。原本觉得很平常的日子里，突然掀起了一桩算是有意思的事。《解放军报》读者来信版面破天荒地刊发了五个地方女青年的来信。

付一笛觉得这个版面办得挺好玩。五个女青年的来信竟然都是向部队官兵征婚，清一色的二十几岁，清一色的理由——喜欢。五个女青年五张张扬着青春的照片依次排开。照片上没有姓名，让读者也只有猜测的份儿。

报纸上向军人征婚热浪一波刚起，地方的又一波征婚热在驻地也掀了起来。驻地因为在向国家申报双拥模范城的称号，在工作报告中除了提到物力拥军、科技拥军、智力拥军外，又提出了情感拥军。市双拥办正为情感拥军苦苦找不到注脚时，《解放军报》刊登的征婚来信为他们点破了迷津。于是，一周之内，双拥办在全市事业单位征集了十三名未婚女青年，经过团里同意，浩浩荡荡到部队来了一把玫瑰之约。

活动这天，部队选出来的九个小伙子坐在了会场的一面，对面坐着十二名女青年。据讲，没来的那一个是因为父母是转业军人，曾吃过两地分居的苦，死活不同意女儿的选择。找到双拥办，取消了女儿的名额。

因为征婚活动要扩大影响，于是又请来了电视台录制一档节目。毫无疑问，杨絮飞作为电视台访谈节目第一主持被派了出来。她怕部队再派全大志和她一同主持，实在尴尬，推脱再三不想来。可台领导不知其中的因由，冷下了脸。杨絮飞只好硬着头皮来了。没想到到了部队一看，男主持人这回不是全大志，悬着的一颗心算是落了下来。可她内心里还是不喜欢这次军旅之行，尤其是当她看到那些女青年把这个活动完全当真时，她只能在心里叹，尘世里的爱情，到底有多少鸳鸯能聚首，又有多少幸福到白头呢？

征婚活动很热闹，自报家门、才艺展示、自由活动、交换意见、互加微信，一轮接一轮有序地深入地展开着。团领导和双拥办工作人员在一旁看着那一群热火朝天的男男女女，像是功成圆满了一样，不停地猜测着哪个和哪个配得上，哪个和哪个又是差在了哪儿。

活动最后是参与活动的青年男女谈个人对婚姻的感想。这是一个让每个人都能充分发挥的环节。于是，每个人都开始侃侃而谈，在他们的眼中，婚姻都是粉红色的，婚姻都是飘着玫瑰味的，他们一时还看不到玫瑰上的刺。只有为数不多的两个军官谈到了军婚是苦中带甜、甜中带苦的。

此时的杨絮飞听得入了迷，已经忘了主持。不知怎的，看着这些正一步步跨入爱河的年轻人，她的心里泛起了一阵阵的酸涩。为什么人活着就要面对婚姻和爱情呢？爱情为什么不能和生命一样同生同长呢？

镜头已经忽略了那些征婚的青年男女，对准了主持人。杨絮飞知道，节目做到此，该是主持人总结的时候了。她明白请她来并不完全是要她完成好穿针引线的工作，而是要让她告诉那些没有参加上活动的观众和没到现场的领导，这里搞了一个别开生面的活动，这个活动很温情也很浪漫，这个活动是市双拥工作的创举和亮点。

然而，大家没有想到的是杨絮飞竟然差点把事情搞砸。开始总结的时候，她还一个劲儿地控制着自己的情绪，她用最甜美的语气娓娓告诉那些年轻人，爱情是一场美丽的约会，家庭是亲情的港湾。可讲着讲着，她不由得就想起了曾经，想到了自己的婚姻。杨絮飞几度停下来，想要措出更加贴切的词汇，可是她已经做不到了，越说越激动。

杨絮飞说："在这种场合，我知道我讲了许多给大家浇冷水的话，但是作为一个过来人，我必须把我的感受告诉你们。我觉得只有这样，才能对得住我的观众。因为，良心告诉我，不能说假话。在我的眼里，婚姻有时仅仅是一纸证书。那一张薄薄的纸其实只是在法律上保证了人与人之间的婚姻，但是婚姻确实不是爱情。你们有勇气选择军人是正确的，但是婚姻从来都不需要以高尚作为代价。选择军人，其实就是一种选择。它不存在对与错之分，也不存在幸福与痛苦之分。每个家庭有每个家庭的幸福，同样，每个家庭也有每个家庭的痛苦。最主要的问题，是你们如何来经营婚姻。"

整个会场都静静的，双拥办领导瞪大了眼睛望着杨絮飞。他们也说不清这个在电视里声情并茂的女人今天怎么忽地变得深刻起来，难道是因为不是直播的原因。

杨絮飞接着讲："其实，曾有一段时间，我也和你们一样，对军人特别向往，他们的言谈，他们的举止，他们的一切对于我来说，都是那样富有吸引力。可是我知道，我不配做一个军属，因为我没有足够的勇气来挑战聚少离多的现实。军人职业的特殊性决定了他们想要有个安稳的家，但有时他们面对工作时确实无能为力。我知道，他们不想让女人柔弱的双肩承担太多的苦难，但是，如果你们一旦选择，你们柔弱的双肩必须要承担起太多的苦难。

"爱情是两个人的事情，任何一方都没有权利要求一方必须去爱对方。有的时候，选择军人作为伴侣不要贪图虚荣，明明知道很多困难摆在面前会无法逃避，但还是要去面对。那样只是一种不负责任的面对。无论对男人来说还是对女人来说，都是不公平的。因为，爱情是平等的。不存在身份的高低、家境的贫富，当然更不是以物质来衡量的。如果掺杂进了这些，那这种婚姻就是利用，它总有一天会被真爱的阳光照耀得无处藏身。"

因为民政局的人点名要求黎术帮忙协调这次活动，所以黎术也来到了活动的现场。他觉得杨絮飞像是钻进了他的肚子，窥透了他的心理，杨絮飞的每字每句都像是说给他的，在帮他释着心结。黎术的泪水悄然不知地流了下来。在朦胧的泪光中，仇小丫又蹦跳着出现了。他惊异地发现，此时出现的仇小丫竟然是他刚刚认识时的样子。那个小女孩天真地仰望着他的面孔，一声声叫着叔叔。

杨絮飞游动的目光转到了黎术这边，她猛然看见黎术在用手悄悄地拭着眼角。杨絮飞心中一动，她知道不小心触到了台下这个男人的伤心之处，但她还不知道他就是仇小丫已经离了婚的男人。她的话锋一转："常言道：有情人终成眷属。我希望年轻的朋友们在这次浪漫的约会中有所收获，收获自己真正的幸福。"

2

雪花飘起来了，落在脸上很快又化成了细细的水珠。教导员已经记不清在营区里走了几圈了，熄灯号早就响过了。他不想睡，在屋里闷得太难受。

这是他熟悉得几乎能知道每一片树叶落在哪个角落的营区。从入伍一直到现在，他把二十几年的时光大把大把慷慨地挥洒在了这里。刚入伍的时候，他还是一个什么都不知什么都不懂的青嫩的小伙子，而到了现在，时光已经在他的脸上雕琢出层层皱纹，而且那纹络沿着血液一直到了心里。有时，他觉得生活变得麻木了，自己也不知每天在想着什么。他想过提职，但他知道那是不现实的事情。他似乎在等待着什么。终于，在上午组织找他谈话要求他转业之后，他知道这么多年他到底在等什么了。

雪花在空中无声地飘着，教导员抬头看了看天。他什么也没看见，黑沉沉的夜幕里没有一颗星星来窥视他的心事。可是，他还是憋了整整一肚子心事。

上午，确切地说是吃中午饭前十几分钟。政治处主任把他请到了办公室，他进屋的时候，政委已经等在那里了。主任开口的第一句没有叫他的官称，也没有提他的姓，在他的名字后面加了"同志"两个字，这是他从来没有遇到过的。凭着他多年的工作经验，他知道组织有重要的事要和他谈了。

响鼓不用重锤擂。他知道领导找他谈的话题一定是转业的事。他说我早就做好准备了。一颗红心，两手准备。服从就是硬道理。

临出门时，政委语重心长地在他肩上拍了拍，不无赞赏地说："就是老同志呀，觉悟很高。"

可是，出了主任的屋门，他觉得整个天都黑下来了。虽然早就知道这一天迟早要来，可是他没有想到来得这么快。说内心的话，他也知道自己达到了最高服役年龄，但他还幻想着奇迹出现，部队一直在讲要实行职业化，万一赶上了多好呀。当他想到杨秀枝听到这个消息一定很高兴时，他又有些释怀。

雪下得有半尺厚了，踩上去吱吱呀呀地直响。教导员又想起了当新兵时第一次看见大雪的情景，那时候他对雪的感觉和对军营生活一样新奇。此次一走，回到老家，恐怕再也见不到这么大的雪了。

办公室只有一个窗户吐着昏暗的光，他知道那是他的屋，用不了几天那个屋就永远不属于他了。家庭很遥远，爱情又无味，前途没光亮，他对部队唯一的不舍就是这身军装了。这么多年，苦着家，苦着妻子和孩子，原来就是因为对这身军装的喜爱。他总是认为，穿上这身军装，他就再不是中原那个小村里的穷娃子，他是共和国的一个中校军官。虽然官职不高，但在村人的眼里，他也算是出人头地了。所以，这么多年以来，他咬定一件事，组织不让他转业他就不主动提出来走。哪怕不提职也行，只要让他在部队干就行。

夜已经变得很冷了，是教导员多年以来没有感觉到的冷。他紧了紧衣领，顺着灯光往营部走去。他想到办公室坐一坐，此时他能去的只有那里。

走到营部门口，教导员站住了。他回头望着刚才自己转了两个小时的操场，那里好像没有留下他的脚印，大雪已经覆住了他的来路。一个人走过的路难道那么轻易会被抹去吗？他记住了军旅，那是他独有的回忆，可是军旅能不能记住他呢？每个人都是军旅的匆匆过客。

进了营部，站岗的哨兵正在打着瞌睡。听到有人推门进来，一个激灵站了起来。哨兵还没有看清是谁，教导员已经标准地给哨兵回了一个军礼。教导员的这个动作是下意识完成的。多年来，他已经习惯了进出楼门给哨兵回礼。可是，他根本就没有看到，今天的哨兵还没来得及给他敬礼。

那个夜晚，教导员是在办公室度过的。整整一夜，他酸涩地坐在窗前，想要把二十几年走过的路认真地回忆一遍，可是大脑浑浑噩噩的，他什么也回忆不起来。就像是他晚上走过的路，全被岁月所覆盖了。当太阳升起来时，他坐在椅子上轻轻地睡着了。睡着之前，他知道，新的一天开始了。

早饭过后，全大志被教导员叫到了办公室。教导员要一一地分别告诉他手下的连长、指导员，他自己提出来要转业。

全大志听到这个消息没有发表任何见解，只是笑着说："教导员，你可是从来不和我们开玩笑的人。这事，主意要拿好。"

全大志离开教导员办公室后，炮一连代理指导员齐全生是第二个被叫去的。齐全生刚刚站稳脚，就听到教导员一声长长的叹息，紧接着如释重负地说道："走了。"

"走了？谁走啊？"齐全生问。

"廉颇老矣。"教导员双手抱着头，往靠椅上一靠，一夜没睡，此时他的眼袋正鼓鼓地突兀在鼻梁两侧，老态龙钟的样子立即显了出来，"改革时期就是大考之时，我不下地狱谁下地狱？我得带头走，非得组织说不需要你了时你才走呀？"

"哎呀，走其实也未必不是一件好事。这回嫂子可高兴了，这些年她可真是不容易。"齐全生宽慰着教导员。

"唉，那娘俩呀，等的年头可真是够长的了。这回回去，我可是重新上岗了，可得好好伺候伺候她们。"

"该是这样，不能苦了自己再苦了孩子。"

黎术是继齐全生之后知道教导员要走的。他有些吃惊，教导员怎么没有先把这个消息告诉他呢？他是听了消息后找上门的，他气喘吁吁地出现在了教导员面前，有些焦急地问："教导员，听说你要转业？这怎么行呢？你走了，咱营怎么办？"

"团长去年走的，咱团不也没黄吗？"

"那，那——"黎术不知道该再说点啥了，"那是两码事。"

"一样的，走了谁都一样。地球离开了谁都照样转。在改革这条大河里，咱就是一块小石头，能挡住什么，能改变什么？黎助理呀，别再这么说了。"

黎术退到教导员办公室门口的时候，又再次迈了进来。"教导员，你走之前一定告诉我们，全营会个餐，送你一下。"

教导员没有选择按计划安置工作，他选择了自主择业。如果说得更准确一点，是付一笛的一席话让他茅塞顿开。

他觉得付一笛这个排长虽然固执，但见解还是对的，看得长远一些。他把转业的消息告诉了付一笛。付一笛问他下一步怎么办？他说："还没想好回家之后去什么单位，也不知道到了地方哪一个工作更适合。"

付一笛问了他三个问题。第一个问题是在部队二十几年你到底有哪方面的专长，第二个是到了地方到底哪一个单位缺少你这样的人，第三个问题是这辈子当多大官算大。

刚听到付一笛提出的这三个问题，他脸上热辣辣地难受，觉得付一笛又是在揭他的短，让他难堪。可是稍稍想了一下，他觉得付一笛的问题自己也无法回答。

自己有什么专长呢？管理？这年头地方除了不缺这方面的人可能什么样的都缺。教育？想想自己搞的这些年的教育，他自己都想笑，只是占用了教育时间，根本记不住教育内容，有时连自己都不信的事还要教育别人，想到这些他自己都觉得自己可笑了。地方哪个单位欢迎或是缺少他这样的老营职干部呢？干部转业找工作的事他听得多了，没有一个是只费吹灰之力就找到好单位的。有的甚至把十几年的积蓄全花了出去，才算找到一个稍微满意之所。

付一笛说得有道理，辛苦了一辈子了，所有青春都献出去了，该是让自己身体和心灵自由的时候了。部队是对得起咱的，干了这么些年工作，不再给部队做事，还每月给开着一份退役金，还有什么奢望呢？有这份工资做生活保障，愿意再找一份工作就找一份继续挣点，生活也是很安逸的，人也没必要活得那么累。

教导员一遍遍吧嗒着付一笛的话，说："有道理。"

他站起身，从书架上翻出那本已经卷了边的《邓小平文选》递到付一笛手里。"这本书我读了十几年。挺好。留给你读一读吧。发展就是硬道理。"

教导员请假回老家去了。营里的干部也知道教导员这一走就不知什么时候再回来了，可能回来的时候也只是办手续。他们想到车站去送一程，可当他们一个个把手机拨出去时，教导员的手机已经关掉了。

付一笛怅然若失地站在站台上，他没有看见教导员，他只看见一列火车驶出了站台。他默默地掏出手机，刚要写上几句话，泪水却再也止不住了。

付一笛心里变得空落落的。他总觉得不知什么时候教导员会突然推开门再走进来。教导员在的时候，他有时挺反感见到他，可现今他一走，付一笛才发现原来教导员活得也很潇洒，一个人说走就走了，不和组织有一点纠缠，做出的样子也让人佩服。付一笛开始暗暗佩服教导员也是拿得起放得下的人。看来他读《邓小平文选》还真读出了真谛。

俞正一直也没有电话来，听说他们营刚刚装备了新式装备，可能正在试装吧。付一笛忽然感到生活无聊得很，没有了可以斗争的人，也没有了可以倾诉的人，全大志还是那样慌慌张张地尽量躲避着他，只有齐全生见到他的时候笑得更谦虚了。他已经改口叫齐全生指导员了。

3

付一笛趴在窗台上望着远处的山脚。付一笛正在出神地想事的时候，宿舍的门开了。齐全生满脸喜悦地走了过来，重重地在他肩上拍了一下。"付一笛，你真是厉害！不声不响把事儿办得这么快。"

"什么事，指导员？"付一笛吃惊地问齐全生。

"别装糊涂，什么事你最清楚了。北京来的调函。我在干部股拿回来的。"说完，他把手里的一张纸扬了扬。

付一笛接过来一看，齐全生拿回的果真是一张商调函，函的题头赫然写着他的名字。

付一笛吃惊地接过那张纸。"这事在我毕业的时候就在说，我一直觉得不可能。"

"那现在不是成了吗？对了，是去杂志社。"

"这事我一直没过问的原因是我也很矛盾。因为我一直听说，部队的杂志社下一步就要改成非现役。我内心喜欢这份工作，但更喜欢穿着军装。"付一笛有些忧郁。

"那你怎么想？"

"脱军装就脱军装呗，穿和不穿只是一种形式而已。真正喜欢部队的人，应该是在心里装着的。"付一笛说这些时很坚决，"咱们部队下一步也要变，你怎么想？"

"我这半年来也在和晓鸥讲，如果部队换防去了其他城市怎么办。"

"怎么办？"

"她辞职跟着我走。说好了，不管部队换防到了哪个城市，不管改革期间出不出给家属安置工作的政策，她都去。她的能力素质放在那儿呢，还愁找不到工作吗？"

"她好像真的很爱你似的。"

"不是好像，是真的。"齐全生狡黠地笑着走了。

宿舍里又静下来了，静得有些让人害怕。付一笛也不相信杂志社怎么不声不响就成了真事。他有些不敢相信这个事实。想想自己盼了这么多年，果然梦想成真了。他不知因由的就是想哭，可是又哭不出来。

突然，他看到了教导员留下的《邓小平文选》，把它拿到了手里。谁知刚翻一下，却从里面掉下来一张照片。

付一笛蹲在地上把照片拾了起来，仔细地瞧着。照片里，他和穿着婚纱的仇小丫站在一起。而如今，再不用他裁剪，仇小丫身边已经没有了那个人。

付一笛拿着照片端详了一会，一点点把两个人从中间撕开了，然后把仇小丫的那一半塞进了钱夹。

付一笛没有站起来，一年以来的日子像条汹涌的河，一下把他淹没了。

少顷，他站了起来向楼外走去。当走过整容镜时，他停了下来，镜子中的他穿着整齐的军装，他的目光在领花、军衔和资历章上一一浏览着，一遍又一遍，像是它们将要丢失一样。突然他伸出手去摸那对闪着亮光的领花，手刚刚伸出，却被冰凉的镜片挡住了。他的手停在镜子上，够也够不到镜中的一切。他就那样愣愣地看着，看着看着，他看到镜子里慢慢变得一片模糊，一条波涛翻滚的河流正迎面向他奔来，而他像是一个船手，站在船上，在浪涛里忽上忽下。

连队的门前传来了战士们响亮的歌声，唱的是付一笛教给战士们的那首《当那一天来临》。付一笛快步向外面走去，一边走一边唱着，他知道和战士们在一起合唱的机会不多了。未来的未来，他只能在心中大声唱了。

付一笛快步走着，外面阳光一片灿烂。他稳稳地站在了队列前面，他觉得站得很稳，很有力量。他唱得也十分卖力和愉悦。

歌声停了。付一笛要从衣袋里掏出那张调令给战友们看一下，然后和他们告别。没想到，钱夹竟然先落在了地上，钱夹落在地上一下子摔开了，仇小丫的照片正朝向着他，像是在注视他，又像是在注视着天空。

图书在版编目 (CIP) 数据

炮兵连爱情往事 / 胥得意著 . — 桂林：漓江出版社，2017.7
（"中国故事"原创长篇丛书）
ISBN 978-7-5407-8114-9

Ⅰ. ①炮⋯ Ⅱ. ①胥⋯ Ⅲ. ①长篇小说 – 中国 – 当代 Ⅳ. ①I247.5
中国版本图书馆 CIP 数据核字 (2017) 第 105347 号

PAOBINGLIAN AIQING WANGSHI
炮兵连爱情往事
胥得意　著

策划编辑：张　谦
责任编辑：张　谦
　　　　　辛丽芳
责任印制：杨　东

出版人：刘迪才
漓江出版社有限公司出版发行
广西桂林市南环路 22 号　邮政编码：541002
网址：http://www.lijiangbook.com
全国新华书店经销
销售热线：0773-2583322　010-85893190
北京汇瑞嘉合文化发展有限公司印刷
[北京市经济技术开发区荣华南路 10 号院
荣华国际大厦 5 号楼 1501 室　邮政编码：100176]
开本：960mm×690mm　1/16
印张：23.75　字数：288 千字
2017 年 7 月第 1 版　2017 年 7 月第 1 次印刷
定价：42.00 元

如发现印装质量问题，影响阅读，请与承印单位联系调换
[电话：010-67817768]